GOLDMANN

Buch

Brasilien um 1900. Im Bundesstaat Bahía werden riesige Gebiete des Urwalds für die Anlage von Kakaoplantagen gerodet. Aus allen Teilen des Landes strömen Menschen hierher, in der Hoffnung, ein Stück Boden zu erwerben und im Zeichen des Kakao-Booms ihr Glück zu machen. Doch für kaum jemanden geht dieser Traum wirklich in Erfüllung, denn das Land ist längst schon in den Händen weniger mächtiger und skrupelloser Großgrundbesitzer, die keine Konkurrenz neben sich aufkommen lassen. Und je mehr alles verfügbare Land erschlossen ist, um so mehr kommt es zu einem blutigen Verdrängungswettbewerb unter den »Herren des Landes« selbst. Ein gewaltiger und gewalterfüllter Kampf um das Land und seine »goldenen Früchte«, um Reichtum und gesellschaftlich-politische Macht beginnt.

Mit der ganzen Kraft und Virtuosität lateinamerikanischer Erzählkunst schildert Jorge Amado die Geschichte dieses blutigen Kampfes. Und er zeichnet zugleich ein höchst eindringliches und poetisches Gemälde der farbigen und vielfältigen Welt des brasilianischen Nordens und seiner buntgewürfelten Bevölkerung.

Im Anschluß an *Herren des Landes* schrieb Jorge Amado eine in sich abgeschlossene Fortsetzung dieses Romans – *Das Land der goldenen Früchte* –, die im September 1987 als Goldmann-Taschenbuch 8842 erscheinen wird.

Autor

Jorge Amado wurde 1912 als Sohn eines Plantagenbesitzers in Ferradas (heute: Itabuna) im brasilianischen Bundesstaat Bahía geboren. Er studierte Jura und war dann als Journalist und Parlamentsabgeordneter tätig. Nachdem er mehrmals aus Brasilien emigrieren mußte, lebt er heute wieder in Salvador, Bahía.

Amado gilt als erfolgreichster Schriftsteller Lateinamerikas. Er ist ein »mit exotischen Stoffen ... und erotischen Verwirrungen hinreißender Erzähler und plastischer Schilderer seiner Heimat und ihrer Menschen« (Gero von Wilpert). Seine Werke wurden in über 30 Sprachen übersetzt.

JORGE AMADO

HERREN DES LANDES

Roman aus dem
brasilianischen Urwald

GOLDMANN VERLAG

Aus dem brasilianischen Portugiesisch von Ludwig Schönfeld
Die deutsche Erstausgabe erschien im Amandus-Verlag, Wien,
unter dem Titel »Kakao«
Titel der brasilianischen Originalausgabe: »Terras do sem fim«

Made in Germany · 2/87 · 1. Auflage
Genehmigte Taschenbuchausgabe

Umschlaggestaltung: Design Team München
Umschlagillustration: Enno Kleinert, München
Satz: IBV Satz- und Datentechnik, Berlin
Druck: Elsnerdruck, Berlin
G.R. · Herstellung: Sebastian Strohmaier
ISBN 3-442-08624-8

ERSTER TEIL

DAS SCHIFF

I

Wie eine traurige Klage ertönte die Schiffssirene, welche die lastende Dämmerung über der Stadt zerschnitt. Hauptmann João Magalhães lehnte an der Reling und betrachtete die altertümlichen Häuser, die hohen Kirchtürme, die dunklen Dächer und die Straßen mit ihren riesenhaften Pflastersteinen. Sein Blick umfaßte die verschiedenartigen Dächer, von der Straße konnte er jedoch nur ein kleines Stück sehen, auf dem niemand ging. Er konnte sich selbst nicht erklären, warum, aber er fand diese Steine, mit denen Sklavenhände die Straßen gepflastert hatten, von einer ergreifenden Schönheit. Auch die dunklen Dächer fand er schön und den Klang der Kirchenglocken, die die fromme Stadt zum Segen riefen. Wieder zerriß die Sirene das Dämmerlicht, das die Stadt Bahía einhüllte, und João streckte wie zum Abschied die Arme aus. Es schien, als trenne er sich von einem geliebten Wesen, von einer Frau, die seinem Herzen nahestand.

An Bord kamen Männer und Frauen ins Gespräch; unten, am Fuße des Fallreeps, küßte ein schwarzgekleideter Herr, den Filzhut in der Hand, die Lippen einer blassen jungen Frau; neben João begann ein dicker Mann, auf einem Deckstuhl ausgestreckt, eine Unterhaltung mit einem portugiesischen Handelsreisenden. Ein anderer sah auf die Uhr und verkündete mit lauter Stimme: »Es fehlen noch fünf Minuten.«

João dachte bei sich, daß die Uhr des Reisenden nachgehen müsse, denn die Sirene pfiff zum letzten Male, die Zurückbleibenden verließen das Schiff und die Fahrgäste drängten sich am Geländer.

Das jähe Anlaufen der Maschinen gab ihm die Gewißheit, daß er abfuhr, und seltsam bewegt wandte er sich nochmals der Stadt zu, um einen letzten Blick auf die alten Dächer zu werfen und auf den kleinen Abschnitt der Straße mit ihrem unförmigen Pflaster. Eine Glocke begann zu läuten, und João bildete sich ein, sie lade ihn ein, noch einmal durch die abschüssigen Straßen zu gehen, auf dem Hauptplatz den süßen »Mingau« zu essen, gewürzten Rum zu trinken, morgens in einem Winkel am Markt Karten zu spielen, am Nachmittag »Siebeneinhalb« bei Violeta, wo immer eine nette Gesellschaft zusammenkam, und abends im Kaffeehaus mit diesen Geldsäcken, die ihm so viel Achtung bewiesen, Poker. Beim Morgengrauen dann aufzubrechen, mit ins Gesicht hängenden Haaren, und den Frauen Scherzworte zuzurufen, die wegen der Kälte die Arme über der Brust gekreuzt hielten und in der Altstadt männliche Gesellschaft und den Klang der Gitarren suchten. Dann hörte er die Seufzer Violetas, während der Mond durch das offene Fenster in ihr Zimmer schien und sich die Zweige der beiden Kakaobäume im Garten im Winde wiegten. Weit fort trug der Wind die Liebesseufzer.

Das Schluchzen der blassen jungen Frau riß ihn aus seinen Gedanken. Mit einem Ton vollkommener Gewißheit sagte sie: »Nie mehr, Roberio, nie mehr!«

Der Mann küßte sie in schmerzlicher Bewegung und konnte nur mühsam antworten: »In einem Monat komme ich wieder, mein Liebling, dann bringe ich auch die Kinder... Und du wirst schön brav sein... Der Arzt hat mir gesagt...«

Die Stimme der jungen Frau war so schmerzerfüllt, daß es João weh tat: »Ich weiß, daß ich sterben muß, Roberio. Ich werde dich nie wiedersehen und auch die Kinder nicht.«

Leise wiederholte sie: »Auch die Kinder nicht...« und brach in Tränen aus.

Der Mann wollte etwas erwidern, aber er konnte nur den Kopf schütteln; er sah das Fallreep an, und sein Blick fiel auf João, als flehe er um Hilfe. Die Stimme der Frau verlor sich im Schluchzen: »Nie mehr sehe ich dich wieder...« Der schwarzgekleidete Mann sah immer noch João an, einsam in seinem Schmerz. João war einen Augenblick unschlüssig, wie er dem Mann in Schwarz Hilfe bringen könne; schon wollte er die Schiffstreppe hinuntergehen, als die Matrosen sie einzogen und das Schiff abstieß.

Der Mann hatte kaum noch Zeit, einen langen glühenden Kuß auf die Lippen der jungen Frau zu drücken, als wolle er sich selbst das Leid zuziehen, das die Brust seiner Frau zerfraß. Dann sprang er aufs Schiff. Aber sein Schmerz war stärker als sein Stolz, und er brach in Schluchzen aus; das Schiff schien davon erfüllt, und sogar der dicke Oberst unterbrach seine Unterhaltung mit dem Handelsreisenden.

Von weitem hörte man rufen, fast schreien: »Schreib mir, schreib mir!«

Und dann: »Vergiß mich nicht...«

2

Taschentücher flatterten zum Abschied, aber nur ein Antlitz war tränennaß: das der jungen Frau, die herzzerreißend schluchzte. Die neue Mole von Bahía war noch nicht erbaut und das Wasser drang daher fast bis zur Straße vor. Langsam manövrierte das Schiff aus dem Hafen. Die Weinende winkte mit ihrem Taschentuch, aber unter denen, die von Bord aus antworteten, war der eine nicht mehr zu erkennen, dem ihr Herz gehörte. Das Schiff erhöhte bald seine Geschwindigkeit, und die, welche gekommen waren, seine Abfahrt mitanzusehen, kehrten heim. Ein alter Herr nahm die junge Frau beim Arm und führte sie fort, Worte des Trostes und der Hoffnung murmelnd. In der Ferne verschwand das Schiff.

Während der ersten Minuten der Fahrt vermengten sich die einzelnen Gruppen, bis sich die Frauen in ihre Kabinen zurückzogen und die Männer den Schaufelrädern zusahen, die das Meer durchschnitten; zu jener Zeit nämlich verkehrten Raddampfer zwischen Bahía und Ilhéus, als sollten sie nicht die offene See bezwingen, wo der Südwind herrscht, sondern nur einen zahmen Fluß befahren.

Der Wind begann stärker zu blasen; in die Nacht, die über Bahía lag, trug er von Bord einzelne Gesprächsfetzen hinaus, Worte, die gewichtigen Klang hatten: Land, Reichtum, Kakao, Tod...

3

Während die Häuser allmählich verschwanden, drehte João den Ring an seinem Finger und versuchte, dem Blick des schwarzgekleideten Mannes auszuweichen, der sich die Augen trocknete, um schließlich die Szene zu erklären: »Sie ist schwindsüchtig, die Arme. Der Arzt meint, es ist keine Hoffnung mehr...«

João betrachtete das tiefgrüne Meer, und nun erst kam ihm in den Sinn, aus welchen Gründen er die Stadt floh. Der Ring des Ingenieurs paßte ihm wie angegossen.

»Wie nach Maß gemacht«, murmelte er bei sich.

Bei dem Gedanken an den Ingenieur mußte er lächeln. Ein Dummkopf! Er hatte noch nie einen solchen Dummkopf gesehen. Vom Poker verstand der überhaupt nichts, dabei ließ er sich ausplündern bis aufs Letzte, ja, selbst bis auf den Ring. An diesem Abend war es genau eine Woche her, daß er alle ausgezogen hatte; dem Oberst Juvencio allein hatte er anderthalb Contos, fünfzehnhundert Milreis, abgenommen. War das seine Schuld?

Er hatte sich sehr wohl gefühlt, halbnackt auf Violetas Bett liegend, die ihm mit ihrer hohen Stimme vorsang und mit den Fingern durch sein Haar fuhr. Plötzlich war der Bursche vom »Tabaris« erschienen, um zu sagen, daß er ihn schon in der ganzen Stadt gesucht habe.

Rodolfo verschaffte ihm immer irgendwie einen Platz. Wenn ein Tisch nicht voll besetzt war, fragte er die Spieler: »Kennen die Herren den Hauptmann João Magalhães, Hauptmann im Ruhestande?«

Es war stets einer darunter, der ihn kannte und schon einmal mit ihm gespielt hatte.

»Doch hoffentlich kein Falschspieler?« fragten die anderen und Rodolfo entgegnete empört: »Der Hauptmann spielt ehrlich. Er spielt gut, das gebe ich zu. Aber wenn einer schon ehrlich spielt, dann muß er spielen wie der Hauptmann.«

Er verstand es wie keiner, frech darauf los zu lügen, und setzte noch hinzu: »Eine Partie ohne den Hauptmann will überhaupt nichts heißen...«

Für diese Litanei bekam Rodolfo eine Provision; er wußte, daß an dem Tisch, zu dem sich João Magalhães setzte, die Getränke in Strömen flossen und seine Mädchen auf ihre Rechnung kamen. Deshalb hatte er den Burschen ausgeschickt, João zu holen, während er die Karten vorbereitete.

So war das also zugegangen, an jenem Abend: João räkelte sich auf dem Bett, die Finger Violetas kraulten sein Haar und ihr Gesang war nahe daran, ihn einzuschläfern. Da kam der Bursche. Im Handumdrehen kleidete er sich an und saß auch schon im reservierten Hinterzimmer des Kasinos. Dem Oberst Juvencio nahm er anderthalb Contos ab und dem Ingenieur alles, was er bei sich hatte, selbst den Promotionsring, den der junge Mann einsetzte, als er sah, daß er vier Damen in der Hand hatte, nachdem João Magalhães gegeben hatte. Er verlor, denn der Hauptmann hatte vier Könige.

Das Glück war auch dem vierten Mitspieler günstig gewesen, einem Kaufmann aus der Altstadt, der ungefähr zweihundert Cruzeiros gewann. An dem Tisch, an dem João spielte, gewann immer auch der Vierte, das gehörte zu seiner Technik. Und da der Hauptmann (wie seine Freunde behaupteten) in solchen Dingen ein feines Gefühl hatte, wählte er den Gewinner stets nach der Farbe der Augen aus; jener Augen, die am meisten denen ähnlich waren, die er in Rio zurückgelassen hatte. Das Gesicht des professionellen Spielers musterte er jedoch mit Widerwillen und Verachtung.

Er hatte schon gefragt, als sie vom Spieltisch aufgestanden waren; Rodolfo hatte den Ring auf mehr als ein Conto geschätzt. Der Ingenieur hatte dreihundertzwanzig auf seine vier Damen gesetzt. Noch auf dem Verdeck des Schiffes mußte João darüber lachen: »Man muß schon ein Idiot sein, um den Damen zu vertrauen...«

Er war in bester Form gewesen, als er zu Violeta zurückgekehrt war und an ihre Freude gedacht hatte, wenn er ihr am nächsten Tag das blaue Seidenkleid schenken würde, das sie in der Auslage bewundert hatte. Wer hätte daran gedacht, daß der Ingenieur, statt die ganze Geschichte bei sich zu behalten, gleich zur Polizei laufen würde, um ihr Räubergeschichten zu erzählen? Er wollte sogar wissen, in welcher Armee João sein Offizierspatent erworben hätte. Wenn ihn die Polizei nicht vorgeladen hatte, so nur, weil sie ihn nicht mehr vorfand.

Rodolfo hatte ihn gut versteckt. Agripino Doca hatte ihm schon

Wunder was von Ilhéus und vom Kakao erzählt, und nun saß er, nachdem er acht Monate in Bahía zugebracht hatte, auf diesem Schiff, das nach Ilhéus fuhr; nun war er unterwegs nach dem Land, wo der Kakao und mit ihm die schönsten runden Vermögen wuchsen. Am Finger trug er den Ring des Ingenieurs, in einer Tasche ein Spiel Karten und in einer anderen hundert Visitenkarten:

DR. JOÃO MAGALHÃES
PIONIERHAUPTMANN

Nach und nach verschwand die Trauer, die ihn erfüllt hatte, als er die Stadt verließ, an der er acht Monate so gehangen hatte. João begann sich für die Landschaft zu interessieren, für Bäume, die in der Ferne auftauchten, und Häuser, die winzig klein hinter ihnen zurückblieben. Wieder ertönte die Sirene, und das Wasser spritzte bis zu seinem Hut hinauf. Er nahm ihn ab, fuhr mit seinem parfümierten Taschentuch über das Stroh und klemmte ihn unter den Arm. Dann strich er sich das widerspenstige Haar glatt, das er absichtlich in unordentlichen Locken wachsen ließ. Er ließ seinen Blick über das ganze Deck wandern, von dem Mann in Schwarz, der immer noch auf den längst verschwundenen Hafendamm starrte, bis hinüber zu dem dicken Oberst, der dem Handelsreisenden Heldenstücke aus dem halbwilden Land um São Jorge dos Ilhéus erzählte. João drehte den Ring am Finger und studierte die Gesichter der übrigen Mitreisenden. Ob er wohl Partner für ein Spielchen finden würde? Er hatte freilich eine nette kleine Beute in der Tasche, aber Geld hat noch nie jemandem geschadet. Leise pfiff er vor sich hin.

Das Gespräch an Bord wurde immer allgemeiner. João Magalhães hatte das Gefühl, daß er bald hineingezogen werden würde, und überlegte, wie er seine Pokerpartie organisieren könne. Er zog eine Zigarette aus der Tasche, klopfte damit auf das Geländer und zündete sie an. Die Gegend erweckte neuerlich sein Interesse, denn das Schiff fuhr jetzt hart an der Küste entlang. Vor einer elenden Lehmhütte standen zwei nackte Knirpse mit Riesenbäuchen und schrien zum Schiff hinüber. Von einem anderen Haus winkte ein hübsches junges Mädchen, halb hinter dem Fenster versteckt, einen Gruß herüber. João sagte sich, daß dieser Gruß entweder dem Heizer oder allen Passagieren gelten mußte, aber er erwiderte ihn mit einer freundlichen Bewegung seiner schlanken Hand.

Der Oberst verblüffte den Handelsreisenden mit der Schilderung einer Rauferei in einem Freudenhaus von Bahía. Ein paar junge Laffen waren so dumm gewesen, sich wegen einer kleinen Mulattin mit ihm anzulegen. Aber er hatte nur seine Parabellum zu ziehen und zu brüllen brauchen: »Nur her mit euch! Ich bin aus Ilhéus...«, und schon hatten sich die Kerle feige zurückgezogen.

Der Reisende war ganz hingerissen von dem Mut, den der Oberst bewiesen hatte. »Dazu muß man aber auch ein ganzer Mann sein!« meinte er.

Ganz langsam näherte sich ihnen Hauptmann João Magalhães.

4

Margot verließ ihre Kabine und überquerte das Schiff von einem Ende zum anderen. Sie wirbelte ihren duftigen Sonnenschirm herum, hob die umfangreiche Schleppe ihres Kleides auf und ließ sich von allen bewundern: von den Handelsreisenden, die freche Bemerkungen machten, wenn sie vorüberging, von den Pflanzern, die die Augen weit aufrissen, und selbst von den Passagieren der dritten Klasse, die südlich von Bahía Arbeit zu finden hofften.

Fast flüsternd um Entschuldigung bittend, bahnte sie sich einen Weg durch die verschiedenen Gruppen, und wo sie gerade vorbeikam, wurde es still, während sie neugierig und lüstern angestarrt wurde. Doch bald wurde das unterbrochene Gespräch wieder aufgenommen, das sich um das ewige Thema drehte: um den Kakao.

Die Handelsreisenden sahen Margot nach, wie sie an den Pflanzern vorüberging, und lachten. Sie wußten, daß sie auf leicht verdientes Geld aus war und es diese rüden Burschen ein schönes Stück Geld kosten würde. Aber sie hörten auf zu lachen, als sich Juca Badaró aus dem Dunkel löste, Margot am Arm nahm und sie zur Reling führte, von wo man noch Itaparcia, das in der Ferne verschwand, und die Häusermassen, die Bahía bildeten, sehen konnte. Jäh brach die Nacht herein, während sich das Schiff durch die Wogen schaufelte.

»Woher kommst du?« Juca Badaró ließ seine kleinen Augen über den Körper der jungen Frau wandern, um den Blick schließlich auf ihren Schenkeln und ihrer Brust ruhen zu lassen. Er streckte seine Hand aus und kniff Margot ins Fleisch, um dessen Festigkeit zu fühlen.

Margot setzte eine beleidigte Miene auf: »Ich kenne Sie nicht... Was nehmen Sie sich für Freiheiten heraus?«

Juca Badaró griff sie unter das Kinn, hob ihren blonden Lockenkopf und sah ihr scharf in die Augen. »Vergiß nie«, sagte er mit Nachdruck, »daß du oft von Juca Badaró sprechen hören wirst... Und denke daran, daß du von heute an mir gehörst! Sieh zu, dich ordentlich zu benehmen, ich sage nicht gerne etwas zweimal!«

Dann ließ er Margots Kinn plötzlich sinken, drehte sich um und begab sich zum Heck des Schiffes, wo sich die Passagiere der dritten Klasse zu einer Gruppe zusammengefunden hatten, aus der sich die Klänge von Ziehharmonikas und Gitarren erhoben.

5

Inzwischen war der Mond aufgegangen, ein riesiger roter Mond, der im Dunkel des Meeres eine blutige Spur hinterließ. Antônio Vítor zog seine langen Beine hoch und stützte das Kinn auf die Knie. Das Lied, das der Wäldler neben ihm sang, verlor sich in der Weite des Ozeans und erfüllte das Herz Antônios mit Wehmut. Die Mondnächte in seinem Städtchen kamen ihm in Erinnerung, diese Nächte, in denen die Lampen nicht angezündet wurden, diese Nächte, in denen er mit so vielen anderen Burschen und Mädchen auf die mondbeschienene Brücke gegangen war, um zu fischen. Nächte waren das, voll Lachen und Scherzen; das Fischen mußte als Vorwand herhalten, und sobald sich der Mond hinter einer Wolke verbarg, drückte man sich verstohlen die Hände.

Ivone war immer mit ihm zusammen; sie war fünfzehn, aber arbeitete schon in einer Spinnerei. Sie war der Mann in der Familie, denn sie mußte ihre kranke Mutter und vier kleine Geschwister erhalten, seit eines Abends ihr Vater auf Nimmerwiedersehen verschwunden war. Er hatte nie mehr etwas von sich hören lassen, und so mußte Ivone in die Fabrik gehen, um für alle das Brot zu verdienen. Die Abende auf der Brücke waren ihre einzige Zerstreuung. Sie lehnte ihr braunes Köpfchen an Antônios Schulter, und jedes Mal, wenn sich der Mond versteckte, reichte sie ihm ihre üppigen Lippen zum Kuß.

Er bebaute mit seinen zwei Brüdern ein Maisfeld am Rande der Stadt. Aber es warf wenig ab und man erzählte sich so viel von der gut bezahlten Arbeit im Süden, wo man mit dem Kakao ein Vermögen verdienen könne, daß er eines Tages den Weg ging, den schon Ivones Vater, sein eigener Bruder, ja, Tausende anderer gegangen waren. Er verließ seine kleine Heimatstadt in der Provinz Sergipe, fuhr nach Aracajú, schlief zwei Nächte in einer billigen Herberge am Hafen von Bahía, um schließlich ein Billett dritter Klasse nach Ilhéus zu nehmen.

Er war ein großer magerer Mulatte mit mächtigen Muskeln und schwieligen Händen; zwanzig Jahre war er alt und sein Herz war schwer. Ein Gefühl, das er bis dahin nicht gekannt hatte, überwältigte ihn. Kam es von dem blutigroten Mond? Oder von dem traurigen Gesang des Bauern?

Die Männer und Frauen, die sich auf Deck gelagert hatten, sprachen von den Hoffnungen, die sie an den Süden knüpften.

»Ich geh' nach Tabocas«, meinte ein nicht mehr ganz junger Mann mit schütterem Bart und gekräuseltem Haar. »Man sagt, die Gegend hat Zukunft.«

»Aber man sagt auch, daß es ein ganz wildes Nest ist. Die bringen dort die Leute um, daß es schon nicht mehr schön ist«, behauptete ein Kleiner mit heiserer Stimme.

»Das hab' ich auch schon gehört, aber ich glaub' kein Wort davon. Es wird so viel dahergeredet...«

»Wie Gott will...«, ertönte die Stimme einer Frau, die einen Schal um den Kopf gewickelt hatte.

»Ich geh' lieber nach Ferradas«, erklärte ein junger Mensch. »Ich hab' einen Bruder dort, dem 's recht gut geht; er arbeitet beim Oberst Horácio, einem steinreichen Mann. Zu dem geh' ich; er hat schon einen Arbeitsplatz für mich. Dann komm' ich zurück und hol' die Zilda.«

»Deine Braut?« fragte eine Frau.

»Nein, meine Frau. Sie hat schon ein Mädel von zwei Jahren, und was andres ist unterwegs. Lieb ist die Kleine.«

»Du kommst nicht wieder«, sagte ein Alter, der sich in einen Umhang gewickelt hatte. »Du kommst nicht wieder, Ferradas ist der Arsch der Welt. Weißt du denn, was du tun wirst auf den Pflanzungen von Oberst Horácio? Arbeiter wirst du werden oder Bravo. Ein Mann, der keinen umbringen kann, interessiert den Oberst nicht. Du kommst nicht wieder.« Wütend spuckte der Alte aus.

Antônio Vítor hörte das Gespräch, aber die Klänge der Harmonika und der Gitarre, die aus der anderen Gruppe herüberdrangen, versetzten ihn wieder auf die Brücke von Estância, wo der Mond so schön schien und das Leben so ruhig verlief. Ivone hatte ihn immer gebeten, nicht fortzugehen. Das Maisfeld würde für sie beide genügen; warum mußte er denn dem Geld nachlaufen, in einer Gegend, von der man so viel Schreckliches erzählte? Aber in diesen Mondnächten, unter einem Himmel, der mit seiner Fülle strahlender Sterne fast den Blick blendete, hatte Antônio, die Füße im Wasser baumelnd, den Plan seiner Abreise nach Ilhéus gefaßt.

Leute, die vor ihm dorthin gefahren waren, hatten nach Hause geschrieben, wie leicht das Geld dort zu verdienen war. Es war ganz einfach, ein ordentliches Stück Land zu erwerben und einen Baum zu pflanzen, den man Kakaobaum nannte, dessen goldfarbene Früchte mehr wert waren als das Gold selber. Der Boden wartete geradezu auf die Ankömmlinge und gehörte noch niemandem. Er würde dem gehören, der den Mut aufbrachte, in den Urwald einzudringen, zu roden, Kakao, Mais und Maniok zu pflanzen und ein paar Jahre nur von Mehl und Wild zu leben, bis der Kakaobaum begann, Frucht zu tragen. Dann freilich wurde man reich, hatte so viel Geld, daß man es gar nicht ausgeben konnte, ein Haus in der Stadt, Zigarren, feine Lederschuhe, die so schön knarrten.

Mitunter hörte man auch, daß einer an einer Kugel oder an einem Schlangenbiß gestorben war, erstochen bei einer Rauferei oder erschossen aus dem Hinterhalt. Aber, was zählte das Leben eines Menschen, wo es solchen Überfluß zu erwerben gab! In Antônio Vítors Heimatstadt war das Leben armselig und hoffnungslos. Fast alle Männer zogen fort, kaum einer kam wieder. Aber die, die wiederkamen – immer nur zu kurzem Besuch – waren nach den langen

Jahren der Abwesenheit nicht wiederzuerkennen, reich wie sie waren, mit goldenen Uhren, Ringen an den Fingern und Perlen in der Krawatte. Sie warfen das Geld nur so hinaus, in Geschenken für ihre Verwandten, Stiftungen an die Kirche und ihre Schutzheiligen und bei Veranstaltungen am Neujahrsfest.

»Er ist reich geworden«, hörte man dann überall, und jeder einzelne von denen, die kamen und wieder fortgingen, weil sie sich nicht mehr an dieses geruhsame Leben gewöhnen konnten, bestärkte Antônio Vítor in seiner Absicht. Nur Ivone hielt ihn noch: ihre Lippen, ihre bittenden Worte, ihr flehender Blick...

Doch eines Tages riß er sich von dem allem los; er fuhr fort und Ivone stand schluchzend auf der Brücke, wo sie Abschied genommen hatten.

»In einem Jahr bin ich reich«, hatte er ihr versprochen, »dann komme ich dich holen.«

Der Mond von Estância beschien nun das Schiff, aber es war nicht mehr derselbe goldene Mond, der die Liebenden auf der Brücke in sein Licht getaucht hatte. Das hier war ein blutroter Mond – und der Alte sagte, daß keiner heimkehrte von diesem Land des Kakaos.

Ein unbekanntes Gefühl übermannte Antônio Vítor. War das Angst? Heimweh? Er wußte selbst nicht, was es war. Der Mond erinnerte ihn an Ivones Lippen, die ihn anflehten, nicht fortzugehen, an ihre Augen, die in jener Abschiedsnacht in Tränen schwammen. Der Mond stand nicht am Himmel, niemand fischte auf der Brücke. Die Nacht war finster und der Fluß floß murmelnd dahin, als Ivone ihren glühenden Körper an ihn preßte, das Gesicht in Tränen gebadet.

»Du fährst wirklich?« Eine endlose Minute verging in trostlosem Schweigen, dann: »Du fährst also und kommst nie wieder.«

»Ich schwöre dir, daß ich wiederkomme.«

Sie schüttelte verneinend den Kopf, dann ließ sie sich am Flußufer nieder und rief ihn. Ihr Körper blühte ihm entgegen wie eine Blume, die sich der Sonne öffnet. Sie gab sich ihm ohne ein Wort, ohne eine Klage.

Während er noch ganz verwirrt war von ihrem unerwarteten Entschluß, ließ sie ihr Kattunkleid wieder herab, auf dem die verblaßten Blumen die Farbe ihres Blutes angenommen hatten; sie verbarg ihr Antlitz in den Händen und sagte mit stockender Stimme: »Du wirst nie wiederkommen. Einmal hätte mich doch ein anderer bekommen; dann sollst schon du der erste sein. So weißt du wenigstens, wie lieb ich dich habe.«

»Ich schwöre dir, daß ich wiederkomme.«

»Du kommst nicht wieder.«

Und er ging fort, trotz des Glücks, das sie ihm geschenkt hatte, obwohl er wußte, daß er ein Kind zurückließ. Er sagte sich, daß er für sie und das Kind Geld verdienen und in einem Jahr wieder daheim sein werde. Grund war leicht zu bekommen in Ilhéus, er wollte eine Kakaopflanzung anlegen, die Früchte ernten und dann zu Ivone und dem Kleinen zurückkehren.

Es war freilich wahr, daß ihr Vater nie wiedergekehrt war, daß niemand wußte, wo er geblieben war...

Und der Alte dort erzählte, keiner käme aus diesen Gegenden zurück, nicht einmal die, die eine Frau und zwei Kinder hatten... Warum hörte diese Harmonika nicht auf zu spielen? Was war das nur für eine traurige Musik! Und was bedeutete dieser Mond, der rot wie Blut über dem Meer hing?

6

Traurig ist das Lied, wie das Vorzeichen eines kommenden Unglücks. Der Wind streicht über das Meer und trägt die Melodie mit sich, als solle sie nie ein Ende finden. Die Musik hüllt die Passagiere der dritten Klasse in ihre Schwermut und schlägt die schwangere Frau in ihren Bann, die sich an Filomeno schmiegt. Die Klänge der Harmonika begleiten die Melodie, die der junge Mann mit kräftiger Stimme singt.

Antônio Vítor zieht die Beine an, während sich ihm das Bild des friedfertigen Estância und das Ivones, die sich ihm ohne einen Laut der Klage hingibt, mit den neuen Visionen des Landes vermischt, das noch zu erobern ist, dieses Landes der Kämpfe, in dem in jeder Kugel der Tod lauert, in dem Geld und Banknoten auf ihn warten.

Ein Mann, der ganz allein reist und mit niemandem spricht, bahnt sich einen Weg durch die Gruppen und lehnt sich an die Reling. Der Mond hinterläßt auf dem Meer eine rote Spur und das Lied zerreißt die Herzen:

»Mein Liebstes, ich muß scheiden,
kehr nimmermehr zurück...«

Es erhebt sich die Vision von anderen Ländern und anderen Meeren, von fernen Küsten und unwegsamen Wäldern. Wie viele, die auf diesem Schiff fuhren, ließen ein geliebtes Wesen zurück! So manchen trieb diese Liebe fort, auf der Suche nach dem Gold, das die Liebe belohnt und das Glück erkauft, nach dem Gold, das in Ilhéus auf den Kakaobäumen wächst. Das Lied sagt, daß sie nie wiederkehren werden, daß der Tod hinter jedem Baum auf sie lauert. Rot wie Blut ist der Mond, und das Schiff tanzt auf den Wellen.

Die Beine und Füße des Alten sind nackt unter seinem Umhang. Sein Blick ist hart, er raucht eine billige Zigarette. Einer bittet ihn um Feuer und er tut einen tiefen Zug, um den Stummel zum Glühen zu bringen.

»Danke schön.«

»Bitte, bitte.«

»Es scheint, ein Wetter zieht auf...«

»Es ist Südwind... Oft bläst er so stark, daß kein Schiff es aushält...«

»In Ceará gibt es erst Stürme...« – die Frau wickelt sich fester in ihr Tuch – »als wär's das Ende der Welt...«

»Ja, das hab' ich sagen hören«, meint der Alte. »So ist es.«

Sie drängen sich an eine Gruppe, die schwätzend die Kartenspieler umringt.

»Sind Sie aus Ilhéus?«

»Ich lebe schon fünf Jahre in Tabocas. Ich komme aus dem Innern.«

»Was machen Sie denn hier, in Ihrem Alter?«

»Mein Sohn Joaquim ist zuerst gekommen... Es ist ihm gut gegangen, er hat eine kleine Pflanzung angelegt. Dann ist die Alte gestorben, und er hat mich holen lassen.«

Er schwieg still und schien der Musik zu lauschen, die der Wind der nächtlichen Stadt zutrug. Die anderen warteten; aber das

Schweigen wurde nur vom Gespräch aus der ersten Klasse unterbrochen und vom Lied des Negers:

»Kehr nimmermehr zurück,
Muß sterben in der Ferne.«

Das Lied ging noch weiter, während die Männer sich fröstelnd zusammenkauerten. Ein scharfer, heftiger Wind wehte von Süden her, und das Schiff schlingerte auf den Wellen. Viele der Passagiere waren noch nie auf einem Schiff gefahren. Sie hatten den unwirtlichen Urwald in einem Zug durchquert, der aus ungezählten Wagen voll Auswanderern bestanden hatte. Der Alte musterte sie mit seinem harten Blick: »Hört ihr das Lied? *Muß sterben in der Ferne*. Da ist was Wahres dran... Wer einmal dorthin geht, kommt nicht wieder. Wie Zauberei ist das, wie eine Falle, aus der man nicht mehr heraus kann. Ich bin sicher, daß alle...«

»Aber das Geld ist schnell verdient, was?« Dem jungen Mann brannten die Augen vor Gier.

»Geld...? Es gibt schon welche, die es erwischen. Sie kommen hin und machen Geld, denn Geld gibt's da, das weiß Gott. Aber es ist Geld, das Unglück bringt, verflucht ist es, dieses Geld. Es rutscht einem aus den Händen; man fängt an zu pflanzen...«

Die Musik war jetzt gedämpft, die Spieler waren mit ihrer Runde fertig. Der Alte sah dem jungen Mann starr in die Augen, nachdem er einen raschen Blick auf die Umstehenden geworfen hatte, die an seinen Lippen hingen. »Habt ihr schon einmal von einer ›gerichtlichen Enteignung‹ reden hören?«

»Ist das nicht so eine Erfindung von studierten Leuten, um den anderen ihr Land wegzunehmen?«

»Da kommt ein Advokat mit einem Oberst, sie machen eine ›gerichtliche Enteignung‹, und plötzlich weiß man nicht mehr, wem die Kakaobäume gehören, die man gepflanzt hat...«

Wieder sah er sich im Kreis um; dann streckte er seine großen schwieligen Hände aus. »Schaut euch diese Hände an. Die haben schon viele Kakaobäume gepflanzt. Ganze Wälder davon haben wir gepflanzt, Joaquim und ich; wie eine Herde von Bibern haben wir gearbeitet... Und was haben wir jetzt davon?«

Die Frage war an alle gerichtet, an die Spieler, an die schwangere Frau, an den jungen Mann. Er schien nun wieder der Musik zu lauschen, während er lange den Mond anstarrte.

»Es heißt, daß ein Unglück auf der Straße passiert, wenn der Mond die Farbe von Blut hat wie heute abend; genau so war es damals, als sie Joaquim umgebracht haben. Sie hatten gar keinen Grund dazu, nur so aus Bosheit haben sie ihn getötet.«

»Warum haben sie ihn getötet?« fragte die Frau.

»Der Oberst Horácio und der Doktor Rui haben eine ›Enteignung‹ ausgetüftelt, um uns den Kakao wegzunehmen, den wir gepflanzt hatten: der Grund hat angeblich dem Oberst gehört, Joaquim war nicht der Eigentümer... Der Oberst ist mit seinen Bravos gekommen und mit einem Haufen Attesten von einem Notar. Sie haben uns verjagt und sogar den Kakao behalten, der zum Trocknen ausgebreitet war und den wir schon bald hätten verkaufen können. Joaquim war ein guter Arbeiter, vor keiner Arbeit hatte er Angst und war sie noch so schwer; aber wie sie ihm die Pflanzung weggenommen haben, da war er fertig. Da hat er zu trinken angefangen. Und einmal hat er, betrunken wie er war, behauptet, er werde sich rächen, werde den Oberst um die Ecke bringen. Einer von den Spitzeln des Obersten war gerade in der Nähe, der hat das gehört und weitererzählt. Da haben sie Joaquim aus dem Hinterhalt erschossen, gleich in der nächsten Nacht, wie er nach Ferradas unterwegs war.«

Der Alte schwieg und keiner stellte mehr eine Frage. Die Kartenspieler kehrten zu ihrem Spiel zurück, einer, der am Geben war, warf zwei Karten auf den Boden, und die anderen setzten. Langsam verklang die Musik in der Nacht; der Wind blies immer stärker.

Der Alte nahm seine Erzählung wieder auf: »Joaquim war ein friedfertiger Mensch, er hätte nie jemanden getötet. Der Oberst Horácio wußte das genau und seine Leute auch. Er hat das nur gesagt, weil er betrunken war; er dachte gar nicht daran, ihn zu töten. Arbeitsam war er, er wollte nichts anderes als sein Brot verdienen. Leid hat es ihm getan, daß man ihm die Pflanzung weggenommen hatte, das schon; aber wenn er nicht betrunken gewesen wäre, hätte er so was nie gesagt... Ein Mörder war er nicht... Und von hinten haben sie ihn umgelegt...«

»Hat man sie gekriegt?«

Die Wut glühte dem Alten aus den Augen: »In derselben Nacht, in der sie ihn getötet haben, sind sie in eine Taverne trinken gegangen und haben damit großgetan...«

Es wurde ganz still in der Gruppe. »Sieben«, rief einer der Spieler, aber der Gewinner nahm nicht einmal das Geld auf, so vertieft war er in den Anblick des Alten, der in sich zusammengesunken war und die Welt vergessen zu haben schien, einsam in seinem Schmerz.

»Und Sie?« fragte die Schwangere mit leiser Stimme.

»Mich haben sie nach Bahía verschifft, haben gesagt, ich könne nicht mehr dort bleiben. Aber jetzt fahr' ich zurück...«

Jäh richtete sich der Alte auf, seine Augen bekamen wieder den harten Glanz, den sie am Ende seiner Erzählung gehabt hatten; in entschlossenem Ton sprach er weiter: »Jetzt geh' ich zurück und bleib' immer dort... jetzt jagt mich keiner mehr fort. Das Schicksal bestimmt unseren Weg, Frau. Keiner wird gut oder schlecht geboren, das Schicksal macht uns erst krumm und schief.«

»Aber...«, die Frau wagte nicht, weiterzusprechen.

»Na, weiter, nur keine Angst!«

»Wie wollen Sie denn leben? Sie sind doch nicht mehr in dem Alter, um schwere Arbeit zu leisten.«

»Wenn man sich etwas vornimmt, Frau, dann geht alles. Und ich hab' ein Ziel... Mein Sohn war ein braver Mensch, nie hätte er den Oberst getötet. Auch ich hab' diese Hände nie mit Blut beschmutzt.« Wieder zeigte er seine Hände, die von der Erdarbeit Schwielen hatten. »Aber sie haben mir meinen Sohn umgebracht...«

»Sie wollen wirklich...?« begann die Frau voll Entsetzen.

Der Alte drehte ihr den Rücken zu und entfernte sich langsam.

»Der ist imstande zu töten«, bemerkte ein magerer Bursche.

Die Musik schwoll wieder an in der Nacht; der Mond stieg rasch höher am Himmel. Derjenige, der am Geben war, nickte mit dem Kopf, um die Behauptung des Mageren zu bekräftigen. Die schwangere Frau preßte den Arm Filomenos und flüsterte: »Ich hab' Angst...«

Die Harmonika verstummte; der Mond glich einer Blutlache.

7

In einer anderen Gruppe führte José da Ribeira das große Wort. Er erzählte allerlei, was sich in der Kakaogegend abgespielt hatte, Geschichten ohne Ende. Jeden Augenblick spuckte er aus, glücklich, reden zu können und den Leuten zu zeigen, was er wußte. Alles hörte ihm aufmerksam zu, wie einem, von dem man etwas lernen konnte.

»Ich wär' fast nicht gefahren«, sagte eine kleine Frau, die ihrem Kind die Brust gab; »man hat mir erzählt, daß dort ein Fieber umgeht, an dem selbst ein Affe sterben könnte.«

José lachte auf, und alles wandte sich ihm zu. Er setzte eine wichtige Miene auf: »Da hat man Sie nicht angelogen, bestimmt nicht, liebe Frau. Ich hab' schon viele an diesem Fieber eingehen sehen, Kerle wie die Pferde. Drei Nächte Fieber und dann war's aus mit ihnen.«

»Sind das nicht die Blattern?«

»Blattern gibt's da auch, aber davon red' ich nicht. Blattern, Pokken und noch eine ganze Menge Krankheiten gibt's, aber am schlimmsten sind die schwarzen Blattern. Ich hab' noch keinen gesehen, der sie überstanden hat, aber die mein' ich ja auch nicht. Ich red' von einem Fieber, da weiß überhaupt keiner, was das eigentlich ist, nicht einmal einen Namen hat's. Da weiß man noch gar nicht, daß man's erwischt hat, und schon ist man hin.«

»Gott steh uns bei...« murmelte eine andere Frau.

José spuckte aus und kramte weiter seine Erinnerungen aus: »Da ist einmal ein Doktor gekommen, mit so einem Diplom und dem ganzen Kram, ein junger Kerl, hat noch gar keinen Bart gehabt. Hübsch war er auch. Der hat behauptet, er wird mit dem Fieber in Ferradas aufräumen, aber das Fieber hat mit ihm aufgeräumt und mit seiner ganzen Hübschheit: so eine scheußliche Leiche hab' ich noch nie gesehen gehabt, noch garstiger war er als Garangau, den sie in Macacos um die Ecke gebracht haben. In Stücke haben sie den geschnitten, ihm die Augen ausgestochen, die Zunge abgesäbelt und die Haut von der Brust abgezogen.«

»Warum haben sie denn den armen Teufel so zugerichtet?« fragte die Frau mit dem Säugling.

»Armer Teufel?« José da Ribeira lachte in sich hinein; er schien sich köstlich zu unterhalten. »Armer Teufel? Vincente Garangau? Der schlimmste Bravo im ganzen Süden. In Juparana hat er einmal sieben Männer an einem einzigen Tag umgebracht... Der ärgste Hund, den der liebe Gott erschaffen hat.«

Die Zuhörer waren sehr beeindruckt, nur ein Mann aus Ceará bemerkte: »Sieben ist eine Lügenzahl, José.«

José lachte wieder und zog an seiner Zigarette; er zeigte sich durchaus nicht gekränkt.

»Du bist ja noch ein Kind, was weißt du schon vom Leben? Da schau mich an, ich hab' schon gute fünfzig auf dem Buckel. Ich hab' genug gesehen, zehn Jahre leb' ich in diesen Wäldern. Soldat war ich auch schon, da kann man was erleben. Aber was man in der Gegend dort sieht, das gibt's nicht so bald wieder. Hast du schon einmal was von einem Hinterhalt gehört?«

»Freilich«, rief einer. »Da steht einer hinter einem Baum, heißt es, und wartet, bis ein anderer kommt. Den schießt er dann tot.«

»Nun gut. Ich kenn' so einen Gemütsmenschen, der hat mit einem Freund zehn Milreis gewettet, nach welcher Seite der Tote umfallen wird; der erste, der sich auf der Straße gezeigt hat, hat aus dem Hinterhalt eins aufgebrannt gekriegt, nur damit die Wette entschieden wurde. Hast du schon so was gehört?«

Den Mann aus Ceará schüttelte es, eine der Frauen wollte es nicht glauben: »Was, nur um eine Wette zu gewinnen?«

José da Ribeira spuckte wieder aus und setzte seine Erklärungen fort: »Ich bin dort gewesen. Ich hab' schon was von der Welt gesehen, bin Soldat gewesen; Sachen hab' ich erlebt, da würden euch die Haare zu Berge stehen. Aber so was wie dort... Das ist nur ein Land für ganze Kerle, dafür gibt's auch Geld zu verdienen. Man muß nur immer den Finger am Abzug haben, dann klappt schon alles.«

»Und was machen denn Sie dort?«

»Als Polizeiwachtmeister bin ich hingekommen, dann hab' ich eine kleine Pflanzung angelegt, das ist ein besseres Geschäft, davon leb' ich jetzt. Ich bin nach Bahía gefahren, mich ein bißchen auszulüften und ein paar Sachen zu kaufen, die ich brauche.«

»Und jetzt fahren Sie in der dritten Klasse zurück?« fragte der Mann aus Ceará, um ihn zu hänseln.

José lachte wieder in sich hinein: »Die Weiber haben mir mein ganzes Geld abgeknöpft, mein Lieber. In den Wäldern muß man mit allem zufrieden sein. Aber wenn man dann in die Stadt kommt und so eine Weiße sieht, da weiß man nicht mehr, wo einem der Kopf steht. Ich bin so blank wie ein Kieselstein...«

Keiner machte eine Bemerkung dazu, denn plötzlich blieb ein kleiner Mann vor ihnen stehen, eine Peitsche in der Hand und einen Sombrero auf dem Kopf.

José wandte sich um und grüßte respektvoll: »Guten Tag, Herr Juca.«

»Guten Tag, Ribeira. Was macht die Pflanzung?«

»Ich bin schon fast einen Monat weg, dieses Jahr will ich mit Gottes Hilfe noch mehr roden.«

Juca Badaró nickte zustimmend mit dem Kopf und betrachtete die Gruppe.

»Kennst du diese Leute?«

»Ich lern' sie grad erst kennen. Warum, wenn ich fragen darf?«

Statt zu antworten, trat Juca mitten in die Gruppe. »Woher kommst du?« fragte er den einen.

»Von Ceará, Herr. Von Crato.«

»Maultiertreiber?«

»Nein, Herr... ich hab' eine kleine Pflanzung gehabt...« Ohne eine Frage abzuwarten, setzte er hinzu: »Die Dürre hat mich ruiniert.«

»Hast du Familie oder bist du allein?«

»Ich hab' eine Frau, und ein Kind ist unterwegs...«

»Willst du bei mir arbeiten?«

»Ja, danke schön.«

So nahm Juca Badaró Leute auf: den Spieler, der die Karten austeilte, einen der anderen Spieler, den Mann aus Ceará, den jungen Mann und Antônio Vítor, der den Sternenhimmel betrachtete. Viele andere boten sich an, aber er wies sie ab. Er kannte sich bei den Menschen aus und wußte gleich, wen er auf seinen Pflanzungen brauchen konnte, zum Roden, zum Ackern und zur Beaufsichtigung der Ernte.

8

Hauptmann João Magalhães ließ Portwein kommen. Der Handelsreisende nahm die Einladung an, doch Oberst Ferreirinha lehnte ab; das Schaukeln des Schiffes drehte ihm den Magen um.

»Wenn ich bei diesem Teufelswind Wein trinke, muß ich nachher den Fischen opfern.«

»Also Bier? Oder Cognac?«

Der Oberst wollte gar nichts. João Magalhães erzählte großartige Geschichten von seinem Leben in Rio als Offizier und bedeutender Geschäftsmann: »Ich besitze allerhand Liegenschaften – und auch Wertpapiere...«

Er erfand schnell die Geschichte einer Erbschaft von einer millionenschweren Tante, die keine Kinder hinterlassen hatte. Er sprach von den großen Tagespolitikern, seinen Freunden – wie er sagte –, die er alle duze, mit denen er trinke und spiele. Er habe seinen Abschied genommen und reise jetzt, um seine Heimat kennenzulernen. Er komme von Rio Grande do Sul und gedenke, bis zum Amazonas vorzustoßen. Bevor er ins Ausland reise, wolle er erst Brasilien kennenlernen; er gehöre nicht zu denen, die kaum Geld verdient hätten, um es schon in Paris mit den Französinnen auszugeben.

Der Oberst fand das sehr richtig, sehr patriotisch und wollte wissen, ob die »berühmten Französinnen« in Rio wirklich »zu allem« zu haben seien, oder ob das nur so ein unanständiges Geschwätz sei. Man habe ihm schon erzählt, daß es in Rio solche Weiber gebe. João Magalhães konnte das bestätigen und verbreitete sich in schlüpfrigen Einzelheiten, angespornt durch den Handelsreisenden, der zeigen wollte, daß er auch etwas davon verstand. (Er war einmal in Rio gewesen, und diese Reise bildete das bedeutendste Ereignis seines Lebens.)

Der Oberst genoß jede Einzelheit: »Was Sie nicht alles erzählen, Hauptmann! Aber das sind ja ausgemachte Schweinereien...«

Der Hauptmann trug jetzt noch dicker auf. Aber er hielt sich nicht lange mit diesen Beschreibungen auf, sondern kam wieder auf sein Vermögen und seine guten Beziehungen zurück. Könne er nicht in Rio etwas für den Oberst tun? Solle er ihn an einen wichtigen Politiker empfehlen? Der Oberst brauche es nur zu sagen. Es sei ihm ein

Vergnügen, seinen Freunden dienlich sein zu können. Er bedaure nur, den Oberst nicht früher kennengelernt zu haben; sie hätten sich glänzend verstanden, und er wäre glücklich gewesen, ihm einen Gefallen zu tun.

Der Oberst brauchte nichts aus Rio, aber er dankte ihm trotzdem lebhaft. Im selben Augenblick ging Maneca Dantas vorüber, ein schwerfälliger, dicklicher Mensch in verschwitztem Hemd und mit feuchten Händen. Der Oberst rief ihn heran und übernahm die Vorstellung: »Das ist Oberst Maneca Dantas, ein reicher Gutsbesitzer von uns zu Hause. Geld hat er wie Heu.«

João Magalhães erhob sich zuvorkommend: »Hauptmann João Magalhães, Pionieroffizier, zu dienen.«

Er zog eine Visitenkarte aus der Tasche, bog eine Ecke um und überreichte sie dem Oberst Maneca. Dann bot er ihm einen Stuhl an und tat, als höre er nicht die Bemerkung, die der Handelsreisende dem Oberst Ferreirinha zuraunte: »Ein distinguierter Mensch...«

»Ja, sehr wohlerzogen...«

Oberst Maneca schlug den Wein nicht aus. Ihm konnte die Seekrankheit nichts anhaben.

»Ich fühle mich hier so wohl wie in meinem Bett in Auricidia. Auricidia ist der Name meiner kleinen Pflanzung, Hauptmann. Wollen Sie nicht einmal dort vorbeikommen? Vorausgesetzt, Sie begnügen sich mit Rauchfleisch...«

Ferreirinha lachte laut auf: »Rauchfleisch! Sie müssen wissen, lieber Hauptmann, in Auricidia ist jedes Mittagsmahl ein Bankett und jedes Abendessen ein Taufschmaus. Donja Auricidia hat in ihrer Küche ein paar Negerinnen, die wie die Engel kochen.« Oberst Ferreirinha fuhr sich mit der Zunge über die Lippen, als sähe er die Speisen vor sich. »Eine Blutwurst machen die, da sieht man den Himmel offen!«

Maneca Dantas lächelte geschmeichelt über diese Lobreden: »Das ist auch alles, was einem das Leben dort bieten kann«, erklärte er, »man lebt wie in einer Wüste; man rodet, um Kakao zu pflanzen, plagt sich mit der Arbeit ab wie ein Knecht, gibt acht, daß einen keine Schlange beißt und keine Kugel aus dem Hinterhalt trifft; wenn man nicht einmal gut essen soll, was bleibt dann übrig? Da gibt's keinen städtischen Luxus, kein Theater, keine Mädchen, keine Kaffeehäuser, gar nichts. Nichts als Arbeit, Tag und Nacht, roden, pflanzen.«

»Ja, ja«, bestätigte Ferreirinha, »da wird hart gearbeitet.«

»Dafür macht man aber auch genug Geld«, warf der Handelsreisende ein, während er sich den Wein von den Lippen wischte.

Maneca Dantas hörte nicht auf zu lächeln. »Das ist schon richtig. Es ist ein guter Boden, Herr Hauptmann, der die Mühe wert ist. Der Kakao gedeiht gut und macht sich bezahlt. Darüber kann man sich nicht beklagen. Er wirft immer noch genug ab, daß man seine Freunde bewirten kann.«

»Am 16. bin ich in der Gegend«, erklärte der Handelsreisende, »auf dem Weg nach Sequeiro Grande; da könnte ich dort übernachten.«

»Stehe zu Diensten«, sagte Maneca. »Und Sie, Herr Hauptmann, wollen Sie nicht auch kommen?«

João Magalhães meinte, es sei gut möglich, denn er habe die Absicht, sich eine Zeitlang in der Gegend aufzuhalten; er wolle sehen, ob es sich lohne, Geld in eine Kakaopflanzung zu stecken. Schon in Rio habe man ihm erzählt, was für ein Vermögen dort zu machen sei. Er sei versucht, einen Teil seines verfügbaren Kapitals in Kakaopflanzungen zu stecken. Er könne freilich auch nicht klagen; den größten Teil seines Geldes habe er in Häusern in Rio angelegt, die eine gute Rente abwürfen. Aber er habe noch etwas auf der Bank liegen, einige Dutzend Contos und eine Menge Staatspapiere. Wenn es sich lohne...

»Gewiß lohnt es sich, Herr Hauptmann.«

Maneca Dantas war ernst geworden. »Das will ich meinen. Kakao ist eine neue Kultur, aber auf der ganzen Welt gibt es keine bessere Erde für Kakao. Es sind schon eine Menge Sachverständige hier gewesen, alle waren derselben Meinung; es gibt keinen besseren Boden für Kakao, und der Ertrag ist ausgezeichnet. Ich tausche ihn nicht für Kaffee ein, nicht einmal für Zuckerrohr. Das einzige ist, daß die Leute noch ziemlich wild sind, aber das kann einen Mann wie Sie nicht schrecken. Herr Hauptmann, ich sage Ihnen: in zwanzig Jahren ist Ilhéus eine große Stadt, eine Hauptstadt, und alle diese kleinen Städte von heute werden Riesenstädte sein. Kakao ist Gold, lieber Hauptmann.«

Das Gespräch nahm seinen Fortgang, man sprach von Reisen, João Magalhães erzählte von anderen Ländern, von seinen Reisen zu Lande und auf großen Dampfern. Sein Ansehen stieg von Minute zu Minute, und der Kreis seiner Bewunderer wuchs mit jeder Geschichte und jedem Glas Wein. Geschickt brachte der Hauptmann das Gespräch auf das Kartenspielen, bis schließlich eine Pokerpartie organisiert wurde.

Oberst Totonho, der Besitzer von Riacho Sêco, nahm am Tisch Platz, aber der Handelsreisende schloß sich nicht an, der Einsatz war zu hoch und die »Hand« auch. Die Partie bestand also aus João und den drei Obersten, während die übrigen kiebitzten.

»Ich kenne mich nicht besonders aus bei diesem Spiel«, bemerkte Maneca Dantas und warf seinen Mantel ab.

Ferreirinha brach wieder in sein Lachen aus: »Glauben Sie ihm nicht, Hauptmann! Maneca ist ein Meister im Poker. Gegen ihn kommt keiner auf.«

Maneca steckte seinen Revolver in die Manteltasche, im Gürtel war er zu sichtbar; João Magalhães überlegte, ob es nicht besser wäre, das erste Mal zu verlieren und nicht gleich seine Stärke zu zeigen.

Der Barmann brachte die Karten.

»Mit Joker?« fragte Maneca.

»Wie Sie wollen«, antwortete João Magalhães.

»Der Joker gehört nicht zum Poker«, sagte Totonho, der bisher nicht gesprochen hatte. »Lassen wir den Joker beiseite, ja?«

»Gut, mein Lieber.« Maneca legte den Joker zu den anderen Karten, die nicht gebraucht wurden.

Ferreirinha hielt die Bank, und jeder kaufte für fünfhundert Cruzeiros Spielmarken. João Magalhães beobachtete sorgfältig Totonho, der nur ein Auge hatte und dem an einer Hand zwei Finger fehlten. Er war finster und schweigsam. Er war am Geben. João beschloß, nicht zu mogeln, sondern ehrlich zu spielen, sogar wenn möglich Dummheiten zu machen und etwas zu verlieren. So wiegte er seine Partner in Sicherheit und konnte bei nächster Gelegenheit um so mehr gewinnen.

Er hatte zwei Könige in der Hand und sagte an; Maneca hatte sechzehn mehr und Ferreirinha paßte. Totonho zahlte und João ergänzte seinen Einsatz. Ferreirinha teilte aus, Maneca zog zwei Karten, Totonho eine.

»Alle drei«, verlangte João.

Totonho legte seine Karten auf, Maneca lizitierte und er strich alles ein. Er hatte geblufft und konnte es sich nicht versagen, sein Blatt zu zeigen. »Drillinge...« Er hatte einen Buben, einen König und eine Dame; zwei Karten hatte er zugekauft, um eine Reihe zu bekommen.

João Magalhães lachte und klopfte ihm auf die Schulter: »Ausgezeichnet, Oberst, das haben Sie sehr gut gemacht.«

Totonho blickte ihn wütend an, ohne ein Wort zu sagen. João Magalhães hatte allen Respekt vor seinen Mitspielern verloren. Er zweifelte nicht mehr daran, daß er im Land des Kakaos reich werden würde.

9

Der Handelsreisende war es müde geworden, dem Spiel zuzusehen und stieg zur Brücke hinauf, wo Margot, vom Mond beschienen, an der Brüstung lehnte und ihren Gedanken nachhing. Das Meer war von einem dunklen Grün und die letzten Lichter der Stadt waren längst außer Sicht. Das Schiff schlingerte stark; fast alle Passagiere hatten sich in ihre Kabinen zurückgezogen oder lagen auf Bordstühlen, fest in dicke Decken gewickelt. In der dritten Klasse begann die Harmonika wieder ein schwermütiges Lied zu spielen. Der Mond stand jetzt hoch am Himmel und von Süden blies ein schneidender Wind, der Margots langes Haar flattern ließ. Sie nahm die Klammern heraus und überließ ihre blonden Locken dem Wind.

Als er sie so allein sah, begann der Handelsreisende leise zu pfeifen und näherte sich ihr unmerklich. Er hatte keinen festen Plan, nur eine unbestimmte Hoffnung regte sich in seinem Herzen.

»Guten Abend.«

Margot drehte sich um, das Haar mit der Hand festhaltend. »Guten Abend.«

»Ein bißchen Luft schöpfen?«

»Freilich...«

Sie sah wieder auf das Meer hinaus, in dem sich die Sterne spiegelten. Sie band sich ein Tuch um den Kopf und rückte beiseite, um ihm Platz zu machen. Lange verharrten sie in Schweigen. Margot schien seine Anwesenheit vergessen zu haben, so sehr war sie in die Betrachtung des Geheimnisses von Meer und Himmel versunken. Er begann als erster zu sprechen: »Sie fahren nach Ilhéus?«

»Ja.«

»Für immer?«

»Weiß ich?... Wenn es mir dort gut geht...«

»Sie waren im Haus von Lisia, nicht?«

Sie nickte zustimmend.

»Ich habe Sie dort gesehen, am Samstag. Mit dem Doktor waren Sie dort...«

»Ich weiß...«, antwortete sie kurz und wandte sich wieder der Betrachtung des Meeres zu, als wolle sie das Gespräch nicht fortsetzen.

»In Ilhéus gibt es viel Geld. So ein netter Käfer wie Sie müßte es schon zuwege bringen, eine Pflanzung zu kaufen. Unter den Kunden wird sicher auch ein Oberst sein.«

Sie riß den Blick vom Meer los und sah den Reisenden aufmerksam an. Sie schien zu überlegen, ob sie reden solle oder nicht. Wortlos kehrte sie sich wieder dem Meer zu.

»Juca Badaró hat eben mit Ihnen gesprochen«, fuhr der Handelsreisende fort. »Seien Sie vorsichtig!«

»Wer ist er denn?«

»Einer von den Reichsten in der Gegend – und mutig ist er auch. Es heißt, daß seine Arbeiter wahre Teufel seien. Sie fallen in die Besitzungen anderer ein und bringen um, wer ihnen gerade in die Quere kommt. Er ist der Herr von Sequeiro Grande.«

Margot begann Interesse zu zeigen, und er erzählte weiter: »Man behauptet, die ganze Familie sei so energisch, die Frauen ebensogut wie die Männer. Sogar die Frauen sollen ein paar Morde auf dem Gewissen haben. Wollen Sie einen Rat von mir haben? Lassen Sie sich nicht ein mit ihm.«

»Wer sagt Ihnen denn, daß er mich interessiert? Er ist es doch, der um mich herumstreicht wie ein alter Hahn, der einer jungen Henne nachläuft. Ich habe mit ihm nichts zu tun, ich bin nicht hinter dem Geld her.«

Der Handelsreisende lächelte ungläubig, aber sie zuckte nur mit den Schultern, als sei ihr seine Meinung gänzlich gleichgültig.

»Jucas Frau hat schon einmal einem Mädchen die Haare abschneiden lassen, das sich mit ihm eingelassen hatte, heißt es...«

»Wer hat Ihnen denn nur in den Kopf gesetzt, daß er mir gefällt? Er kann so viele Frauen haben, wie er will, die hier wird er nicht kriegen...«; sie schlug sich auf die Brust.

Sie zögerte wieder, ob sie weitersprechen solle. Dann entschloß sie sich: »Haben Sie mich nicht am Samstag mit Virgilio tanzen sehen? Also gut, er ist in Ilhéus, und ich fahre zu ihm.«

»Richtig, das hatte ich ganz vergessen. Er ist doch Anwalt in Ilhéus. Aus dem wird etwas, wie? Der Oberst Horácio soll ihn haben kommen lassen, um seine Partei zu vertreten.«

Der Reisende machte eine zufriedene Kopfbewegung. »Wenn es so ist, dann sage ich nichts. Ich gebe Ihnen nur einen Rat: Vorsicht mit Juca Badaró.«

Er ließ sie stehen. Es hatte keinen Sinn, das Gespräch fortzusetzen. Ein verliebtes Mädchen war ärger als eine Jungfrau. Was würde Juca Badaró dazu sagen?

Margot nahm das Tuch ab und ließ den Wind mit ihren Haaren spielen.

10

Ein Schatten glitt über die Treppe; bevor er die erste Klasse betrat, warf er einen Blick um sich, ob sich auch nichts rührte. Er strich sich die Haare glatt und band das Halstuch fester. Seine Hände waren noch geschwollen von der Behandlung, die er bei der Polizei erlitten hatte. Den Ring mit dem falschen Stein brachte er noch nicht auf den Finger. Der Kommissär hatte gemeint, man müsse ihm die Hände entzweischlagen, um ihn daran zu hindern, sie in fremde Taschen zu stecken. Fernando nahm die letzte Stufe und begab sich auf die Seite des Schiffes, die Margots Standplatz gegenüberlag. Leise schlich er an einen Liegestuhl heran, auf dem ein Passagier schnarchte. Seine geschickten Hände glitten unter die Decke, dann unter den Mantel, berührten den kalten Stahl des Revolvers und zogen ihrem Opfer eine pralle Brieftasche aus der Hose. Der Mann rührte sich nicht.

Der Dieb kehrte wieder in die dritte Klasse zurück. Er warf die Brieftasche ins Meer und steckte das Geld zu sich. Dann schlängelte er sich auf Zehenspitzen durch die Schlafenden und suchte jemanden. In einem Winkel lag der Alte, der zurückfuhr, um den Tod seines Sohnes zu rächen, ausgestreckt, als schliefe er auf der Erde. Fernando zog einige Banknoten aus dem Bündel und schob sie mit der ganzen Behendigkeit, deren seine Finger fähig waren, dem Alten in die Tasche. Dann versteckte er die übrigen Scheine im Futter seines Mantels und schlich mit angehaltenem Atem in den entferntesten Winkel, wo Antônio Vítor von Estáncia träumte und von dem glühenden Körper Ivones, der sich an ihn preßte.

11

Gegen Morgen wurde es frisch, und die Passagiere hüllten sich fester in ihre Decken. Margot lauschte einem Gespräch, das in einiger Entfernung geführt wurde.

»Wenn der Kakao dieses Jahr vierzehn Milreis abwirft, fahre ich mit der ganzen Familie nach Rio.«

»Ich möchte gern ein Haus in Ilhéus bauen.«

Die Sprechenden kamen näher.

»Das war eine scheußliche Geschichte, Zequinha von hinten erschießen zu lassen.«

»Aber diesmal kommt es sicher zu einer Verhandlung.«

»Wir werden ja sehen.«

Sie blieben vor Margot stehen und betrachteten sie ungeniert. Der Kleinere grinste unter seinem riesigen Schnurrbart, den er jeden Augenblick glattstrich.

»Sie werden sich erkälten, mein Fräulein.«

Margot antwortete nicht.

»Wo werden Sie in Ilhéus wohnen?« fragte der andere.

»Was geht Sie das an?«

»Nicht so stolz, Fräulein! Sie wollen doch schließlich unter unseresgleichen leben. Sehen Sie, mein Freund Moura könnte Ihnen eine hübsche Wohnung einrichten.«

Der Kleine lachte, indem er seinen Schnurrbart zwirbelte. »Das tu' ich, mein schönes Kind. Du brauchst nur ja zu sagen.«

Plötzlich tauchte Juca Badaró auf. »Gestatten Sie...«

»Guten Abend, Juca.« Rasch verschwanden die beiden.

Juca nickte mit dem Kopf, dann wandte er sich zu Margot: »Es wird Zeit, schlafen zu gehen. Besser, zu schlafen, als hier mit einem jeden herumzuschwätzen.«

Lauernd sah er den beiden nach, die sich immer weiter zurückzogen.

»Wer gibt Ihnen das Recht, sich in meine Angelegenheiten zu mischen?« fragte Margot, als sie allein waren.

»Sei nur vorsichtig, meine Liebe. Ich gehe jetzt hinunter, um nachzusehen, ob meiner Frau nichts fehlt in der Kabine; aber ich komme wieder, und wenn ich dich dann noch hier finde, gibt's Krach. Eine Frau, die mir gehört, hat zu gehorchen...«

Damit verschwand er.

»Eine Frau, die mir gehört«, wiederholte Margot voll Widerwillen. Ganz langsam begab sie sich in ihre Kabine.

Als sie an dem Kleinen mit dem Schnurrbart vorbeikam, hörte sie ihn leise sagen: »Dieser Juca Badaró verdient eine gute Lektion.«

Plötzlich fühlte sie sich Juca zugehörig und fragte: »Und warum geben Sie sie ihm dann nicht?«

12

Schweigen senkte sich auf das Schiff, welches das nächtliche Meer durchschnitt. Die Ziehharmonika und die Gitarren in der dritten Klasse waren verstummt; keine Stimme sang mehr traurige Weisen von Liebe und Sehnsucht.

Margot hatte sich zurückgezogen, es war keiner mehr da, der an der Reling träumte. Die Worte der Pokerspieler erstarben, noch bevor sie das Meer erreichten. In das rote unheimliche Licht des Mondes getaucht, verfolgte das Fahrzeug seinen Kurs, eingehüllt in Schweigen. Schlaf herrschte auf dem nächtlichen Schiff, ein Schlaf, erfüllt von tausend Träumen und Hoffnungen.

In Begleitung seines Zweiten Offiziers stieg der Kapitän von der

Kommandobrücke herab. Sie durchquerten die ganze erste Klasse, wo die Passagiere in Gruppen auf den Deckstühlen schliefen, fest eingehüllt in ihre Wolldecken. Mitunter murmelte einer im Schlaf etwas aus einem Traum von einer Pflanzung, die von Früchten strotzte. Der Kapitän und der Zweite Offizier stiegen über die enge Treppe in die dritte Klasse hinab, wo Männer und Frauen dicht aneinandergedrängt lagen, um die Kälte nicht zu spüren. Der Kapitän sprach kein Wort, aber der Zweite Offizier pfiff ein Volkslied. Antônio Vítor schlief mit einem zufriedenen Lächeln auf den Lippen, als träume er von einem leicht erworbenen Vermögen in Ilhéus und von seiner Rückkehr nach Estância, um Ivone zu holen.

Der Kapitän blieb stehen und betrachtete den schlafenden Mulatten. »Sehen Sie, wie er lächelt?« fragte er den Zweiten Offizier. »Dem wird das Lachen vergehen, wenn er erst im Urwald ist.« Er stieß mit dem Fuß den Kopf Antônios an: »Die tun mir leid.«

Sie schritten bis zum Heck des Schiffes. Die Wellen gingen hoch, und der Mond war rot wie Blut. Beide schwiegen, der Zweite Offizier setzte seine Pfeife in Brand.

Endlich begann der Kapitän zu sprechen: »Manchmal komme ich mir wie der Kapitän eines dieser Negerschiffe aus früheren Zeiten vor...«

Als der Zweite Offizier nicht antwortete, setzte er hinzu: »Von diesen Schiffen, die statt Waren Neger geladen hatten, um sie als Sklaven zu verkaufen...« Er zeigte auf die Männer, die in der dritten Klasse schliefen, auf Antônio Vítor, der immer noch lächelte: »Was ist da schon für ein Unterschied?«

Der Zweite Offizier zuckte mit den Achseln, stieß eine Rauchwolke aus und sagte nichts. Er blickte auf das Meer hinaus, in die endlose Nacht unter dem sternenübersäten Himmel.

ZWEITER TEIL

DER URWALD

I

Der Urwald lag in tiefem, endlosem Schlaf. Die Tage und Nächte gingen über ihn hinweg, im Sommer überglänzte ihn die Sonne, im Winter strömte Regen auf ihn nieder. Seine hundertjährigen Bäume bedeckten die Berge mit ihrem ewigen Grün, das sich weit in die Ebene erstreckte und sich in endloser Weite verlor. Er glich einem noch unentdeckten Meer, in seinem eigenen Geheimnis beschlossen. Wie eine Jungfrau, deren Körper noch nie die Glut der Leidenschaft erfahren hat. Und schön wie eine Jungfrau war er, blühend, jung, trotz der hundertjährigen Stämme. Geheimnisvoll wie der Leib einer Frau, der die Hingabe noch nicht kennt, und ebenso begehrt.

An sonnigen Morgen erklang Vogelgeschrei aus dem Wald; Sommerschwalben flitzten über seine Wipfel dahin. Rudel von Affen sprangen in vollem Jagen von Ast zu Ast, hügelauf und hügelab. In den stillen Nächten konnte man die Käuzchen zum gelben Mond emporrufen hören. Aber ihr Schrei kündigte noch kein Unglück an, denn die Menschen waren noch nicht in den Urwald eingedrungen. Ungezählte Arten von Schlangen glitten durch das trockene Laub, und in den Brunftnächten stießen die Jaguare ihr fürchterliches Geheul aus.

Der Urwald schlief; die uralten Baumriesen, die verschlungenen Lianen, Schlamm und Dornen schützten seinen Schlaf.

Aus dem Wald, aus seinem Geheimnis heraus fiel die Furcht die Herzen der Menschen an. Als sie eines Abends anlangten, nachdem sie sich durch Sümpfe und Flußläufe einen Pfad gebahnt hatten, und nun dem jungfräulichen Wald gegenüberstanden, erstarrten sie vor

Schrecken. Die Nacht brach herein und brachte schwarze Wolken mit sich, schwer von Juniregen.

In dieser Nacht bedeutete der Schrei der Käuzchen zum ersten Mal Unheil. Fremdartig klang er durch den Wald und weckte die Tiere: Die Schlangen begannen zu zischen, die Jaguare heulten in ihren Verstecken, die Schwalben fielen tot von den Ästen und die Affen entflohen. Als der Sturm losbrach, erwachten Gespenster im Wald. Aber in Wirklichkeit waren sie mit den Menschen gekommen, waren ihnen auf dem Fuß gefolgt, ihren Äxten und Messern; oder sollten sie schon seit Anbeginn der Zeiten im Urwald gewohnt haben? In dieser Nacht erwachten der Werwolf und der Kobold, »das Maultier des Paters« und der »Boitatá«, der Ochs mit den flammenden Nüstern.

Die Menschen drängten sich verängstigt aneinander, denn der Wald flößte ihnen einen geradezu religiösen Schauer ein. Es gab nirgends einen Pfad, man befand sich im Reich der Tiere und Gespenster. Die Menschen machten halt, Angst im Herzen.

Dann brach der Sturm los; Blitze zerrissen den Himmel und der Donner hörte sich an wie Zähneknirschen der beleidigten Waldgötter. Minutenlang erhellten die Blitze den Wald, aber alles, was die Menschen sahen, war das dunkle Grün des Laubwerks, und mit gespannten Sinnen horchten sie auf die Laute, die an ihr Ohr drangen: das Zischen der fliehenden Schlangen, das Geheul der erschreckten Jaguare und die fürchterlichen Stimmen der Gespenster, die durch den Urwald jagten. Diese Flamme, die über die höchsten Wipfel hinsprang, kam zweifellos aus den Nüstern des Boitatá, und das Hufgeklapper, was konnte es anderes sein als »das Maultier des Paters«, das durch das Gehölz raste, dieses Maultier, das einst ein schönes Mädchen gewesen war und sich im Liebeswahn in die ruchlosen Arme eines Priesters geworfen hatte? Sie hörten nicht mehr das Heulen des Jaguars, jetzt war es der schreckliche Schrei des Werwolfs, halb Mensch, halb Wolf, mit riesigen Krallen, dem der Fluch der Mutter den Verstand geraubt hatte.

Auf seinem einzigen Bein und seinem einzigen Arm vollführte der Kobold einen schaurigen Tanz und grinste über das ganze gespaltene Gesicht. Die Angst preßte die Herzen der Menschen zusammen.

Der Regen fiel in Strömen, als sollte eine neue Sintflut ausbrechen; alles erinnerte an den Anfang der Welt. Undurchdringlich und geheimnisvoll, uralt wie die Zeit und jung wie der Frühling erschien der Wald den Menschen, wie ein schreckerregendes Gespenst, Wohnung und Zuflucht der Werwölfe und Kobolde. Riesenhaft wuchs er vor ihnen auf, und sie fühlten sich nichtig, wie kleine verschreckte Tierchen. Aus der Waldestiefe drangen seltsame Stimmen. Aber grauenhafter als selbst das Wüten des Sturmes war der Anblick des schwarzen Himmels, von dem kein Stern die Ankommenden mit seinem Licht grüßte.

Sie kamen von anderen Ländern, jenseits des Meeres her, wo die Wälder anders waren, besiegt, vom Feuer gebändigt, von Wegen durchschnitten; Wälder, aus denen die Jaguare verschwunden waren und wo die Schlangen selten wurden. Und nun standen sie vor diesem jungfräulichen Wald, den noch keines Menschen Fuß betreten hatte, weglos unter dem sternenlosen Gewitterhimmel.

In ihrer fernen Heimat erzählten die alten Weiber in den Mondnächten unheimliche Gespenstergeschichten. In irgendeinem Winkel der Welt waren die Gespenster zu Hause – irgendwo, weit weg, niemand wußte, wo, nicht einmal die weitgereisten Männer, die sich durch das unwirtliche Innere ihren Weg bahnten und Prophezeiungen von sich gaben. So sagten die alten Frauen, die die Welt kannten.

Und plötzlich, in einer stürmischen Nacht, am Rande des Waldes, entdeckten die Menschen diesen grausigen Winkel des Universums, wo die Gespenster hausten. Hier, mitten im Dschungel, im Gewirr der Lianen, umgeben von giftigen Nattern, wilden Jaguaren und klagenden Käuzchen, büßten die für ihre Verbrechen, die ein Fluch in grauenerregende Tiere verwandelt hatte. Von da begaben sie sich in den mondlosen Nächten auf die Straßen, um den heimwärts eilenden Wanderern aufzulauern und sie in Schrecken zu versetzen. Deshalb blieben die Menschen jetzt im Toben des Sturmes stehen, fühlten ihre eigene Kleinheit und lauschten den Schreien der Gespenster, die im Urwald zum Leben erwacht waren.

Wenn der Blitz aussetzte, konnten sie das Feuer sehen, das aus ihrem Rachen brach, und mitunter gewahrten sie die unwahrscheinlichen Verrenkungen des Kobolds, der einen schaurigen Tanz vollführte.

Der Urwald! Er ist kein Mythos, keine Gefahr, keine Drohung – er ist ein Gott!

Es weht keine kühle Brise vom Meer herüber, das weit draußen seine grünen Wogen wirft. Kein kalter Wind erhebt sich in dieser Regennacht, die von Blitzen durchzuckt ist. Und doch überläuft es die Menschen eiskalt und sie zittern, als sollte ihr Herz stehenbleiben; vor ihnen ist der Gott des Waldes – in ihnen die Angst.

Sie lassen die Äxte fallen, die Sägen und die Messer. Mit reglos hängenden Armen starren sie auf diesen entsetzlichen Wald.

Ihre weitaufgerissenen Augen erblicken einen Gott in seinem Zorn. Sie sehen die Tiere, den Menschen feindlich und Unglück androhend; sie sehen Gespenster. Unmöglich, weiter vorzudringen; keines Menschen Hand wagt es, sich gegen den Gott zu erheben. Langsam weichen sie zurück, Angst im Herzen. Die Blitze zucken über den Wald, der Regen strömt nieder. Die Jaguare heulen, die Schlangen pfeifen, und durch das Tosen des Sturmes dringen die Klagen des Werwolfs, der Kobolde und der verwunschenen Maultiere, die das Geheimnis und die Unberührtheit des jungfräulichen Waldes verteidigen. Dieser Riesenwald vor ihnen ist eine versunkene Welt und gleichzeitig der Anbeginn einer neuen. Sie werfen ihre Messer fort, ihre Äxte und Sägen. Es bleibt ihnen nur ein Weg – der Weg zurück.

2

Die Menschen weichen zurück. Stunden und Stunden haben sie gebraucht, um herzukommen, Tage und Nächte. Sie mußten Ströme übersetzen, unwegsame Pfade einschlagen, sich selbst erst einen Weg bahnen, Sümpfe durchwaten; einer wurde von einer Schlange gebissen und am Rande der neuen Straße begraben. Ein plumpes Kreuz, ein kleiner Erdhügel – das war alles, was von dem Mann aus Ceará übrigblieb, den dort das Schicksal ereilte. Sie setzten keinen Namen darauf, denn sie hatten nichts zum Schreiben. Das war das erste von vielen Kreuzen, die später die Straßen einsäumen sollten, zum Gedenken an die Männer, die bei der Erschließung des Kakaolandes gefallen waren. Einen anderen packte das Fieber, das selbst die Affen tötete. Erst hatte er sich weitergeschleppt, aber jetzt blieb er zurück.

»Da ist der Werwolf«, schreit er in seinem Delirium. Und die Männer weichen zurück. Erst langsam, Schritt um Schritt, bis sie den breiteren Weg wieder erreichen, wo das Dornengestrüpp und der Sumpf sie nicht mehr so bedrängen. Der Juniregen strömt herab, durchweicht ihre Kleider und läßt sie frösteln. Aber vor ihnen liegen Urwald, Sturm, Gespenster. Sie weichen zurück.

Jetzt haben sie den Pfad erreicht, auf dem einer hinter dem anderen gehen muß, und so gelangen sie zum Flußufer, wo sie ein Boot erwartet. Der Fieberkranke spürt das Fieber nicht mehr; die Angst verleiht seinem geschwächten Körper frische Kräfte.

Plötzlich steht ihnen Juca Badaró gegenüber, den Revolver in der Hand, das Gesicht vor Wut verzerrt. Auch er war im Dschungel gewesen, auch er hatte Donner und Blitz gesehen, das Geheul der Jaguare und das Zischen der Schlangen gehört; auch sein Herz hatte beim unheilverkündenden Schrei des Käuzchens ausgesetzt. Er wußte ebensogut, daß er sich im Reiche der Gespenster befand.

Aber Juca Badaró sah nicht den Urwald vor sich, sondern den Anbruch einer neuen Welt. Seinen Augen bot sich eine Vision:

Er sah diese schwarze Erde, diesen besten Boden der Welt für Kakao. Er sah nicht mehr den blitzdurchzuckten Wald vor sich, voll von fremdartigen Stimmen, sah nicht mehr die hundertjährigen Bäume, um die sich die Lianen schlangen, die Zuflucht der Raubtiere und Gespenster. Bebautes Land sah er vor sich, gleichmäßige Reihen von Kakaobäumen, mit reifen, goldenen Früchten beladen. Wo früher Wald gewesen war, sah er Pflanzungen stehen. Ein herrlicher Anblick. Nichts Schöneres auf der Welt als eine Kakaopflanzung. Im Angesicht des geheimnisvollen Waldes mußte Juca Badaró lächeln. Bald würden hier die Bäume, schwer mit Früchten behängt, einen köstlichen Schatten werfen. Er bemerkte nicht einmal die Männer, die sich erschreckt zurückarbeiteten.

Als er sie erblickte, blieb ihm gerade noch Zeit, sich quer über den Weg zu stellen, den Revolver in der Faust, Entschlossenheit im

Blick. »Dem ersten, der einen Schritt vorwärts macht, jage ich eine Kugel durch den Leib.«

Die Männer machten halt; einen Augenblick lang wußten sie nicht, was sie tun sollten. Hinter ihnen lag der Wald, vor ihnen stand Juca Badaró, bereit zu schießen.

»Dort drinnen ist der Werwolf«, brüllte der Fieberkranke und machte einen Satz vorwärts.

Juca Badaró schoß – ein neuer Blitz in der Nacht. Aus dem Wald warf das Echo den Knall zurück. Mit gesenktem Kopf umstanden die Männer den Gefallenen. Langsam kam Juca Badaró näher, den Revolver noch in der Hand. Antônio Vítor hatte sich niedergebeugt, um den Kopf des Verwundeten zu stützen. Die Kugel hatte die Schulter durchschlagen.

»Ich habe nicht geschossen, um zu töten«, erklärte Juca Badaró mit bewegter Stimme, »ich wollte euch nur zeigen, daß ihr zu gehorchen habt. Geh und hol Wasser, um die Wunde auszuwaschen!« wandte er sich dann an einen der Dastehenden.

Er half selber den Mann verbinden und legte ein Stück Leinwand auf die verwundete Schulter; dann brachte er ihn zum Lager am Waldrand. Die Männer zitterten, aber sie gingen mit. Als sie den Verwundeten niederstellten, phantasierte er. Im Wald jagten sich die Geister.

»Vorwärts!« befahl Juca Badaró.

Die Männer sahen sich an. Juca hob den Revolver: »Los!«

Die Äxte und Buschmesser fraßen sich mit eintönigem Geräusch in den Wald, rissen ihn aus seinem Schlaf. Juca Badaró sah vor sich hin. Er sah immer noch diese schwarze Erde von Kakaobäumen bestanden, Pflanzung auf Pflanzung, strotzend von gelben Früchten. Der Juniregen fiel auf die Männer nieder; mit stockender Stimme verlangte der Verwundete nach Wasser.

Juca Badaró steckte den Revolver weg.

3

Die Morgensonne vergoldete die noch grünen Früchte der Kakaobäume. Oberst Horácio schlenderte durch die regelmäßig angelegten Baumreihen. Die jungen Kakaobäume waren nur fünf Jahre alt, die Pflanzug trug ihre erste Frucht. Früher stand hier der Urwald, geheimnisvoll und furchteinflößend. Seine Leute hatten ihn niedergebrannt und gerodet, mit Messern, Äxten und Sicheln, hatten die mächtigen Stämme gefällt, die Jaguare und Gespenster vertrieben. Dann mußten die Pflanzungen angelegt werden, mit aller Sorgfalt, um gute Ernten zu erzielen. Und jetzt, nach fünf Jahren, standen die Kakaobäume in Blüte, und an diesem Morgen zeigten sich schon kleine Früchte an Ästen und Zweigen.

Die ersten Früchte. Die Sonne vergoldete sie, während Oberst Horácio durch die Baumreihen schritt. Er war nahe an fünfzig, und sein blatternarbiges Gesicht war verschlossen und mürrisch. In seinen großen, schwieligen Händen hielt er eine Rolle Tabak und ein Taschenmesser, um sich eine Zigarette zu drehen. Dieselben Hände hatten früher die Peitsche geschwungen, als der Oberst noch als Eseltreiber auf der Pflanzung von Rio do Braço gearbeitet hatte; später, als er ein Conquistador dieses Landes geworden war, hatten sie gelernt, ein Repetiergewehr zu handhaben.

Eine Unzahl Legenden waren über ihn in Umlauf; der Oberst selber ahnte gar nicht, was man sich alles über ihn erzählte, sei es in Ilhéus oder Tabocas, in Palestina oder Ferradas, in Agua-Branca und in Agua-Preta. Die alten Betschwestern, die in der Kirche von Ilhéus zum heiligen Georg beteten, behaupteten, Oberst Horácio halte in Ferradas den Teufel unter seinem Bett gefangen, eingeschlossen in eine Flasche. Wie er ihn gefangen hatte, das war eine lange Geschichte, in der davon die Rede war, wie er in einer Gewitternacht seine Seele verkauft hatte. So war der Teufel zu seinem ergebenen Diener geworden; er erfüllte alle seine Wünsche, vergrößerte sein Vermögen und stand ihm gegen seine Feinde bei. Doch eines Tages – an dieser Stelle der Erzählung bekreuzigten sich die alten Damen – würde Horácio ohne Beichte sterben, und der Teufel würde aus der Flasche fahren, um seine Seele in die Tiefe der Hölle zu entführen. Diese Geschichte kannte Oberst Horácio, und er lachte darüber mit seinem kurzen, trockenen Lachen, das manche schrecklicher fanden als sein Gebrüll, wenn ihn oft morgens die Wut packte.

Man erzählte sich noch andere Geschichten, und die kamen der Wahrheit näher. Wenn Dr. Rui zuviel getrunken hatte, liebte er es, die Erinnerung an die Verteidigung des Obersts hervorzuholen, die er einmal vor langen Jahren in einem Prozeß übernommen hatte. Horácio war dreier Morde angeklagt worden, dreier besonders scheußlicher Morde. In der Anklageschrift hieß es, er habe sich nicht damit begnügt, einen seiner Leute zu töten, sondern ihm noch die Ohren, die Zunge, die Nase und die Geschlechtsteile abgeschnitten. Der Staatsanwalt war bestochen und es war leicht, einen Freispruch zu erwirken. Dr. Rui hatte Gelegenheit, zu glänzen und ein prachtvolles Plädoyer zu halten, in dem von »schreiender Ungerechtigkeit« und von »Verleumdungen anonymer Feinde ohne Ehre und Gewissen« die Rede war. Es war ein Triumph, eine jener Verteidigungsreden, die seinen Ruf als tüchtigen Anwalt begründeten. Er lobte den Oberst als einen der erfolgreichsten Männer der ganzen Gegend, den Mann, dem man nicht nur die Kapelle von Ferradas verdankte, sondern bald auch die Kirche, die er in Tabocas bauen ließ; er brachte den Gesetzen Achtung entgegen; zweimal war er bereits Gemeinderat von Ilhéus gewesen. Konnte sich ein solcher Mann eines so grauenhaften Verbrechens schuldig machen?

Freilich wußte alle Welt, daß er schuldig war.

Es hatte sich um einen Kontrakt wegen des Kakaos gehandelt. Auf einem Grundstück, das Horácio gehörte, hatten mit seinem Einverständnis der Neger Altino, dessen Schwager Orlando und Gevatter Zacarias den Wald gerodet. Erst hatten sie die Bäume gefällt, dann das Gehölz weggebrannt, Kakao gepflanzt und zwischendurch Maniok und Mais, von dem sie die drei Jahre leben wollten, bis die Kakaobäume groß waren. Als die drei Jahre um waren, begaben sie sich zum Oberst, um ihm die Pflanzung zu übergeben und ihr Geld in Empfang zu nehmen. Fünfhundert Reis für jede reife Kakaopflanze. Mit diesem Geld wollten sie ein Stück Land erwerben, irgendeinen Waldwinkel, den sie roden würden, um nun selber eine Pflanzung anzulegen.

Sie fühlten sich glücklich, und sie sangen auf dem ganzen Wege.

Eine Woche vorher war Zacarias in den Kaufladen der Pflanzung gekommen, um sein Maismehl und den Maniok gegen Trockenfleisch, Rum und Bohnen einzutauschen. Dort hatte er den Oberst getroffen und war mit ihm ins Gespräch gekommen; Zacarias berichtete über den Stand der Kakaobäume, und der Oberst stellte fest, daß die drei Jahre bald um wären. Dann hatte ihn Horácio aufgefordert, auf der Veranda des Großen Hauses noch ein Gläschen mit ihm zu trinken, und ihn gefragt, was sie nun vorhätten. Zacarias hatte ihm von dem Plan erzählt, ein Stück Land zu kaufen, es zu roden und eine Pflanzung anzulegen. Der Oberst hatte nicht nur diesem Projekt freundlich zugestimmt, sondern sich obendrein erbötig gemacht, ihnen zu helfen. Wußten sie denn nicht, daß das beste Terrain für Kakaopflanzungen ihm gehörte? Sie brauchten sich nur im Gebiet von Ferradas ein Stück auszusuchen, in diesem riesigen Gebiet, das sein Besitz war. Das wäre auch für ihn viel günstiger, denn dann würde er kein Geld ausgeben müssen. Strahlend kehrte Zacarias heim.

Als die Frist um war, gingen sie zum Oberst; sie sagten ihm die Zahl der reifen Kakaobäume und hatten auch schon das Stück Wald ausgesucht, das sie kaufen wollten. Sie einigten sich mit dem Oberst und begossen den Handel mit einigen Gläschen Rum.

»Ihr könnt schon den Wald roden«, erklärte Horácio. »In den nächsten Tagen, wenn ich nach Ilhéus hinuntergehe, laß ich's euch sagen, damit ihr mitkommt. Auf dem Grundbuchamt legen wir dann alles schwarz auf weiß fest.«

Es war dann noch von einem Kaufvertrag die Rede, aber der Oberst meinte, sie sollten sich den Kopf nicht weiter zerbrechen; in einem Monat ungefähr wollten sie gemeinsam nach Ilhéus gehen. Mit tiefen Verbeugungen empfahlen sich die drei dem Oberst. Am nächsten Tag gingen sie in den Wald und begannen, ihn zu schlagen und eine Hütte zu bauen. So verging die Zeit. Der Oberst war zwei- oder dreimal in Ilhéus gewesen, sie hatten die Pflanzung angelegt, aber von dem Kontrakt war nicht die Rede.

Eines Tages faßte sich Altino ein Herz und fing davon an: »Der Herr Oberst müssen schon verzeihen, aber wir möchten gern wissen, wann wir den Kaufvertrag erhalten.«

Horácio zeigte sich erst beleidigt über diesen Mangel an Vertrauen; doch als sich Altino entschuldigte, erklärte er, er habe schon

Dr. Rui, seinen Anwalt, beauftragt, die Sache in Ordnung zu bringen. Es werde nicht mehr lange dauern, einen dieser Tage wolle er sie rufen lassen, um einen Sprung nach Ilhéus zu machen und die Angelegenheit zu Ende zu bringen. Wieder verging Zeit; aus der frisch bepflanzten Erde schauten schon die Kakaoschößlinge, die bald zu Bäumen heranwachsen sollten. Liebevoll betrachteten Altino, Orlando und Zacarias die Pflänzchen. Das waren ihre eigenen Kakaobäume, von eigener Hand gepflanzt, auf der Erde, die sie selber gerodet hatten. Die würden wachsen und goldgelbe Früchte tragen, würden ihnen Geld einbringen. Sie dachten gar nicht mehr an den Kontrakt. Nur Altino erinnerte sich manchmal daran. Er kannte Oberst Horácio schon lange und mißtraute ihm. Trotzdem waren sie verblüfft, als sie eines Tages erfuhren, daß die ganze Kolibri-Pflanzung, zu der auch ihr Stück Land gehörte, an Oberst Ramiro verkauft worden war.

Sie beschlossen, Oberst Horácio selber darüber zu befragen. Orlando blieb zu Hause, aber auch die beiden anderen trafen den Obersten nicht an, der nach Tabocas gefahren war. Am Tage darauf kamen sie wieder: der Oberst war in Ferradas. Nun entschloß sich Orlando, selber zu gehen. Für ihn bedeutete dieses Stück Land alles, und er wollte es nicht verlieren. Man sagte ihm, der Oberst sei in Ilhéus. Er nickte mit dem Kopf, ging aber doch in das Große Haus hinein und fand den Oberst bei Tisch, im Speisezimmer.

Horácio warf einen Blick auf seinen alten Arbeiter und fragte mit seiner knarrenden Stimme: »Willst du was essen, Orlando? Komm, setz dich!«

»Nein, danke, Herr.«

»Was führt dich her? Was Neues?«

»Ja, Herr, eine schlimme Neuigkeit. Der Oberst Ramiro ist auf die Pflanzung gekommen; er sagt, die Pflanzung gehört ihm, er sagt, er hat sie vom Herrn Oberst gekauft.«

»Wenn es der Oberst Ramiro sagt, muß es wahr sein. Er ist keiner, der lügt.«

Orlando starrte Oberst Horácio an, der ruhig weiter aß. Er betrachtete die großen, schwieligen Hände des Obersts, sein verschlossenes Gesicht.

»Sie haben also verkauft?« fragte er schließlich.

»Das ist meine Sache...«

»Ja, können Sie sich denn nicht erinnern, daß Sie uns das Stück Wald verkauft haben? Für das Geld, das wir sonst für den Kakao bekommen hätten?«

»Habt ihr was Schriftliches?« Horácio wandte sich wieder seiner Mahlzeit zu.

Orlando drehte seinen riesigen Strohhut in den Händen. Er war sich des ganzen Unglücks bewußt, das über ihn und seine beiden Gefährten hereinbrach. Er wußte auch, daß er keine rechtliche Handhabe hatte, um gegen den Oberst zu kämpfen. Er sah ein, daß sie kein Land mehr besaßen, keine Pflanzung, nichts. Es wurde ihm rot vor den Augen, und er wog seine Worte nicht mehr: »Da gibt's nichts zu lachen. Ich sag' Ihnen gleich, an dem Tage, an dem der Oberst Ramiro auf die Pflanzung kommt, an dem Tag werden wir's Ihnen heimzahlen... Überlegen Sie sich's gut!«

Er schob mit dem Arm die Negerin Felicia beiseite, die den Oberst bediente, und verließ den Raum. Horácio aß weiter, als ob nichts geschehen wäre.

Mitten in der Nacht kam Horácio mit seinen Leuten zur Pflanzung der drei Freunde. Er ließ die Hütte umstellen und liquidierte persönlich ihre Insassen. Dann schnitt er Orlando mit seinem Schälmesser die Zunge, die Ohren und die Nase ab; schließlich riß er ihm die Hosen herunter und kastrierte ihn. Nachher kehrte er mit seinen Leuten heim, und als einer von ihnen wegen Volltrunkenheit von der Polizei festgenommen wurde und schwätzte, lachte Horácio nur sein trockenes Lachen; er wurde freigesprochen.

Seine Bravos behaupteten immer, er sei ein ganzer Kerl und es lohne die Mühe, für so einen Mann zu arbeiten. Er ließ keinen von ihnen im Stich, und einmal unternahm er die ganze Reise nach Ferradas, um einen aus dem Gefängnis zu befreien. Als er ihn herausbekommen hatte, zerriß er die Anklageschrift vor der Nase des Gerichtsschreibers.

Eine Menge Geschichten erzählte man sich über den Oberst Horácio. Es hieß, er habe, bevor er der Chef der Oppositionspartei geworden war und diesen Posten erst erringen wollte, seine Bravos ausgeschickt, um seinem politischen Gegner, einem Geschäftsmann aus Tabocas, aufzulauern und ihn aus dem Hinterhalt zu erledigen.

Später schob er seinen politischen Feinden die Schuld in die Schuhe.

Heute war der Oberst der unumstrittene Herr des ganzen Gebietes, der größte Grundbesitzer der Gegend, und er plante, seine Besitzungen noch weiter auszudehnen. Was kümmerte ihn das ganze Geschwätz? Er war von allen geehrt, von Pflanzern und Arbeitern, Pächtern und Knechten, und die Zahl seiner Anhänger war unermeßlich.

An diesem Morgen also schritt er durch die Reihe der jungen Kakaobäume, die ihre ersten Früchte trugen. Mit seinen klobigen, harten Händen hatte er endlich die Zigarette fertig gedreht; lässig stieß er Rauchwolken aus und dachte an nichts, weder an die Geschichten, die man sich über ihn erzählte, noch an die Ankunft von Dr. Virgilio, dem neuen Advokaten, den die Partei von Bahía geschickt hatte, damit er in Tabocas arbeite. Er dachte nicht einmal an Ester, seine junge, schöne Frau, die bei den Klosterschwestern in Bahía erzogen worden war, die Tochter des alten Salustino, eines Kaufmanns aus Ilhéus, der nur zu glücklich gewesen war, sie dem Oberst zur Frau zu geben. Sie war seine zweite Frau; die erste war gestorben, als er noch ein Maultiertreiber gewesen war. Ihre Schönheit hatte etwas Trauriges an sich, sie war mager und blaß und das einzige Wesen, das ihm ein anderes Lächeln entlockte als das gewohnte. Aber in diesem Augenblick dachte er auch nicht an Ester. Er dachte an nichts. Er sah nur die winzigen, noch grünen Früchte der Kakaobäume, die ersten auf dieser Pflanzung. Er nahm eine in die Hand und streichelte sie sanft und wollüstig. Sanft und wollüstig, als streichle er das junge Fleisch seiner Frau. Voll Liebe. Voll unendlicher Liebe.

4

Ester setzte sich an das Klavier, einen Flügel, der eine Ecke des großen Wohnzimmers ausfüllte. Als sie ihre Hände auf die Tasten legte, begannen ihre Finger mechanisch eine Melodie zu spielen, einen alten Walzer, ein Stückchen Musik, das sie an festliche Tage in ihrer Schule erinnerte. Sie dachte an Lucia. Wo mochte sie jetzt sein? Es war lange her, seit sie ihr zuletzt geschrieben hatte, seit sie einen dieser lustigen, verrückten Briefe erhalten hatte. Sie war auch selber daran schuld, die beiden letzten Briefe Lucias hatte sie nicht beantwortet... hatte nicht einmal für die französischen Zeitschriften und die Modejournale gedankt, die sie ihr geschickt hatte. Da lagen sie noch immer auf dem Klavier, neben alten, vergessenen Noten. Ester lächelte wehmütig vor sich hin und schlug einen neuen Akkord an. Wozu brauchte sie Modejournale an diesem Ende der Welt, in dieser Einsamkeit? Am Fest des heiligen Josef in Tabocas oder am Fest des heiligen Georg in Ilhéus sah man Moden, die um Jahre zurücklagen, und sie konnte nie dieselben Kleider wie ihre Freundin in Paris tragen... Ach! wenn Lucia eine Ahnung hätte, wie diese Besitzung aussah! Das Haus, verloren inmitten von Kakaopflanzungen, das Pfeifen der Schlangen, die in den Tümpeln Frösche verschlangen!

Und der Urwald... Hinter dem Haus erstreckte er sich endlos, ein Gewirr von Stämmen und Lianen. Ester fürchtete ihn wie einen Feind. Sie würde sich nie an ihn gewöhnen, das stand fest. Dieser Gedanke brachte sie zur Verzweiflung, denn sie wußte wohl, daß sie ihr ganzes Leben hier auf der Pflanzung verbringen mußte, in dieser fremdartigen Welt, die sie mit Schrecken erfüllte.

Sie war in Bahía geboren, im Hause der Großeltern, in dem ihre Mutter niedergekommen und bei ihrer Geburt gestorben war. Ihr Vater hatte ein Geschäft in Ilhéus und stand damals am Anfang seiner Laufbahn. Ester blieb bei ihren Großeltern, die ihr jeden Wunsch erfüllten, die sie verwöhnten und nur für sie lebten. Der Engroshandel in Ilhéus nahm einen raschen Aufschwung, und ab und zu kam ihr Vater sie besuchen; im allgemeinen unternahm er zweimal im Jahr Geschäftsreisen in die Hauptstadt. Ester ging in eine Klosterschule, das beste Mädchenpensionat in Bahía; erst war sie extern gewesen, später, als kurz nacheinander im selben Monat die Großeltern starben, wurde sie Interne. Ester trug Trauer, und doch fühlte sie sich nicht allein, denn sie hatte ihre Schulkolleginnen, mit denen sie französische Romane las, Geschichten von Prinzessinnen, die sie von einem herrlichen Leben träumen ließen.

Alle malten sich die Zukunft aus und hatten naive und ehrgeizige Pläne: Geld- oder Liebesheiraten, elegante Toiletten, Reisen nach Rio de Janeiro oder nach Europa; alle außer Gení, die Nonne werden wollte und den ganzen Tag betete. Ester und Lucia, die bestangezogenen und hübschesten in der ganzen Schule, ließen ihrer Phantasie freien Lauf. Sie tuschelten miteinander im Hof während der Pausen und in der Stille des Schlafsaales...

Ester erhob sich vom Klavier, der letzte Akkord verlor sich im Wald. Ach, glückliche Schulzeit! Sie mußte an die Worte Schwester Angelicas, der nettesten von allen Klosterschwestern, denken, als sich die Mädchen einmal gewünscht hatten, die Zeit möge schneller vergehen, damit sie endlich das wirkliche Leben kennenlernten.

Da hatte sie ihr die feinen, zarten Hände auf die Schultern gelegt und gesagt: »Du wirst es in deinem Leben nie mehr so schön haben wie jetzt, Ester, wo du noch träumen kannst.«

Damals hatte sie das nicht verstanden. Jahre mußten vergehen, bis ihr diese Worte wieder in Erinnerung kamen und sie nun fast Tag für Tag verfolgten. Ach ja – glückliche Schulzeit!

Ester ging auf die Veranda hinaus und setzte sich in die Hängematte. Von da konnte sie die Landstraße überblicken, auf der von Zeit zu Zeit ein Arbeiter auftauchte, der nach Tabocas oder Ferradas unterwegs war. Sie sah auch den Platz, wo der Kakao in der Sonne trocknete, während die Arbeiter ihn mit ihren schwarzen Füßen wendeten.

Nach beendetem Studium war sie nach Ilhéus gegangen, ohne die Hochzeit Lucias mit Dr. Alfredo, dem berühmten Arzt, abzuwarten. Ihre Freundin war jetzt ständig auf Reisen, nach Rio, nach Europa, wo sich ihr Mann spezialisierte und die großen Spitäler besuchte. Lucias Träume waren in Erfüllung gegangen, sie hatte nun teure Kleider, Parfums, große Ballfeste.

Wie ganz anders war dagegen ihr eigenes Los! mußte Ester denken. Sie war nach Ilhéus gekommen, in eine andere Welt. Eine kleine Stadt, die erst im Entstehen begriffen war, bevölkert von Abenteurern und Arbeitern, die immer nur über den Kakao oder den Tod sprachen.

Ihr Vater bewohnte das erste Stockwerk, gleich über dem Warenlager; durch ihr Fenster sah Ester die einförmige Landschaft dieser Stadt, die zwischen zwei Hügel eingebettet war. Sie konnte nichts Schönes daran finden, weder am Fluß noch am Meer. Schön war für sie das Leben, das Lucia führte, waren die Bälle in Paris. Nicht einmal, wenn Schiffe in den Hafen einliefen, konnte Ester ihre Traurigkeit loswerden, obwohl sich dann das ganze Städtchen belebte, neue Zeitungen aus der Hauptstadt ankamen und sich die Kaffeehäuser wie an Festtagen mit Männern füllten, die über Politik diskutierten. Sie wurde bewundert und von weitem umworben. Einmal, im Karneval, hatte ihr ein Medizinstudent einen Brief geschrieben und ihr Verse geschickt. Aber Ester trauerte um den Tod der Großeltern, der sie gezwungen hatte, in diese Einöde zurückzukehren, und weinte ganze Tage hindurch. Die ständigen Nachrichten von Streit und Tod flößten ihr Angst ein, und alles erschien ihr unheimlich. Allmählich gewöhnte sie sich an das Leben in dieser Stadt und verlor das Interesse an der eleganten Kleidung, die bei ihrer Ankunft solches Aufsehen (und auch einiges Ärgernis) erregt hatte. Und als ihr eines Tages ihr Vater in freudiger Erregung mitteilte, Oberst Horácio, einer der reichsten Männer der Gegend, habe ihn um ihre Hand gebeten, da vergoß sie nur noch ein paar Tränen.

Jetzt bedeutete jeder Besuch in Ilhéus ein Fest für sie. Der Traum von den großen Städten Europas, von den kaiserlichen Bällen und von den Pariser Toiletten war verblaßt. Alles schien so weit zurückzuliegen, in einer fernen Zeit, jener Zeit, »als man noch träumen konnte«. Es waren erst wenige Jahre seither vergangen, aber ihr schien, als hätte sich ein ganzes Leben in schwindelnder Eile abgespielt. Jetzt träumte sie nur noch davon, nach Ilhéus zu fahren, an irgendeinem Kirchenfest teilzunehmen, an einer Prozession oder einem Wohltätigkeitsbasar, bei dem allerlei Spenden verlost wurden.

Sie begann leise in der Hängematte zu schaukeln. Vor ihr erstreckten sich, so weit das Auge reichte, die Kakaopflanzungen über das hügelige Gelände, schwer mit Früchten beladen. Auf dem Vorplatz scharrten Hühner und Truthühner im Sande. Die Neger wendeten den Kakao, der zum Trocknen ausgelegt war.

Plötzlich brach die Sonne aus den Wolken und beschien die Landschaft.

Ester dachte an ihren Hochzeitstag. Noch am selben Tage war sie mit ihrem Mann auf die Pflanzung herausgekommen. Bei der Erinnerung befiel sie ein Zittern in ihrer Hängematte. Es war die entsetzlichste Erfahrung ihres Lebens gewesen. Sie erinnerte sich, daß schon früher, bei der Nachricht von ihrer Verlobung, Gerüchte und Klatsch in der Stadt laut geworden waren. Eine Dame, mit der sie sonst nicht verkehrt hatte, war eines Tages erschienen, um ihr allerhand Geschichten zu erzählen. Vorher waren bereits ein paar alte Betschwestern gekommen, die sie von der Kirche her kannte, und hatten ihr die Legenden berichtet, die über den Oberst umliefen; aber diese Frau hatte eine konkretere und schrecklichere Neuigkeit gebracht. Sie behauptete, Horácio habe seine erste Frau totgepeitscht, als er sie mit einem anderen im Bett überraschte. Das war noch zu der Zeit, als er Maultiertreiber war und die frisch ausgehauenen Pfade im geheimnisvollen Urwald beging. Erst viel später, als er schon reich war, hatte diese Geschichte in den Straßen von Ilhéus und auf allen Wegen, die durch die Kakaopflanzungen liefen, zu zirkulieren begonnen. Vielleicht gerade weil die ganze Stadt über ihn wisperte, erhielt Ester mit einem gewissen Stolz und voll Verachtung ihr Verlöbnis aufrecht. Die Brautzeit war von endlosem Schweigen ausgefüllt, an den seltenen Sonntagen, die Horácio in die Stadt kam, um bei ihnen zu essen; keine Küsse, keine zärtlichen Liebkosungen, keine Liebesworte – alles war so verschieden von der Vorstellung, die sich Ester im Frieden des Klosters gemacht hatte.

Sie wünschte sich eine einfache Hochzeit, obwohl Horácio alles groß aufziehen wollte: Bankett und Ball, Feuerwerk und Hochamt. Aber schließlich wurde es doch eine ganz intime Feier, und die beiden Trauungen, durch den Geistlichen und durch den Friedensrichter, fanden im Hause statt. Der Priester hielt eine Predigt, und der Friedensrichter wünschte ihnen mit seinem schlaffen Säufergesicht Glück; Dr. Rui sprach sehr hübsch. Die Hochzeit fand vormittags statt, und abends langten sie auf ihren Maultieren, die sie durch die Sümpfe trugen, am Großen Haus der Pflanzung an. Die Arbeiter waren auf dem Vorplatz versammelt und gaben beim Herannahen der Maultiere eine Salve ab. Das war ihr Willkommensgruß für das junge Paar, aber der Lärm der Schüsse in der Nacht preßte Ester das Herz zusammen.

Horácio ließ an die Dienerschaft Rum verteilen. Doch wenige Minuten später ließ er sie schon allein, um nach den Pflanzungen zu sehen und herauszubringen, wieviel von dem Kakao, den der Regen verdorben hatte, in den Trockenöfen gerettet werden konnte. Erst bei seiner Rückkehr zündeten die Negerinnen die Petroleumlampen an. Das Quaken der Frösche machte Ester Angst. Horácio sprach kaum ein Wort und wartete ungeduldig, daß die Zeit verging.

»Was ist das?« fragte sie, als wieder ein Frosch im Tümpel schrie.

»Ein Frosch im Rachen einer Schlange«, antwortete er mit gleichgültiger Stimme.

Dann wurde die Abendmahlzeit von den Negerinnen aufgetragen, die Ester mißtrauisch betrachteten. Und plötzlich, das Essen war noch kaum beendet, riß er ihr die Kleider vom Leib und nahm mit unerwarteter Brutalität von ihrem Körper Besitz.

Seither hatte sie sich an alles gewöhnt und kam gut mit den Negerinnen aus; Felicia, eine treuergebene Mulattin, hatte sie sogar liebgewonnen. Sie gewöhnte sich selbst an ihren Gatten, an sein brütendes Schweigen, an seine jähen Anfälle wollüstiger Gier und an seine Wutausbrüche, die auch den wildesten Bravos Furcht einflößten. An die Schüsse, die nachts auf der Straße fielen, hatte sie sich ebenso gewöhnt wie an die Leichen, die mitunter in Hängematten vorbeigetragen wurden, gefolgt von weinenden Frauen. Nur an eines konnte sie sich nicht gewöhnen: an den Wald hinter dem Haus, wo nachts in den Tümpeln, die der Fluß dort bildete, die Frösche verzweifelte Schreie ausstießen, bevor sie im Rachen mörderischer Schlangen verschwanden.

Nach zehn Monaten war ein Sohn zur Welt gekommen. Er war jetzt anderthalb Jahre alt, und zu ihrem Entsetzen sah Ester einen zweiten Horácio heranwachsen. Das Kind war gänzlich nach ihm geraten, und Ester gab sich selber daran die Schuld, weil sie an der Entstehung dieses Wesens keinen Anteil gehabt hatte; sie gab sich nie, sie wurde immer genommen, wie eine Sache oder wie ein Tier. Trotzdem liebte sie den Kleinen innig und litt für ihn. Sie hatte sich an alles gewöhnt und hing keinen Träumen mehr nach. Nur an den Wald konnte sie sich nicht gewöhnen, an den nächtlichen Wald.

In den Gewitternächten erschien er ihr besonders fürchterlich: Der Blitz beleuchtete seine hohen Stämme, fällte die Bäume und der Donner dröhnte dumpf. In solchen Nächten kauerte Ester, von Entsetzen erfüllt, in einem Winkel und beweinte ihr Schicksal. Nächte des Schreckens, der unbeherrschten Angst, einer Angst, die etwas Wirkliches und Greifbares war. Sie begann schon mit der unheimlichen Stunde der Dämmerung.

Ah, diese Dämmerung, die dem Sturm voranging! Wenn der

Abend unter schwarzen Wolken hereinbrach, wurde jeder Schatten zu einem unentrinnbaren Schicksal, das sich durch keine Lampe verscheuchen ließ, das sich durch nichts daran hindern ließ, das Haus, die Kakaopflanzungen, den Wald wie eine einzige Sache zu umklammern und in das Dunkel der Nacht zu versenken. Die Bäume nahmen riesenhafte Formen an und wuchsen mit dem geheimnisvollen Schatten. Schmerzliche Rufe erklangen, Schreie von unbekannten Vögeln und von Tieren, die verborgen blieben. Und das Pfeifen der Reptile, das Rascheln der dürren Blätter, wenn sie sich hindurchwanden... Ester litt unter der Vorstellung, die Schlangen würden eines Tages die Veranda heraufkriechen, in das Haus eindringen und sich in einer Gewitternacht ihr und dem Kind um den Hals wickeln, wie ein lebendiges Halsband. Sie selber hätte nicht zu sagen gewußt, mit welchem Grauen sie diese Stunden vom Einfallen der Dämmerung bis zum Ausbruch des Sturmes erfüllten. Wenn er dann in seiner ganzen Wut losbrach, als wolle die Natur alles vernichten, dann flüchtete sie zu dem starken Licht der Petroleumlampen. Doch selbst die Schatten, die dieses Licht warf, machten ihr angst und erregten ihre Einbildungskraft, bis sie an die abergläubischen Geschichten glaubte, die sich die Neger erzählten.

An solchen Abenden kamen ihr immer wieder die Wiegenlieder in Erinnerung, die ihre Großmutter vor vielen Jahren gesungen hatte, um sie einzuschläfern. Am Bettchen ihres Kindes sitzend, sang sie sie jetzt unter Tränen mit leiser Stimme, in festem Vertrauen auf ihre magische Wirkung. Sie sang sie für ihren kleinen Sohn, der sie aus seinen dunklen, harten Augen ansah – aus Horácios Augen; aber sie sang sie auch für sich selber, denn sie war nichts anderes als ein verängstigtes Kind. Ganz leise sang sie und wiegte sich im Rhythmus der Melodie, während ihr die Tränen über das Gesicht liefen. So vergaß sie das Dunkel auf der Veranda, die schrecklichen Schatten draußen, den drohenden Schrei der Käuzchen in den Bäumen, die Trostlosigkeit der Nacht und den unheimlichen Urwald. Sie sang die Lieder aus längst vergangener Zeit, einfache Weisen, gegen die kein böser Zauber aufkommen konnte. Ihr war, als breite sich der schützende Schatten ihrer Großmutter voll Liebe und Verständnis über sie.

Doch jäh brach aus dem Wald der Todesschrei eines Frosches,

den sich eine Schlange aus dem Tümpel geholt hatte, gellte durch die Pflanzung und drang bis ins Haus; lauter als der Ruf der Käuzchen und das Rascheln des Laubes, stärker sogar als das Heulen des Windes, erstarb er schließlich im erleuchteten Zimmer, wo Ester zitternd saß. Sie hatte aufgehört zu singen. Sie schloß die Augen und sah – bis in die kleinste Einzelheit –, wie sich das widerliche, schleimige Reptil langsam durch die toten Blätter über den Boden schlängelte, um sich plötzlich auf einen ahnungslosen Frosch zu stürzen. Sein Schrei, voll Verzweiflung und Todesangst, ließ das stille Wasser des Flusses erzittern und erfüllte das drohende Dunkel der Nacht mit Angst, Unglück und Schmerz.

An solchen Abenden glaubte sie in allen Winkeln des Hauses Schlangen zu sehen; aus den Ritzen des Fußbodens krochen sie, aus den Fugen zwischen den Ziegeln, durch jede Türspalte. Wenn sie die Augen schloß, vermeinte sie zu sehen, wie sie sich vorsichtig an die Frösche heranschlichen, um endlich zum tödlichen Sprung anzusetzen. Sie zitterte bei dem Gedanken, es könne eine auf dem Dach sein und sich leise und unbemerkt dem Bett aus Rosenholz nähern, um sie vielleicht im Schlaf zu erwürgen oder in die Wiege des Kindes zu dringen und es zu erdrücken. Wieviel schlaflose Nächte hatte sie verbracht, aus Angst, eine Schlange könne sich an der Wand herablassen! Der geringste Laut hinderte sie am Einschlafen und erfüllte sie mit Schrecken. Sie warf die Decken zurück, sprang aus dem Bett und lief zur Wiege des Kleinen. Wenn sie sich dann überzeugt hatte, daß er ruhig schlief, durchsuchte sie das ganze Zimmer mit einer Kerze in der Hand, die Augen vor Angst weit aufgerissen.

Mitunter wachte der kleine Horácio auf und murmelte ein paar Worte, aber Ester setzte ihre fruchtlose Suche fort. Sie schlief nicht mehr, sondern verbrachte die ganze Nacht damit, voll Entsetzen auf etwas zu warten. Ganz plötzlich würde es erscheinen, auf ihr Bett zukriechen, und sie würde keine Kraft haben, sich zu rühren. Sie fühlte, wie es sich um ihren Hals ringelte, um sie zu erwürgen. Ihren Sohn sah sie schon als Leiche in einem kleinen, blauen Sarg, als Engelchen gekleidet, im Gesicht die Spuren der Giftzähne.

Ein Stück Schnur, das sie einmal im Halbdunkel erblickte, ließ sie einen Schrei ausstoßen, der wie der der Frösche über Felder und Tümpel erklang, bis er im Wald erstarb.

Ester erinnerte sich an eine Nacht, als Horácio nach Tabocas gefahren war und sie mit dem Kind und der Dienerschaft allein geblieben war. Sie schliefen schon alle, als jemand an das Tor klopfte. Felicia ging nachsehen und rief laut nach ihrer Herrin. Da sah sie einige Arbeiter, die einen der ihren brachten, Amaro, den eine Schlange gebissen hatte.

Ester spähte durch die Tür, wagte aber nicht, näher heranzutreten. Sie hörte, wie die Männer ein Heilmittel verlangten und wie einer von ihnen mit heiserer Stimme den Vorfall erklärte. Es war eine Riesenschlange gewesen, »giftig wie sonstwas«. Sie banden Amaro das Bein über der gebissenen Stelle mit einer Schnur ab. Felicia brachte ein Stück glühender Kohle aus der Küche, und Ester sah, wie es auf die Bißwunde gelegt wurde. Das verbrannte Fleisch zischte, Amaro stöhnte und ein merkwürdiger Geruch drang durch das ganze Haus.

Einer von den Arbeitern war nach Ferradas geritten, um ein Serum zu holen, aber das Gift wirkte sehr schnell, und Amaro starb vor den Augen Esters, der Negerinnen und der Arbeiter.

Sein Gesicht hatte sich grünlich verfärbt, die Augen traten ihm aus den Höhlen. Ester konnte sich nicht vom Anblick der Leiche losreißen; aus diesem Mund, der für immer verstummt war, glaubte sie Schmerzensschreie zu vernehmen, wie sie die Frösche vor ihrem Tod im Sumpf ausstießen. Als Horácio mitten in der Nacht aus Tabocas heimkehrte und Anordnungen traf, um die Leiche in eine der Hütten bringen zu lassen, bekam sie einen Weinkrampf.

Schluchzend bat sie ihren Mann, mit ihr fortzugehen, zurück in die Stadt, sonst müsse sie sterben; die Schlangen würden in Mengen kommen, würden sie beißen, würden das Kind töten und sie mit ihren schleimigen Gliedern erwürgen. Sie fühlte den kalten, weichen Körper der Schlange um ihren Hals, es durchrann sie ein Schauer und sie weinte noch stärker. Horácio lachte über ihre Angst, und als er hinüberging, bei Amaro Totenwache zu halten, wollte sie nicht allein im Haus bleiben und begleitete ihn.

Die Männer, die um die Leiche herumsaßen, tranken Rum und erzählten sich Geschichten. Geschichten von Schlangen, wie die von José da Tararanga, der immer betrunken war und eines Nachts nach Hause gewankt kam, in der rechten Hand die brennende Lampe, in der linken eine Flasche Schnaps. An einer Wegbiegung sprang eine Riesenschlange gegen die Lampe und warf José um. Sobald er den ersten Schlangenbiß spürte, entkorkte er die Flasche und trank sie auf einen Zug aus. Am nächsten Morgen, als die Männer in die Pflanzung zur Arbeit gingen, fanden sie ihn schlafend, und auch die Schlange schlief auf Josés Brust zusammengerollt. Sie töteten die Schlange und fanden, daß José siebzehn Bißwunden hatte; aber dank dem Rum war ihm nichts geschehen, der Alkohol hatte das Gift aufgelöst. Er war nur vierzehn Tage lang angeschwollen, unförmig wie ein Pferd; dann war er wieder gesund.

Sie erzählten auch Geschichten von Leuten, die gegen das Gift der Schlangen immun waren und sie an den Straßen auflasen, ohne dabei Gefahr zu laufen. Ganz in der Nähe wohnte Agostinho, der auch immun war und von keiner Schlange etwas zu befürchten hatte. Rein zum Vergnügen streckte er ihnen seinen Arm hin, damit sie hineinbissen.

Joana, die Frau des Maultiertreibers, die so viel trank wie nur irgendein Mann, erzählte, was sich auf einer Farm im Innern zugetragen hatte, wo sie früher gelebt hatte, bevor sie in den Süden gekommen war. Eine Schlange war in das Landhaus eingedrungen, in dem die Besitzer immer die Weihnachtsfeiertage verbrachten. In diesem Jahr waren sie besonders glücklich, denn ihr erstes Kind war geboren worden, nachdem sie schon länger als ein Jahr verheiratet waren. Die Schlange nistete sich in der Wiege des Kindes ein, das weinend nach der Mutterbrust verlangte und in seiner Unschuld den Schwanz der Schlange in den Mund steckte.

Am Tag darauf hatte es noch immer den Schwanz der schlafenden Schlange im Mund, aber es lutschte nicht mehr, denn das Gift hatte bereits gewirkt. Die Mutter rannte durch die Felder, ihr goldenes Haar flatterte im Wind, und ihre bloßen weißen Füße – Joana hatte noch nie ähnliche gesehen – traten auf Dornen. Es hieß, daß sie nie mehr so ganz richtig im Kopf wurde, sie hatte den Verstand verloren und die ganze Schönheit ihres Antlitzes und ihres Leibes. Vorher war sie eine von diesen ausländischen Puppen gewesen, aber nach diesem Vorfall sah sie wie eine alte Hexe aus. Das Landhaus wurde für immer geschlossen, und die Familie kam nie wieder hin. Efeu wächst auf der Veranda und Unkraut in der Küche; wer heute dort vorübergeht, hört das Pfeifen der Schlangen, die im Haus ihr Nest haben.

Joana hatte ihre Erzählung beendet, trank einen Schluck Rum, spuckte aus und sah sich nach Ester um. Aber die war schon fort, war ins Haus hinübergelaufen, an die Wiege ihres Kindes, als wäre sie selber verrückt geworden...

Während sie nun im Sonnenschein auf der Veranda saß, mußte Ester an diese und noch manche andere Schreckensnacht denken.

Lucia schrieb ihr aus Paris Briefe, die drei Monate brauchten und in denen von einem gänzlich anderen Leben die Rede war, von anderen Leuten, von Festen in einer zivilisierten Welt. Hier gab es nur diese Urwaldnächte voll Sturm und Schlangen, Nächte, in denen man sein grausames Schicksal beweinen konnte. Schon die Dämmerung preßte einem das Herz zusammen, raubte jede Hoffnung. Worauf noch hoffen? Ihr Leben war für alle Zeiten vorgezeichnet...

Dann gab es Nächte, die sie weinend verbrachte, wenn sie sah, wie Horácio an der Spitze einer Expedition loszog; sie wußte, daß in solchen Nächten irgendwo Schüsse fallen würden, daß Menschen für irgendein Stück Land sterben mußten, nur damit den Pflanzungen Horácios – die auch ihr gehörten – noch ein Urwaldwinkel angefügt werden konnte. Aus Paris schrieb ihr Lucia von Bällen auf der Botschaft, von Opernabenden und Konzerten. Hier, im Großen Haus ihrer Besitzung, wartete der Flügel auf einen Klavierstimmer, der niemals kam...

Ach, die Nächte, in denen Horácio mit seinen bewaffneten Männern ausritt! Einmal, nach seinem Fortgang, versuchte Ester sich vorzustellen, was sein Tod bedeuten könnte. Wenn er sterben würde... dann gehörten die Pflanzungen ihr allein, sie würde ihrem Vater die Verwaltung übertragen und fortgehen. Zu Lucia würde sie fahren... Aber dieser Traum war von kurzer Dauer. Für Ester war Horácio ein unsterbliches Wesen, er war der Herr und Gebieter, der »Oberst«. Sie hatte die Gewißheit, daß sie vor ihm sterben würde. Er verfügte über das Land, das Geld, die Menschen. Er hatte eine eiserne Konstitution und war niemals krank gewesen; die Kugeln schienen ihn zu kennen und zu fürchten. Deshalb wiegte sich Ester nicht ernstlich in diesem Traum, der so böse und so wunderbar zugleich war. Ihr blieb keine Hoffnung; ihr Leben war, wie es war, ihr

Schicksal besiegelt. Wie viele junge Mädchen mochten sie in Ilhéus beneiden! Sie war Dona Ester, die Frau des reichsten Mannes in Tabocas, des politischen Parteiführers, des Herrn über ungezählte Kakaopflanzungen und endlosen Urwald!

Sie hatte kaum Zeit, ihre Tränen zu trocknen, bevor Horácio an die Hängematte herantrat. In der Hand hielt er eine kleine Kakaofrucht, es war die erste aus der neuen Pflanzung.

»Die Bäume beginnen schon zu tragen«, sagte er mit halbem Lächeln.

Er hielt inne, ohne zu begreifen, warum sie weinte.

»Warum, zum Teufel, heulst du?« fragte er ärgerlich. »Tust du überhaupt etwas anderes? Hast du denn nicht alles, was du nur wünschen kannst? Was fehlt dir denn noch?«

»Es ist nichts«, antwortete Ester und unterdrückte ihr Schluchzen. »Eine Dummheit von mir...«

Sie nahm die Kakaofrucht in die Hand, denn sie wußte, daß es ihrem Mann Freude machen würde. Horácio lächelte wieder vergnügt; er fühlte sich glücklich im Besitz dieser Frau, und seine Blicke tasteten ihren Körper ab. Das waren die einzigen Dinge auf der Welt, die er liebte: Ester und den Kakao.

»Warum weinst du denn, du Dummes?« fragte er, indem er sich neben sie auf die Hängematte setzte.

»Ich weine gar nicht mehr.«

Horácio dachte einen Augenblick nach, dann begann er zu sprechen, während sein Blick über die Pflanzungen hinging und er die kleine Kakaofrucht in seiner schwieligen Hand hielt: »Wenn der Kleine einmal groß sein wird« – er nannte seinen Sohn immer nur den »Kleinen« – »dann soll diese ganze Gegend mit Pflanzungen bedeckt sein, die schon tragen.« Er schwieg eine Zeitlang, dann fügte er hinzu: »Mein Sohn wird es nicht nötig haben, so wie wir mitten im Urwald zu leben. Ich werde einen Politiker aus ihm machen; er wird Abgeordneter werden und Gouverneur. Deshalb will ich mehr Geld machen.«

Er lächelte Ester zu und streichelte ihren Körper.

»Trockne dir die Tränen und laß ein feines Abendessen machen, denn heute kommt Doktor Virgilio, dieser neue Rechtsanwalt, der jetzt in Tabocas ist, ein Schützling von Dr. Seabra. Und zieh dir auch ein schönes Kleid an. Wir müssen diesem jungen Mann zeigen, daß wir keine Wilden sind.«

Er lachte sein trockenes Lachen und ließ Ester mit der Kakaofrucht allein, um den Arbeitern Befehle zu erteilen. Sie blieb sitzen und dachte an das Abendessen mit dem unbekannten Anwalt. Er würde sicher nicht anders sein als Dr. Rui, der sich immer betrank und nach dem Dessert ewig sitzen blieb, auf den Boden spuckte und unanständige Geschichten erzählte... Und aus Paris schrieb Lucia von Festen und Theatern, von Kleidern und Banketten...

5

Die beiden Männer standen an der Straße.

»Sie haben uns rufen lassen, Oberst?« fragte der Neger.

Juca Badaró wollte sie eintreten lassen, doch sein Bruder machte ihnen mit der Hand ein Zeichen, draußen zu warten. Die Männer gehorchten und setzten sich auf eine der Holzbänke, die auf der breiten Veranda des Landhauses standen. Juca ging im Wohnzimmer auf und ab und zog an seiner Zigarette. Er wartete darauf, daß sein Bruder spreche; Sinhô Badaró machte es sich in einem hochlehnigen Armsessel bequem, der nicht nur vom übrigen Mobiliar abstach, den hölzernen Bänken, den strohgeflochtenen Stühlen, den Hängematten in den Ecken, sondern auch von der ländlichen Einfachheit der gekalkten Wände. Die Uhr im Speisezimmer ließ fünf Schläge ertönen. Sinhô Badaró war in Gedanken versunken, die Augen halb geschlossen, der lange schwarze Bart auf der Brust ruhend. Er hob die Lider und sah Juca an, der, die Peitsche in der Hand und die brennende Zigarette im Mundwinkel, nervös auf und nieder ging. Dann wandte er den Blick ab und richtete ihn auf das einzige Bild an der Wand, einen Öldruck, der eine europäische Landschaft darstellte.

Vor einem Hintergrund von weichem Blau weideten Schafe. Hirten bliesen eine Art Flöte, und ein hübsches blondes Bauernmädchen tanzte zwischen den Lämmern. Ein unendlicher Friede ging von diesem Farbdruck aus. Sinhô Badaró erinnerte sich noch, wie er ihn gekauft hatte; zufälligerweise hatte er in Bahía das Geschäft von

Syriern betreten, um nach dem Preis einer goldenen Uhr zu fragen. Da bemerkte er das Bild und erinnerte sich, daß Don' Ana ihm erst kürzlich gesagt hatte, den Wänden des Wohnzimmers fehle irgendein freundlicher Schmuck. So hatte er es gekauft, aber erst jetzt kam es ihm so recht zu Bewußtsein. Eine friedliche Landschaft mit Lämmern und Hirten, Musik und Tanz. Blau, fast himmelblau. Wie verschieden war doch jenes Land vom Land des Kakaos! Und warum konnte dieses nicht so sein wie jene europäischen Felder?

Ungeduldig ging Juca Badaró hin und her und wartete auf die Entscheidung seines älteren Bruders. Sinhô Badaró war es zuwider, Blut fließen zu sehen. Und doch hatte er schon oft einen Entschluß fassen müssen, wie den, welchen Juca an diesem Nachmittag von ihm erwartete. Es geschah nicht zum erstenmal, daß er einen oder zwei seiner Leute ausschickte, damit sie aus dem Hinterhalt jemandem auflauerten, der die Straße entlang kam.

Er betrachtete das Bild. Ein hübsches Mädchen, rosige Wangen, blaue Augen. Noch schöner beinahe als Don' Ana... Und die Hirten waren zweifellos ganz anders als die Maultiertreiber auf der Pflanzung. Sinhô Badaró liebte die Erde; er liebte es, den Boden zu bestellen und Vieh zu züchten, große, sanfte Ochsen, feurige Pferde und leise blökende Schafe. Es widerstand ihm, Menschen in den Tod zu schicken. Deshalb zögerte er seinen Entschluß hinaus und wollte ihn erst laut werden lassen, wenn er sah, daß ihm keine andere Möglichkeit mehr blieb. Er war das Familienoberhaupt, ihm oblag es, das Vermögen der Badaró zu begründen; er mußte das unterdrücken, was Juca »seine Schwäche« nannte.

Noch nie hatte er dieses Bild so aufmerksam betrachtet. Prachtvoll, dieses Blau... noch weit schöner als mancher Kalender, den man zu Jahresende bekam, und es gab doch wirklich sehr hübsche...

Juca Badaró blieb vor seinem Bruder stehen. »Ich hab' es dir schon gesagt, Sinhô, es bleibt nichts anderes übrig. Der Bursche ist störrisch wie ein Maulesel. Er will die Rodung nicht verkaufen, es ist keine Frage des Geldes; er brauche keines, behauptet er. Und du weißt, daß Firmo schon immer den Ruf eines Dickschädels gehabt hat. Da ist nichts zu machen.«

Mit Trauer im Blick riß sich Sinhô Badaró von dem Farbdruck

los. »Es ist schade, daß es um einen Mann geht, der uns nie etwas angetan hat. Wenn es noch irgendeine andere Möglichkeit gäbe, die Pflanzung in der Richtung von Sequeiro Grande zu vergrößern... Aber sonst fällt sie in die Hände Horácios...« Seine Stimme bebte unmerklich, als er den verhaßten Namen aussprach.

Juca benützte seinen Vorteil. »Wenn wir es nicht tun – Horácio wird es sich nicht lange überlegen. Wer das Stück von Firmo bekommt, hält den Schlüssel zum Wald von Sequeiro Grande in der Hand.«

Sinhô Badaró war wieder in die Betrachtung des Bildes versunken.

»Du weißt ganz gut, Sinhô«, fuhr Juca fort, »daß sich keiner im Kakaopflanzen auskennt wie ich. Du bist von auswärts gekommen; aber ich bin hier geboren, und von klein auf habe ich gelernt zu unterscheiden, welche Erde zum Anbau taugt. Ich brauche nur im Boden zu scharren und schon weiß ich, was er wert ist, das kannst du mir glauben. Ich spüre das in den Fußsohlen. Ich sage dir, es gibt keine bessere Erde für Kakao als die von Sequeiro Grande. Du weißt ja, wie viele Nächte ich im Urwald verbracht habe, um ihn durch und durch kennenzulernen. Wenn wir uns nicht beeilen, kommt uns Horácio zuvor. Er hat das auch im Gefühl...«

Sinhô Badaró fuhr sich mit der Hand über seinen schwarzen Bart. »Das ist merkwürdig, Juca, du bist mein Bruder, deine Mutter war dieselbe alte Filomena, die auch mich geboren hat, Gott hab sie selig! Dein Vater war der verstorbene Marcelino, der auch mein Vater war. Und doch sind wir zwei so verschieden, wie es nur zwei Menschen auf dieser Welt sein können. Du möchtest am liebsten alle Probleme mit Mord und Totschlag lösen. Sag mir doch das eine: Glaubst du, daß es recht ist, Leute umzubringen? Fühlst du denn gar nichts? Da drinnen? Da?«

Sinhô zeigte aufs Herz.

Juca machte einen langen Zug aus seiner Zigarette und schlug sich mit der Reitpeitsche auf den kotigen Stiefel, während er seine Wanderung wieder aufnahm. Endlich begann er zu sprechen: »Wenn ich dich nicht kennen würde, wie ich dich kenne, Sinhô, und dich nicht als meinen älteren Bruder respektierte, so müßte ich fast annehmen, du seist ein Scheißer.«

»Du hast mir noch nicht auf meine Frage geantwortet.«

»Ob ich gerne Leute sterben sehe? Ich weiß selber nicht. Wenn ich auf einen wütend bin, wäre ich imstande, ihn langsam in Stücke zu schneiden. Du weißt ja...«

»Und wenn du nicht wütend bist?«

»Wenn sich mir einer in den Weg stellt, muß er fort, damit ich vorbei kann. Du bist mein älterer Bruder und hast über die Familienangelegenheiten zu entscheiden. Dir hat unser Vater die Sorge über alles übertragen: die Pflanzungen, die Kinder, mich selber. Du baust den Reichtum der Badaró auf. Aber eines sage ich dir, Sinhô: wenn ich an deiner Stelle wäre, hätten wir doppelt soviel Land.«

Sinhô Badaró erhob sich. Er war beinahe zwei Meter groß, kohlschwarz lag der Bart auf seiner Brust. Seine Augen blitzten, und seine Stimme erfüllte den Raum.

»Und wann hast du schon gesehen, Juca, daß ich mich um etwas drücke, wenn es unbedingt notwendig ist? Du weißt sehr gut, daß ich keine solche Freude an Blut habe wie du. Aber wann habe ich darauf verzichtet, einen liquidieren zu lassen, wenn es sein mußte?«

Juca antwortete nicht. Er hatte Respekt vor seinem Bruder, der vielleicht das einzige Wesen auf Erden war, das er fürchtete.

Sinhô senkte die Stimme: »Ich bin nur eben nicht wie du: ein Mörder. Ich bin ein Mensch, der solche Sachen nur gezwungen tut. Ich hab' Leute verschwinden lassen, aber Gott ist mein Zeuge, ich tu' es nur, wenn nichts anderes übrigbleibt. Ich weiß, daß mir das nicht viel helfen wird, wenn der Tag kommt, an dem ich dort oben Rechnung ablegen muß.« Er zeigte auf den Himmel. »Aber für mich selber hat es doch seinen Wert.«

Juca wartete, bis sich sein Bruder beruhigt hatte.

»Und das alles wegen Firmo, diesem starrköpfigen Idioten. Du kannst mich nennen, was du willst, das ist mir gleich. Aber das eine sag' ich dir: Es gibt keinen besseren Boden für den Kakao als den Sequeiro Grande, und wenn du ihn für die Badaró haben willst, geht es nicht anders zu machen. Firmo will sein Stück nicht verkaufen.«

Sinhô Badaró machte eine Handbewegung.

Juca verstand und rief die beiden Männer herein, die auf der Veranda warteten. Noch bevor sie eintraten, sagte er: »Ich erkläre ihnen alles, wenn du es nicht tun willst.«

Mit halbgeschlossenen Augen nahm Sinhô im hohen Lehnsessel Platz. »Wenn ich einmal etwas beschlossen habe, übernehme ich auch die Verantwortung. Ich werde selber mit ihnen sprechen.«

Er betrachtete das Bild, dieses friedliche Blau. Wenn die Erde auf diesem Öldruck gut für Kakao wäre, dann müßte er, Sinhô Badaró, seine Bravos hinter einem Baum aufstellen, damit sie aus dem Hinterhalt diese flötenblasenden Hirten liquidierten und dieses rotwangige Mädchen, das so friedlich tanzte...

Die Männer warteten; er gab sich einen Ruck, vergaß die Szene auf dem Bild, das Mädchen, das im Tanzen innehielt, von der Kugel getroffen, die er nach ihr gezielt hatte, und begann mit seiner gewohnten Stimme Befehle zu geben, ruhig und fest wie immer.

6

Den Karabiner umgehängt, gingen die beiden Männer die Landstraße entlang, auf der der Abendwind eine rote Staubwolke emporwirbelte. Viriato, ein Mulatte aus dem Innern, schlug eine Wette vor: »Ich wett' fünf Milreis, daß der Mann von meiner Seite kommt.«

Die Landstraße gabelte sich nämlich kurz vor Firmos kleiner Pflanzung. Deshalb hatte Sinhô Badaró zwei Männer ausgesandt, einen für jede Straße. Der Neger Damião, sein Vertrauensmann, ein sicherer Schütze, ergeben wie ein Jagdhund, sollte auf dem Pfad Aufstellung nehmen, den Firmo mit größerer Wahrscheinlichkeit benützen würde, weil er auf ihm Weg und Zeit ersparen konnte. Viriato mußte an der Landstraße selbst warten, hinter einem Gujabaum, an einer Stelle, an der schon andere gefallen waren. Viriato wollte wetten, und obwohl es fast sicher war, daß Firmo auf dem Pfad kommen würde, nahm Damião die Wette nicht an.

Viriato wunderte sich: »Was ist denn mit dir los? Ist der ›Draht‹ ausgegangen?«

Aber wenn Damião nicht einschlug, dann lag es nicht daran, daß ihm die fünf Milreis, der Lohn von zwei Tagen, gefehlt hätten. Oft genug hatte er mehr als das gewettet, bei anderen derartigen Expeditionen, an anderen Abenden wie diesem. Heute jedoch war da etwas, das es ihm unmöglich machte zu wetten.

Die Nacht brach herein, während die beiden Männer die Straße hinabgingen, auf der sich kein Wanderer zeigte. Bis jetzt waren sie nur einem Burschen auf einem Esel begegnet, der sie genau angesehen hatte und dann seinem Tier die Sporen gegeben hatte, um rascher aus ihrer Nähe zu kommen.

Wer in der ganzen Gegend kannte nicht den Neger Damião, den Bravo und Vertrauensmann von Sinhô Badaró? Sein Ruf war längst weit über Palestina, Ferradas und Tabocas hinausgedrungen, wo man sich seine Abenteuer erzählte, und auf den kleinen Schiffen bis zur Provinzhauptstadt gelangt. Eine Zeitung aus Bahía hatte seinen Namen schon einmal in dicken Lettern gebracht. Da es ein Oppositionsblatt gewesen war, waren recht üble Dinge über ihn gesagt und er selber mit häßlichen Namen belegt worden. Damião erinnerte sich noch ganz genau an diesen Tag. Sinhô Badaró hatte ihn um die Mittagszeit in das Landhaus rufen lassen. Es waren eine Menge Leute zu Tisch, und die offenen Weinflaschen bewiesen, daß der Richter anwesend war. Auch Dr. Genaro war da, der Anwalt der Badaró, und er war es, der die Zeitung mitgebracht hatte. Dr. Genaro war kein so glänzender Redner wie Dr. Rui, er meisterte nicht wie dieser das Wort; aber er kannte wie keiner das Gesetz bis ins kleinste Detail und wußte, wie es zu verdrehen war; Sinhô Badaró zog ihn allen anderen Advokaten von Ilhéus vor.

Sinhô lächelte Damião zu und zeigte ihn den anderen: »Hier ist unser Wilder.«

Als er Sinhô lachen sah, lachte auch Damião mit offenem, unschuldigem Ausdruck. Die regelmäßigen, weißen Zähne glänzten in seinem großen, schwarzen Mund. Der betrunkene Richter lachte vergnügt, aber Dr. Genaro lächelte lediglich und erweckte den Eindruck, als täte er es nur aus Höflichkeit.

Sinhô Badaró sprach weiter und wandte sich jetzt an Damião: »Weißt du, Schwarzer, daß sich schon die Zeitungen in der Hauptstadt um dich kümmern? Sie schreiben, in der ganzen Gegend gebe es keinen besseren Mörder als Damião, den Bravo von Sinhô Badaró.«

Voll Stolz sagte er es, und stolz antwortete Damião: »Ja, Herr, das ist wahr. Ich kenn' keinen besseren Scharfschützen als den Neger, der hier vor Ihnen steht.« Und wieder lachte er befriedigt.

Dr. Genaro mußte schlucken und goß sein Glas voll. Der Richter stimmte in Sinhô Badarós Lachen ein, und dieser las die Zeitungsnotiz Damião vor, der nur die Hälfte verstand, so viele schwierige Ausdrücke kamen darin vor. Aber er freute sich, als Sinhô ins Haus hineinrief: »Don' Ana! Don' Ana!«

Seine Tochter kam aus der Küche, wo sie die Zubereitung des Mittagessens überwachte. Sie war dunkel und kräftig, eine richtige Waldblume.

»Was gibt's, Vater?«

Der Richter betrachtete sie mit Interesse.

»Nimm fünfzig Milreis aus der Truhe«, befahl ihr Sinhô Badaró, »und gib sie Damião. Sein Name steht in der Zeitung.«

Dann entließ er den Neger, und das Gespräch im Speisezimmer nahm seinen Fortgang. Damião ging gleich nach Palestina, um sein Geld mit den Mädchen durchzubringen. Er trank die ganze Nacht und erzählte allen Leuten, daß in einer Zeitung aus Bahía stand, es gebe keinen besseren Schützen als ihn.

Das war der Grund, warum der Reiter seinem Esel die Sporen gegeben hatte. Er wußte, daß eine Kugel von Damião, dem Neger, dasselbe bedeutete wie Sarg und Begräbnis, und er wußte auch, daß Sinhô Badarós Bravos sicheren Schutz genossen – gegen die kam keine Polizei auf. Alle Welt wußte, daß der Richter auf der Seite der Badaró stand; sie hatten ihm sogar eine Pflanzung angelegt. Die Badaró standen über der Politik und konnten auf das Gericht zählen. Als der Mann seinem Esel die Sporen gab, schmunzelte Viriato belustigt, doch der Neger Damião blieb ernst.

»Was ist denn los mit dir?« wiederholte Viriato.

Damião wußte es selber nicht. Oft schon hatte er sich in den Hinterhalt gelegt, um Leuten aufzulauern, die er töten sollte.

Diesmal schien es ihm, als wäre es das erste Mal.

Sie kamen zur Weggabelung.

»Du willst also nicht wetten, Schwarzer?« beharrte Viriato.

»Ich hab' schon einmal nein gesagt.«

Sie trennten sich, und Viriato machte sich pfeifend auf den Weg. Es war nun vollends Nacht geworden, der Mond war eben erst aufgegangen. Eine günstige Nacht für den Hinterhalt. Taghell erleuchtet lag die Straße da. Der Neger Damião bog in den Pfad ein, er kannte einen Baum, der gerade das richtige war: ein dichtbelaubter Brotbaum hart am Straßenrand, wie geschaffen dafür, daß man sich dahinter versteckte und Vorübergehende abschoß.

»Von diesem Baum aus habe ich noch nie jemandem aufgelauert«, dachte Damião. Dem Neger war traurig zumute, denn von der Veranda aus hatte er dem Gespräch der Brüder Badaró gelauscht. Er hatte gehört, was Sinhô Juca gesagt hatte, und das war es, was ihn an diesem Abend so verstörte. Sein unschuldiges Herz krampfte sich zusammen, noch nie hatte er sich so gefühlt. Er verstand das selber nicht: er hatte nirgends Schmerzen am Körper, er war nicht krank und doch fühlte er sich so.

Wenn ihm früher einer gesagt hätte, es sei etwas Furchtbares, sich in den Hinterhalt zu legen, um Menschen zu töten, so hätte er ihm nicht geglaubt, denn sein Herz war unschuldig und frei von Bosheit. Die Kinder auf der Pflanzung vergötterten Damião, den Neger, der mit den ganz Kleinen Pferdchen spielte, ihnen von den großen Brotbäumen die saftigsten Früchte holte und die goldenen Bananendolden aus den Bananenplantagen, wo die Schlangen wohnten; der die zahmen Pferde sattelte, um die Größeren darauf reiten zu lassen, sie alle baden führte, an den Fluß, wo er sie schwimmen lehrte. Die Kinder vergötterten ihn, für sie gab es keinen, der an Damião, den Neger, heranreichte.

Töten war sein Beruf. Damião wußte selber nicht, wie das angefangen hatte. Der Oberst gab den Befehl, und er tötete. Er konnte nicht sagen, wie viele er schon getötet hatte, denn er konnte nur bis fünf zählen, und auch das nur an den Fingern. Er wollte es auch gar nicht wissen. Er haßte niemanden und hatte nie jemandem etwas zuleide getan. Zumindest hatte er das bis heute geglaubt. Warum war ihm gerade heute das Herz so schwer, als ob er krank wäre? Er war hilfreich auf seine ungelenke Art; wenn ein Arbeiter auf der Pflanzung krank wurde, erschien Damião bei ihm, um ihm Gesellschaft zu leisten, ihm heilkräftige Kräuter zu bringen und Jeremias, den Zauberer, zu holen. Mitunter überredeten ihn die Handelsreisenden, die im Landhaus haltmachten, von den Männern zu erzählen, die er umgebracht hatte. Dann berichtete er mit ruhiger Stimme, ohne sich einer bösen Tat bewußt zu sein.

An einem Befehl Sinhô Badarós gab es für ihn nichts zu rütteln. Wenn er zu töten befahl, mußte man töten. Genauso wie man so schnell wie möglich das schwarze Maultier sattelte, wenn er es für eine Reise zu satteln befahl. Im übrigen bestand keinerlei Gefahr, eingesperrt zu werden, Sinhô Badarós Leute wanderten niemals ins Gefängnis. Sinhô stellte seine Männer sicher, es war ein Vergnügen, für ihn zu arbeiten. Er war nicht wie der Oberst Clementino, der einem einen Auftrag gab und ihn dann sitzen ließ.

Damião verachtete diesen Oberst. Ein solcher Mann war kein Herr für einen richtigen Kerl. Er hatte ihm vor langer Zeit gedient, als er noch ein Kind gewesen war. Bei ihm hatte er schießen gelernt; für Clementino hatte er zum ersten Mal getötet. Doch eines Tages hatte er von der Pflanzung fliehen müssen, als die Polizei hinter ihm her gewesen war und der Oberst es nicht für nötig erachtet hatte, ihn zu warnen. Er hatte Unterschlupf in den Pflanzungen der Badaró gefunden, und jetzt war er Sinhôs Vertrauensmann. Wenn es in seinem Herzen überhaupt eine böse Regung gab, so war es die tiefe Verachtung, die er für Oberst Clementino empfand. Zuweilen war in den Hütten der Arbeiter von ihm die Rede, dann spuckte der Neger Damião aus und sagte: »Das ist kein Mann. Er ist feiger als eine Frau. Röcke sollt' er tragen.«

Gleich darauf lachte er mit seinen weißen Zähnen, seinen großen Augen, mit seinem ganzen Gesicht. Ein glückliches, gesundes Lachen, unschuldig wie das eines Kindes. Wer es auf der Pflanzung hörte, konnte es nicht von dem der Kinder unterscheiden, mit denen sich Damião auf dem Rasen vor dem Landhaus balgte.

Der Neger Damião war am Brotbaum angelangt. Er nahm sein Gewehr ab und lehnte es gegen den Baumstamm. Aus der Hosentasche holte er eine Rolle Tabak und schickte sich an, mit dem Taschenmesser eine Zigarre zurechtzuschneiden. Der Mond war jetzt rund und riesenhaft, Damião hatte ihn noch nie so groß gesehen. In seinem Innern spürte er etwas wie eine riesige Hand, eine von seinen mächtigen, schwarzen Händen, die sein Herz zusammenpreßte. In seinen Ohren klangen noch Sinhô Badarós Worte nach: »Glaubst du, daß es recht ist, Leute umzubringen? Fühlst du denn gar nichts? Da drinnen? Da?«

Damião hatte nie gedacht, daß man etwas fühlen könne. Heute jedoch empfindet er etwas; die Worte des Obersten lasten auf seiner Brust wie ein Riesengewicht, das nicht einmal ein kräftiger Neger wie Damião abwälzen kann.

Körperlicher Schmerz war ihm immer verhaßt gewesen, obwohl er ihn gut ertrug. Einmal, beim Abernten der Kakaonüsse, hatte er sich mit dem großen Messer tief in den Arm geschnitten. Der Schnitt hatte fast den Knochen erreicht, und der Schmerz war ihm gräßlich gewesen; trotzdem pfiff er drauflos, während ihm Don' Ana Jod in die Wunde goß. Ein anderes Mal hatte ihm Jacundino mit dem Messer drei Schnitte am Bein beigebracht. Das, diese Art Schmerz, verstand er; es war etwas, das man sozusagen vor Augen hatte. Doch der Schmerz, den er jetzt empfand, war etwas ganz anderes. Dinge, an die er nie gedacht hatte, gingen ihm jetzt durch den Kopf, der beinahe so groß war wie der eines Ochsen. Sinhô Badarós Worte gingen ihm nicht aus dem Sinn, sie weckten Bilder und Empfindungen, alte, halbvergessene Bilder und neue, bisher ungekannte Empfindungen.

Endlich hatte er seine Zigarre fertiggedreht. Das Streichholz flammte im Walddunkel auf. Er machte einen langen Zug. Er konnte sich den Oberst von Gewissensbissen geplagt nicht vorstellen. Gewissensbisse – das war das Wort. Einmal hatte ihn ein Handelsreisender gefragt, ob er, Damião, nie Gewissensbisse empfand. Er bat, man solle ihm das Wort erklären.

Der Reisende tat es, und Damião antwortete nun in aller Unschuld: »Warum sollte ich denn welche haben?«

Das wunderte den Handelsreisenden, und noch heute erzählt er diese Geschichte in den Kaffeehäusern von Bahía, wenn er mit seinen Freunden philosophiert und über die Menschheit, das Leben und die Menschen diskutiert.

Kurz darauf, um Weihnachten, hatte Sinhô Badaró einen Geistlichen kommen lassen, um auf der Pflanzung eine Messe zu lesen. Auf der Veranda wurde ein Altar aufgebaut, eine wahre Pracht von einem Altar. Noch bei der Erinnerung daran mußte Damião lächeln – das einzige Mal, daß er lächelte in dieser Nacht, die er auf der Lauer lag. Damião war eine brauchbare Hilfe gewesen für Don' Ana, Dona Lidia, die verstorbene Frau Sinhôs, und Dona Olga, die Frau Jucas, die gemeinsam das Fest rüsteten. Abends traf der Priester ein, und zum Abendessen gab es eine Menge guter Sachen: Hühner, Truthähne, Schweinefleisch, Hammelfleisch, Wild und sogar Fisch, den man von Agua-Branca hatte kommen lassen. Es gab einen kalten Stein, den man Eis nannte, und Don' Ana, die damals ein Backfisch war, gab Damião ein Stück, das ihm den Mund verbrannte. Sie lachte Tränen über das unglückliche Gesicht des Negers.

Am Tage darauf war die Messe; alle, die ein Mädchen hatten, wurden getraut, die Kinder wurden getauft, und die Patenschaft übernahm immer wieder einer aus der Familie Badaró.

Danach hielt der Priester eine Predigt, die alle Reden des Dr. Rui im Gerichtssaal von Ilhéus übertraf. Er stieß freilich etwas mit der Zunge an, denn er war Ausländer, aber gerade dadurch versetzte er die Leute noch mehr in Schrecken, wenn er von der Hölle sprach und von den Flammen, die die Verdammten in alle Ewigkeit verzehrten. Selbst Damião war erschrocken. Bis dahin hatte er nie an die Hölle gedacht und auch nachher erinnerte er sich nie mehr daran.

Erst heute kam ihm dieser Priester wieder ins Gedächtnis, der so wütend gegen jene losdonnerte, die ihre Mitmenschen töteten. Er hatte viel über die Gewissensbisse gesprochen, diese Hölle auf Erden. Damião wußte schon, was dieses Wort bedeutete, aber auch bei dieser Gelegenheit machte es ihm keinen Eindruck. Wohl hatte ihn die Beschreibung der Hölle beeindruckt, jenes ewigen Feuers, in dem das menschliche Fleisch ohne Ende schmoren mußte. Am Arm trug Damião noch die Narbe einer Brandwunde seit dem Tag, an dem ein Stück glühende Kohle auf ihn gefallen war, während er den Negerinnen in der Küche geholfen hatte. Das hatte fürchterlich weh getan. Er konnte sich demnach gut vorstellen, wie es sein mußte, wenn ein ganzer Körper immerzu von den Flammen verzehrt wurde.

Der Priester hatte behauptet, es genüge, einen Menschen getötet zu haben, um mit Bestimmtheit in die Hölle zu kommen. Damião wußte nicht einmal, wie viele er schon getötet hatte. Er wußte, daß es mehr als fünf waren, denn bis fünf konnte er zählen, und das hatte er auch schon getan. Dann hatte er die Übersicht verloren, ohne dem besondere Bedeutung beizumessen.

Und doch bemühte er sich heute, während er in seinem Versteck an der Zigarre zog, vergeblich, sich alle ins Gedächtnis zu rufen. Der erste war jener Maultiertreiber gewesen, der Oberst Clementino beschimpft hatte. Es kam gänzlich unerwartet. Er begleitete den Oberst, beide zu Pferde, als sie auf eine Mauleselkarawane stießen, die nach Banco de Vitoria unterwegs war. Kaum hatte der Maultiertreiber Clementino erblickt, als er ihm mit seiner langen Peitsche eines übers Gesicht zog.

Clementino wurde weiß vor Wut. »Schieß ihn nieder!« brüllte er Damião zu.

Damião zog seinen Revolver aus dem Gürtel, gab einen Schuß ab, der Maultiertreiber fiel, und die Esel trotteten über die Leiche hinweg. Clementino kehrte zur Pflanzung zurück, im Gesicht die rote Strieme, die vom Peitschenhieb herrührte. Damião hatte keine Zeit gehabt, über den ganzen Fall nachzudenken, denn schon wenige Tage später war die Polizei erschienen und er hatte flüchten müssen.

Dann hatte er begonnen, für Sinhô Badaró zu töten: Zequinha Fontes, Oberst Eduardo, die beiden Bravos von Horácio in der Schießerei von Tabocas – das machte fünf. Doch der wievielte Silvio da Toca war, das wußte Damião schon nicht mehr. Gar nicht zu reden von dem Mann, der in einem Freudenhaus von Ferradas auf Juca Badaró angelegt und ihn nur deshalb nicht umgebracht hatte, weil Damião schneller gewesen war.

Die anderen, die dann gefolgt waren, konnte er überhaupt nicht mehr zählen. Der wievielte mochte wohl Firmo sein? »Ich will Don' Ana bitten, daß sie mir beibringt, wie man an der anderen Hand zählt.« Unter den Arbeitern gab es welche, die an den Fingern und an den Zehen abzählen konnten, aber das waren eben kluge Köpfe und keine solchen Esel wie der Neger Damião. Jetzt wurde es aber Zeit für ihn, an den Fingern der anderen Hand zählen zu lernen. Wie viele Menschen hatte er schon getötet?

Der Mond stand über dem Brotbaum und goß sein Licht über den Weg, auf dem Firmo kommen mußte. Ja, er kam sicher hier durch und nicht auf der Landstraße, an der sich Viriato postiert hatte. Der Pfad war etwa eine Meile lang. Firmo würde sich eilen, heimzukommen, die Stiefel auszuziehen und sich mit Dona Teresa, seiner Frau, schlafen zu legen.

Damião kannte sie, er hatte auf seinen Ausritten öfters vor ihrem Haus haltgemacht und sie um einen Schluck Wasser gebeten. Eines

Tages hatte ihm Dona Teresa sogar ein Glas Wein gereicht und ein paar Worte mit ihm gewechselt. Hübsch war sie und weißer als Schreibpapier. Weißer als Don' Ana. Don' Ana war braun, ganz sonnenverbrannt. Dona Teresa schien nie an der Sonne gewesen zu sein; sie schien ihre Wangen, ihre weiße Haut nie berührt zu haben. Sie war aus der Stadt, die Tochter eines Italieners; sie hatte eine so entzückende Stimme, daß es klang, als singe sie, wenn sie sprach. Firmo beeilte sich bestimmt, nach Hause zu kommen, mit seiner Frau zu Bett zu gehen, diesen weißen Körper zu umschlingen. In dieser Gegend waren Frauen selten. Abgesehen von den Dirnen, von denen es in jeder Ortschaft vier oder fünf gab – alle mehr oder weniger krank –, gab es wenige Männer, die eine Frau hatten. Das bezog sich freilich nur auf die Arbeiter, und Firmo war kein Arbeiter, er hatte eine Pflanzung; er arbeitete sich hoch, und wenn das so weiter ging, würde er bald selber ein Oberst sein mit großen Besitzungen. Als er sein Stück gerodet hatte, war er nach Ilhéus gegangen, eine Frau zu suchen. Er hatte die Tochter eines italienischen Bäckers geheiratet, eine hübsche, hellhäutige Frau. Es hieß sogar, Juca Badaró, der hinter allen Frauen her war, habe ein Auge auf sie geworfen gehabt – genau wußte Damião das nicht. Aber auch, wenn es so gewesen war, war sie doch nicht darauf eingegangen, denn Juca jagte bald in andern Revieren, und das Geschwätz verstummte.

Ja, darüber konnte kein Zweifel bestehen, Firmo mußte diesen Pfad entlang kommen; er würde den Weg nicht hinausziehen, wenn eine junge, hellhäutige Frau auf ihn wartete. Der Neger Damião begann zu wünschen, Firmo möchte auf der Landstraße kommen. Es war das erstemal, daß ihm solche Gedanken kamen. Die Verwirrung in seinem Kopf und der Druck auf seiner Brust ließen ihn eine gewisse Demütigung empfinden.

Es sah fast so aus, als wäre er nicht gewohnt, derlei zu tun; als wäre er Antônio Vítor, jener Arbeiter aus Sergipe, der die ganze Nacht gezittert und sogar wie ein Weib geheult hatte, als er bei der Rauferei mit Horácios Leuten in Tabocas einen Mann getötet hatte. Später hatte er sich daran gewöhnt und war jetzt einer von Juca Badarós Bravos, der ihn auf allen seinen Reisen begleitete. Dem Neger Damião war jetzt zumute wie damals Antônio Vítor, als wäre er es nicht gewohnt, eine ganze Nacht hindurch im Hinterhalt auf einen

Mann zu warten. Wenn das die anderen wüßten, würden sie ihn auslachen, wie sie an jenem Abend bei der Keilerei in Tabocas über Antônio Vítor gelacht hatten.

Der Neger Damião schloß die Augen und versuchte, auf diese Weise all jene Bilder zu vergessen. Die Zigarette war zu Ende geraucht, und er überlegte, ob es wohl der Mühe wert war, eine neue zu drehen. Er hatte nur noch wenig Tabak, und die Wartezeit mochte sich hinausziehen. Wer weiß, wann Firmo kommen würde. Er gelangte zu keinem Entschluß und war zufrieden, daß er sich nun mit diesem Tabakproblem beschäftigen konnte. Ein guter Tabak war das, einer aus dem Innern; der von Ilhéus war nichts wert, miserabel und trocken, er hielt nicht vor... Was hatte denn Teresa damit zu tun? Sie war doch weiß, und Damião dachte an den schwarzen Tabak; wie kam nur das weiße Gesicht Dona Teresas da herein? Wer hatte sie gerufen? Der Neger Damião wurde wütend. Die Frauen mischten sich immer in das, was sie nichts anging.

Übrigens – was war Sinhô Badaró am Nachmittag eingefallen, seinem Bruder solche Sachen zu sagen? Warum hatte er nicht wenigstens ihn und Viriato weiter fortgeschickt? Auf der Veranda war das ganze Gespräch zu hören gewesen: »Glaubst du, daß es recht ist, Leute umzubringen? Fühlst du denn gar nichts? Da drinnen?«

Der Neger Damião begann etwas zu fühlen. Früher hatte er nie etwas empfunden. Wenn nicht Sinhô Badaró das gesagt hätte, sondern Juca, dann würde er vielleicht diesen Worten keine so große Bedeutung beigemessen haben. Aber Sinhô Badaró war für Damião ein Gott. Er flößte ihm mehr Respekt ein als Jeremias, der Zauberer, der ihn von seiner Schußwunde und dem Schlangenbiß geheilt hatte. Sinhôs Worte gingen ihm nicht mehr aus dem Sinn, sie drückten ihm das Herz ab und kreisten in seinem Kopf. Sie beschworen das weiße Antlitz Dona Teresas herauf, die auf ihren Mann wartete und Sinhô Badarós Worte wiederholte und die des Priesters. So wie er war ja auch sie eine halbe Ausländerin. Nur hatte die Stimme des Priesters zornig geklungen, als er all die schrecklichen Dinge ankündigte, und Dona Teresas Stimme war sanft wie Musik.

Er dachte nicht mehr daran, sich eine Zigarette zu drehen und zu rauchen. Er dachte an Dona Teresa, wie sie auf Firmo wartete, auf seine Liebkosungen in ihrem Ehebett. Weiße Glieder, die den Gatten erwarteten. Man sah es ihr am Gesicht an, wie gut sie war; einmal hatte sie dem Neger Damião einen Schluck Wein gereicht... Dann hatten sie ein paar Worte gewechselt, über die Sonne, die an jenem Nachmittag grell auf die Landstraße niederbrannte. Ja, eine gute Frau war sie, die keine Geschichten machte. Sie hätte sich ebensogut weigern können, an einen Mörder wie den Neger Damião das Wort zu richten; sie besaß eine Kakaopflanzung wie so viele andere. Aber nein, sie hatte ihm zu trinken gegeben und über die Sonnenhitze geplaudert. Sie hatte keine Angst gezeigt wie alle die anderen... Alle die anderen, die sich im Hause versteckten und auf ihre Männer warteten, sobald sie von weitem den Neger Damião auftauchen sahen. Er hatte immer über die Furcht gelacht, die er diesen Frauen einflößte, und war sogar stolz darauf: sie war nur ein Beweis, wie weit sein Ruf reichte. Doch heute kam Damião zum ersten Mal der Gedanke, daß sie gar nicht vor dem tapferen Neger flohen, sondern vor dem Mörder.

Vor dem Mörder... Langsam sprach er mit leiser Stimme diese Worte vor sich hin, die ihm plötzlich einen so schauerlichen Klang zu haben schienen. Niemand dürfe seinesgleichen töten, hatte der Priester gesagt, denn das sei eine Todsünde, für die man in die Hölle kam. Damals hatte sich Damião wenig Gedanken darüber gemacht. Aber heute war es Sinhô Badaró selber gewesen, der dasselbe über das Töten sagte. Mörder... Und Dona Teresa war so gut und schön wie keine und weißer als irgendeine Frau in den Pflanzungen rundum... Sie liebte ihren Mann, das sah man gleich; so sehr, daß sie nicht auf Juca Badaró hereingefallen war, den reichen Mann, dem die Frauen nachliefen... Vor ihm dagegen hatten die Frauen Angst, vor ihm, dem Neger Damião, dem Mörder...

Eine ganze Reihe von Einzelheiten kam ihm in Erinnerung: Frauen, die von den Rasenplätzen verschwanden, wenn er erschien; andere, die ihn furchtsam durch einen Fensterspalt beobachteten; diese Prostituierte in Ferradas, die unter keinen Umständen mit ihm schlafen wollte, obwohl er ihr eine Banknote von zehn Milreis gezeigt hatte. Sie hatte sich geweigert, ohne einen Grund anzugeben, hatte behauptet, daß sie krank sei, aber in ihrem Gesicht hatte Damião etwas anderes abgelesen: Angst. Er hatte nicht weiter darauf geachtet, hatte sein tiefes Lachen angeschlagen und sich auf die Suche nach einer anderen Frau gemacht. Doch heute schmerzte ihn noch nachträglich die Weigerung des Mädchens. Nur Don' Ana Badaró war gut zu ihm, fürchtete sich nicht vor dem Neger. Freilich, Don' Ana war eine tapfere Frau, eine Badaró. Auch die Kinder empfanden keine Furcht vor ihm; sie verstanden noch nichts von diesen Dingen und wußten nicht, daß er ein Mörder war, der im Hinterhalt Menschen auflauerte, um sie mit unfehlbarer Zielsicherheit umzulegen. Er hatte die Kinder gern und verstand sich besser mit ihnen als mit den Erwachsenen. Er liebte es, mit dem einfachen Spielzeug der Kinder aus den großen Landhäusern zu spielen und den elenden Kleinen in den Hütten der Arbeiter ihre Launen zu erfüllen. Ja, mit den Kindern kam er gut aus...

Plötzlich fuhr ihm ein entsetzlicher Gedanke durch den Kopf: Wie, wenn Dona Teresa guter Hoffnung war, ein Kind im Bauch trug? Es würde vaterlos zur Welt kommen, denn sein Vater wäre durch die Kugel Damiãos, des Negers, gefallen... Mit unendlicher Mühe richtete er sich auf, sein mächtiger Schädel war schwer wie nach einem Riesenrausch. Nein, Dona Teresa war nicht schwanger; er hatte sie genau angesehen, an jenem Tag, als sie vor Firmos Haustür ein paar Worte gewechselt hatten. Sie hatte keinen Bauch gehabt, nein, sie war nicht schwanger gewesen... Aber, das war immerhin schon sechs Monate her, wer weiß, wie es jetzt um sie stand? Sie konnte recht gut in anderen Umständen sein, ein Kind im Bauch tragen... Das würde dann ohne Vater geboren werden, würde erfahren, daß sein Vater in einer Mondnacht auf der Landstraße vom Neger Damião erschossen worden war.

Es würde ihn wohl hassen, würde nicht wie die anderen Kinder mit ihm spielen, auf seinen Rücken klettern, solange es noch nicht auf den allerzahmsten Eseln reiten konnte. Es würde keine Brotfrucht anrühren, die der Neger Damião gepflückt hatte, noch die goldenen Bananen, die er aus den Plantagen holte. Voll Haß würde es ihn ansehen, denn Damião würde für es immer der Mörder seines Vaters bleiben...

Damião empfand eine tiefe Traurigkeit. Das Mondlicht fiel nun senkrecht herab, der Brotbaum entzog ihn den Blicken von der Straße, sein Repetiergewehr lehnte am Baumstamm. Andere schnitten bei jedem, den sie erledigten, eine Kerbe in den Gewehrkolben.

Er hatte das nie getan, um sein Gewehr nicht zu verunstalten. Er liebte es und hatte es stets über seinem Bett hängen, einer Holzpritsche ohne Matratze. Mitunter mußte Sinhô Badaró abends verreisen, dann ließ er den Neger rufen, damit er ihn begleitete. Das Gewehr vom Nagel nehmen und zum Landhaus hinübergehen, war dann für Damião eins. Die Maulesel waren schon gesattelt, nach Sinhô stieg auch er auf und ritt hinter seinem Herrn her, das Gewehr vor sich auf dem Sattel; am Straßenrand konnte jederzeit einer von Horácios Leuten im Anschlag liegen. Es kam vor, daß ihn Sinhô Badaró nach vorne rief, um mit ihm über die Rodungen zu reden, die Ernten, den Zustand des weichen Kakaos, über allerhand Dinge, die mit dem Leben auf der Pflanzung zusammenhingen. Das waren glückliche Tage für den Neger Damião. Er war auch glücklich, wenn ihm der Oberst am Ziel der Reise – Rio do Brago, Tabocas, Ferradas oder Palestina – eine Fünf-Milreis-Note in die Hand drückte und er fortgehen konnte, den Rest der Nacht mit einer Frau zu verbringen. Das Repetiergewehr stellte er immer an das Fußende des Bettes, denn Sinhô konnte es jederzeit einfallen, heimkehren zu wollen; dann schickte er einen Laufburschen aus, um den Neger in den Freudenhäusern ausfindig zu machen. Damião sprang dann aus dem Bett – eines Nachts ließ er sogar jäh von einer Frau ab –, ergriff seinen Karabiner und machte sich auf den Weg. Seine Waffe war ihm ans Herz gewachsen, er pflegte sie so sorgfältig, daß es eine Freude war, sie zu sehen. Heute jedoch mochte er sie nicht ansehen, und seine Augen suchten nach einem anderen Ruhepunkt. Der Mond stand schon hoch am Himmel. Wieso konnte man den Mond ansehen, wenn es doch kein Auge gab, das in die Sonne zu blicken vermochte? Dieser Gedanke war dem Neger Damião noch nie gekommen. Jetzt vertiefte er sich in ihn und zerbrach sich den Kopf, um dieses Problem zu lösen. So sah er wenigstens nicht Dona Teresa vor sich und auch nicht das Kind, das sie zur Welt bringen würde; und er hörte nicht Sinhô Badarós Stimme, die Juca fragte: »Glaubst du, daß es recht ist, Leute umzubringen? Fühlst du denn gar nichts? Da drinnen?«

Warum konnte nur niemand der Sonne gerade ins Gesicht sehen? Keiner brachte das zuwege... Damião hatte auch niemals nachträglich die Männer angesehen, die er getötet hatte. Es blieb ihm keine

Zeit dazu, er mußte immer gleich weiter, sobald die »Arbeit« getan war. Er hatte auch niemals das Pech gehabt, daß eines seiner Opfer am Leben blieb, wie es dem verstorbenen Vincente Garangau passiert war, von dem man sich so viel erzählte; er endete unter den Händen dessen, auf den er geschossen hatte. Er hatte sich nicht sofort vergewissert, ob sein Mann auch wirklich tot war und war dann auf diese gräßliche Art umgekommen, in kleine Stücke zerschnitten... Auch Damião sah sich nie einen an, den er abgeschossen hatte. Wie mochte so einer wohl aussehen? Er hatte schon Tote gesehen, aber die, welche er selber getötet hatte – wie sahen die wohl aus? Wie würde denn Firmo heute nacht aussehen? Ob er nach vorne auf seinen Esel fiele, der ihn noch weitertragen würde, oder würde er zu Boden stürzen, während ihm das Blut aus der Brust brach?

Wenn man ihn dann tags darauf fand, würde man ihn mit dieser Wunde in der Brust nach Hause bringen. Dona Teresa würde gewiß schon unruhig sein über sein langes Ausbleiben. Und was würde sie tun, wenn man ihn ihr brachte, schon kalt, umgebracht vom Neger Damião? Die Tränen würden ihr über das kreideweiße Antlitz rinnen. Vielleicht schadete es ihr sogar bei ihrer Schwangerschaft; vor Schreck konnte sie das Kind vor der Zeit bekommen. Sie konnte auch daran sterben, so zart und mager wie sie war in ihrer ganzen Weise...

Statt einen zu töten, hätte er dann zwei getötet. Eine Frau hätte er getötet, was ein tapferer Neger nie tut. Und das Kind? Mit dem Kind hatte er gar nicht gerechnet. Damião zählte an den Fingern ab: mit dem Kind waren es drei. Es bestand für ihn gar kein Zweifel mehr, daß Teresa schwanger war. Das stand einfach fest für ihn. Er würde also drei umbringen, diese Nacht: einen Mann, eine Frau und ein Kind. Die Kinder sind so lieb, so gut zu Damião, dem Neger, alle haben ihn gern. Mit diesem Schuß würde er eines töten... Und auch Dona Teresa, deren weißer Leib als Leiche im Sarg liegen würde. Das Begräbnis würde im Friedhof von Ferradas stattfinden, der am nächsten lag. Man würde eine Menge Leute brauchen, um die drei Särge zu tragen. In der ganzen Umgebung müßte man nach Leuten suchen, sicher käme man auch zur Pflanzung der Badaró. Und Damião würde kommen, um den himmelblauen Sarg des Kindes zu tragen, das als Engelchen gekleidet wäre. Er trug fast immer die

Särge der »Engelchen«, wenn ein Kind auf der Pflanzung starb. Er pflückte dann Waldblumen, schmückte damit den Sarg und hob ihn auf die Schultern. Aber den von Firmos Kind würde er nicht hochheben können, er, der es selber getötet hatte...

Der Neger Damião machte eine neuerliche Anstrengung, um sich aufzurichten. Sein Kopf gehorchte ihm nicht, warum nur? Er hatte doch gar kein Kind getötet, er hatte auch Dona Teresa nicht getötet, ja, noch nicht einmal Firmo...

Das war der Augenblick, in dem der Gedanke, Firmo nicht zu töten, zum ersten Male im Kopf des Negers Damião auftauchte. Ganz flüchtig nur, er dachte nicht ernstlich daran, nicht zu töten. So blitzartig dieser Gedanke auch war, so erschreckte er ihn doch. Wie könnte er es unterlassen, einen Befehl Sinhô Badarós auszuführen? Ein rechtschaffener Mann, Sinhô Badaró. Und er empfand auch eine wirkliche Zuneigung für den Neger Damião. Wenn sie auf der Landstraße dahinritten, zog er ihn ins Gespräch und behandelte ihn fast wie einen Freund. Auch Don' Ana. Sie gaben ihm Geld, sein Taglohn betrug zweieinhalb Milreis, aber in Wirklichkeit hatte er weit mehr, denn jeder Mann, den er abschoß, bedeutete eine Extravergütung. Außerdem hatte er wenig zu tun; er war seit langem nicht mehr zu den Rodungen gegangen und hielt sich stets in der Nähe des Landhauses auf, um kleine Dienstleistungen zu verrichten, den Oberst auf seinen Reisen zu begleiten, mit den Kindern zu spielen und auf den Befehl zu warten, irgendeinen Mann zu töten.

Töten: das war sein Beruf. Jetzt war sich Damião vollkommen klar darüber. Er hatte sich selber immer als einen Arbeiter auf den Pflanzungen der Badaró betrachtet; doch jetzt sah er ein, daß er nichts anderes war als ein Bravo. Sein Beruf bestand darin, zu töten, und wenn es keine Menschen auf der Straße abzuschießen gab, hatte er nichts zu tun. Wenn er Sinhô begleitete, so geschah es, um dessen Leben zu schützen und um jeden zu erledigen, der versuchen sollte, auf den Oberst zu schießen. Ein Mörder war er... Das war der Ausdruck, den Sinhô Badaró im Gespräch dieses Nachmittags auf Juca angewendet hatte. Er paßte geradesogut auf ihn selber. Was tat er denn jetzt anderes als auf einen Mann zu warten, um ihn zu ermorden? Er fühlte etwas in seinem Innern, etwas, das ihn entsetzlich schmerzte. Es brannte wie eine Wunde, als hätte ihm jemand einen

Dolch in den Leib gestoßen. Der Mond schien hoch über dem schweigenden Wald.

Da erinnerte sich Damião, daß er sich ja eine Zigarette drehen könne; das würde ihn wenigstens eine Zeitlang beschäftigen.

Als er schließlich die Zigarette angezündet hatte, kam der Gedanke wieder: Wenn er nun Firmo nicht tötete? Diesmal hatte der Gedanke schon eine feststehende Form angenommen, und Damião ertappte sich dabei, wie er sich die Sache ruhig überlegte. Nein, das war ganz unmöglich. Damião wußte ganz genau, warum Sinhô Badaró Firmo aus dem Weg räumen mußte. Es ging darum, sich ohne große Umstände seiner Pflanzung zu bemächtigen und dann weiter nach dem Urwald von Sequeiro Grande vorzustoßen. Sobald den Badaró dieser Wald gehörte, besaßen sie die größte Pflanzung der Welt; sie hatten dann mehr Kakao als alle anderen Pflanzer zusammengenommen, waren sogar reicher als Oberst Misael. Nein, wenn er Firmo nicht in dieser Nacht liquidierte, so mißbrauchte er das Vertrauen, das Sinhô Badaró in ihn setzte. Er hatte den Neger Damião ausgeschickt, weil er ihm vertraute. Er mußte eben töten. An diesen Gedanken klammerte er sich. Er hatte schon so viele getötet, warum fiel es ihm gerade heute so schwer?

Das Ärgste war Teresa, diese weißhäutige Dona Teresa, die ein Kind im Leib trug. Sie würde bestimmt sterben und das Kind auch. Er sah sie nun vor sich; erst war es der weiße Glanz des Mondscheins gewesen, jetzt war es das weiße Antlitz von Firmos Frau. Als ob er betrunken wäre. Andere tranken, bevor sie einen umlegen gingen. Er hatte das nie nötig gehabt. Er war immer ruhig, seiner Zielsicherheit gewiß. Er brauchte nie zu trinken wie die anderen, um einen erschießen zu können. Doch heute war ihm, als hätte er zuviel getrunken, als wäre ihm der Rum zu Kopf gestiegen. Auf dem Boden sah er Dona Teresas weißes Antlitz. Vorher war es der Mond gewesen, weiß wie Milch, die auf der Erde verschüttet worden war. Plötzlich war es Dona Teresas weißes, kummervolles Gesicht, aus dem trauriges Staunen sprach. Sie wartete auf ihren Mann, wartete auf die Liebe, und er würde als Toter heimkehren, mit einer Kugel in der Brust. Vom Boden aus blickte sie zu Damião, dem Neger, auf. Sie flehte ihn an, Firmo nicht zu töten – ihn um Gottes willen nicht zu töten... Auf der Erde sah der Neger ganz deutlich Teresas Antlitz im

Mondlicht abgezeichnet. Ein Zittern durchlief seinen riesenhaften Körper.

»Nein, ich konnte wirklich nicht auf Sie hören, Dona Teresa. Sinhô Badaró hatte befohlen und der Neger Damião mußte gehorchen. Er konnte unmöglich das Vertrauen eines so aufrechten Mannes wie Sinhô Badaró täuschen. Wenn es noch Juca gewesen wäre, der ihn hergeschickt hatte... Aber es war eben Sinhô, Dona Teresa; dagegen kann dieser Neger hier nicht an. Die Schuld lag doch auch bei Ihrem Mann; warum, zum Teufel, wollte er die Rodung nicht verkaufen? Sah er denn nicht, daß er gegen die Badaró nicht ankämpfen konnte? Warum will er dann den Wald nicht verkaufen, Dona Teresa? Weinen Sie nur nicht; der Neger Damião ist imstande, auch zu heulen. Und ein richtiger Kerl kann doch nicht heulen, sonst ist es aus mit seinem Ruf. Der Neger Damião schwört Ihnen, wenn er tun könnte, was er wollte, würde er Firmo nicht töten; er würde Ihnen den Willen tun. Aber Sinhô hat ihn ausgeschickt, und so muß er eben gehorchen.«

Wer hatte denn behauptet, Dona Teresa wäre eine gute Frau? Alles erlogen. Gerade jetzt macht sie den Mund auf und wiederholt mit ihrer wohllautenden Stimme Sinhô Badarós Worte: »Glaubst du, daß es recht ist, Leute umzubringen? Fühlst du denn gar nichts? Da drinnen?«

Wohllautend ist ihre Stimme, aber schrecklich zugleich. Wie ein Fluch tönt sie durch den Wald und läßt das Herz des Negers erzittern. Die Zigarette geht aus, aber er hat nicht den Mut, ein Zündholz anzustreichen, aus Angst, die Geister des Waldes zu wecken. Sie kommen ihm plötzlich in den Sinn, denn das Gesicht Dona Teresas, das sich am Boden abzeichnet, ist sicher reine Hexerei. Damião weiß, daß ihn schon viele verflucht haben: die Familienangehörigen derer, die er getötet hat. Schauerliche Flüche, in Stunden des Leids und des Hasses ausgestoßen. Aber das liegt alles so weit zurück, Damião weiß davon nur vom Hörensagen. Jetzt ist es anders. Dona Teresa selbst ist hier, ihre traurigen Augen, ihr weißes Antlitz, ihre einschmeichelnde und schreckliche Stimme, die Damião, den Neger, verflucht; die ihn fragt, ob er nichts fühlt, da drinnen, tief im Herzen. Doch, er fühlt etwas, Dona Teresa. Wenn er könnte, wie er wollte, würde er Firmo nicht töten.

Aber da ist nichts zu machen; nicht daß er wollte, das nicht...

Und wenn er sagte, der Schuß wäre daneben gegangen? Das war ein ganz neuer Gedanke, der in seinem Hirn aufblitzte. Einen Augenblick lang sah er wieder das Mondlicht statt der Gesichtszüge Dona Teresas. Er würde sich dadurch unmöglich machen; andere Bravos schossen nie daneben, um so weniger Damião, der Neger! Er war der beste Scharfschütze in der ganzen Kakaozone. Er hatte noch nie zweimal anlegen müssen, um einen Mann zu töten. Die erste Kugel saß immer. Er wäre einfach erledigt; alle würden ihn auslachen, selbst die Frauen, selbst die Kinder. Sinhô Badaró würde seinen Posten einem anderen geben. Er würde wieder ein Arbeiter werden, wie alle anderen, würde Kakao pflücken, die Esel antreiben, auf dem Trockenplatz die Kapseln zerstampfen. Alle Leute würden sich über ihn lustig machen. Nein, das war unmöglich! Außerdem würde er dadurch das Vertrauen Sinhô Badarós täuschen. Der Oberst mußte Firmo loswerden; schuld war Firmo selber, weil er so starrköpfig war.

Dona Teresa weiß das alles, sie ist selber ein Geist; denn vom Boden aus, wo wieder ihr Antlitz an die Stelle des Mondlichts getreten ist, ruft sie jetzt dem Neger ins Gedächtnis, daß Sinhô an diesem Nachmittag selber unschlüssig gewesen ist und die Männer nur auf Jucas Drängen ausgesandt hat. Damião zuckt mit den Achseln...

War denn Sinhô Badaró der Mann, einen Entschluß zu fassen, nur weil Juca darauf bestand? Da müßte man Sinhô schlecht kennen! Es war klar, daß Dona Teresa ihn nicht kannte – und doch gemahnte sie ihn an Einzelheiten des Gesprächs, und Damião, der Neger, begann zu zweifeln. Wie, wenn Sinhô selber den Tod Firmos gar nicht wünschte? Aus Mitleid mit Dona Teresa und dem Kind in ihrem Leib? Vielleicht fühlte er auch etwas in seinem Innern, wie der Neger Damião. Damião preßt den Kopf zwischen seine Hände. Nein, nein, das ist nicht wahr. Das ist eine Lüge von Dona Teresa, eine ihrer Hexereien. Wenn Sinhô Badaró den Tod Firmos nicht gewollt hätte, würde er Damião nicht ausgeschickt haben. Sinhô Badaró tat nur, was er wollte. Deshalb war er auch reich und der Chef der ganzen Familie. Juca hatte Angst vor ihm, trotz des mutigen Wesens, das er zur Schau trug. Wer hatte denn nicht Angst vor Sinhô Badaró? Nur er, der Neger Damião! Wenn er jedoch Firmo nicht tötete, würde er Sinhô Badaró sein ganzes Leben lang fürchten und ihm nie mehr gerade in die Augen schauen können.

Vom Boden aus verspottete Dona Teresas Stimme den Neger: »Es ist also nur Angst vor Sinhô Badaró, daß du Firmo tötest? Aus Angst vor Sinhô Badaró? Und das ist der Neger Damião, der behauptet, der tapferste Kerl im Umkreis zu sein?« Dona Teresa lacht, ihr perlendes, spöttisches Lachen zerrt an den Nerven des Negers. Es schüttelt ihn bis ins Innerste. Das Gelächter steigt vom Boden auf, kommt aus dem Wald, von der Straße, vom Himmel, von überallher; alle sagen, daß er Angst hat, ein Feigling ist, ein Scheißer – er, der Neger Damião, über den die Zeitungen geschrieben haben...

»Dona Teresa, lachen Sie nicht, oder ich bin imstande, auf Sie zu schießen! Ich habe noch nie auf eine Frau geschossen, ein Mann tut so etwas nicht. Aber ich bin fähig, auf Sie zu schießen, wenn Sie nicht aufhören zu lachen. Lachen Sie nicht über den Neger Damião, Dona Teresa! Er hat keine Angst vor Sinhô Badaró. Aber Respekt hat er vor ihm, und er will sein Vertrauen nicht enttäuschen. Bei Gott, das ist alles. Lachen Sie nicht, oder ich jage Ihnen eine Kugel durch Ihr weißes Gesicht...«

Etwas preßt seine Brust zusammen. Was hat man denn auf ihn gelegt? Das ist Hexerei, der Fluch, den man gegen ihn ausgestoßen hat. Ein Fluch, den eine Frau über den Neger verhängt hat. Aus dem Wald tönt eine Stimme, die Sinhô Badarós Worte wiederholt: »Glaubst du, daß es recht ist, Leute umzubringen? Fühlst du denn gar nichts? Da drinnen?«

Der ganze Wald lacht über ihn, der ganze Wald schreit ihm diese Worte entgegen, der ganze Wald preßt sein Herz zusammen und tanzt in seinem Kopf herum. Vor ihm ist Dona Teresa – nicht ganz, nur ihr Gesicht. Zauberei ist das, ein Fluch, den man über den Neger verhängt hat. Damião weiß ganz genau, was die wollen: sie wollen, daß er Firmo nicht tötet. Dona Teresa fleht ihn an, aber was kann er denn tun? Sinhô Badaró ist ein rechtschaffener Mann; Dona Teresa hat so ein weißes Gesicht. Jemand weint... Wer mag das sein? Ist es Dona Teresa, deren Antlitz auf dem Boden ist, oder ist es der Neger Damião? Jemand weint... Und das schmerzt mehr als der Schnitt eines Messers, als ein Stück glühender Kohle auf seiner schwarzen Haut.

Man greift nach seinen Armen: er kann nicht töten. Man greift nach seinem Herzen: er muß töten. Über Damiãos schwarze Wangen fließen die Tränen aus Dona Teresas blauen Augen... Der Wald schüttelt sich vor Lachen, schüttelt sich vor Schmerz, nächtlicher Spuk umgibt den Neger Damião. Er setzt sich auf den Boden und weint leise vor sich hin wie ein Kind, das gestraft worden ist.

Der Hufschlag eines trabenden Esels wird auf der Straße hörbar. Das Geräusch kommt näher, immer näher, im Mondlicht wird die Gestalt Firmos kenntlich. Der Neger Damião reißt sich zusammen, erhebt sich, die Kehle ist ihm wie zugeschnürt, und seine zitternden Hände umfassen den Karabiner.

Um ihn herum brüllt der Urwald; Firmo kommt näher.

7

»Baccarat-Glas«, erklärte Horácio, mit dem Finger an das Weinglas klopfend. Ein leiser, heller Ton klang über den Tisch. »Es hat mich eine Menge Geld gekostet«, fügte er hinzu. »Damals, als ich geheiratet habe. Hab's aus Rio kommen lassen.«

Dr. Virgilio hob sein Glas in die Höhe, auf dessen durchsichtiger Oberfläche die Tropfen des Portweins wie Blut erschienen.

»Es ist von erlesenem Geschmack«, sagte er, das Glas in Augenhöhe haltend.

Er wandte sich an alle, aber sein Blick blieb auf Ester haften, als wolle er ihr sagen, er wisse genau, daß der gute Geschmack von ihr stamme. Er hatte eine warme, modulationsfähige Stimme und wählte seine Worte, als befände er sich bei einem Redewettbewerb. Er genoß den Wein in kleinen Schlucken, wie ein Kenner, der den Wert eines Getränkes abschätzt. Seine guten Manieren, sein schmachtender Blick und sein blondes Haar, das alles bildete einen Kontrast zu dem Raum, in dem sie sich befanden. Horácio wurde es nur dunkel bewußt, während Maneca Dantas es ganz deutlich merkte. Für Ester existierte das Zimmer überhaupt nicht. Durch die Gegenwart des jungen Anwalts fühlte sie sich in vergangene Tage zurückversetzt, die Pflanzung versank in nichts. Ihr war, als sei sie noch in der Klosterschule, auf einem jener großen Feste in den

Weihnachtsferien, bei dem sie und ihre Freundinnen mit den elegantesten und vornehmsten jungen Leuten der Hauptstadt tanzten. Sie lächelte zu allem, auch sie achtete auf jedes Wort und jede Bewegung, während eine sanfte, fast fröhliche Schwermut sie ganz erfüllte. »Das ist der Wein«, dachte sie. Der Wein stieg ihr leicht zu Kopf. Trotzdem trank sie weiter und trank gleichzeitig die Worte Dr. Virgilios.

»Es war ein Fest im Haus des Senators Lago – ein Ball anläßlich seiner Wahl, genau gesagt. Und was für ein Fest, Dona Ester! Sie machen sich keine Vorstellung davon. Es war alles ausgesprochen aristokratisch. Die Paivas waren auch da.« Ester kannte die Schwestern Paiva, sie waren zusammen in der Schule gewesen. »Marinha sah entzückend aus in ihrem blauen Taftkleid. Einfach traumhaft...«

»Ja, sie ist hübsch«, meinte Ester, aber in ihrer Stimme klang etwas wie Zurückhaltung mit, was Virgilio nicht entging.

»Aber keineswegs die Hübscheste in der Schule, zu ihrer Zeit«, beeilte sich der Anwalt zu sagen. Ester errötete und trank schnell einen Schluck.

Virgilio erzählte weiter. Er sprach über Musik und erwähnte einen Walzer, dessen Melodie Ester in Erinnerung kam.

»Ester ist eine ausgezeichnete Pianistin, jawohl!« fiel Horácio ein.

Virgilios Stimme nahm einen flehenden Ton an: »Oh, dann werden wir nach dem Diner sicher das Vergnügen haben, sie zu hören. Sie wird uns doch diese Bitte nicht abschlagen...«

Aber Ester weigerte sich, sie habe schon lange nicht gespielt, habe jede Fingerfertigkeit verloren, und überdies befinde sich das Klavier in einem schauerlichen Zustand... Es sei verstimmt und gänzlich vernachlässigt in diesem gottverlassenen Erdenwinkel.

Virgilio ließ jedoch keine Ausflüchte gelten. Er wandte sich an Horácio und bat ihn, »Dona Ester zu überreden, damit sie ihre Bescheidenheit fahren lasse und das Haus mit Harmonie erfülle«.

Horácio tat ihm den Willen und überredete sie: »Jetzt mach keine Geschichten und spiel, damit der junge Mann dich hört. Schließlich hab' ich einen Haufen Geld in dieses Klavier gesteckt, das beste, das in Bahía zu haben war. Eine Teufelsarbeit war's, es herzuschleppen, und wozu das ganze? Hinausgeschmissenes Geld... Sechs Contos de

Reis!« Er wiederholte seufzend: »Sechs Contos zum Fenster hinausgeworfen!« Dabei sah er Maneca Dantas an, der bestimmt nachfühlen konnte, was ihn bewegte.

Maneca entschloß sich, ihm zu sekundieren. »Sechs Contos sind viel Geld... eine Pflanzung bekommt man schon dafür.«

Aber Dr. Virgilio ließ sich nicht beeindrucken. »Was sind schon sechs Contos de Reis, sechs elende Contos, wenn man damit seiner Frau eine Freude machen kann, Oberst?«

Er bewegte seinen erhobenen Finger vor dem Gesicht des Obersts hin und her, einen gut manikürten Finger, an dem der Rubin seines Advokatenringes in reinstem Feuer erstrahlte. »Sie mögen sagen, was Sie wollen, Oberst, aber ich bin überzeugt, daß Ihnen noch nie sechs Contos so viel Befriedigung verschafft haben wie bei dem Kauf dieses Klaviers. Stimmt das?«

»Na ja, zufrieden war ich schon, das ist wahr. Bei ihrem Vater hat sie ja auch gespielt; aber ich wollte nicht, daß sie das Klavier von dort mitbringt, es war so ein kleines, schäbiges Ding...« Seine riesige Hand beschrieb eine verächtliche Geste. »Da hab' ich das gekauft. Aber sie spielt fast nie. Einmal alle heiligen Zeiten!«

Wortlos hörte Ester zu, während ein Haß in ihr hochstieg, wütender als der, den sie in ihrer Hochzeitsnacht empfunden hatte, als Horácio ihre Kleider zerfetzt und sich auf sie gestürzt hatte. Sie begann ein wenig die Wirkung des Weines zu spüren; auch die Worte Virgilios berauschten sie, und ihre Augen wurden wieder lebhaft und träumerisch zugleich, wie einst die des Schulmädchens gewesen waren. In ihnen verwandelte sich Horácio in ein großes schmutziges Schwein, wie die, welche in der Pflanzung umherliefen und sich im Schlamm des Straßengrabens wälzten. Virgilio dagegen erschien ihr als ein fahrender Ritter, ein Musketier, ein französischer Graf, ein Gemisch von allerlei Romanfiguren aus ihrer Schulzeit, alle edel, kühn und schön. Trotz alledem, trotz des Hasses, den sie empfand – oder vielleicht gerade wegen dieses Hasses – erschien ihr die Mahlzeit köstlich. Sie schlürfte noch ein Glas Wein und verkündete lächelnd: »Gut, ich werde spielen.«

Die Worte waren an Virgilio gerichtet. Dann wandte sie sich Horácio zu: »Du hast mich ja auch nie darum gebeten.« Ihre Stimme war sanft und freundlich, und ihr Haß war befriedigt, denn sie begriff plötzlich, daß sie sich an ihm rächen konnte. Sie sprach weiter, getrieben von dem Wunsch, ihn noch tiefer zu verletzen: »Ich dachte schon, daß du Musik überhaupt nicht magst. Jetzt, da ich weiß, wie sie dir gefällt, werde ich dem Klavier keine Ruhe mehr gönnen.«

Aber Horácio verstand nichts und hörte nicht den Hohn aus ihren Worten. Das war eine andere Ester, nicht die, die er immer gekannt hatte. Das war eine, die an ihn und seine Wünsche dachte. Ein gutes, warmes Gefühl durchflutete ihn und drang durch die vielen Hüllen, die sein Herz umgaben. Vielleicht war er Ester gegenüber immer ungerecht gewesen... Er hatte sie nicht verstanden, sie stammte aus einer anderen Welt... Er fühlte, er müsse ihr etwas sehr Schönes und Großartiges versprechen, etwas, das sie glücklich machen würde.

»In den Festtagen fahren wir nach Bahía«, sagte er. Er hatte zu ihr, nur zu ihr allein gesprochen, ohne seine Gäste zu beachten.

Das Gespräch nahm wieder seinen normalen Verlauf. Es wurde fast ausschließlich von Ester und Virgilio bestritten, die sich über Feste unterhielten, über die Mode, über Musik und Romane. Horácio erstarb in Bewunderung vor seiner Frau, Maneca Dantas beobachtete sie lauernd.

»Ich liebe Georges Ohnet«, sagte Ester. »Ich habe geweint, als ich ›Le Grand Industriel‹ las.«

»Vielleicht, weil Sie darin etwas Autobiographisches fanden?« fragte sie Dr. Virgilio mit einem leisen Anflug von Melancholie.

Horácio und Maneca Dantas erfaßten den Sinn dieses Ausspruches nicht, und selbst Ester verstand ihn nicht gleich. Dann aber bedeckte sie ihr Gesicht mit der Hand und verneinte lebhaft: »O nein! Nein!«

»Ach!« seufzte Virgilio.

Sie fand, daß er etwas zu weit ging.

»Das meinte ich gar nicht.«

Er aber ließ sich nicht irre machen. Er strahlte und seine Augen leuchteten, als er fragte: »Und Zola? Haben Sie schon Zola gelesen?«

Nein, sie hatte ihn nicht gelesen, die Klosterschwestern hatten das nicht zugelassen. Virgilio gab zu, daß Zola tatsächlich nichts für junge Mädchen war. Aber für eine verheiratete Frau... Er besaß ein Exemplar des »Germinal« in Ilhéus; er würde es Dona Ester zuschicken.

Die Negerinnen waren mit dem Auftragen der endlosen Nachspeisen fertig, und Ester schlug vor, den Kaffee im Salon zu nehmen. Virgilio erhob sich rasch, schob ihren Stuhl zurück und machte Platz, um sie vorbeizulassen. Horácio beobachtete ihn mit leisem Neid, während Maneca Dantas die Manieren des Anwalts bewunderte. Eine gute Erziehung erschien ihm eine große Sache; er dachte an seine Söhne und sah sie schon vor sich, ähnlich wie Dr. Virgilio.

Ester ging voraus, und die Männer folgten ihr.

Es regnete draußen, ein feiner Regen, durch den das Mondlicht drang. Die Nacht war sternhell, und kein anderes Licht beeinträchtigte den himmlischen Schein.

Virgilio trat an die Tür und machte einen Schritt auf die Veranda hinaus. Felicia brachte das Kaffeetablett, und Ester reichte den Zukker.

Virgilio kam wieder herein und sagte, als deklamiere er ein Gedicht: »Nur im Wald sieht man so herrliche Nächte...«

»Schön, ja...«, bestätigte Maneca Dantas und rührte seinen Kaffee um. Dann wandte er sich an Ester: »Noch ein Löffelchen voll, bitte, ich hab' den Kaffee gern recht süß.«

Er nahm sein Gespräch mit dem Anwalt wieder auf. »Eine sehr schöne Nacht, und dieses bißchen Regen macht sie noch schöner...« Er bemühte sich, den Rhythmus beizubehalten, den Virgilio und Ester der Unterhaltung verliehen hatten. Er war mit sich zufrieden, denn er hatte den Eindruck, einen Satz gesagt zu haben, der den ihren ähnlich war.

»Und Sie, Doktor, wenig oder viel Zucker?«

»Nur ein wenig, Dona Ester... genug... danke vielmals. Finden Sie nicht auch, gnädige Frau, daß der Fortschritt die Schönheit tötet?«

Sie gab Felicia die Zuckerdose zurück und zögerte einen Augenblick mit der Antwort. Sie wurde ernst und nachdenklich. »Ich finde, der Fortschritt hat auch viel Schönes...«

»Aber in den großen Städten sieht man vor lauter Lichtern die Sterne nicht. Und ein Dichter liebt die Sterne, Dona Ester – die des Himmels und die der Erde.«

»Es gibt noch andere Nächte, in denen keine Sterne leuchten.« Esters Stimme klang jetzt tief, als käme sie direkt aus dem Herzen.

»Die Gewitternächte sind entsetzlich.«

»Das muß schrecklich schön sein...« Seine Worte blieben in der Luft schweben und tanzten vor ihnen hin. »Es gibt eine Schönheit, die Grauen erregt«, fügte er hinzu.

»Möglich«, sagte Ester. »Mir machen diese Nächte Angst.« Sie warf ihm einen flehenden Blick zu, wie einem langjährigen Freund.

Virgilio merkte, daß sie nicht mehr Theater spielte und Kummer, schweren Kummer hatte. Von diesem Augenblick an betrachtete er sie mit Zärtlichkeit und ehrlichem Interesse. Seine bisherige Haltung von berechnender Fröhlichkeit fiel von ihm ab und wich einem ernsteren und tieferen Gefühl.

Horácio mischte sich ins Gespräch: »Wissen Sie, wovor sich dieses dumme Kind fürchtet, Doktor? Vor dem Schrei der Frösche, wenn die Schlangen sie am Flußufer verschlingen.«

Virgilio hatte diesen Schrei schon gehört, und auch ihm hatte er das Herz zusammengepreßt. »Das verstehe ich«, sagte er nur.

Das war ein Augenblick des Glücks. Esters Augen erstrahlten in reiner und ehrlicher Freude. Sie spielte keine Rolle mehr. Es währte nur eine Sekunde, aber das genügte. In ihr hatte nicht einmal der Haß gegen Horácio Platz.

Sie ging ans Klavier. Maneca Dantas begann inzwischen, Virgilio eine Angelegenheit auseinanderzusetzen, die ihn beschäftigte. Es war eine bedeutende »Enteignung«, bei der es um viele Contos de Reis ging. Virgilio mußte sich zusammennehmen, um ihm Aufmerksamkeit zu schenken. Horácio warf mitunter Bemerkungen aus seiner Erfahrung ein. Virgilio zitierte einen Gesetzesparagraphen.

Als die ersten Akkorde ertönten, lächelte der Anwalt: »Wir wollen jetzt Dona Ester zuhören. Nachher werden wir sehen, wie wir Ihre Pflanzung vergrößern.«

Maneca Dantas machte eine zustimmende Bewegung, und Virgilio ging zum Klavier. Der Walzer, den Ester spielte, erfüllte nicht den Raum allein, er drang bis ins Freie und verlor sich im Wald hinter dem Hause.

Auf dem Sofa sitzend, bemerkte Maneca Dantas zu Horácio: »Ein distinguierter Bursche, was? Und tüchtig! Er soll sogar ein Dichter sein. Wie er redet! Das ist gerade der richtige Advokat für uns. Der hat Köpfchen.«

Horácio rieb seine riesigen Hände und lächelte in sich hinein. »Und Ester?« sagte er. »Was sagen Sie zu der? Wer hat denn noch in Ilhéus und selbst in Bahía, ja, sogar in Bahía«, wiederholte er, »eine so gebildete Frau? Sie weiß eine ganze Menge Sachen: Französisch, Musik, Mode, einfach alles. Und gescheit ist sie auch«, er klopfte mit dem Finger an die Stirn, »nicht nur so eine hübsche Puppe.« Er sprach mit dem Stolz des Eigentümers einer Sache, und seine Worte atmeten Eitelkeit. Er war glücklich, da er sich vorstellte, daß Ester für ihn spiele, nur weil er sie darum gebeten habe.

Maneca Dantas nickte zustimmend: »Eine gebildete Frau ist sie, das ist wahr.«

Am Klavier summte Virgilio mit zärtlichen Augen die Melodie mit. Als Ester geendet hatte und aufstand, reichte er ihr die Hand, um sie zu stützen. Sie blieb neben ihm stehen, während Virgilio applaudierte und, nur ihr hörbar, flüsterte: »Sie sind wie ein Vögelchen im Rachen einer Schlange.«

Maneca Dantas bat sie begeistert, weiterzuspielen. Horácio trat auf sie zu. Nur mit übermenschlicher Anstrengung gelang es Ester, ihre Tränen zurückzuhalten.

8

Am Waldrand lauerte Damião, der Neger, einem Mann auf. Das Mondlicht zauberte ihm Halluzinationen vor; er litt. Am Rande eines anderen Waldes, im Salon des Großen Hauses, stellte Doktor Virgilio seine Gesetzeskenntnisse in den Dienst der beiden Obersten und ihrer Habgier, während er in Esters erschreckten Augen die Liebe entdeckte.

In der Nähe des Waldes, der sich hinter dem Hügel erstreckte, auf der Besitzung der Badaró, Sant' Ana da Alegria, ließ Antônio Vítor die Füße ins Wasser des Flusses baumeln und wartete. Der Fluß war an dieser Stelle noch schmal und ruhig, und auf seinen durchsichtigen Fluten schwammen die Kakaoblätter, die von dem einen Ufer hinabfielen, und vermischten sich mit den Blättern der großen Bäume am anderen Ufer, die von keiner Menschenhand gepflanzt waren. Dieses Wasser trennte den Urwald von den Pflanzungen, und während Antônio Vítor wartend dasaß, dachte er, daß über kurz oder lang auch dieser Wald Axt und Feuer zum Opfer fallen würde. Alles würde sich in eine einzige Kakaopflanzung verwandeln und der Fluß keine Abgrenzung mehr bedeuten. Juca Badaró hatte davon gesprochen, den Wald noch in diesem Jahre zu roden. Die Arbeiter bereiteten alles vor, um das Gehölz niederzubrennen; schon lagen die Kakaosetzlinge bereit, die den urbar gemachten Boden bedecken sollten.

António Vítor liebte den Wald. Seine Heimatstadt, Estância, die nun auch schon seinen Gedanken so weit entrückt war, lag zwischen zwei Flüssen inmitten eines Waldes, dessen Bäume bis zu ihren Plätzen und Straßen vordrangen. Im Wald, wo alle Stunden Dämmerstunden waren, fühlte er sich wohler als in den Kakaopflanzungen mit dem grellen Glanz, den das Altgold der reifen Früchte ausstrahlte. In der ersten Zeit hatte er die Gewohnheit angenommen, nach Beendigung der Arbeit den Waldfluß aufzusuchen und sich auszuruhen. Hier erinnerte er sich noch an Estância und an Ivone, wie sie auf der Brücke über den Piaúitinga lag; hier lernte er den süßen Schmerz des Heimwehs kennen.

Die erste Zeit war mühsam gewesen. Das Heimweh zerfraß sein Inneres, und die Arbeit war schwer, weitaus schwerer als im Maisfeld, das er mit seinen Brüdern bestellt hatte, bevor er nach dem Süden gezogen war. Auf der Pflanzung hieß es um vier Uhr früh aufstehen, das Trockenfleisch und das Maniokagericht für Mittag zubereiten, schnell den Morgenkaffee trinken und um fünf schon draußen Kakao pflücken, wenn die Sonne kaum erst über dem Hügel hinter dem Landhaus aufstieg. Bald stand die Sonne hoch und brannte auf die bloßen Rücken Antônio Vítors und seiner Gefährten nieder, besonders derer, die mit ihm aus Bahía gekommen waren und sich noch nicht daran gewöhnt hatten. Ihre Füße versanken im Sumpf, zertretene, glitschige Kakaokörner klebten an ihnen fest, von Zeit zu Zeit fiel Regen und verschmutzte sie noch mehr, denn von den Baumkronen wusch er welkes Laub, Insekten und allerhand Unrat herunter. Zu Mittag – den sie am Stande der Sonne erkannten – stellten sie die Arbeit ein. Das mitgenommene Essen wurde verzehrt, und als Nachtisch schüttelten sie eine Brotfrucht vom Baum. Aber schon rief der Vorarbeiter von der Höhe seines Esels herab, sie sollten nach den Buschmessern greifen. Dann ging es wieder weiter, bis abends um sechs, wenn die Sonne hinter den Pflanzungen unterging.

Dann kam die Nacht, traurig und öde, ohne die Gesellschaft einer Frau, ohne Ivone, die man auf einer Brücke, die es hier auch nicht gab, hätte liebkosen können, ohne die Fischzüge von Estância. Da wurde immer von dem Geld gesprochen, das im Süden zu verdienen sei. Berge von Geld! Aber als ganzen Lohn erhielt man zweieinhalb Milreis täglich, die man im Kaufladen der Pflanzung ausgab, um am Ende des Monats – wenn überhaupt – eine jämmerliche Summe als Saldo zu behalten. Die Nacht kam, und mit ihr kamen das Heimweh und die trüben Gedanken. Antônio Vítor ging dann zum Wald, ließ die Füße in den Fluß hängen, schloß die Augen und überließ sich den Erinnerungen.

Die anderen blieben in ihren Lehmhütten, warfen sich auf ihre Holzpritschen, wo sie todmüde einschliefen. Wieder andere sangen schwermütige Volkslieder zum Klagen der Gitarren, Lieder aus fernen Gegenden, Erinnerungen an eine Welt, die sie hinter sich gelassen hatten – eine herzzerreißende Musik. Antônio Vítor ging in den Wald und mit ihm ging die Erinnerung. Zum hundertsten Mal nahm er auf der Brücke von Estância von Ivone Besitz. Immer wieder erlebte er dies eine Mal. Wieder hielt er sie in den Armen, wieder malte das Blut rote Blumen auf ihr verwaschenes Kleid.

Und vor Antônios Augen entstand am Waldesrand dieses unberührte Wesen, das sich ihm hingegeben hatte. Das nächtliche Bad im Fluß wusch ihm dann Leib und Herz rein, nur an seinen Fußsohlen blieb der zerquetschte Kakao haften und bildete eine immer dikkere Schicht, gleich fremdartigem Schuhwerk.

Dann war Juca Badaró auf ihn aufmerksam geworden. Erst, weil Antônio Vítor nicht wie die anderen Angst gezeigt hatte, als sie die Bäume am Grenzwald gerodet hatten und Nacht und Unwetter hereingebrochen waren. Antônio selber hatte den ersten Baum gefällt. Heute hieß die Pflanzung »Grenzwald«, und die Kakaoschößlinge trieben schon schwache Stämme, die bald die ersten Blüten tragen mußten. Später, bei der Rauferei in Tabocas, hatte Antônio Vítor einen Mann getötet – seinen ersten! –, um Juca das Leben zu retten. Es stimmte wohl, daß er nach der Rückkehr auf die Pflanzung verzweifelt geweint hatte; es stimmte daß er noch nächtelang den Mann zusammenbrechen sah, die Hand in die Brust verkrampft, die Zunge aus dem Mund hängend.

Aber das war längst vorbei. Juca hatte ihn von der Pflanzung fortgenommen, um ihm die leichtere Arbeit eines Bravo zuzuteilen. Er begleitete nun Juca Badaró, wenn er die Arbeiter auszahlen ging oder auf seinen häufigen Reisen in die umliegenden Ortschaften und in die Stadt; das Buschmesser hatte er gegen das Repetiergewehr vertauscht. Er lernte die Prostituierten von Tabocas, Ferradas, Palestina und Ilhéus kennen; er zog sich eine häßliche Krankheit zu und bekam eine Kugel in die Schulter. Ivone war nur noch ein ferner, unbestimmter Schatten, Estância eine verschwommene Erinnerung. Aber er behielt die Gewohnheit bei, abends an den Waldrand zu gehen und die Füße in den Fluß hängen zu lassen.

Und auf Raimunda zu warten. Sie kam mit ihren Eimern, um Wasser für das abendliche Bad Don' Anas zu holen. Singend stieg sie hinab, aber sobald sie Antônio Vítor bemerkte, hörte sie auf zu singen und setzte eine verschlossene, angewiderte Miene auf. Seinen Gruß beantwortete sie unfreundlich, und das einzige Mal, das er versucht hatte, sie zu packen und an sich zu drücken, hatte sie ihn mit einer kurzen Wendung ihres Körpers ins Wasser geworfen; sie war kräftig und entschlossen wie ein Mann.

Deswegen gab er es aber noch lange nicht auf, jeden Abend wiederzukommen; nur versuchte er nie mehr, sich an ihr zu vergreifen. Er sagte guten Abend, erhielt eine mürrische Antwort und pfiff das Liedchen mit, das sie auf ihrem Weg sang. Sie füllte ihren Benzinkanister am Flußufer, und er half ihr, ihn auf den Kopf zu heben. Dann verschwand Raimunda wieder zwischen den Kakaobäumen, und ihre großen Füße, die viel schwärzer waren als ihr Mulattengesicht, sanken im Schlamm des Pfades ein. Antônio sprang ins Wasser und kehrte schließlich durch die Kakaoplantage heim, um Jucas Befehle für den nächsten Tag entgegenzunehmen.

Mitunter schickte ihm Don' Ana ein Glas Wein heraus. Er hörte dann die Schritte Raimundas in der Küche und ihre Stimme, die Don' Ana antwortete: »Ich komme schon, Patin.«

Sie war Don' Anas Patenkind, obwohl sie beide gleich alt waren. Am selben Tag wie Don' Ana war sie geboren worden, als Tochter der Negerin Risoleta, der Köchin im Großen Hause, einer hübschen

Schwarzen mit rundlichen Hüften und festem Fleisch. Niemand wußte, wer der Vater Raimundas war, die bei ihrer Geburt eine helle Haut und fast glatte Haare hatte; doch munkelte man, es wäre kein anderer als der alte Marcelino Badaró, der Vater von Sinhô und Juca. Aber diese Gerüchte waren für Dona Filomena kein hinreichender Grund, um die Köchin zu entlassen. Ganz im Gegenteil, Risoleta säugte mit ihren großen schwarzen Brüsten die neugeborene »Kleine«, die erste Enkelin der alten Badaró. Don' Ana und Raimunda wuchsen gemeinsam auf, jede auf einem Arm Risoletas, jede an einer ihrer Brüste. Am Tage der Taufe Don' Anas wurde auch Raimunda, die kleine Mulattin, getauft. Risoleta, die Negerin, hatte selber die Taufpaten ausgewählt: Sinhô, der damals kaum mehr als zwanzig war, und Don' Ana, die nur wenige Monate zählte. Der Priester hatte keinen Einwand erhoben, denn schon zu jener Zeit stellten die Badaró eine Macht dar, vor der sich Gesetz und Religion beugen mußten.

Als Milchschwester Don' Anas wurde Raimunda im Landhaus aufgezogen. Und da Don' Ana unerwartet eingetroffen war, um Leben und Frohsinn in das Haus der alternden Großeltern zu bringen, zwanzig Jahre nachdem die letzte kleine Badaró es mit ihren Scherzen erfüllt hatte, so tat ihr die ganze Familie ihren Willen. Auch für Raimunda fiel von dieser Zärtlichkeit noch etwas ab. Dona Filomena, die eine gute und fromme Frau war, pflegte zu sagen, die Badaró müßten schon etwas für die kleine Mulattin tun, nachdem Don' Ana Raimunda die Mutter weggenommen habe. Und das stimmte: Risoleta, die Negerin, hatte für nichts Augen als für »ihre weiße Tochter«, für ihre »Kleine«, ihre Don' Ana.

Als diese noch klein war, konnte es sogar vorkommen, daß Risoleta die Stimme gegen Marcelino erhob, wenn der alte Badaró versuchte, die verzogene und ungehorsame Enkelin zu strafen. Die Negerin wurde zur Furie, sobald sie Don' Ana weinen hörte; mit sprühenden Augen und verzerrtem Gesicht lief sie aus der Küche heraus. Juca, der damals noch ein kleiner Junge war, bereitete es ein besonderes Vergnügen, seine Nichte zum Weinen zu bringen, um Risoletas Wutausbrüche zu genießen. Sie hatte nicht den geringsten Respekt vor ihm, nannte ihn »einen Teufel« und ging sogar so weit zu sagen, er sei »ärger als ein Neger«. »Dieser Bengel ist eine Pest«, erklärte sie in der Küche den anderen Negerinnen, während sie ihre Tränen trocknete.

Für Don' Ana war die Küche immer ein sicherer Zufluchtsort. Wenn sie etwas ganz Besonderes angestellt hatte, flüchtete sie dorthin, um sich hinter den Röcken ihrer »schwarzen Mutter« zu verstecken; weder Filomena noch der alte Marcelino, noch Sinhô, ihr eigener Vater, kamen sie dort holen, denn die Negerin stellte sich an, als gelte es eine Schlacht zu schlagen.

Raimunda leistete leichte Hausarbeit, lernte kochen, und im Landhaus brachte man ihr auch das Nähen und Sticken bei, lehrte sie lesen, ihren Namen schreiben und ein bißchen Rechnen: Addition und Subtraktion. Auf diese Art meinten die Badaró ihre Schuld abzutragen.

Risoleta starb mit dem Namen Don' Anas auf den Lippen, den Blick auf ihre »Tochter« gerichtet, die ihr die Freude machte, in ihrer Todesstunde an ihrer Seite zu bleiben. Der alte Marcelino Badaró war zwei Jahre früher gestorben und ein Jahr nach ihm seine Tochter, die an einen Kaufmann aus Bahía verheiratet worden war und die dort starb, ohne sich an das Leben in der Stadt, weitab von der Pflanzung, gewöhnt zu haben. Sie hatte ständig abgenommen und war schließlich ein Opfer der Schwindsucht geworden. Dona Filomena hatte Raimunda aus der Küche genommen und ihr einen Pflichtenkreis im Landhaus zugewiesen; solange sie lebte, hielt sie ihre schützende Hand über die kleine Mulattin.

Als dann auch noch Sinhôs Frau an Schwindsucht starb, blieben ihr nur noch ihre Paten, Sinhô und Don 'Ana; bald glich Raimundas Leben genau dem aller übrigen Dienstboten: Sie wusch, besserte die Wäsche aus, holte Wasser vom Fluß und kochte Süßspeisen. Mit dem einzigen Unterschied, daß ihr Don' Ana zu den Festtagen Stoff für ein neues Kleid schenkte und Sinhô ein Paar Schuhe und etwas Geld. Sie verlangte nie etwas; wozu brauchte sie auch Geld, wenn sie doch alles hatte im Hause der Badaró? Wenn ihr Sinhó zum Johannisfest oder zu Weihnachten zehn Milreis gab, sagte er stets: »Heb das auf für deine Aussteuer!«

Es kam ihm gar nicht der Gedanke, Raimunda könne irgendwelche Wünsche haben. Und doch war ihr seit ihrer Kindheit das Herz voll unerfüllter Wünsche. Erst hatten es ihr die Puppen und die

Spielsachen angetan, die aus Bahía zu Don' Ana kamen und die sie nicht anrühren durfte. Wie oft hatte sie von der Negerin Risoleta Schläge bekommen, weil sie immer wieder nach dem Spielzeug ihrer Milchschwester gegriffen hatte! Später wäre sie gar zu gerne wie Don' Ana auf einem herrlich aufgezäumten Pferd querfeldein geritten. Und schließlich wünschte sie sich so schöne Dinge, wie die andere sie hatte, eine Halskette, ein Paar Ohrringe, einen spanischen Kamm für ihr Haar. Einen solchen hatte sie von ihr geerbt, als sie ihn in der Mistkiste gefunden hatte, wohin ihn Don' Ana geworfen hatte, weil er nur noch zwei oder drei Zähne hatte. In ihrer kleinen Kammer steckte sie ihn sich dann abends bei Kerzenlicht ins Haar und lächelte sich zu, lächelte vielleicht zum erstenmal an diesem Tage. Denn Raimunda hatte ein ernstes, mürrisches Gesicht, das sich niemandem gegenüber aufhellte. Juca, der keine Frau in Ruhe ließ, sei es eine Dirne oder eine verheiratete Frau aus der Stadt, eine Mulattin von der Pflanzung oder selbst eine Negerin, kam Raimunda niemals zu nahe. Vielleicht fand er sie häßlich mit ihrer flachen Nase, die einen Kontrast zum hellen Antlitz bildete.

Sie war immer verdrossen, sogar Don' Ana bemerkte es, und auf der Pflanzung hieß es ganz allgemein, Raimunda sei »böse«, sie habe kein gutes Herz. Sie schien niemanden zu beachten, lebte ihr stilles Leben, arbeitete für vier und nahm, was man ihr gab, mit undeutlich gemurmeltem Dank entgegen. So wuchs sie zum jungen Weib heran. Mehr als einer bewarb sich um sie, denn Sinhô Badaró würde bestimmt demjenigen helfen, der sein Patenkind heiraten wollte, Don' Anas Milchschwester. Der Angestellte des Kaufladens der Pflanzung, ein kleiner Blonder, der aus Bahía gekommen war und rechnen und lesen konnte, hielt auch um sie an. Aber Raimunda wies ihn ab, denn er war mager und schwächlich und trug Brillen; sie weinte, als Sinhô mit ihr darüber sprach, und wiederholte immer nur: nein und nein.

Sinhô zuckte gleichgültig mit den Achseln: »Wenn du nicht willst, dann reden wir nicht mehr darüber. Ich zwing' dich nicht...«

Da hatte sich Juca eingemengt: »Aber das ist doch eine gute Partie... Ein Weißer, gebildet... so einen kriegst du nicht wieder. Ich weiß nicht, was der an der Schwarzen findet.«

Doch Raimunda wandte sich an Sinhô, und dieser erklärte die Angelegenheit für erledigt. Er verständigte den Angestellten von Raimundas Weigerung, und Juca benützte die Gelegenheit, um ihn zu fragen, was er an diesem mürrischen Mulattengesicht nur Hübsches finden könne. Auch Agostinho, Vorarbeiter auf einer der Pflanzungen der Badaró, wollte sie haben und sprach mit ihr; aber sie wies seine Werbung auf ihre gewohnte unfreundliche Art ab.

Don' Ana hatte eine Erklärung dafür bereit: »Raimunda wird nie von uns fortgehen. Sie hat nun einmal so ein brummiges Wesen, aber uns hat sie gern.«

Bei dem Gedanken an Risoleta stieg dann immer ein weiches Gefühl in Don' Ana auf, und an solchen Tagen schenkte sie der Mulattin ein altes Kleid oder einen billigen Silberschmuck. Doch derartige Gespräche über Raimunda waren selten; die Badaró hatten nicht immer Zeit, sich über die Zukunft der »Milchschwester« Gedanken zu machen.

Antônio Vítor hatte schon seit langem ein Auge auf sie geworfen. Auf der Pflanzung bedeutete eine Frau ein Luxusobjekt, und sein junger Körper verlangte nach einer Frau. Die Umarmungen der Freudenmädchen, gelegentlich der Reisen in die umliegenden Ortschaften, genügten ihm nicht. Er sehnte sich nach einem Leib, der ihm in den langen Winternächten Wärme spendete, von Mai bis September, während der Regenzeit.

So wartete er auf sie am Waldrand. Bald mußte er ihre Stimme hören, die sie auf dem Pfad ankündigte. Ihr Gesicht war wohl nicht schön, aber Antônio Vítor beschäftigten mehr ihr kräftiger Körper, ihre ausladenden Formen, die steilen Brüste, die rundlichen Schenkel. Am Abendhimmel ging die Dämmerung in die Nacht über. Lautlos strömte der Fluß dahin, es schien regnen zu wollen. Im Wald begannen die Grillen ihr Lied, während Blatt auf Blatt niederfiel und vom Wasser entführt wurde.

Da sprach man immer von den Vermögen, die im Süden zu verdienen seien. Antônio hatte versprochen, eines Tages reich heimzukehren, in schönen Kleidern und vornehm knarrenden Schuhen. Jetzt hatte er längst andere Gedanken im Kopf. Er war nun einer von Juca Badarós Bravos, bekannt für seine Zielsicherheit. Die Erinnerung an Estância, an Ivone, die sich ihm auf der Brücke hingegeben hatte, verblaßte allmählich. Sein Kopf war auch nicht mehr so von

Träumen erfüllt, wie in jener Nacht an Bord. Nur einen Wunsch hatte er noch: Raimunda, die Mulattin heiraten, einen Körper haben, auf dem er nach einem harten Arbeitstag ausruhen konnte, nach langen Ritten auf den schlechten Wegen, nach dem Tod eines von denen, die er umgebracht hatte. Auf ihrem Körper ausruhen – sein traumloses Haupt auf ihrem Körper zur Ruhe legen.

Raimundas Stimme ertönt auf dem Pfad. Antônio Vítor richtet sich halb auf, bereit, ihr beim Füllen des Wassereimers zu helfen.

Die Nacht hüllt den Wald in Finsternis, lautlos gleitet der Fluß dahin.

9

Die Männer hielten vor dem Landhaus auf der Pflanzung »Zu den Affen«.

Der offizielle Name war viel hübscher: »Pflanzung Auricidia«, eine Huldigung Maneca Dantas' an seine Frau, eine fette und faule Matrone, die für nichts auf der Welt Interesse zeigte als für ihre Kinder und die Süßigkeiten, die sie wie keine andere zuzubereiten verstand. Doch zum großen Leidwesen des Obersts hatte sich der neue Name nicht durchgesetzt, und alles nannte die Pflanzung weiterhin die »Affenfarm«, nach der ursprünglichen Bezeichnung der Rodung, die im Urwald von Sequeiro Grande zwischen den ausgedehnten Besitzungen der Badaró und denen Horácios lag und wo sich ganze Herden von Affen durch den Wald schwangen. Der Name »Auricidia« schien nur in den offiziellen Papieren des Grundbuchamtes auf; und nur Maneca Dantas allein sagte: »Bei uns, in Auricidia...« Alle übrigen sprachen von der Pflanzung nur als von der »Affenfarm«.

Die Männer hielten an und legten die Hängematte nieder, durch die eine Stange gesteckt worden war und in der eine Leiche ihre letzte Reise zurückgelegt hatte. Aus dem schlechterleuchteten Wohnzimmer rief Dona Auricidia, während sie träge ihre Fettmassen in Bewegung setzte: »Wer ist da?«

»Gut Freund«, antwortete ihr einer der Männer.

Das Kind, das auf die Veranda hinausgelaufen war, kam mit der

Nachricht zurück: »Mama, es ist zwei Männer mit einem Toten... einem ganz mageren Toten.«

Ohne sich aufzuregen, verbesserte Dona Auricidia, die Lehrerin gewesen war, in aller Ruhe: »Es heißt nicht: es ist zwei Männer, Rui. Es sind zwei Männer, muß man sagen.«

Dann bewegte sie sich auf die Tür zu, während sich das Kind an ihren Rock klammerte. Die Kleineren schliefen bereits. Die Männer hatten sich auf der Veranda auf eine Bank gesetzt, auf dem Boden lag das Netz mit dem Leichnam offen da.

»Jesus Christus gebe Ihnen einen guten Abend«, sagte der eine, ein Alter mit weißem Kraushaar.

Der andere zog seinen durchlöcherten Hut und grüßte höflich. Dona Auricidia erwiderte den Gruß und wartete.

»Wir bringen ihn von der Baraúna-Pflanzung, wo er gearbeitet hat«, erklärte der Jüngere. »Wir tragen ihn nach Ferradas, auf den Friedhof.«

»Warum habt ihr ihn nicht im Wald begraben?«

»Er hat drei Töchter in Ferradas, wissen Sie? Denen wollen wir ihn bringen. Wenn Sie erlauben, möchten wir ein bißchen rasten. 's ist ein langer Weg, der Alte da kann schon gar nicht mehr«, meinte er, auf den Greis zeigend.

»Woran ist er denn gestorben?« fragte die Hausfrau.

»Am Fieber...« Diesmal antwortete der Alte. »Dieses verfluchte Fieber, das einen im Urwald erwischt. Er war gerade beim Holzfällen, da kriegte ihn das Fieber... In drei Tagen war's aus. Da hat keine Medizin mehr geholfen.«

Dona Auricidia schob das Kind fort und wich selber ein paar Schritte zurück. Einen Augenblick lang überlegte sie. Die Leiche des mageren Mannes – auch er war alt – ruhte im Netz auf dem Boden der Veranda.

»Tragt ihn in die Hütte irgendeines Arbeiters. Dort könnt ihr auch ausrasten. Hier nicht... Ihr braucht nur ein Stück weiterzugehen, da findet ihr gleich die Hütten. Sagt, daß ich euch schicke. Hier könnt ihr nicht bleiben, wegen der Kinder.«

Sie fürchtete die Ansteckung, dieses Fieber, gegen das es kein Mittel gab. Erst viele Jahre später lernten die Menschen, was Typhus ist, der damals in der ganzen Kakaozone endemisch war. Dona Auricidia sah den Männern zu, wie sie die Hängematte aufhoben und schulterten, um weiterzugehen.

»Gute Nacht.«

»Gute Nacht.«

Sie starrte auf die Stelle, an der die Leiche gelegen hatte. Plötzlich kam Leben in die ganze Fettmasse. Sie rief ins Haus nach den Negerinnen, ließ sie Wasser und Seife bringen und trotz der nächtlichen Stunde die Veranda schrubben. Dann nahm sie ihren Sohn mit hinein und wusch ihm so lange die Hände, bis das Kind dem Weinen nahe war. Sie schlief die ganze Nacht nicht und stand alle Stunden auf, um nachzusehen, ob Rui Fieber habe. Zu allem übrigen war Maneca nicht daheim, er war zum Abendessen bei Horácio auf dessen Pflanzung.

Die Männer kamen mit dem Netz zu einer Arbeiterhütte. Der Alte war todmüde.

»Schwer ist der Tote, was, Alter?« fragte der andere.

Die Idee, den Leichnam nach Ferradas zu tragen, war von dem alten Mann ausgegangen. Sie waren Freunde gewesen, er und der Verstorbene. So beschloß er, seine irdische Hülle den Töchtern zu übergeben, damit sie ihm »ein christliches Begräbnis« bereiten konnten, wie er sich ausdrückte. Es war ein Weg von fünf Meilen, und sie waren schon stundenlang bei Mondschein unterwegs.

Wieder setzten sie das Netz ab, und der Junge wischte sich den Schweiß von der Stirn; der Alte schlug mit seinem Stock an die unregelmäßigen Bretter der Tür. Drinnen wurde Licht gemacht.

»Wer ist da?« fragte eine Stimme.

»Gut Freund«, anwortete der Alte wie vordem.

Trotzdem hielt der Neger, der die Tür öffnete, einen Revolver in der Hand – in diesen Gegenden durfte man keine Vorsicht außer acht lassen. Der Alte wiederholte seine Geschichte und sagte schließlich, daß Dona Auricidia sie geschickt habe. Hinter dem Neger erschien ein magerer Bursche.

»Sie wollte ihn also nicht dort behalten«, bemerkte er. »Ihre Kinder hätten das Fieber erwischen können. Bei uns hier ist das gleich, was?« Er begann zu lachen.

Der Alte dachte schon, man würde sie wieder fortschicken. Er begann eine Erklärung, aber der magere Mann unterbrach ihn: »Laß nur, Alter. Du kannst hereinkommen. Wir kriegen nicht so leicht das Fieber. Ein Arbeiter hat ein dickes Fell.«

Sie traten ein. Die anderen Männer, die schliefen, wachten auf. Im ganzen waren es fünf, und dabei bestand die Hütte nur aus einem einzigen Raum. Die Wände waren aus Lehm, das Dach aus Wellblech, und den Boden bildete die gestampfte Erde. Das war Wohnzimmer, Schlafzimmer und Küche in einem, für ihre Notdurft hatten sie Feld, Rodung und Wald. Sie legten den Toten auf eine der Pritschen, die den Männern als Lager dienten. Dann umstanden sie ihn, der Alte zog eine Kerze aus der Tasche, zündete sie an und stellte sie dem Toten zu Häupten. Sie war schon halb heruntergebrannt, denn sie hatte zu Beginn der Nacht geleuchtet, wie sie auch noch leuchten sollte, wenn sie zum Haus der Töchter kamen.

»Und was machen sie?« fragte der Neger.

»Huren sind sie. In Ferradas gibt es nichts anderes«, erklärte der Alte.

»Alle drei?« wunderte sich der Magere.

»Ja, Herr, alle drei.«

Einen Augenblick schwiegen sie alle. Vor ihnen lag der ausgemergelte Körper des Toten, in dessen Bart weiße Fäden glänzten.

»Die eine war verheiratet«, fuhr der Alte fort. »Ihr Mann ist gestorben.«

»Der war schon alt, was?« meinte der Magere, indem er auf die Leiche zeigte.

»Gute sechzig war er schon...«

»Das muß schon lange her sein«, sagte einer, der sich bis dahin nicht in das Gespräch gemengt hatte. Doch keiner lachte.

Der magere Mann brachte eine Rumflasche und einen Becher, der von Hand zu Hand ging. Das Getränk tat allen wohl. Einer von denen, die in der Hütte wohnten, war erst denselben Tag auf die Pflanzung gekommen. Er wollte wissen, was das für ein Fieber war, an dem der Alte gestorben war.

»Das weiß keiner so recht. Ein Waldfieber ist es, man erwischt's und im Handumdrehen ist man hin. Da gibt's kein Mittel dagegen – nicht einmal ein richtiggehender Doktor weiß eins. Nicht einmal Jeremias mit seinen Kräutern.«

Der Neger erklärte dem Neuankömmling aus Ceará, wer Jeremias war: ein Zauberer, der ganz allein im Urwald von Sequeiro Grande lebte, in einer unter Bäumen halbversteckten verfallenen Hütte. Nur im äußersten Falle wagten es die Menschen, ihn aufzusuchen. Jeremias nährte sich von Wurzeln und Waldfrüchten. Er feite die Körper der Männer gegen Kugeln wie gegen Schlangenbisse. In seiner Hütte krochen die Vipern frei umher, und jede hatte einen Namen, als wären sie Frauen. Er besaß Arzneien gegen Gebrechen und Liebesschmerzen. Aber gegen dieses Fieber kam nicht einmal er auf.

»Das hat man mir schon in Ceará gesagt, aber ich hab' es nicht geglaubt. Man erzählt sich so viele Geschichten über diese Gegend, daß man schon an Wunder glauben könnte.«

Der magere Arbeiter wollte wissen, was man sich erzählte: »Gutes oder Schlechtes?«

»Gutes und Schlechtes, mehr Schlechtes als Gutes. Von Gutem sagt man, daß man hier in Geld watet, daß man schon reich wird in dem Augenblick, in dem man an Land geht. Daß das Geld auf der Straße liegt, dicker als der Staub. Von Schlechtem: das Fieber, die Bravos, die Schlangen – eine ganze Menge Schlechtes...«

»Und trotzdem bist du gekommen?«

Der Mann aus Ceará antwortete nicht; der Alte, der die Leiche gebracht hatte, ergriff das Wort: »Da kann einer noch so gemein sein, wenn er Geld hat, sieht man ihm alles nach. Ein Mensch, der immer nur auf Geld aus ist, ist ein Vieh; wenn vom Geld die Rede ist, wird er blind und taub. Das ist es ja, warum es in dieser Gegend soviel Unglück gibt.«

Der Magere nickte zustimmend. Auch er hatte Vater und Mutter, Braut und Schwester verlassen, um in der Provinz von Ilhéus dem Geld nachzujagen. Die Jahre waren dahingegangen, aber er pflückte immer noch Kakao auf der Pflanzung von Maneca Dantas.

»Geld gibt es schon eine Menge«, fuhr der Alte fort, »aber die Leute sehen nicht ein...«

Die Kerze beleuchtete das magere Gesicht des Toten. Er schien aufmerksam dem Gespräch der Männer um ihn zu lauschen. Der Becher mit dem Rum machte wieder einmal die Runde. Draußen begann es leise zu regnen, und der Neger schloß die Tür. Der Alte betrachtete lange das bärtige Antlitz des Toten.

»Seht ihr den Verstorbenen?« fragte er, und seine Stimme klang müde und hoffnungslos. »Nun gut: über zehn Jahre hat er in Baraúnas für den Oberst Teodoro gearbeitet. Nichts hat er gehabt, nicht einmal die Gesellschaft seiner Töchter. Zehn Jahre lang hat er beim Oberst Schulden gehabt. Jetzt hat ihn das Fieber erwischt, und der Oberst hat den Mädchen nicht einen Groschen geben wollen, um das Begräbnis zu zahlen.«

Der Junge erzählte die Geschichte zu Ende, die der Alte begonnen hatte: »Er hat sogar gesagt, es wär' schon viel, daß er den Töchtern nicht die Rechnung schickt, damit sie ihm bezahlen, was der Alte schuldig geblieben ist. So ein Mädel verdient viel Geld, meint er.«

Der Magere spuckte wütend aus. Die langen Ohren des Verstorbenen schienen zu lauschen. Der Mann aus Ceará war etwas aus der Fassung gebracht. Er war erst an diesem Tage angelangt; ein Vorarbeiter von Maneca Dantas hatte ihn zusammen mit anderen angeworben, die mit demselben Schiff angekommen waren. Es war spät geworden, und so wurden sie auf die Hütten der Arbeiter verteilt.

Der Neger schüttete einen Becher Rum hinunter und sagte:

»Morgen wirst du schon sehen.«

Der Alte, der den Toten gebracht hatte, bemerkte abschließend: »Ich hab' nie jemanden gesehen, der ein elenderes Leben führt als der Arbeiter auf einer Kakaopflanzung.«

Der Magere gab sich seinen Betrachtungen hin. »Den Bravos geht es schon besser«, meinte er, zu dem Mann aus Ceará gewandt. »Wenn du ein guter Schütze bist, bist du ein gemachter Mann. Hier haben nur die Geld, die zu töten verstehen, die Mörder.«

Der aus Ceará riß die Augen auf. Der Tote flößte ihm jetzt eine leise Furcht ein, er schien ein deutlicher Beweis des Gesagten.

»Die zu töten verstehen...?«

Der Neger lachte und der magere Bursche erklärte: »Ein zuverlässiger Scharfschütze hat ein Leben wie ein großer Herr. Er verbringt seine Zeit in der Stadt bei den Weibern, hat immer Geld in der Tasche, wird regelmäßig bezahlt. Aber die anderen, die nur für die Pflanzung gut sind... Na, du wirst's ja morgen sehen.«

Da der Magere schon der zweite war, der ihm von morgen sprach, wollte der Mann aus Ceará wissen, was dann geschehen würde.

Jeder beliebige hätte es ihm erklären können, aber der Magere sprach selber weiter: »Morgen in aller Frühe wird dich der Angestellte des Kaufladens kommen lassen, damit du deinen wöchentlichen Einkauf machst. Du hast kein Werkzeug zum Arbeiten, also mußt du welches kaufen. Eine Sichel wirst du kaufen müssen, eine Axt, ein Buschmesser, eine Hacke... Das wird alles ungefähr hundert Milreis ausmachen. Dann kaufst du Mehl, Fleisch, Rum, Kaffee für die ganze Woche. Für's Essen wirst du zehn Milreis ausgeben.« Der Mann aus Ceará rechnete nach, sechs Tage zu zweieinhalb, und nickte zustimmend. »Es bleiben dir also fünf Milreis, aber du bekommst nichts davon; das wird zurückbehalten, bis du das Werkzeug abgezahlt hast. Du wirst ein Jahr brauchen, um die hundert Milreis zurückzuzahlen, und wirst die ganze Zeit keinen Groschen sehen. Höchstens borgt dir der Oberst zu Weihnachten zehn Milreis, damit du sie bei den Huren in Ferradas ausgibst.«

Der Magere hatte das alles in einem Ton erzählt, der scherzhaft sein sollte, aber bald zynisch, bald niedergeschlagen und traurig klang. Dann verlangte er wieder Rum. Der aus Ceará blickte wortlos auf den Toten.

»Hundert Milreis«, sagte er schließlich, »für ein Messer, eine Sichel und eine Hacke?«

»In Ilheús bekommst du ein prachtvolles Messer für zwölf Milreis«, erklärte der Alte. »Im Kaufladen der Pflanzung ist keines um weniger als fünfundzwanzig zu haben.«

»Ein ganzes Jahr...«, sagte der Mann aus Ceará. Er rechnete nach, wann wohl wieder die Regenfälle in seiner ausgetrockneten Heimat beginnen würden. Er hatte sich vorgenommen, dahin zurückzukehren, sobald sie die durchglühte Erde überflutet haben würden, und wollte sich so viel Geld ersparen, um eine Kuh und ein Kalb kaufen zu können. »Ein ganzes Jahr...«, wiederholte er und blickte auf den Toten, der zu lächeln schien.

»Das ist der Jammer..., und bevor du noch abgezahlt hast, wird deine Schuld schon angewachsen sein. Du wirst eine Hose und ein Arbeitshemd brauchen. Medizinen wirst du kaufen müssen, und Gott weiß, wie teuer die sind. Und dann einen Revolver – übrigens das einzige gut angelegte Geld in diesem Land. Du kommst aus dem Schuldenmachen nicht heraus. Hier« – der Magere machte eine Handbewegung, die alle umfaßte, jene, die auf der »Affenfarm« arbeiteten, und die beiden, die von Baraúnas mit dem Toten gekommen waren – »hier hat ein jeder Schulden, und keinem wird ein Überschuß ausbezahlt.«

In den Augen des Mannes aus Ceará stand die Angst. Die Kerze war heruntergebrannt und warf einen rötlichen Schein auf den Leichnam. Draußen fiel ein leichter Regen.

»Ich war ein Kind zur Zeit der Sklaverei«, sagte der Alte, der sich erhoben hatte. »Mein Vater war ein Sklave, meine Mutter auch. Aber ärger als heute war es auch nicht. Es hat sich nichts geändert, trotz der schönen Worte.«

Der Arbeiter aus Ceará hatte Frau und Tochter daheim zurückgelassen. Er war nur gekommen, um bei Beginn der Regenzeit wieder heimzukehren, beladen mit dem Geld, das er im Süden verdient hatte, mit genügend Geld, um in seiner Heimat ein neues Leben zu beginnen. Angst beschlich ihn. Das Kerzenlicht verzerrte und verwischte abwechselnd das Lächeln des Toten.

Der Magere gab dem Alten Recht: »Ja, es ist kein Unterschied.«

Der Alte löschte die Kerze und steckte sie in die Tasche. Mit der Hilfe des Jungen hob er das Netz hoch. Der Magere öffnete ihnen die Tür.

»Und seine Töchter«, fragte der Neger, »die Huren?«

»Ja?« machte der Alte.

»Wo wohnen die?«

»In der Rua do Sapo, gleich das zweite Haus.«

Dann wandte sich der Alte an den Mann aus Ceará: »Von hier kehrt keiner mehr zurück. Er bleibt an den Kaufladen gekettet, vom ersten Tag an. Wenn du fort willst, komm mit uns. So kannst du uns gleich den Gefallen tun, den Verstorbenen tragen helfen. Sonst ist es zu spät.«

Der aus Ceará war noch im Zweifel. Der Alte und der Junge hatten schon das Netz geschultert.

»Und wohin soll ich gehen?« fragte er. »Was soll ich machen?«

Niemand wußte ihm zu antworten, diese Frage hatte sich noch keiner gestellt. Nicht einmal der Alte, ja, nicht einmal der Magere mit der spöttischen und zynischen Stimme. Der Regen fiel auf den Toten herab. Der Alte wünschte eine gute Nacht und dankte für die Gastfreundschaft. Der Junge tat es ihm gleich. Von der Tür aus sahen ihnen die anderen nach. Der Neger bekreuzigte sich aus Ehrfurcht vor dem Toten, aber dann fielen ihm dessen drei Töchter ein, die drei Prostituierten aus der Rua do Sapo. Wenn er wieder nach Ferradas kam, wollte er hingehen... Der Mann aus Ceará folgte mit den Blicken den Männern, die sich im Dunkel verloren.

»Ich geh' auch!« rief er plötzlich.

Fieberhaft raffte er sein Zeug zusammen, warf mit erstickter Stimme ein Abschiedswort hin und lief hinaus.

Der Magere schloß die Tür hinter ihm. »Wohin geht er denn?«

Als niemand seine Frage beantwortete, tat er es selber: »Auf eine andere Pflanzung, wo es genauso sein wird wie hier.«

Dann blies er das Licht aus.

10

Von seiner Tür aus wünschte Horácio Dr. Virgilio, der im Zimmer gegenüber schlief, eine gute Nacht.

Der Anwalt legte besondere Höflichkeit in den Klang seiner warmen Stimme: »Schlafen Sie wohl, Oberst.«

Ester stand lauschend in der Stille ihres Zimmers und preßte beide Hände auf ihre Brüste, als wolle sie den Schlag ihres Herzens bändigen. Aus dem Wohnzimmer drang das rhythmische Schnarchen Maneca Dantas', der sich dort in einer Hängematte eingerichtet hatte, um dem Advokaten das Fremdenzimmer abtreten zu können, das er sonst immer bezog. In der Dunkelheit belauerte Ester jede Bewegung ihres Mannes. Ein ganz bestimmtes Gefühl beherrschte sie: die Gewißheit von Virgilios Gegenwart im Zimmer gegenüber.

Horácio kleidete sich im Dunkel aus, aber sie hörte, wie seine Schuhe auf den Boden fielen. Er saß auf dem Bettrand, und seine Fröhlichkeit hielt immer noch an; er fühlte sich glücklich wie ein Kind seit dem Augenblick, als sich Ester bei Tisch auf seine Bitten hin entschlossen hatte, Klavier zu spielen. Von seinem Platz aus konnte er Ester atmen hören. Er warf Hemd und Hosen ab und schlüpfte ins Nachthemd, das vorne mit kleinen roten Blumen bestickt war.

Er erhob sich, um die Tür zu schließen, die ihr Schlafzimmer mit dem anstoßenden Raum verband, in dem das Kind unter Felicias Schutz schlief. Nur sehr ungern hatte Ester eingewilligt, den Kleinen aus ihrem Zimmer zu entfernen und ihn der Kinderfrau anzuvertrauen. Sie bestand wenigstens darauf, daß die Verbindungstüre stets offen blieb, aus Angst, die Schlangen könnten nachts eindringen und das Kind erdrosseln. Behutsam schloß Horácio die Tür. Mit weit offenen Augen verfolgte Ester im Finstern die Bewegungen ihres Mannes. Sie wußte, daß er sie diese Nacht besitzen wollte, denn jedes Mal, wenn ihn nach ihr verlangte, schloß er die Tür zwischen den beiden Zimmern. Doch zum ersten Mal – und das war das Seltsamste an diesem an Seltsamem so reichen Abend – empfand Ester nicht diesen dumpfen Widerwillen, der sie stets befiel, wenn Horácio sich ihr näherte. Gewöhnlich rollte sie sich unwillkürlich im Bett zusammen, und ein eisiger Schauer überlief ihren Leib, ihre Arme, drang ihr bis ins Herz und zog ihr Innerstes krampfhaft zusammen.

Heute fühlte sie nichts Derartiges. Wenn ihre Augen auch in der Finsternis jede Bewegung Horácios verfolgten, so war ihr Geist doch in dem Zimmer gegenüber, wo Virgilio schlief. Schlief er auch wirklich? Wer weiß, vielleicht dachte er an sie, vielleicht bohrten sich seine Augen in das Dunkel, um die Tür zu durchdringen, den Gang, und die nächste Tür, als versuche er, ihren Körper unter dem Batistnachthemd zu erspähen.

Dieser Gedanke allein ließ sie erzittern – nicht vor Angst, es war ein süßer Schauer, der ihre Lenden überlief, die Beine hinauf und voll Lust in ihrem Schoß verebbte. Noch nie hatte sie empfunden, was sie heute bewegte.

Ihr Körper, den Horácios Roheit gezeichnet hatte, dieser Körper, den er sich stets mit derselben Gewalt unterwarf, der sich ihm jedesmal voll Widerwillen verschloß, dessen Abneigung gegen jegliche Lust ihr nach kurzem Kampf nur Beschimpfung eingetragen hatte – dieser selbe Körper öffnete sich heute, wie sich ihr Herz erschlossen hatte. Das krampfartige Gefühl in ihrem Schoß war plötzlich verschwunden, dieses Gefühl, als verkrieche sich eine Schnecke in ihrer Muschel. Das Bewußtsein von Virgilios Gegenwart im anderen Zimmer verlieh ihr eine herrliche Gelöstheit; der Gedanke an ihn, seinen langen, gut gestutzten Schnurrbart, seine verständnisvollen Augen, sein blondes Haar, durchfuhr sie wie ein kalter Strahl, der ihr Innerstes badete. Als er ihr den Vergleich vom Vögelchen und der Schlange zugeflüstert hatte, war sein Mund dicht an ihrem Ohr gewesen, aber seine Worte waren ihr in Herz und Eingeweide gedrungen.

Sie schloß die Augen, um Horácios Annäherung nicht zu sehen. Sie sah nur Virgilio, hörte nur seine guten Worte... sie, die ihn für einen Säufer gehalten hatte wie Doktor Rui... Sie lächelte, und Horácio glaubte, dieses Lächeln gelte ihm. Auch er fühlte sich glücklich an diesem Abend. Aber Ester sah nicht ihn – nur Virgilio, seine gepflegten Hände, seine üppigen Lippen, und in ihrer Scham regte sich zum erstenmal ein tolles Verlangen: der Wunsch, ihn zu halten, an sich zu pressen, sich ihm hinzugeben, in seinen Armen zu vergehen. Ein wildes Schluchzen preßte ihr die Kehle zu. Horácio streckte seine Hände nach Ester aus. Was für zarte, leichte Hände doch Virgilio hatte, unter seinen Liebkosungen müßten ihr sicher die Sinne schwinden; Horácio war jetzt über ihr – Virgilio war es, auf den sie seit ihrer fernen Schulzeit gewartet hatte...

Sie tastet nach seinem Haar, es zu streicheln, sie beißt sich in Horácios Lippen fest, als wäre es Virgilios heißersehnter Mund... Sie meint zu sterben, ihr Geschlecht steht in Flammen...

Noch nie hatte Horácio sie so gesehen. Wie ausgewechselt erschien ihm seine Frau heute. Erst hatte sie für ihn musiziert, jetzt gab sie sich ihm mit einer Leidenschaft, als wolle sie in seinen Armen sterben... Er preßte sie fester an sich und schickte sich an, sie noch einmal zu besitzen. Für ihn war das alles wie eine neue Morgenröte, ein unerwarteter Frühling, ein Glück, mit dem er nicht mehr gerechnet hatte. Er nahm ihren liebreizenden Kopf in seine Hände, als es plötzlich an das Haustor klopfte.

Mitten in der Liebkosung hielt er inne und lauschte aufmerksam. Er hörte, wie Maneca Dantas nach wiederholtem Klopfen aufstand, den Riegel von der Tür zurückschob und nach dem Begehr fragte.

Noch hält er Esters Kopf in Händen, langsam öffnen sich ihre Augen. Manecas Schritte nähern sich, und Horácio muß sich von Ester trennen, die köstliche Wärme ihres Körpers aufgeben. Eine jähe

Wut gegen Maneca packt ihn, der diese glückliche Stunde stört. Vor Zorn kneift er die Augen zusammen, da ertönt auf dem Gang Maneca Dantas Stimme: »Horácio! Horácio!«

»Was gibt's?«

»Komm einen Augenblick raus. Es ist was Ernstes...«

»Kann ich behilflich sein?« ließ sich aus dem anderen Zimmer Virgilios Stimme vernehmen.

»Kommen Sie nur, Doktor«, antwortete Maneca.

»Was ist denn los, Horácio?« drang Esters erstickte Stimme vom Bett her.

Horácio wandte sich ihr zu, lächelnd strich er ihr über das Antlitz: »Ich geh' nachschauen, gleich bin ich wieder da.«

»Ich komme mit.«

Während er schon hinausging, sprang sie aus dem Bett und zog einen Schlafrock über das Nachthemd. Es war ihr der Gedanke gekommen, sie könne auf diese Art Virgilio noch einmal an diesem Abend sehen. Horácio war so hinausgegangen wie er war, mit einem brennenden Leuchter in der Hand, in dem langen Nachthemd, das ihm bis auf die Füße fiel und das vorne mit so komischen kleinen Blumen bestickt war.

Virgilio stand bereits mit Maneca Dantas im Wohnzimmer, als Horácio eintrat. Augenblicklich erkannte er auch den Dritten: es war Firmo, der hart am Urwald von Sequeiro Grande eine Pflanzung besaß. Er war offensichtlich erschöpft, wie er so dasaß, mit kotigen Stiefeln, das Gesicht mit Erde verschmiert.

Als Horácio Esters Schritte hörte, sagte er: »Bring etwas zu trinken.«

Sie hatte eben noch Zeit festzustellen, daß Virgilio nicht wie die anderen im Nachthemd war. Er trug einen höchst eleganten Pyjama und rauchte hastig. Maneca Dantas benutzte den Augenblick, als Ester den Raum verließ, um eine Hose über das Nachthemd anzuziehen. Aber er sah nur noch lächerlicher aus, denn nun hing ihm hinten aus der Hose ein Hemdzipfel heraus.

Firmo wiederholte seinen Bericht vor Horácio: »Die Badaró wollten mich liquidieren lassen.«

Maneca Dantas setzte eine besorgte Miene auf, was bei seinem Aufzug unendlich komisch aussah. Seine Frage jedoch bewies eine profunde Kenntnis der Bravos der Badaró: »Und wie kommt es, daß du trotzdem noch am Leben bist?«

Auch Horácio wartete auf die Antwort, während Virgilio ihn betrachtete; der Oberst runzelte die Stirn und schien ein Riese in seinem grotesken Nachthemd.

»Der Neger hat Angst gekriegt«, fuhr Firmo fort, »und danebengeschossen.«

»War es bestimmt einer von Badarós Leuten?« wollte Horácio wissen.

»Es war der Neger Damião.«

»Und der hat gefehlt?« Manecas Stimme klang ungläubig.

»Ja, er hat mich verfehlt. Er war wahrscheinlich besoffen. Wie ein Narr ist er die Straße hinuntergelaufen. Es war heller Mondschein, ich hab' sein schwarzes Gesicht gut sehen können.«

»Da kannst du gleich in der Kirche ein paar Kerzen anzünden lassen«, meinte Maneca, »einer Kugel des Negers Damião zu entgehen ist ein Wunder, und was für eines...«

Alle verfielen in Schweigen. Ester kam mit der Schnapsflasche und den Gläsern. Sie schenkte ein, und Firmo trank sein Glas auf einen Schluck aus. Dann verlangte er noch eines und goß es ebenso schnell hinunter. Während sich Ester vorbeugte, um Firmo einzugießen, bewunderte Virgilio Esters Nacken, der unter ihrem losen Haar weiß aufleuchtete. Er beobachtete, wie Horácio ein Glas aus Esters Händen nahm, und konnte nur mit Mühe ein Lachen verbeißen, so lächerlich sah der Oberst aus: In seinem kolossalen bestickten Nachthemd glich er mit seinem blatternarbigen Gesicht einem Zirkusclown. Bei Tisch hatte er fast den Eindruck eines schüchternen Menschen gemacht, der dem Großteil seines Gespräches mit Ester nicht folgen konnte. Jetzt sah er unbeschreiblich komisch aus, und Virgilio fühlte sich schon als Herr dieser Frau, die der Zufall in eine Umgebung verweht hatte, in die sie nicht gehörte. Der riesenhafte Pflanzer erschien ihm schwach und unbedeutend, unfähig, sich den Plänen entgegenzustellen, die in Virgilios Kopf Gestalt annahmen.

Firmos Stimme brachte ihm wieder die Gegenwart zu Bewußtsein. »Nicht zu glauben, daß ich hier sitz' und Schnaps trink'... Ich könnt' jetzt mausetot auf der Straße liegen...«

Ein Zittern überlief Ester, die Flasche in ihrer Hand bebte. Virgilio wurde es plötzlich klar, was diese Szene bedeutete. Vor ihm befand sich ein Mann, der eben dem Tode entgangen war.

Es war zum ersten Male, daß er einen dieser Fälle miterlebte, von denen ihm seine Freunde in Bahía erzählt hatten, bevor er nach Ilhéus abgereist war. Aber auch jetzt gab er sich nicht genaue Rechenschaft über die Bedeutung des Vorgefallenen. Die Falten auf Horácios Stirn und den ängstlichen Blick Maneca Dantas' hielt er nur für Anzeichen ihrer Erregung angesichts eines Menschen, der beinahe ermordet worden war.

In der verhältnismäßig kurzen Zeit, die sich Virgilio in der Kakaogegend aufhielt, hatte er schon allerlei erzählen hören, aber noch nie war er einem konkreten Fall gegenübergestanden. Die Rauferei in Tabocas zwischen den Leuten Horácios und der Badaró hatte stattgefunden, während er sich auf Urlaub in Bahía befunden hatte. Nach seiner Rückkehr wurde noch viel darüber gesprochen, aber er hatte über manches seine Zweifel. Auch vom Urwald von Sequeiro Grande hatte er erzählen hören und daß sowohl Horácio als die Badaró Ansprüche auf ihn geltend machten, aber er hatte dem allen nie eine besondere Wichtigkeit beigemessen. Zudem kam ihm Horácio in seinem sonderbaren Nachtgewand wie ein Clown vor, und dieser drollige Eindruck vervollständigte noch das Bild, das er sich bereits während der Abendmahlzeit und dann später im Salon von ihm gemacht hatte.

Wäre nicht Firmo in solcher Verfassung gewesen, hätte Virgilio das Dramatische der Szene kaum erfaßt. Deshalb staunte er, als sich Horácio an Maneca Dantas wandte und sagte: »Da ist nichts zu machen. Sie wollen's nicht anders haben – *wir* sind bereit.«

Diese bestimmte, energische Stimme hätte Virgilio Horácio nicht zugetraut. Sie paßte durchaus nicht zu der Vorstellung, die er sich von dem Oberst gemacht hatte.

Auf seinen fragenden Blick gab ihm Horácio eine Erklärung: »Wir werden Sie stark in Anspruch nehmen müssen, Doktor. Als ich Dr. Seabra bat, mir einen tüchtigen Anwalt zu schicken, sah ich schon voraus, was geschehen würde. In der Politik sind wir im Hintertreffen, wir können nicht auf den Richter zählen; was wir brauchen ist ein Anwalt, der sich in den Gesetzen auskennt. Zu Dr. Rui habe ich kein Vertrauen mehr: Er ist immer betrunken und hat sich mit allen Leuten überworfen, selbst mit dem Richter und den Notaren. Er spricht gut, aber das ist auch alles, was er kann. Was uns jetzt nottut, ist ein gescheiter und findiger Advokat.«

Die Aufrichtigkeit, mit der Horácio von den Rechtsanwälten und von den Gerichten sprach, die kräftigen, von einer gewissen Mißachtung begleiteten Ausdrücke, das alles erregte neuerlich Virgilios Staunen. Das Bild des Obersts als eines ungeschickten und komischen Bajazzos verwischte sich.

»Um was handelt es sich eigentlich?« fragte er.

Wie sie so Firmo umstanden, der in seinen regennassen Kleidern nach dem zurückgelegten Galopp noch ganz außer Atem war, bildeten die Männer eine merkwürdige Gruppe: Horácio, riesengroß in seinem weißen Nachtgewand, Virgilio, der nervös rauchte, und Maneca Dantas, blaß, ohne zu ahnen, daß ihm hinten das Hemd aus der Hose sah. Ester hatte sich hingesetzt und hatte nur noch Augen für Virgilio. Auch sie war blaß, sie wußte, daß nun der Kampf um den Besitz von Sequeiro Grande beginnen würde. Doch weitaus wichtiger als diese Tatsache erschien ihr Virgilios Gegenwart, das Klopfen ihres Herzens, diese nie gekannte Fröhlichkeit, die sie nun ganz erfüllte.

»Setzen wir uns«, schlug Horácio vor, als Virgilio seine Frage stellte.

Es lag so viel Autorität in seiner Stimme, als wäre ein Befehl von ihm jenseits aller Erörterungen. Für Virgilio war das neu, und der andere Horácio kam ihm jetzt ins Gedächtnis, von dem in Tabocas und Ilhéus gesprochen wurde: die zahlreichen Morde, die er auf dem Gewissen hatte, und die Geschichte von dem Teufel in der Flasche, die sich die alten Betschwestern erzählten. Er schwankte zwischen diesen beiden Bildern: dem eines starken, mächtigen Mannes, des Herrn und Gebieters, und dem anderen eines unwissenden, lächerlichen Clowns, einer schwächlichen Kreatur.

Sobald Horácio zu sprechen begann, verschwand das Bild des Clowns. »Es handelt sich um folgendes: Dieser Wald von Sequeiro Grande ist ein ausgezeichneter Boden für Kakao, der beste in der ganzen Gegend. Es ist noch niemand darangegangen, ihn zu roden. Der einzige Mensch, der dort wohnt, ist ein Verrückter, der sich als

Kurpfuscher betätigt. Auf dieser Seite des Waldes liegt mein Besitz, und von da aus bin ich schon ein wenig vorgestoßen. Auf der anderen Seite haben die Badaró ihre Pflanzungen; auch sie haben schon angefangen, sich auszudehnen. Nicht der Rede wert, weder hier noch drüben. Dieser Urwald ist eine Welt für sich, und wer ihn besitzt, ist der reichste Mann von ganz Ilhéus – und Herr über Tabocas, Ferradas, über Eisenbahnen und Schiffe...«

Die anderen hingen an seinen Lippen, Maneca Dantas nickte bestätigend mit dem Kopf. Virgilio begann zu begreifen. Firmo erholte sich langsam von seinem Schrecken.

»Auf dieser Seite des Urwalds«, fuhr Horácio fort, »zwischen mir und den Badaró, liegt der Besitz meines Freundes Maneca Dantas. Weiter oben der von Teodoro das Baraúnas. Das sind die einzigen großen Besitzungen. Alles übrige sind kleine Pflanzungen, wie die von Firmo, vielleicht zwanzig im ganzen. Ein jeder knabbert den Wald an, aber keiner hat den Mut einzudringen. Ich habe schon lange die Absicht, den Sequeiro Grande zu roden. Das wissen die Badaró recht gut. Sie mischen sich ein, weil sie selber wollen...«

Er blickte gerade vor sich hin; seine letzten Worte klangen wie die Ankündigung unvermeidlichen Unglücks.

»Sie haben die Politiker für sich«, erklärte Maneca Dantas, »deshalb trauen sie sich.«

Virgilio wollte Genaueres wissen: »Was hat denn Firmo damit zu tun?«

»Seine Pflanzung liegt zwischen dem Wald und der Besitzung der Badaró«, sagte Horácio. »Schon vor einiger Zeit schlugen sie ihm vor, sie ihnen zu verkaufen. Sie boten sogar mehr, als sie wert ist. Nun ist Firmo mein Freund, er wählt seit Jahren die politische Partei, der ich nahestehe. Er hat sich an mich gewandt, und ich habe ihm geraten, nicht zu verkaufen. Ich weiß wohl, daß sich die Badaró den Wald aneignen wollen; aber ich hätte nie gedacht, daß sie so weit gehen würden, Firmo umbringen zu lassen. Das bedeutet, daß sie zu allem entschlossen sind. Wenn sie es nicht anders haben wollen...«

Seine Stimme hatte einen drohenden Ton, die anderen senkten die Köpfe. Horácio lachte das dumpfe Lachen, das ihm eigen war, und Virgilio erschien er wie ein Gigant von unvorstellbarer Kraft. Vor der Gewalt seiner Stimme verblaßten sogar die komischen Blumen auf seinem Nachthemd. Auf eine Geste von ihm goß Ester eine neue Runde Rum ein.

Horácio wandte sich an Virgilio: »Glauben Sie wirklich, Doktor, daß Seabra in den Wahlen siegen wird?«

»Ich bin sicher.«

»Das ist gut – ich glaube es Ihnen.« Er sprach als hätte er eben einen endgültigen Entschluß gefaßt. Das zeigte sich auch, als er sich erhob und auf Firmo zuschritt.

»Mach dir nichts draus, Firmo. Was meinst du? – Und du, mein Freund?« Er drehte sich nach Maneca Dantas um. »Gibt es irgendeinen Pflanzer am Waldrand, der nicht auf meiner Seite steht?«

»Die Besitzer der Pflanzungen wissen alle, daß ich sie nicht von ihrem Boden vertreiben werde, wenn der Wald einmal mein ist«, erklärte er Virgilio. »Ich würde ihnen sogar etwas davon abgeben – wenn sie mir helfen. Wir haben das schon alles besprochen. Die Badaró dagegen wollen alles: den Urwald und die Pflanzungen. Alles – mehr als sie verdauen können.«

Er sah Maneca an, und dann Firmo, in Erwartung der Antwort auf seine Frage.

Firmo sprach als erster: »Sie halten alle zu Ihnen.«

Maneca hielt es für richtig einzuschränken: »Für Teodoro das Baraúnas stehe ich nicht ein. Man sieht ihn viel mit den Badaró.«

Horácio traf rasch seine Entscheidung: »Du, Firmo, gehst jetzt sofort wieder los. Ich geb' dir zwei Männer mit zu deinem Schutz. Du redest mit den anderen: mit Braz, mit José da Ribeira, mit der Witwe Miranda, mit Coló – mit allen. Und vergiß unseren Freund Jarde nicht, der ist ein tapferer Kerl. Sag ihnen, sie sollen morgen alle zum Mittagessen kommen. Der Advokat ist gerade hier, so können wir alles schwarz auf weiß festmachen. Ich nehme den Wald bis zum Flußufer; das übrige, was auf der anderen Seite liegt, könnt ihr untereinander aufteilen. Mit dem Land machen wir es ebenso. Einverstanden?«

Firmo war einverstanden; er hatte sich schon erhoben, um aufzubrechen. Virgilio war ganz wirr im Kopf. Er sah Ester an, die totenblaß war, mehr noch, weiß wie die Wand. Sie hatte die ganze Zeit über kein Wort gesprochen.

Horácio wandte sich nun an Maneca Dantas und gab ihm Befehle, ganz Herr der Situation. »Und du, mein Lieber, sprich mit Teodoro. Erkläre ihm die ganze Geschichte. Wenn er kommen will, soll er kommen. Ich werde mich schon mit ihm einigen. Wenn nicht – dann soll er nur gut auf der Hut sein; es wird bald Blei regnen, auf zwanzig Meilen im Umkreis!«

Er trat auf den Vorplatz hinaus. Virgilio folgte ihm mit bewundernden Blicken. Dann sah er schüchtern auf Ester; sie schien ihm weit fort, fast unerreichbar. Draußen schrie Horácio nach den Arbeiterhütten hinüber: »Algemiro! José Dedinho! João Vermelho!«

Auf der Veranda fanden sich alle zusammen. Vor dem Haus wurden die Maultiere gesattelt, und die Männer steckten ihre Waffen zu sich. Sie brachen gemeinsam auf, Maneca, Firmo und die drei Bravos; die Kavalkade erfüllte die aufsteigende Morgendämmerung mit ihrem Geklapper. Auch der Verwalter kam, und Horácio setzte ihm den Fall auseinander.

Virgilio und Ester kehrten in das Wohnzimmer zurück. Sie trat auf ihn zu, leichenblaß. Sie sprach schnell, als reiße sie sich die Worte aus dem Herzen: »Führen Sie mich fort von hier... weit fort.«

Bevor Virgilio noch etwas erwidern konnte, wurden Horácios Schritte hörbar, und gleich darauf trat er ein.

»Dieser Wald wird mein sein«, sagte er, zu seiner Frau und dem Anwalt gewandt, »und wenn ich die ganze Gegend in Blut ersäufen müßte. Machen Sie sich bereit, Doktor, bald wird es losgehen.«

Plötzlich bemerkte er, daß Ester Angst hatte.

»Du gehst am besten nach Ilhéus.«

Doch gleich kehrten seine Gedanken zu den Tatsachen zurück.

»Doktor, jetzt werden Sie sehen, wie man eine Räuberbande erledigt. Denn Banditen sind die Badaró, gar nichts anderes.«

Er nahm Virgilio beim Arm und führte ihn auf die Veranda hinaus. Es begann zu tagen, und die Erde hüllte sich in ein mattes, trauriges Licht. Horácio wies nach dem Horizont, der in weiter Ferne kaum zu erkennen war.

»Dort drüben, Doktor, liegt der Urwald von Sequeiro Grande. Es wird nicht lange dauern, dann ist dieses ganze Gebiet von Kakaopflanzen bedeckt. Das ist so gewiß, wie ich Horácio da Silveira heiße.«

11

Als der Hund auf dem Vorplatz heulte, durchlief ein Zittern Don' Ana Badaró, die in der Hängematte lag. Nicht aus Angst; in der Stadt, in den umliegenden Ortschaften und überall auf den Pflanzungen hieß es, die Badaró wüßten nicht, was Furcht heißt. Aber sie war unruhig; schon den ganzen Nachmittag hatte sie das bestimmte Gefühl, daß man ihr etwas verbarg, daß ihr Vater und ihr Onkel ein Geheimnis miteinander hatten, das sie vor den Frauen hüteten. Sie hatte die Abwesenheit Damiãos und Viriatos bemerkt, doch als sie Juca nach ihnen fragte, erhielt sie zur Antwort, sie seien »mit einem Auftrag unterwegs«. Don' Ana hatte aus der Stimme ihres Onkels die Lüge herausgehört, aber sie schwieg still. Es lag etwas Unheimliches in der Luft, und sie fühlte sich unruhig. Das Heulen des Hundes wiederholte sich, er winselte zum Mond hinauf, mit der Brunst eines Tieres, das nach dem Weibchen giert.

Don' Ana beobachtete das Gesicht ihres Vaters, der mit halbgeschlossenen Augen wartete, daß sie ihre Lektüre beginne. Sinhô Badaró war ganz ruhig, eine große Gelassenheit sprach aus seinen Augen, seinem Bart, seinen mächtigen Händen, die auf seinen Schenkeln ruhten; alles an ihm drückte Sicherheit und Frieden aus. Wenn Juca nicht so nervös auf seinem Stuhl herumgewetzt hätte, wäre das Geheul des Hundes Don' Ana vielleicht nicht so durch und durch gegangen.

Sie saßen im Wohnzimmer, die Stunde der Bibellesung war herangekommen. Das war eine langjährige Gewohnheit, noch aus den Zeiten der verstorbenen Dona Lidia, der Mutter Don' Anas. Sie war sehr fromm gewesen und hatte es geliebt, die Bibel um einen Rat zu fragen, der sich auf die Geschäfte ihres Mannes anwenden ließ. Nach ihrem Tode hatte Sinhô diese Sitte beibehalten, und er maß ihr großen Wert bei. Wo immer er sich auch befinden mochte, auf der Pflanzung, in Ilhéus, selbst auf einer Geschäftsreise in Bahía, mußte man ihm jeden Abend irgendeinen Absatz aus der Bibel vorlesen, aus dem er einen Ratschlag, eine Prophezeiung für seine Unternehmungen herauszuhören trachtete. Seit Lidia gestorben war, wurde Sinhô immer frommer, und er vermengte nun ein wenig Spiritismus und viel Aberglauben mit seinem Katholizismus. Die Gewohnheit, die Bibel zu lesen, hatte besonders tiefe Wurzeln geschlagen. In Ilhéus hatten sich die bösen Zungen dieser Tatsache bemächtigt, und in den Cafés lief eine Geschichte um, wonach Sinhô Badaró eines Abends in einem Freudenhaus von Bahía seine alte Bibel aus der Tasche gezogen habe und er das Mädchen ein paar Verse habe lesen lassen, bevor er mit ihm zu Bett gegangen sei. Wegen dieser Geschichte hatte Juca Badaró im Kaffeehaus von Zeca Tripa eine Rauferei angefangen und dem Apotheker Carlos da Silva, der sie unter allgemeinem Grölen erzählt hatte, die Nase eingeschlagen.

Nach Dona Lidias Tod war Don' Ana zur Vorleserin aufgerückt, und auf der Pflanzung oder in Ilhéus war es an ihr, die fettigen und teilweise zerrissenen Seiten des alten Exemplars der Heiligen Schrift umzuwenden. Sinhô Badaró weigerte sich, das alte Buch durch ein neues zu ersetzen, in der Gewißheit, daß nur dem einen die magische Kraft innewohnte, ihn zu leiten.

Er ließ sich auch durch den Kanonikus Freitas nicht beirren, der ihn einmal, als er auf der Pflanzung übernachtete, darauf aufmerksam machte, daß es eine protestantische Bibel sei und wie übel es einem Katholiken anstehe, ein Buch zu lesen, auf dem das Anathem liege. Doch Sinhô Badaró verstand diesen Ausdruck nicht und ließ ihn sich auch nicht erklären. Das mache ihm nichts aus, gab er zur Antwort, es habe ihm immer gut gedient, und im übrigen sei seine Bibel kein Kalender, den man jedes Jahr wechsle. Kanonikus Freitas fand keine Entgegnung und zog es vor zu schweigen; immerhin, meinte er, sei es schon eine große Sache, wenn ein Oberst jeden Abend die Bibel lese.

Sinhô Badaró ließ auch nicht zu, daß Don' Ana die Lektüre regelte, wie sie es versucht hatte, als sie Lidias Platz an der Spitze des Haushalts eingenommen hatte. Sie hatte vorgeschlagen, bei der ersten Seite zu beginnen und bis zum Ende durchzulesen. Doch Sinhô hatte protestiert; seiner Ansicht nach mußte die Bibel auf gut Glück aufgeschlagen werden; für ihn blieb sie ein magisches Buch, und gerade die durch den Zufall bezeichnete Seite mußte eine bedeutsame Botschaft enthalten. Wenn diese ihn nicht befriedigte, befahl er seiner Tochter, eine andere Seite zu wählen, dann noch eine und wieder eine andere, bis er zwischen dem gelesenen Kapitel und der Angelegenheit, die ihn gerade beschäftigte, einen Zusammenhang fand. Er lauschte mit angespannter Aufmerksamkeit den Worten – von denen er viele nicht verstand –, forschte nach ihrem Sinn und legte sie auf seine Art aus, wie es ihm gerade zu seinen Geschäften paßte; oft schloß er diese nicht ab, wenn ihnen die Aussprüche Mosis oder Abrahams entgegenstanden. Er pflegte zu sagen, daß er dabei immer gut gefahren sei. Und wehe dem Verwandten oder Besucher, der zur Bibelstunde kam und sich herausnahm, zu diskutieren oder zu protestieren. Dann verlor Sinhô seine Ruhe und geriet in Wut.

Nicht einmal Juca Badaró wagte es, gegen diese Sitte aufzubegehren, die ihm unsagbar lästig war. Er trachtete aufmerksam zuzuhören und unterhielt sich köstlich bei den Kapiteln, die von sexuellen Dingen handelten. Er war der einzige, der gewisse Worte verstand, deren wahrer Sinn sowohl Sinhô als auch Don' Ana entging.

Don' Ana sah ihren Vater an, der ruhig in seinem Lehnsessel saß. Er schien mit halbgeschlossenen Augen ein Bild an der Wand zu betrachten, das Bild, das er aus Bahía mitgebracht hatte, als ihm eingefallen war, der Salon könne irgendeine Aufheiterung brauchen. Auch sie vertiefte sich in das Bild und gab sich dem Frieden hin, der von dem Öldruck ausging. Nur Juca blieb unruhig und zeigte kein Interesse mehr für die Zeitung, die er las, eine vierzehn Tage alte Zeitung aus Bahía.

Als der Hund wieder zum Heulen ansetzte, begann Juca zu sprechen: »Wenn ich wieder nach Ilhéus fahre, bringe ich eine Hündin mit. Perí braucht schon eine.«

Don' Ana hörte aus diesem Satz einen falschen Klang heraus und merkte, daß Juca seine Erregung hinter seinen eigenen Worten zu verbergen suchte. Sie ließ sich nicht täuschen, es war etwas im Gange, etwas Ernstes. Wo mochten Damião und Viriato sein? Schon so manchen Abend hatte Don' Ana dieselbe beunruhigende Atmosphäre im Hause gespürt, die mit Geheimnissen geladen schien. Mitunter erfuhr sie erst Tage später vom Tod irgendeines Mannes und von der Vergrößerung des Besitzes der Badaró. Es kränkte sie entsetzlich, daß man ihr diese Tatsache verheimlichte, als ob sie ein kleines Mädchen wäre.

Sie wandte den Blick von ihrem Onkel ab, auf dessen Bemerkung niemand geantwortet hatte, und beneidete die Ruhe, mit der Olga, die Frau Jucas, neben ihrem Mann saß und häkelte.

Olga ließ sich nur selten auf der Pflanzung blicken, und wenn sie auf Jucas Drängen in Ilhéus den Zug bestieg, um einen Monat bei Don' Ana zu verbringen, war sie in Tränen gebadet und beklagte ihr Schicksal. Ihr Leben war gänzlich von dem Klatsch von Ilhéus ausgefüllt, wo sie vor den alten Betschwestern und ihren Freundinnen die Märtyrerin spielte und Tag und Nacht über Jucas Liebesabenteuer jammerte. Anfangs versuchte sie, etwas gegen die ständige Untreue ihres Gatten zu unternehmen und schickte Bravos aus, um die Frauen einzuschüchtern, die sich mit ihm einließen. Einmal hatte sie einer jungen Mulattin, der Juca eine Wohnung eingerichtet hatte, den Kopf rasieren lassen. Doch die Reaktion ihres Mannes war so heftig gewesen – die Nachbarinnen behaupteten, er habe sie geprügelt –, daß sie sich damit begnügen mußte, aller Welt ihr Leid zu klagen und mit der Miene eines in sein Los ergebenen Opfers bei den Kirchenfesten zu erscheinen. Das war nun ihr ganzer Lebensinhalt; sie fand einen Genuß darin, zu jammern und dem Getuschel und den Klagen der alten Betschwestern zuzuhören. Es hätte wahrscheinlich eine schwere Enttäuschung für sie bedeutet, wenn sich Juca in einen Mustergatten verwandelt hätte.

Sie haßte die Pflanzung, wo Sinhô nur taube Ohren für ihr Lamentieren hatte und wo Don' Ana den ganzen Tag so beschäftigt war, daß ihr nur wenig Zeit blieb, sie zu bemitleiden. Außerdem teilte Don' Ana den Standpunkt der Badaró und fand nichts Böses an Jucas Abenteuern, solange er seiner Frau alles gab, was sie brauchte. So war ihr Vater gewesen, so waren eben alle Männer – das war Don' Anas Überzeugung. Olga, die keinerlei Interesse für die Angelegenheiten der Badaró zeigte, der das Landleben zuwider war und die nicht die leiseste Ahnung von allem hatte, was mit dem Kakaoanbau zusammenhing, schien ihr überdies eine Fremde, die ein Abgrund von der Familie trennte. Sie hielt sie sogar für gefährlich und hatte den Eindruck, als atme sie eine ganz andere Luft als die, in der sie selbst, Sinhô und Juca, sich wohlfühlten.

In diesem Augenblick jedoch beneidete sie Olga um ihre Ruhe, um ihre Gleichgültigkeit angesichts des Mysteriums, das den Raum erfüllte. Don' Ana fühlte, wie sich etwas Schwerwiegendes vorbereitete. Trauer und Zorn überkamen sie bei dem Gedanken, daß man ihr ein Geheimnis vorenthielt, anstatt ihr den Platz einzuräumen, der ihr in der Familie Badaró zukam. Sie schob den Beginn der Bibellesung hinaus und ließ ihre Augen von einem Antlitz zum anderen wandern.

Nachdem sie ihre Arbeit in der Küche beendet hatte, kam Raimunda herein und setzte sich hinter der Hängematte auf den Boden. Sie machte sich daran, Don' Anas Zöpfe zu durchsuchen und zwischen ihren Fingern imaginäre Läuse zu zerdrücken. Aber nicht einmal dieser sanften Liebkosung der Mulattin gelang es, die Unrast des jungen Mädchens zu besänftigen. Was für ein Geheimnis bewahrten Sinhô und Juca? Wo waren nur Viriato und Damião, der Neger? Warum war Juca so unruhig und sah jeden Augenblick auf die Uhr? Das Geheul des Hundes zerriß die unheimliche Nacht.

Sinhô öffnete langsam die Augen und richtete sie auf seine Tochter.

»Warum fängst du nicht an?«

Don' Ana schlug die Bibel auf; Olga sah gleichgültig drein, während Juca die Zeitung auf seinen Knien ausbreitete.

Don' Ana begann zu lesen: »Diese zogen aus mit allem ihrem Heer, ein großes Volk, soviel als des Sandes am Meer, und sehr viel Rosse und Wagen.«

Es war die Geschichte von Josuas Feldzügen, und Don' Ana wunderte sich, wieso Sinhô sie nicht eine andere Seite aufschlagen ließ. Als ihr Vater jedoch aufmerksam jedem Vers lauschte, versuchte sie ihrerseits, den Sinn zu enträtseln und eine Beziehung zu dem Geheimnis herauszufinden, das sie beunruhigte. Sinhô hatte sich ihr zugewandt, und im Bestreben, kein einziges Wort zu verlieren, beugte er sich so weit vor, bis sein Bart seine Knie berührte. Langsam las Don' Ana weiter, bemüht, einer Welt von Zweifeln zu entrinnen.

Sinhô bat sie, einen Vers zu wiederholen: »Also nahm Josua alles dies Land ein, das Gebirge und alles, was gegen Mittag liegt, und alles Land Gosen und die Gründe und das Gefilde und das Gebirge Israel mit seinen Gründen.«

Don' Anas Stimme verstummte; ihr Vater hatte ihr ein Zeichen gemacht, einzuhalten. Er überlegte und kam zu dem Schluß, daß Gottes Segen offensichtlich auf seiner Familie und seinen Plänen ruhe.

Ein unendlicher Friede erfüllte ihn, das Bewußtsein vollkommener Sicherheit.

»Die Bibel lügt nie«, sagte er. »Ich bin noch nie schlecht gefahren, wenn ich ihrem Ratschlag folgte. Uns wird der Urwald von Sequeiro Grande gehören, denn so ist es Gottes Wille. Heute hatte ich noch Zweifel, aber jetzt sind sie alle zerstreut.«

Plötzlich begriff Don' Ana, worum es ging, und sie fühlte sich glücklich bei dem Gedanken, daß der Wald von Sequeiro Grande den Badaró gehören würde; Kakaoschößlinge würden aus seinem Boden sprießen, und sie durfte den Namen der neuen Pflanzung auswählen, wie Sinhô es ihr versprochen hatte. Ihr Antlitz strahlte vor Freude.

Sinhô Badaró erhob sich; mit seinem langen Haar, das schon zu bleichen begann, und dem schwarzen Bart, der die ganze Brust bedeckte, sah er majestätisch aus, wie ein Prophet aus grauer Vorzeit.

Juca wandte den Blick zu seinem älteren Bruder: »Ich hab' dir immer schon gesagt, Sinhô, daß wir diesen Wald haben müssen. Wenn er einmal uns gehört, wird keiner mehr gegen die Badaró ankönnen.«

Don' Anas Lächeln vertiefte sich bei jedem Wort ihres Onkels.

»Dann wird dieser Streit wieder von vorn beginnen«, rief Olga mit Entsetzen in der Stimme. »Wenn es so ist, fahre ich nach Ilhéus zurück. Ich will nichts mit diesem Leben zu tun haben, mit diesen Morden ...«

In diesem Augenblick haßte Don' Ana sie. Sie warf einen Blick voll Verachtung und Empörung auf die Frau ihres Onkels; wie ein Wesen aus einer anderen Welt erschien sie Don' Ana, aus einer unnützen, untüchtigen Welt.

Die Uhr schlug die Stunde.

»Geh schlafen, Don' Ana«, sagte Sinhô seiner Tochter, »es ist Zeit. Du auch, Olga, ich habe mit Juca zu reden.«

Alle Fröhlichkeit verschwand aus Don' Anas Antlitz. Olga und Raimunda hatten sich schon erhoben, doch sie suchte noch nach Worten, die Sinhô überreden konnten, sie dazubehalten. Da kündigte das Bellen des Hundes auf dem Vorplatz die Ankunft eines Menschen an, und alle blieben stehen. Wenige Sekunden darauf erschien Viriato in der Tür der Veranda, gefolgt von dem Hund, der nicht mehr bellte, sobald er ihn erkannte hatte.

»Und dein Auftrag?« fragte Juca, der einen Schritt auf den Mann zu gemacht hatte.

Der Mulatte senkte die Augen und begann schnell zu sprechen: »Der Mann ist über den Pfad gekommen, nicht von meiner Seite. Wär' er da gekommen, hätt' ich ihn umgelegt...«

»Was war denn los? Ist Damião etwas passiert? Red doch schon!«

»Er hat danebengeschossen...«

»Unmöglich!«

»Danebengeschossen?« wiederholte Juca ungläubig.

»Das versteh' ich ja auch nicht, Herr. Ich weiß nicht, was in ihn gefahren ist. Er war schon komisch, wie er von hier weg ist. Ich weiß nicht, was mit ihm los war. Der Rum war's nicht, da kenn' ich mich aus...«

»Was weißt du Genaues?« fragte Sinhô.

Wieder schlug der Mulatte die Augen nieder. »Firmo ist nicht einmal verwundet. Die ganze Nachbarschaft weiß das schon. Sie sagen, daß Damião übergeschnappt ist. Niemand weiß, wo er hingelaufen ist.«

»Und Firmo?« wollte Juca wissen.

»Ich bin zwei Männern begegnet, die eine Leiche getragen haben. Die haben mir gesagt, daß Firmo in der Richtung nach dem Haus von Oberst Horácio vorbeigeritten ist. Im Galopp ist er dahergekommen und hat nur haltgemacht, um ihnen zu sagen, daß Sie befohlen haben, ihn umzubringen, daß aber Damião danebengeschossen hat. Mehr wollt' er nicht sagen, er hat's schrecklich eilig gehabt. Wie ich die Männer getroffen hab', sind schon eine Menge Leute herumgestanden und haben darüber geredet.«

Die Frauen standen wie angewurzelt. Don' Ana preßte die Bibel zwischen ihren Händen und folgte dem Gespräch mit brennenden Augen. Jetzt verstand sie alles und erfaßte die ganze Tragweite des Geschehens.

Sie fühlte, daß in dieser Nacht die Zukunft der Badaró auf dem Spiel stand.

Sinhô durchmaß den Raum mit langen Schritten. »Was kann nur in diesen Neger gefahren sein?« murmelte er.

Viriato suchte nach einer Erklärung: »Er hat vielleicht vor irgendwas Angst gehabt...«

»Dich habe ich nicht gefragt.«

Der Mulatte duckte sich, und Juca rieb sich die Hände, um seine Nervosität zu verbergen. »Jetzt bleibt nichts anderes übrig«, meinte er. »Es ist besser anzufangen, bevor Horácio losschlägt. Denn jetzt gibt's Krieg.«

Olga unterdrückte eine Bewegung der Angst vor ihrem Mann. Sinhô nahm wieder Platz. Einen Augenblick verfiel er in Stillschweigen und überdachte die Verse, die ihm seine Tochter aus der Bibel vorgelesen hatte. Sie waren deutlich genug, aber er wollte mehr.

»Lies weiter, Don' Ana!«

So wie sie stand, öffnete sie das Buch aufs Geratewohl und las. Ihre Hände zitterten ein wenig, aber ihre Stimme war fest: »... Leben um Leben, Aug um Aug, Zahn um Zahn, Hand um Hand, Fuß um Fuß.«

Sinhô richtete sich auf, er zweifelte nun nicht mehr. Er machte ein Zeichen mit der Hand, damit die Frauen das Zimmer verließen. Olga und Raimunda zogen sich zurück, Don' Ana jedoch traf keine Anstalten. Die beiden anderen waren schon auf den Gang hinausgetreten, nur sie stand noch im Salon, das Buch in der Hand, und blickte auf ihren Vater. Juca konnte kaum erwarten, daß sie fortging, um ungestört mit Sinhô sprechen zu können.

»Ich hab' gesagt, du sollst schlafen gehen, Don' Ana«, sagte Sinhô mit rauher Stimme. »Worauf wartest du noch?«

Ohne in das Buch zu sehen, sprach sie aus dem Gedächtnis, den Blick in den ihres Vaters gebohrt: »Befiehl mir nicht, Dich zu verlassen und von hinnen zu gehen; denn wohin Du auch immer gehest, dorthin gehe auch ich, und wo Du weilst, werde auch ich weilen.«

»Das ist nichts für Frauen...«, begann Juca. Doch Sinhô Badaró unterbrach ihn: »Laß sie nur bleiben! Sie ist immerhin eine Badaró. Eines Tages werden es ihre Kinder sein, Juca, die den Kakao auf den Pflanzungen von Sequeiro Grande pflücken werden. Du kannst ruhig hierbleiben, meine Tochter.«

Juca und Don' Ana setzten sich zu ihm und begannen den Schlachtplan zur Eroberung des Urwaldes zu entwerfen. Don' Ana war glücklich; ihr dunkles Antlitz mit den schwarzen, glühenden Augen war schöner denn je.

12

Rund um den Wald leuchteten Lichter auf in dieser Nacht, die von ehrgeizigen Wünschen und entfesselten Träumen erfüllt war. Petroleumlüster in Horácios Haus, Lampen im Hause der Badaró. Die Kerze, die Don' Ana zu Füßen der heiligen Jungfrau auf dem Hausaltar angezündet hatte, damit sie den Badaró in den kommenden Tagen beistehe; die andere Kerze, die den Weg des Toten erhellte, den die Männer zu seinen Töchtern nach Ferradas trugen. Lichter auf der Pflanzung der Baraúnas, wo Juca Badaró und Maneca Dantas fast zur selben Zeit eintrafen, um mit Teodoro zu sprechen. Rote, rauchende Funzeln in den Hütten der Arbeiter, die früher als gewöhnlich aufgewacht waren, um die Geschichte des Negers Damião zu hören, der vorbeigeschossen hatte und dann verschwunden war, niemand wußte, wohin. Licht in Firmos Haus, wo Dona Teresa ihren Mann erwartete, bereit, ihren weißen Leib auf dem Bett aus Rosenholz seiner Liebe zu bieten. Lichter auch in den Häusern der kleinen Pflanzer, die aus dem Schlaf geschreckt wurden durch die unerwartete Ankunft Firmos und der Bravos Horácios, die sie für den nächsten Tag zum Essen einluden. Rund um den Wald herum glänzten die Lichter von Laternen und Kronleuchtern, von Kerzen und Petroleumlampen. Sie bezeichneten die Grenzen des Urwaldes von Sequeiro Grande, nach Norden und Süden, Osten und Westen.

Von Zeit zu Zeit durchquerten Männer, zu Pferd oder zu Fuß, den Wald auf schmalen Pfaden, um die Landstraße zu gewinnen. Von Pflanzung zu Pflanzung, von Rodung zu Rodung trugen sie die Aufforderung, sich am kommenden Tage zu der Besprechung einzufinden. Den Wald entlang entzündete der Eifer der Menschen zahllose Lichter und jagte im Galopp über die Wege. Doch weder die Lichter noch das Geklapper der Hufe konnte die mächtigen Stämme des Urwalds aus ihrem hundertjährigen Schlaf wecken.

Noch ruhten die Jaguare, die Schlangen und Affen, und die Vögel waren noch nicht erwacht, um die Morgenröte zu grüßen. Nur die Leuchtkäfer erhellten wie gespenstische Laternen das dunkle Laubwerk mit ihrem grünen Licht. Der Wald von Sequeiro Grande schlief, während ringsum die geldgierigen, machtlüsternen Menschen Pläne zu seiner Bezwingung schmiedeten. Und im Herzen des

Waldes, da wo er am dichtesten war, nur schwach erhellt vom ungewissen, zitternden Licht der Leuchtkäfer, schlief Jeremias, der Zauberer.

Er merkte ebensowenig wie die Bäume und die Tiere, daß der Urwald bedroht war, daß die Gier der Menschen ihn einkreiste und die Tage der Baumriesen, der wilden Tiere und der Gespenster gezählt waren. In seiner elenden Hütte schlief er, umgeben von Bäumen und Tieren.

Wie alt mochte der Neger Jeremias sein, mit seinem weißen Kraushaar, mit den glanzlosen Augen, die schon halb erblindet waren, gebeugt, hager, das Antlitz tief zerfurcht, der Mund zahnlos, und mit einer Stimme, aus deren Gemurmel ein Sinn nur erraten werden konnte?

Niemand auf zwanzig Meilen im Umkreis vermochte es zu sagen. Er erschien allen genauso ein furchterregendes Urwaldwesen wie Jaguare und Schlangen, wie die lianenumwucherten Stämme oder die Geister, die er beschwor und entfesselte. Er war der Herr und Gebieter des Waldes von Sequeiro Grande, den sich Horácio und die Badaró streitig machten. Von der Meeresküste, vom Hafen von Ilhéus, bis zum letzten Dorf tief im Innern des Urwaldes sprachen die Leute von Jeremias, dem Zauberer, der alle Krankheiten heilte, der den Körper der Menschen gegen Kugeln und Schlangenbisse feite; der selbst für Liebesschmerzen ein Mittel und alle Hexereien wußte, mit denen ein Mann eine Frau an sich fesseln konnte, bis sie zäher kleben blieb als die klebrigste Brotbaumfrucht. Sein Ruf war bis in Städte und Dörfer gedrungen, die er selber nie gesehen hatte, und von weither kamen Kranke, ihn zu befragen.

Vor langen Jahren, als der Wald noch eine weit größere Fläche bedeckt und sich nach allen Richtungen ausgedehnt hatte, als die Menschen noch nicht daran gedacht hatten, die Bäume umzuhauen, um Kakao zu pflanzen – der damals noch nicht vom Amazonas eingeführt gewesen war –, hatte sich Jeremias eines Tages im Wald niedergelassen. Damals war er noch ein junger Neger gewesen, der aus der Sklaverei entflohen war. Die Waldläufer hatten ihn verfolgt, und so hatte er immer tiefer in den Urwald eindringen müssen, wo die Indianer hausten – bis er gar nicht mehr herausging. Er hatte in einer Zuckermühle gearbeitet, deren Besitzer ihn öfters auspeitschen ließ.

Noch nach Jahren war sein Rücken wie tätowiert von den Peitschenstriemen. Doch selbst als sie verschwunden waren, als ihm jemand erzählte, die Aufhebung der Sklaverei sei verkündet worden, wollte er den Wald nicht mehr verlassen.

Unendlich weit lag das alles zurück. Jeremias hatte jeglichen Zeitbegriff verloren, jegliche Erinnerung an jene längstvergangenen Ereignisse. Nur an die Negergötter erinnerte er sich noch, die seine Vorfahren aus Afrika mitgebracht hatten und die er nicht durch die katholischen Gottheiten der Herren von der Zuckermühle ersetzen wollte. Mitten im Urwald lebte er in der Gesellschaft von Ogum, Omolú, Oxossí und Oxolufa, und von den Indianern hatte er die Geheimnisse der Heilkräuter gelernt. Wenn jemand in das Herz des Waldes vordrang, ihn um einen Rat oder eine Arznei zu bitten, rief er ohne Unterschied bald seine Negergötter, bald die Götter der Eingeborenen an. Er hatte großen Zulauf, selbst aus der Stadt, und bald hatten die Füße der Leidenden und Bedrängten einen Pfad zu seiner Hütte ausgetreten.

Er hatte es erlebt, wie sich die weißen Männer dem Urwald näherten, wie sie andere Wälder abholzten, hatte die Flucht der Indianer ins Innere mitangesehen; er war Zeuge gewesen, wie die ersten Kakaoschößlinge aus der Erde sprossen, und hatte die ersten Pflanzungen entstehen sehen. Immer tiefer hatte er sich in den Dschungel zurückgezogen, besessen von wachsender Angst: Er zitterte vor dem Tage, an dem die Menschen auch den Urwald von Sequeiro Grande schlagen würden. Für diesen Tag hatte er unabsehbares Unglück vorhergesagt. Jedem, der zu ihm kam, sagte er, daß der Wald eine Wohnstatt der Götter und jeder einzelne seiner Bäume geheiligt sei und daß sich die Götter erbarmungslos rächen würden, sobald die Menschen Hand an ihn legten.

Er nährte sich von Wurzeln und Kräutern, trank klares Wasser aus dem Fluß, der durch den Wald strömte, und hielt in seiner Hütte zwei zahme Schlangen, die seinen Besuchern einen mächtigen Schrecken einjagten. Nicht einmal die gefürchtetsten Obersten, weder Sinhô Badaró, der als Politiker sehr geachtet war, noch Horácio, über den so viele Geschichten umliefen, auch nicht Teodoro das Baraúnas, der einen schrecklichen Ruf als Bösewicht genoß, oder Brasilino, dieses wahre Symbol der Tapferkeit – keiner war im ganzen

Bezirk von São Jorge dos Ilhéus so gefürchtet wie der Zauberer Jeremias. Denn er gebot übernatürlichen Mächten, die den Flug der Kugeln ablenkten, die dolchbewehrte Hand in der Luft aufhielten und das gefährlichste Gift, das der todbringenden Klapperschlange, in eine harmlose Flüssigkeit verwandelten.

In seiner Hütte schlief Jeremias, der Zauberer. Doch sein Ohr, an alle Geräusche des Urwalds gewöhnt, vernahm selbst im Schlaf den Laut von eiligen Schritten, die sich näherten. Er schlug die müden Augen auf und hob den Kopf, der auf dem Erdboden geruht hatte. Er versuchte die fahle Morgendämmerung zu durchdringen und richtete schließlich den ganz in Fetzen gehüllten Oberkörper auf. Die Schritte kamen rasch näher, jemand lief auf dem Pfad, der zur Hütte führte. Jemand, dem nach Heilung oder Rat verlangte, oder einer, der die Verzweiflung im Herzen trug. Die Erfahrung hatte Jeremias gelehrt, die Sorgen der Menschen an der Hast zu erkennen, mit der sie sich ihren Weg durch den Wald bahnten.

Dieser hier mußte sehr verzweifelt sein; er lief den Pfad entlang; sein Herz drückte gewiß ein schweres Leid. Der Zauberer hockte sich auf den Boden, das erste schwache Licht des Tages fiel durch die Zweige auf eine Schlange, die über den Boden der Hütte kroch. So wartete Jeremias. Der Ankömmling hatte kein Licht, das ihm den Weg wies, sein Schmerz war ihm der sicherste Wegweiser. Der Zauberer murmelte unverständliche Worte.

Plötzlich stürzte Damião, der Neger, in die Hütte, warf sich vor Jeremias auf die Knie und küßte seine Hände. »Vater Jeremias, mir ist ein Unglück zugestoßen... Ich kann es gar nicht erzählen, weiß nicht, wie ich anfangen soll. Vater Jeremias, ich bin verloren.« Der Neger Damião zitterte an allen Gliedern, sein mächtiger Körper schien ein schwankendes Bambusrohr, das der Wind am Flußufer peitscht.

Jeremias legte ihm seine knochigen Hände auf das Haupt. »Mein Sohn, es gibt kein Leid, das nicht geheilt werden könnte. Erzähle mir alles, und ich werde dir helfen.« Seine Stimme war schwach, aber seinen Worten wohnte eine große Überzeugungskraft inne.

Der Neger Damião rutschte auf den Knien näher an ihn heran. »Mein Vater, ich weiß nicht, wie es gekommen ist. So etwas ist dem Neger Damião noch nie passiert. Seit Ihr mich kugelfest gemacht habt, ist nie ein Schuß von mir danebengegangen; nie hab' ich Angst gehabt, so einen armen Kerl umzulegen. Ich weiß nicht, wie's geschehen ist, Vater Jeremias, wie verhext war's.«

Schweigend wartete Jeremias auf die Erzählung. Er hatte nur die eine Bewegung gemacht, um Damião die Hände aufzulegen. Die Schlange war nun zur Ruhe gekommen und ringelte sich auf dem warmen Platz zusammen, an dem der Zauberer geschlafen hatte.

Zitternd begann Damião seinen Bericht, mit einer Stimme, die sich vor Eile überschlug, dann wieder zögernd nach Worten suchte: »Sinhô Badaró hat mich ausgeschickt, um einen Mann zu liquidieren. Es war Firmo, der seine Rodung hier ganz in der Nähe hat. Ich bin am Verbindungsweg im Hinterhalt gelegen, und da hab' ich ein Gespenst gesehen, mein Vater, ein Gespenst, seine Frau war's, Dona Teresa, das hat mich ganz durcheinander gebracht...«

Er hielt inne. Die Erregung sprengte ihm fast das Herz, die Brust schien ihm zu eng für diese neuen, nie gekannten Empfindungen.

»Erzähle weiter, mein Sohn«, sagte Jeremias.

»Ich hab' dem Mann aufgelauert, und da ist seine Frau gekommen. Ein Kind hat sie im Bauch getragen und hat gesagt, daß es sterben muß, daß der Neger Damião alle drei töten wird. Da bin ich weich geworden, das hat mich gepackt, hat mir irgendwas in den Kopf gesetzt; es hat meiner Hand die Kraft genommen, und ich hab' nicht mehr zielen können... Wie verhext war das, mein Vater: der Neger Damião, der danebenschießt! Was wird jetzt Sinhô Badaró sagen? Er war immer so gut zu mir, und ich hab' ihn verraten. Ich hab' den Mann nicht getötet; Hexerei ist das, irgendein Fluch...«

Steif aufgerichtet saß Jeremias da, seine halberloschenen Augen starrten geradeaus. Er begriff, daß sich hinter der Geschichte Damiãos eine wichtigere Geschichte verbarg, daß nicht nur das Schicksal dieses Negers auf dem Spiel stand, sondern das des ganzen Urwaldes von Sequeiro Grande.

»Warum wollte Sinhô den Firmo loswerden?«

»Firmo hat seine Pflanzung nicht verkaufen wollen, wie konnte denn da Sinhô in den Wald eindringen, mein Vater? Und ich hab' ihn verraten, ich hab' den Mann nicht umgelegt. Die Frau hat mir mit ihren Augen allen Mut aus der Brust genommen. Ich schwör'

Euch, daß ich sie gesehen hab', mein Vater, ich lüg' nicht, wirklich nicht...«

Jeremias erhob sich. Diesmal brauchte er keinen Stab, um seinen hundertjährigen Körper zu stützen. In zwei Schritten stand er an der Tür der Hütte, und seine halberblindeten Augen erblickten plötzlich ganz deutlich den Wald in all seiner Herrlichkeit. Er sah ihn vor sich, wie er in längstvergangenen Tagen gewesen war, und so wie er heute aussah, in dieser Nacht, die schon sein Ende ankündigte. Er wußte, daß die Menschen in den Wald eindringen würden, daß sie seine Bäume fällen und seine Tiere töten würden, um Kakao auf dem Boden zu pflanzen, der den Urwald von Sequeiro Grande trug. Ihm war, als sähe er die Lianen sich in den Flammen ringeln, die an den Stämmen leckten; als höre er das Miauen der flüchtenden Jaguare, das Gekreisch der Affen, das Pfeifen der Schlangen, die jämmerlich verbrannten. Er sah die Männer mit ihren Messern und Äxten das Werk zu Ende führen, das der Brand begonnen hatte, sah sie alles niedermachen, die tiefsten Wurzeln ausreißen, bis die Erde nackt vor ihnen lag.

Nur den Neger Damião sah er nicht, der seinen Herrn verraten hatte und nun seinen Verrat beweinte. Er sah nichts anderes als den zerstörten, geschändeten und verkohlten Wald, sah die aufsprießenden Kakaoschößlinge – und ein wilder Haß bemächtigte sich seiner.

Als er zu sprechen begann, war seine Stimme nicht wiederzuerkennen: Seine Worte hatten nichts mehr von dem Gemurmel, das alle an ihm kannten; sie waren aber auch nicht an Damião, den Neger, gerichtet, der in Erwartung des ersehnten Trostes vor ihm zitterte und weinte. Die Stimme des Zauberers erhob sich zu seinen Göttern, zu den Göttern, die ihn aus dem afrikanischen Dschungel begleitet hatten – Ogum, Oxossí, Jansa, Oxolufa – ja, selbst zu Exú, dem Teufel selbst. Er flehte sie an, ihren ganzen Zorn über diejenigen auszugießen, die kamen, den Frieden seiner Zuflucht zu stören.

»Hier ist kein Platz für Mitleid«, sprach er. »Bosheit spricht aus dem Blick, mit dem sie den Wald betrachten. Sie werden in ihn eindringen, doch vorher werden sie sterben, Männer, Weiber und Kinder, ja, selbst ihre Haustiere. Sie werden sterben, bis nirgends mehr ein Fleck zu finden ist, um sie zu begraben, bis sich die Geier an ihrem Fleisch überfressen haben, bis die Erde rot von Blut ist, das wie ein Strom auf allen Wegen fließen wird, um alle ihre Verwandten, ihre Freunde und Nachbarn zu ertränken – bis zum letzten. Sie werden in den Wald eindringen, aber nur über die Leichen ihrer Toten. Für jeden Baum, den sie fällen, wird ein Mann gefällt werden, und die Geier werden so zahlreich sein, daß sie die Sonne verdunkeln. Die Kakaoschößlinge werden mit Menschenfleisch gedüngt und jede neue Pflanze wird mit Blut begossen werden, mit dem Blut von ihnen allen ohne Ausnahme, denn keiner wird übrig bleiben.«

Und wieder rief er seine geliebten Götter an. Auch Exú beschwor er von neuem und übertrug ihm die Rache, nach der er dürstete. Seine Stimme hallte im Wald wider, weckte die Vögel und Affen, die Schlangen und Jaguare. Noch einmal erhob er die Stimme und schrie einen wilden Fluch hinaus: »Die Kinder werden ihre Kakaobäume in Erde pflanzen, die vom Blut ihrer Väter getränkt ist!«

Sein Blick tauchte in die Morgenröte, die unter Vogelgezwitscher über dem Wald von Sequeiro Grande aufstieg. Sein Körper fiel in sich zusammen, die Anstrengung war zu groß gewesen. Er sank nieder, seine Augen brachen, die Beine gaben nach, und er stürzte zu Boden, im Fallen die Füße des Negers Damião berührend, der vor Schreck erstarrte. Kein Seufzer entrang sich seinen Lippen, keine Klage. Noch im Todeskampf versuchte Jeremias seinen Fluch zu wiederholen, den Mund von Haß verzerrt.

In den Bäumen sangen die Vögel ihr Morgenlied. Der Urwald von Sequeiro Grande lag gebadet im Licht des neuen Tages.

DRITTER TEIL

DIE GEBURT DER STÄDTE

I

Es waren einmal drei Schwestern: Maria, Lúcia, Violeta. Sie führten dasselbe Leben, lachten dasselbe Lachen. Lúcia trug schwarze Zöpfe, Violeta hatte traurige Augen, und Maria war die jüngste von den dreien. Es waren einmal drei Schwestern, und alle drei erwartete dasselbe Los.

Man schnitt Lúcia die Zöpfe ab, ihre Brüste rundeten sich, als sie heranwuchs, ihre zimtfarbenen Schenkel glichen zwei braunen Säulen. Da kam der Gutsherr vorbei und nahm sie. Nun hatte sie ein Bett aus Zedernholz mit weichen Matratzen, Daunenkissen und Decken.

Es waren einmal drei Schwestern.

Violetas Augen waren vor Staunen groß, ihre Brüste spitz, und ihre Hinterbacken wippten beim Gehen. Da kam der Verwalter vorbei und nahm sie. Nun hatte sie ein Eisenbett mit Roßhaarmatratzen, Leintücher und ein Marienbild.

Es waren einmal drei Schwestern.

Maria, die jüngste von den dreien, hatte ganz kleine Brüstchen und einen glatten, weichen Bauch. Der Gutsherr kam vorbei, aber er wollte sie nicht. Dann kam der Verwalter, doch auch der nahm sie nicht. Schließlich kam Pedro, ein Arbeiter von der Pflanzung. Nun hatte sie ein Feldbett, weder Leintücher noch Decken, kein Zedernholz und keine Daunen.

Es waren einmal drei Schwestern.

Sie führten dasselbe Leben, lachten dasselbe Lachen, Lúcia mit ihrem Gutsherrn, Violeta mit ihrem Verwalter, Maria mit ihrem Liebsten. Es waren einmal drei Schwestern, doch ungleich war ihr Los.

Lúcias Zöpfe wuchsen nach, ihre runden Brüste erschlafften, ihre säulengleichen Schenkel bekamen bläuliche Flecke. Der Gutsherr fuhr im Auto davon und nahm das Bett aus Zedernholz mit, die Kissen und die Decken.

Es waren einmal drei Schwestern.

Violetas Augen wurden klein vor Angst, an ihren hängenden Brüsten schmatzte ein Kind. Der Verwalter verschwand eines Tages auf seinem Rotfuchs und ward nicht mehr gesehen. Mit ihm das Eisenbett.

Es waren einmal drei Schwestern.

Maria, die jüngste von den dreien, begleitete ihren Mann aufs Feld, auf die Kakaopflanzungen. Als sie vom Feld zurückkam, war sie die älteste von den dreien. Pedro ging eines Tages fort, er war weder Gutsherr noch Verwalter, er ging in einem ärmlichen Sarg und hinterließ das lederne Feldbett. Und Maria ohne ihren Liebsten.

Es waren einmal drei Schwestern.

Wohin waren Lúcias Zöpfe entschwunden, Violetas Brüste und Marias Liebe?

Es waren einmal drei Schwestern in einem elenden Freudenhaus. Geeint im Leiden, geeint in der Verzweiflung. Maria, Lúcia, Violeta: drei Schwestern und dasselbe Los.

2

Vor der Lehmhütte, die weder Anstrich noch Bewurf aufwies, machten die drei Männer halt. Der junge Bursche und der aus Ceará trugen das Netz mit der Leiche, der Alte ruhte aus, gestützt auf seinen Stab. An der Haustür blieben sie ein paar Minuten stehen. Noch war es früh am Tage, und nichts regte sich in der Straße mit den Freudenhäusern.

»Und wenn sie gerade mit irgendwelchen Männern schlafen?« fragte der Junge.

Der Alte hob die Arme zum Himmel. »Einmal werden sie schon aufwachen.«

Sie klatschten in die Hände, aber aus dem Inneren des Hauses kam keine Antwort. Das Schweigen erfüllte die ganze Straße. Eine Straße am Rande von Ferradas: kleine Häuser aus Lehmziegeln, die einen mit Strohdächern, zwei oder drei mit richtigen Dachpfannen, die meisten mit Wellblech gedeckt. Hier lebten die Freudenmädchen, hierher kamen an Feiertagen die Arbeiter aus den Pflanzungen, auf der Suche nach Liebe.

Der Greis schlug mit seinem Stock gegen die Tür. Wieder und wieder. Endlich rief jemand von drinnen: »Wer ist da? Was zum Teufel wollt ihr?«

Es war eine verschlafene Frauenstimme, und auch ein Mann ließ sich hören: »Geht nur weiter. Hier ist alles komplett...« Ein zufriedenes Lachen begleitete diese Worte.

»Sie haben jemanden bei sich«, stellte der junge Mann fest. Er sah nicht, wie sie den Leichnam seinen Töchtern übergeben konnten, wenn diese mit Männern schliefen.

Der Alte überlegte einen Augenblick. »Da ist nichts zu machen. Abgeben müssen wir ihn auf jeden Fall.«

Jetzt mischte sich der aus Ceará ins Gespräch: »Wär's nicht besser, zu warten?«

»Und was sollen wir denn mit ihm machen?« Der Alte wies auf die Leiche. »Der gehört schon längst in die Grube. Der arme Kerl hat Ruhe nötig.« Und wieder begann er zu rufen: »Lúcia! Violeta! Lúcia!«

»Was wollt ihr denn?« fragte wieder eine Männerstimme.

Der Alte rief jetzt nach der dritten Tochter: »Maria! He! Maria!«

In der Tür des Nachbarhauses erschien schlaftrunken ein altes Weib. Sie wollte gegen den Lärm protestieren, als sie aber den Toten erblickte, hielt sie ein und fragte: »Wer ist es denn?«

»Der Vater von denen«, antwortete der Mann aus Ceará und zeigte auf das Haus vor ihnen.

»Hat ihn wer umgebracht?« wollte die Frau wissen.

»Nein, Fieber...«

Die Frau trat aus der Tür und näherte sich der Gruppe. Voll Unbehagen betrachtete sie die Leiche.

»Nein, so was!«

»Sind sie zu Hause?« fragte der Alte. »Es antwortet keine.«

»Sie haben mächtig gefeiert gestern abend. Es war der Geburtstag von Juquinha, der mit Violeta geht. Bis in den frühen Morgen haben sie getobt. Deshalb wachen sie nicht auf.«

Sie vereinigte ihre Stimme mit der des Alten: »Violeta! Violeta!«

»Wer ist da? Was zum Teufel ist denn los?«

Die Stimme der Frau wurde schrill: »Es ist dein Vater!«

»Wer?« Der Stimme, die aus dem Haus kam, war das Staunen anzuhören.

»Dein Vater.«

Es entstand eine Stille, die vom Hin- und Hergehen der Menschen im Hause unterbrochen wurde. Die Tür öffnete sich, und Violeta streckte ihren Kopf heraus. Als sie die Gruppe gewahrte, wurde ihr Hals noch länger. Da erkannte sie die Leiche ihres Vaters und stieß einen Schrei aus. Der Lärm im Hause wurde stärker.

Bald geriet die ganze Straße in Bewegung. Aus allen Häusern kamen die Frauen gelaufen, denen gemächlich die Männer folgten, die die Nacht mit ihnen verbracht hatten. Die meisten waren nur dürftig bekleidet, manche hatten nur schnell ein Hemd über den bloßen Leib gezogen. Flüsternd umstanden sie den Toten und besprachen den Fall.

»Das Fieber hat ihn erwischt.«

»Dagegen kann keiner was machen.«

»Ob's jetzt noch ansteckend ist?«

»Vom Einatmen allein kann man's kriegen, heißt's.«

»Jahrelang hat er seine Töchter nicht gesehen. Er war wütend, daß sie so verkommen sind.«

»Man sagt, daß er sich geschämt hat, nach Ferradas zu kommen.«

Frauen mit verwüsteten Gesichtern, Mulattinnen, Negerinnen, hie und da eine Weiße mit Narben auf Armen und Beinen, ja, selbst auf ihren Gesichtern. Alkoholdunst, gemischt mit billigem Parfüm, erfüllte die Luft.

Eine Mulattin mit einem riesigen ungekämmten Haarschopf trat an den Toten heran. »Ich hab' einmal mit ihm geschlafen... in Tabocas.«

Rundum wurde es still. Violeta stand immer noch an der Tür und fand nicht den Mut näherzukommen.

»Tragt ihn hinein!« befahl die Mulattin.

Jetzt kamen auch Lúcia und Maria. Lúcia schluchzte: »Vater,

Vater!« Maria trat zögernd näher, in ihren Augen stand der Schrekken. Einige Männer folgten.

»Juquinha, dein Schwiegervater ist gestorben«, bemerkte eine Frau lachend.

»Habt doch ein wenig Achtung vor dem Toten!« bat der Alte.

»Bist ja selber eine dreckige Hure!« rief eine andere Frau.

Die Männer hoben das Netz hoch und trugen es in das Haus hinein. Alles drängte nach. Ein paar von den Männern waren noch dabei, ihre Hosen zuzuknöpfen, die Frauen gingen, wie sie waren, halbnackt. Alle schienen sie dasselbe Alter zu haben und dieselbe Farbe, eine krankhaft bleiche Farbe. Es war der Abschaum der Menschheit, der hier ans Ende der Welt gespült worden war.

Das Haus hatte keine Wohnzimmer, nur fünf Kammern für die fünf Frauen. So legten sie den Toten in das erste Zimmer, auf Violetas Bett. Der Alte steckte wieder den Kerzenstummel an, der schon fast ganz heruntergebrannt war. Über dem Bett hing ein Heiligenbild, »Der Heiland vom guten Ende«, der einen leichten Tod gewähren sollte. Daneben war der Akt einer blonden Frau, aus einer Illustrierten herausgerissen, an die Wand genagelt. Lúcia schluchzte, Maria legte den Leichnam zurecht, und Violeta ging eine neue Kerze holen.

Etliche Leute waren auf den Gang hinausgetreten. Juquinha ging eine Rumflasche holen und bewirtete die Männer, die den Toten gebracht hatten. Maria nahm die Gitarre von der Wand, wo sie zu Häupten des Toten gehangen hatte.

Der Alte wandte sich an den Mann aus Ceará und zeigte auf Maria, die mit der Gitarre vorbeikam.

»Ich hab' sie gekannt, wie sie noch ein kleines Mädel war ... so etwas Liebes ... Dann hat sie sich herausgemacht und ist hübsch geworden, wie keine andere. Damals, als sie den Pedro geheiratet hat. Heute sieht's ihr keiner mehr an.«

»Doch, sie muß einmal schön gewesen sein.«

»Dieses Luderleben macht der Schönheit im Handumdrehen ein Ende ...«

Der junge Mann begann Maria mit Interesse zu betrachten.

Einige von den Frauen hatten sich zurückgezogen, um ihre Kleidung zu vervollständigen. Einer der Männer bot Lúcia vor dem

Weggehen seine Hilfe an. Violeta und Juquinha stellten umständliche Berechnungen über den Preis des Sarges und des Begräbnisses an. Das kostete alles viel Geld. Sie gingen in das Zimmer, wo Lúcia und Maria bei dem Toten waren, und diskutierten nun zu viert. Juquinha, der zur Familie zählte, rechnete alles aus. Einen Sarg zu kaufen war unmöglich. Schon ein Platz auf dem Friedhof war teuer genug.

»Am besten begräbt man ihn gleich im Netz«, meinte Lúcia. »Man könnte ihn mit einem Bettuch zudecken.«

Violeta, die sich nach den anfänglichen Schreien beruhigt hatte, sagte: »Ich sehe nicht ein, warum wir ihn nicht an der Straße begraben können. Er hat sich ja auch nie um uns gekümmert.«

»Du bist wirklich herzlos«, unterbrach sie Maria. »Ich möchte wissen, warum du so geschrien hast, als du ihn gesehen hast. Komödie, weiter nichts... Er war immerhin ein guter Mensch.«

Violeta wollte antworten, aber Maria fuhr fort: »Er hat sich geschämt, daß wir Dirnen geworden sind. Es ist ihm eben nahegegangen. Das heißt noch nicht, daß er uns nicht gern gehabt hat.«

Draußen auf dem Gang erzählte der Alte, der den Leichnam gebracht hatte, den Besuchern, wie der Mann gestorben war, wie das Fieber in drei Tagen seine ganzen Kräfte zerstört hatte: »Da hat kein Mittel mehr geholfen. Einen Haufen Medizinen hat man aus dem Laden der Baraúnas geholt – alles umsonst.«

Lúcia, die sehr fromm war, schlug drinnen im Zimmer vor, Pater Bento zu holen, damit er die Gebete spräche.

Juquinha zweifelte, ob er wohl dazu bereit wäre: »Er wird sicher nicht in ein Freudenhaus kommen.«

»Wer sagt denn das?« fragte Violeta. »Wie Isaura gestorben ist, ist er auch gekommen. Es kostet nur viel.«

Sie sprach nicht weiter, damit man sie nicht für eine Feindin ihres Vaters halte. Doch Juquinha gab ihr recht: »Er kommt nur für viel Geld. Billiger als für zwanzig Milreis macht er's nicht.«

Lúcia ließ ihren Vorschlag fallen. »Wenn es so ist, rufen wir ihn nicht.«

Sie betrachtete den Toten, sein abgezehrtes grünliches Gesicht, das über diese letzte Schwierigkeit zu lächeln schien. Das Herz krampfte sich ihr zusammen bei dem Gedanken an das trostlose Begräbnis ihres Vaters.

»Ohne Gebete wird er begraben, der Arme«, murmelte sie unter Tränen. »Nie hat er jemandem etwas Böses getan, ein guter Mensch war er. Und jetzt begräbt man ihn, ohne seine Seele dem Herrn zu empfehlen. Das hätt' ich nie geglaubt... Oh, Vater! Vater!...«

Violeta nahm sie beim Arm, es war dies die zärtlichste Geste, die sie kannte. »Wir werden selber beten. Ich kann mich noch an ein Gebet erinnern.«

Aber die Mulattin, die einmal mit dem Toten geschlafen hatte und die vom Gang aus das Gespräch verfolgt hatte, zog zwanzig Milreis aus ihrem Strumpf, ging in das Zimmer und reichte sie Lúcia. »Laßt ihn nicht ohne ein Gebet begraben«, sagte sie.

Das gab Juquinha den Gedanken ein, eine Sammlung zu veranstalten. Er ging herum und bat alle Anwesenden um einen Beitrag. Ein Mann, der nichts geben konnte, machte sich erbötig, Pater Bento zu holen, und brach sogleich auf. So trug er auch das Seine bei. Lúcia trocknete ihre Tränen und erinnerte sich ihrer Hausfrauenpflicht: »Man muß den Männern, die ihn gebracht haben, Kaffee geben.«

Maria verschwand in den hinteren Räumen; als sie den Alten, den jungen Burschen und den Mann aus Ceará rief, folgten ihnen alle in die Küche. Im Zimmer, bei dem Toten, blieben nur Violeta und die Mulattin zurück, die die zwanzig Milreis gegeben hatte. Einen Mann, mit dem sie ins Bett gegangen war, in friedlichem Todesschlaf zu sehen, war für sie neu. Sie war ergriffen und betrachtete den Toten wie einen der Ihren, einen nahen Verwandten.

In der Küche, beim Kaffee, versuchte der Alte das Thema zu wechseln: »Wißt ihr, daß die Badaró gestern Firmo liquidieren lassen wollten?«

Alle horchten auf.

»Was Sie nicht sagen!«

»Hat man ihn umgebracht?«

»Der Schuß ist vorbeigegangen. Es ist kaum zu glauben... Es war Damião, der Neger.«

Einer der Männer pfiff durch die Zähne, um sein Erstaunen kundzutun.

»Der Neger Damião hat danebengeschossen?« fragte ein anderer.
»Dann steht die Welt nicht mehr lang.«

Der Alte fühlte sich geschmeichelt durch das lebhafte Interesse, das er erregt hatte. Er stocherte mit dem Fingernagel in seinen Zähnen herum und förderte ein Stückchen Maniok zutage. Dann erzählte er weiter: »Wir sind Firmo begegnet, er ist geritten wie der Teufel, direkt zu Oberst Horácio. Eine verdammte Geschichte...«

Der Tote war vergessen, alles drängte sich um den Alten, ein paar lehnten sich über den kleinen Küchentisch, um nur kein Wort zu verlieren. Diejenigen, die weiter hinten standen, streckten ihre Köpfe über ihre Vordermänner, die Augen weit offen vor Neugier. Der Alte erklärte, was alle schon wußten: »Es ist wegen des Waldes von Sequeiro Grande.«

»Jetzt geht's los.«

Der Alte bat um Ruhe und fuhr fort: »Es hat schon angefangen. Ein bißchen später haben wir Firmo wieder getroffen, wie er mit zwei Bravos Oberst Horácios zurückkam. Der Oberst Maneca Dantas war auch dabei und hat den Abkürzungsweg zu den Baraúnas genommen. Alle im Galopp.«

Juquinha, der zu Badarós Leuten gehörte, ließ seine Meinung hören: »Der Oberst Horácio glaubt, Teodoro wird zu ihm halten. Wie ein kleines Kind, das man mit dem Schnuller täuscht! Weiß er denn nicht, daß der Oberst Teodoro und die Badaró gesotten und gebraten sind?«

»Ein Schuft ist er«, fiel Lúcia ein, »ja, das ist er. Ein richtiger Bandit. Der geht mit dem, der ihm am meisten bietet.«

»Du mußt es ja wissen«, lachte eine Frau, »du warst ja seine Geliebte, er war ja der erste, der dich gehabt hat.«

Lúcia reckte sich hoch auf, ihre Augen sprühten Wut: »Er ist der elendeste Kerl von der Welt. So einen Schurken gibt es nicht wieder.«

»Aber Mut hat er«, meinte einer der Männer.

»O ja, besonders bei den Frauen«, antwortete ihm Lúcia. »Wenn er eine haben will, dann ist er so sanft wie ein Vögelchen. Ich weiß noch, wie er zu mir war. Jeden Tag hat er mir ein anderes Geschenk gebracht, einen Kleiderstoff, ein Paar Schuhe, ein gesticktes Taschentuch. Und versprochen hat er mir das Blaue vom Himmel. Ein

Haus in Ilhéus, neue Kleider, sogar den Brillantring, den er am kleinen Finger trägt. Was er mir nicht alles versprochen hat – bis er mich endlich gekriegt hat... Dann hat er sich plötzlich an nichts mehr erinnert. Wie er genug gehabt hat, bin ich hier in dieser Straße gelandet und ohne den Segen meines Vaters.«

Alle waren verstummt, der Mann aus Ceará hatte ganz erschrokkene Augen. Lúcia sah um sich und merkte, daß die anderen noch mehr erwarteten.

»Glaubt ihr vielleicht, ich war die einzige? Als er mich satt hatte und nichts mehr von mir wissen wollte, hat er es auf Violeta abgesehen gehabt. Wenn nicht schon Ananias, der Verwalter, mit ihr ins Bett gegangen wäre... Er hat ihr nur deshalb nicht weiter nachgestellt, weil er vor Ananias Angst gehabt hat.«

»Die Tochter von einem Neger ist gerade gut genug, zu einem Weißen ins Bett zu kriechen«, bemerkte der Alte.

Aber Lúcia hatte noch mehr auf dem Herzen: »Und wie Pedro gestorben ist, mit dem Maria verheiratet war, da ist der Oberst gleich in der Nacht nach dem Begräbnis gekommen, ihr seine Hilfe anzubieten. Nicht einmal den Schmerz der armen Frau hat er geachtet, gleich da ist er geblieben, das Bett war noch warm vom Körper ihres Mannes. Das ist schon das Allergemeinste.«

Wieder entstand ein Schweigen. Der junge Bursche, der die Leiche gebracht hatte, wandte von Anfang an kein Auge von Maria. Seine Begierde war offensichtlich, und wenn es kein Trauertag gewesen wäre, hätte er ihr vorgeschlagen, mit ihm zu schlafen. Seit zwei Monaten hatte er keine Frau gesehen. Sobald er eingetreten war, hatten die Spuren von Marias Schönheit seine Aufmerksamkeit erregt. Von dem ganzen Gespräch interessierte ihn nur die Erzählung, wie sich Oberst Teodoro am Tage der Beerdigung ihres Mannes Marias bemächtigt hatte.

Der Alte, der durch Lúcias Unterbrechung aus dem Mittelpunkt des Interesses verdrängt worden war, brachte das Gespräch neuerlich auf die Ereignisse der vergangenen Nacht. »Ein Bravo wird jetzt mit Gold aufgewogen werden. Wenn der Wirbel losgeht, wird jeder reich werden, der eine sichere Hand hat. Eine Pflanzung wird sich mancher kaufen können...«

»Ich bin für die Badaró«, sagte Juquinha. »In der Politik sind sie obenauf, sie werden bestimmt gewinnen. Sinhô und Juca sind zwei richtige Kerle.«

»An den Oberst Horácio kommt aber doch keiner heran«, meinte ein anderer.

Einer der Männer verließ den Raum.

Juquinha hatte gleich eine Erklärung dafür: »Chico geht schon seine Dienste anbieten. Wo irgendwas los ist, muß er dabeisein. Er gehört zu den Leuten von Oberst Horácio.«

Nun gingen auch andere Besucher, die es nicht erwarten konnten, die Nachrichten zu verbreiten, welche der Alte gebracht hatte.

Sie verstreuten sich in den wenigen Straßen von Ferradas und gingen von einem Bekannten zum anderen.

Der Mann aus Ceará gab seiner Verwunderung über diese seltsame Gegend Ausdruck: »Hier bei euch wird nur vom Tod gesprochen.«

»Der Tod ist hier eine billige Ware«, erklärte der Alte mit einer gewissen Feierlichkeit. »Jetzt wird er bald umsonst zu haben sein. Du gehst gerade zur rechten Zeit fort.«

»Ja, ich verschwinde.«

Juquinha begann zu lachen: »Gerade jetzt, wo es hier interessant wird?«

Die Frauen, die sich anziehen gegangen waren, kamen nun wieder zurück. Eine brachte ein paar welke Blumen mit, die ihr irgendein Kunde vor zwei Tagen gegeben hatte, und legte sie zu Füßen des Toten nieder. Auch Männer kamen, die Näheres vom Alten erfahren wollten. Die Nachrichten, die er gebracht hatte, waren schon, maßlos vergrößert, im Umlauf. Die einen behaupteten, die Leiche sei die eines der Bravos, die Firmo mitgegeben worden seien und der durch die Kugel gefallen sei, die dem Pflanzer zugedacht gewesen sei. Firmo sei wie durch ein Wunder der Büchse des Negers Damião entgangen. Andere erzählten, der Tote sei Firmo selber.

Pater Bento war angekommen. Er betrat das Freudenhaus, und eine Frau, die immer noch im Hemd war, lief fort, um sich geziemend zu kleiden. Hinter ihm kam der Sakristan.

»Gott sei mit euch«, grüßte der Priester an der Schwelle mit seinem fremdländischen Akzent. Er wandte sich nach dem Gang, denn zunächst wollte er sich berichten lassen. Erst als ihm der Alte in demütigem Tonfall den ganzen Hergang erzählt hatte, trat der Pater in das Zimmer und blieb bei dem Toten stehen. Mit ihrer Verlegenheit kämpfend, erklärte Violeta die Geldschwierigkeiten. Dann rechnete sie mit dem Sakristan ab und gab ihm den Zwanzig-Milreis-Schein, den die Mulattin gestiftet hatte, und noch ein paar Silberstücke dazu.

Pater Bento begann die Gebete zu sprechen. Männer und Frauen wiederholten im Chor: »Ora pro nobis.«

Lúcia weinte leise vor sich hin, die drei Schwestern hielten sich eng umfangen. Der junge Mann hatte nur Augen für Maria. Würde sie nicht doch einverstanden sein, noch am selben Tage mit ihm zu schlafen, wenn das Begräbnis erst vorbei war? Hatte sie nicht mit Oberst Teodoro geschlafen, nach dem Begräbnis Pedros, der doch ihr Mann gewesen war? Mechanisch wiederholte er mit den anderen »Ora pro nobis«.

Der Priester betete die ganze Litanei herunter. Plötzlich rief einer an der Tür: »Da kommt Juca Badaró!«

Alles lief auf die Straße hinaus, wo Juca in Begleitung von Antônio Vítor und zwei weiteren Bravos in einer Staubwolke in Richtung Tabocas vorübergaloppierte. Alle, sogar der Sakristan, waren hinausgeeilt, um zuzusehen. Pater Bento spähte, weit über den Toten gebeugt, mit gerecktem Hals durch das Fenster, ohne im Gebet innezuhalten. Neben ihm waren nur die drei Schwestern und der junge Mann, der es auf Maria abgesehen hatte, bei der Leiche geblieben.

Juca Badaró und seine Leute waren schon am anderen Ende des Dorfes. Als sie an dem großen Magazin vorüberkamen, in dem Horácio seinen getrockneten Kakao eingelagert hatte, gaben sie ein paar Schüsse in die Luft ab. Männer und Frauen strömten wieder zurück. Die Sterbegebete verloren sich im lebhaften Geplauder.

Der junge Mann machte sich langsam an Maria heran.

3

Noch nach vielen Jahren konnte es geschehen, daß ein Fremder, der in Begleitung eines Ortskundigen Ferradas besuchte, von dem Alten, der alle Geschichten dieser Kakaogegend kannte und ihm die Häuser zeigte und die Straßen, deren Kot unter dem Steinpflaster verschwunden war, die Worte zu hören bekam: »Das hier war einmal der Schlupfwinkel der schlimmsten Banditen des Landes. Viel Blut ist schon in Ferradas geflossen, damals, als man anfing Kakao zu pflanzen...«

Ferradas, das inmitten von Horácios Pflanzungen lag, gehörte zu seiner Domäne. Eine Zeitlang bezeichnete es die Grenze der Kakaoregion. Als die neuen Kulturen am Rio do Braço angelegt wurden, dachte niemand, daß sie die Zuckerrohrpflanzungen, die Rumbrennereien und die Kaffeeplantagen ruinieren würden, die um Rio do Braço, Banco da Vitoria und Agua Branca lagen, drei Ortschaften am Ufer des Cachoeiraflusses, der bei Ilhéus ins Meeer mündete. Aber der Kakao erledigte nicht nur die Schnapsbrennereien und die Kaffeeplantagen, er fraß sich in den Wald hinein. In seinem Gefolge entstanden Städte, Tabocas, und noch weiter im Inneren Ferradas, als die Männer Horácios erst den Wald am linken Flußufer bezwungen hatten.

Während längerer Zeit war Ferradas der letzte vorgeschobene Posten von Ilhéus. Von dort aus brachen die Konquistadoren in neue Gebiete auf. Mitunter kamen auf mühsam ausgehauenen Urwaldpfaden Reisende aus Itapira oder aus Barra do Rio de Contas, von jenseits der Kakaogrenze. Ferradas entwickelte sich zu einem Handelszentrum, klein, aber voller Leben. Seine Bedeutung sollte seit der Erschließung des Waldes von Sequeiro Grande ein Ende finden, an dessen Rand die Stadt Pirangí entstand, in zwei Jahren erbaut.

Jahre danach sollte mit dem Aufschwung des Kakaos auf halbem Wege ins Innere des Landes Baforó gegründet werden, das später den wohlklingenden Namen Guarací erhielt.

Zur Zeit des Vorstoßes jedoch war Ferradas bedeutend, vielleicht sogar bedeutender noch als Tabocas. Man sprach davon, daß die Eisenbahntrasse bis dorthin geführt werden sollte, ein Projekt, das in den Tavernen und beim Apotheker lebhaft diskutiert wurde. Aber die Bahnlinie wurde nie gelegt. In der Politik in Ferradas war Horácio tonangebend, nur er allein hatte zu bestimmen. Als Anhänger von Seabra gehörte er der Opposition an, und die Regierung versagte daher dem Plan der Engländer, eine Nebenlinie bis Ferrada zu bauen, ihre Genehmigung.

Als dann Seabra an die Macht kam und Horácio etwas zu sagen hatte, war er bereits weit mehr daran interessiert, die Eisenbahn bis nach Pirangí vorzutragen.

Ferradas war also nur eine Etappe in dieser Entwicklung, doch zu jener Zeit war es voll Bewegung. Sein Handel blühte, es hatte einen guten Namen bei den großen Exportfirmen in Bahía und figurierte auf der Reiseroute aller Handelsreisenden, die es zu Pferde aufsuchen mußten. Ihnen folgten ganze Eselskarawanen, die die Musterkoffer trugen, und ein paar Tage lang stachen ihre weißen Leinenanzüge unter dem Khaki der Eingeborenen hervor. Die Handelsreisenden machten den jungen Mädchen den Hof, tanzten, wann immer es einen Ball gab, tranken warmes Bier und beklagten sich heftig über den Mangel an Eis und – machten glänzende Geschäfte. Wenn sie dann von ihrer Reise wieder nach Bahía zurückkehrten, erzählten sie in den Kaffeehäusern wüste Geschichten von dieser Stadt der Abenteurer und Mordbuben, in der es nur einen einzigen Gasthof gab und die Straßen mit Lehm bedeckt waren, in der aber auch jeder, der nur barfuß umherlief, die Taschen voll Geld hatte.

»In meinem ganzen Leben habe ich nicht so viele Banknoten zu 500 Milreis gesehen wie in Ferradas«, behaupteten sie. Das war der höchste Geldschein zu jener Zeit. In Ferradas hatte keiner Kleingeld, Nickelmünzen waren fast unbekannt.

Sie erzählten noch andere Anekdoten, verrückt wie die von allen Handelsreisenden. »Wenn ein Fremder nach Ferradas kommt, streut Chico Martins, der Gastwirt, Zucker in das Bett, in dem der Reisende schlafen soll.«

Der Zuhörer konnte sich vor Staunen nicht fassen: »Zucker? Wozu denn?«

»Um die Ameisen anzulocken; die Ameisen fressen dann die Wanzen.«

Blattern und Typhus waren endemisch, und das stattlichste Haus von Ferradas stand nicht eigentlich in der Stadt, sondern schon beinahe im Wald: Es war das Lazarett für die Blatternkranken. Es hieß, daß kein Kranker von dort wiederkam. Das Asyl wurde von einem alten Neger betreut, der selber die schwarzen Blattern gehabt hatte und geheilt worden war. Niemand betrat jemals den Teil des Waldes, in dem das Lazarett stand. Es flößte der ganzen Bevölkerung grenzenloses Grauen ein.

Ferradas war rund um das Lagerhaus entstanden, das Horácio für seinen Kakao hatte bauen lassen. Er hatte ein Depot gebraucht, in dem er den getrockneten Kakao aus seinen verschiedenen Pflanzungen aufspeichern konnte. Neben diesem Lagerhaus wuchsen Häuser aus dem Boden, bald zog sich eine Straße durch den Lehm, zwei oder drei Gassen kreuzten sie, und nun kamen auch die ersten Prostituierten und die ersten Kaufleute. Ein Syrier machte eine Kneipe auf, zwei Barbiere aus Tabocas ließen sich hier nieder, jeden Samstag war Markt, Horácio ließ zwei Ochsen schlachten und das Fleisch verkaufen. Maultiertreiber, die von entlegenen Pflanzungen mit ihren kakaobeladenen Karawanen kamen, verbrachten die Nacht in Ferradas und bewachten ihre Esel aus Angst vor Kakaodieben.

Die allgemeine Aufmerksamkeit zog Ferradas jedoch erst anläßlich der Ernennung der Polizeikommissare auf sich. Auf Juca Badarós Betreiben ernannte der Präfekt von Ilhéus einen Polizeikommissar für Ferradas, was einer Beleidigung Horácios gleichkam, dem der Boden gehörte. Doch die Obrigkeit vertrat die Auffassung, Ferradas sei schon eine Stadt, und es sei ohne Belang, daß sie auf Horácios Boden stehe. Die Justizbehörde müsse dort ihren Sitz nehmen, um den ständigen Morden und Einbrüchen endlich ein Ende zu bereiten.

Eines Nachmittags langte der Kommissar an, begleitet von drei Gendarmen, die anämisch und trübselig aussahen. Sie kamen hoch zu Roß; doch am selben Abend traten sie zu Fuß den Heimweg an, nackt und bloß, nachdem sie eine schauerliche Tracht Prügel bezogen hatten.

Das regierungsfreundliche Blatt von Ilhéus griff aus diesem Anlaß Horácio in einem Artikel an; das Blatt der Opposition stellte die Frage, warum ein Kommissar ernannt worden sei, während sich niemand darum kümmere, die Straßen pflastern oder an den Ecken Laternen anbringen zu lassen. Alle Meliorationen, die Ferradas aufzuweisen hatte, waren von Oberst Horácio da Silveira durchgeführt worden. Wenn sich die Regierung schon in lokale Angelegenheiten einmischen wolle, warum trage sie dann nicht auch zur Förderung des Fortschritts bei? Ferradas sei eine friedliche Stadt, die keine Polizei brauche, wohl aber Straßenpflaster, Beleuchtung und eine Wasserleitung.

Doch alle diese Argumente der Oppositionszeitung, die Horácios Interessen vertrat, blieben fruchtlos. Der Präfekt gab dem ständigen Drängen Jucas nach und ernannte einen anderen Kommissar. Der neue war als unerschrocken bekannt, es war Vicente Garangau, der lange Zeit den Badaró als Bravo gedient hatte. Er kam mit zehn Soldaten an und redete große Töne über die Maßnahmen, die er ergreifen wolle.

Und schon am nächsten Tag verhaftete er einen von Horácios Arbeitern, der in einem Freudenhaus Krach geschlagen hatte. Horácio sandte ihm Post, daß er den Mann freilassen solle. Daraufhin ließ er sagen, Horácio möge selber kommen, ihn zu befreien. Und Horácio kam auch, der Mann wurde freigelassen; aber Vicente Garangau wurde auf der Straße zur Affenfarm tot aufgefunden, als er gerade versucht hatte, nach dem Gut von Maneca Dantas zu flüchten. Man hatte ihm die Haare von der Brust ausgerissen, die Ohren und Hoden abgeschnitten, und das Ganze dem Präfekten von Ilhéus zugeschickt. Von da an gab es keinen Polizeikommissar mehr in Ferradas, sosehr sich auch Juca bemühte, einen Mann aufzutreiben, der dieses Amt übernehmen wollte.

Horácio hatte eine Kapelle erbaut und einen Priester gefunden, der sie in seine Obhut nehmen wollte. Aber Pater Bento glich mehr einem Konquistador als einem Diener Christi.

Er setzte sich mit all seiner Kraft für eine Klosterschule ein, die die Nonnen unter großen Schwierigkeiten in Ilhéus errichteten; und alles Geld, das er in Ferrada zusammenbringen konnte, schickte er den Schwestern für ihr Werk. Das machte ihn nicht gerade beliebt in der Stadt. Man hatte gehofft, er würde sich stärker für Ferradas einsetzen und den Bau einer Kirche betreiben, die jene von Tabocas an Schönheit übertreffen und die Kapelle ersetzen sollte. Pater Bento jedoch hatte nur die Klosterschule im Sinn, deren mächtiger Bau in Ilhéus auf dem Conquista-Hügel entstand. Die Idee war von ihm ausgegangen, und es hatte ihn viel Mühe gekostet, den Erzbischof von Bahía zur Entsendung der Nonnen zu überreden. Daß dieses Werk schließlich doch in Angriff genommen wurde, war nur Pater Bento zu verdanken, der in Ilhéus ein Komitee von Damen gebildet hatte, das sich der Angelegenheit annahm. Wenn er den Posten eines Kaplans in Ferradas angenommen hatte, so nur aus der Erwägung heraus, daß er dort Geld für die Klosterschule aufbringen könne. Die Gleichgültigkeit, die die Obersten der Erziehung ihrer Töchter entgegenbrachten, entsetzte ihn. Sie kümmerten sich angelegentlich um die Ausbildung ihrer Söhne, die sie studieren ließen, damit sie Ärzte, Anwälte oder Ingenieure wurden, drei Berufe, die als aristokratisch galten; an die Töchter jedoch dachten sie nie; es genügte vollauf, wenn diese lesen und kochen lernten.

Ferradas verzieh Pater Bento nie sein mangelndes Interesse für die Stadt. Es hieß, er schlafe mit seiner Köchin, einer jungen Mulattin, die von Horácios Pflanzung stammte. Als sie niederkam, behauptete alle Welt, das Kind sehe Pater Bento ähnlich, obwohl allgemein bekannt war, daß es von Virgulino war, der bei dem Syrier arbeitete. Diese Geschichten waren auch Pater Bento zu Ohren gekommen, aber er zuckte nur die Achseln und ging weiter auf die Jagd nach dem Geld für die Schule. Er empfand eine heimliche Verachtung für alle diese Menschen, die er als unrettbar verloren betrachtete, eine Gesellschaft von Mördern und Räubern, die weder vor dem Gesetz noch vor Gott den geringsten Respekt hatten. Seiner Ansicht nach gab es in Ferradas keinen einzigen Bewohner, der nicht längst die ewigen Höllenqualen verdient hatte. Und in seinen Predigten sprach er es vor den wenigen Gläubigen aus, die die Sonntagsmesse besuchten. Diese Meinung des Geistlichen wurde so ziemlich von jedermann in der ganzen Kakaogegend geteilt, wo Ferradas zum Synonym eines gewaltsamen Todes geworden war.

Mehr Sympathien als der Katholizismus, den der gleichgültige Priester vertrat, genoß dagegen der Spiritismus. Bei Eufrosina, einem Medium, das begonnen hatte von sich reden zu machen, versammelten sich die »Gläubigen«, um den Botschaften von verstorbenen Verwandten oder Freunden zu lauschen. Eufrosina saß in ihrem Sessel und stammelte unverständliches Zeug, bis einer der Anwesenden die Stimme eines toten Freundes erkannte. Man erzählte sich, daß die Toten, und ganz besonders der Geist eines Indianers, der Eufrosina leitete, schon seit langem alles Unheil angekündigt hätten, das wegen des Waldes von Sequeiro Grande entstehen würde. Diese Prophezeiungen sprachen sich herum, und niemand wurde in Ferradas mit solcher Achtung behandelt wie die magere Gestalt der Mulattin Eufrosina, wenn sie durch die kotigen Straßen der Stadt schritt.

Angeregt durch den Zulauf zu diesen »Sitzungen«, verlegte sich Eufrosina auch auf Heilung durch Spiritismus, und sie konnte sogar einigen Erfolg verzeichnen. Das bewog jedoch Dr. Jessé Freitas, der einmal in der Woche aus Tabocas herüberkam, um Krankenbesuche zu machen, und der nach gelegentlichen Schießereien auch nachts geholt wurde, sich mit Pater Bento zusammenzutun, um Eufrosina den Krieg zu erklären. Sie schnappte ihm seine Patienten weg; denn die Fieberkranken suchten immer mehr das Medium auf als den Arzt. Pater Bento wandte sich um Hilfe an Horácio, aber dieser tat nichts dergleichen. Angeblich war das der Grund, aus dem der Pater die Geschichte von Horácio und der spiritistischen »Séance« erfunden hatte. In Ferradas stand es fest, daß Pater Bento eine böse Zunge hatte. Tatsächlich verbreitete er die Geschichte selber.

Einmal – hieß es da – hatte sich Eufrosina während einer solchen Sitzung die größte Mühe gegeben, den Geist Mundinho de Almeidas zu zitieren, eines der wildesten Konquistadoren aus der Kolonialzeit, dessen Ruf als Bösewicht in den langen Jahren seit seinem Tode noch nicht verblaßt war. Er war geradezu zum Symbol menschlicher Bosheit geworden. Trotz aller Anstrengungen wollte es Eufrosina nicht gelingen, ihn herbeizurufen. Es war ein zäher Kampf, in dem sich das Medium in der Trance wand und vor übergroßer Anspannung fast zusammenbrach.

Endlich, nach mehr als einstündiger Mühe, als die Anwesenden bereits von der andauernden Konzentration erschöpft waren, erschien Mundinho de Almeida, sehr müde und sehr eilig. Man möge ihm nur rasch mitteilen, was man wünsche, denn er müsse sofort zurückkehren.

»Aber, was soll denn diese Hast?« fragte das Medium mit sanfter Stimme.

»Wir haben jetzt alle miteinander sehr viel zu tun in der Hölle«, antwortete der Geist in ärgerlichem Ton. Und die ältesten Leute versicherten, daß sie gerade an dieser Schroffheit Mundinho de Almeida erkannten.

»Was macht ihr denn dort?« wollte Eufrosina wissen und gab dadurch der allgemeinen Neugier Ausdruck.

»Wir schichten den ganzen Tag Holz auf. Alle arbeiten daran: Sünder und Teufel.«

»Wozu denn soviel Holz, Brüderchen?«

»Wir bereiten den Scheiterhaufen vor, für den Tag, an dem Horácio zu uns kommt.«

Solche Geschichten erzählte man sich in Ferradas, dem Schlupfwinkel der Banditen, auf Horácios eigenem Grund und Boden.

Von dort aus brachen alle die Landhungrigen nach dem Urwald auf.

Es war eine primitive, barbarische Welt, die sich einzig und allein um das Geld drehte. Jeden Tag langte fremdes Volk an auf der Jagd nach dem Glück.

Von Ferradas gingen die neuen Straßen aus, die das Kakaogebiet erschlossen. Von Ferradas sollten auch die Leute Horácios aufbrechen, um den Wald von Sequeiro Grande zu durchdringen. An diesem Tage war die ganze Stadt von den Nachrichten erfüllt, die der Alte mit der Leiche gebracht hatte. Juca Badaró war schon durchgekommen, auf dem Weg nach Tabocas, auf der Rückkehr würde er jedoch einen Umweg wählen müssen.

Bis zum Abend desselben Tages war Ferradas in Kriegszustand versetzt. Es kamen Horácios Leute, um sein Lagerhaus zu bewachen. In den Schenken tranken die Männer mehr Rum als gewöhnlich. Bei Anbruch der Nacht kam Horácio selber.

Er führte ein zahlreiches Gefolge mit sich, an die zwanzig Pferde und eine ganze Eselskarawane, um das Gepäck zu transportieren. Sie begaben sich nach Tabocas, wo Ester am Tag darauf den Zug nach Ilhéus nehmen sollte. Sie ritt nach der Sitte jener Zeit im Damensitz auf dem silberbeschlagenen Sattel, und aus Silber war auch der Griff ihrer Reitpeitsche. An ihrer Seite ritt Virgilio auf einem Apfelschimmel. Hinter ihnen, neben Horácio, kam Braz, dessen Gesicht von einer langen Narbe gezeichnet war und dessen wuchtiger, untersetzter Körper schwer auf seinem Pferde lastete. Er besaß eine

Pflanzung am Rande des Urwaldes von Sequeiro Grande und genoß Respekt wie wenige im ganzen Kakaogebiet. Die Hand, die die Zügel hielt, ruhte auf dem Repetiergewehr, das vor ihm auf dem Sattel lag. Ihm folgten Bravos und Maultiertreiber, den Karabiner geschultert und den Revolver im Gürtel. Den Abschluß bildete Maneca Dantas, dessen Mission bei Oberst Teodoro Martins, dem Besitzer der Baraúnas-Farm, gescheitert war; Teodoro hatte sich zu den Badaró geschlagen.

Sie ritten in geschlossener Ordnung, inmitten einer Wolke roten Staubes. Die Maultiertreiber, die auf ihre Lasttiere einschrien, gaben dem Ganzen eher den Anschein einer Abteilung Militär, die eine Stadt besetzt. So nahmen sie im Galopp ihren Einzug. Horácio setzte sich an die Spitze seiner Truppe und hielt auf seinem stampfenden Pferd hart vor dem Hause Farhats, des Syriers, wo übernachtet werden sollte. Auf seinem Pferd, das sich hoch aufbäumte, er selber steil im Sattel aufgerichtet, die Reitgerte in der einen, die Zügel in der anderen Hand, glich Horácio einem antiken Reiterstandbild. Bravos und Maultiertreiber verstreuten sich über den ganzen Ort, der in helle Aufregung versetzt war.

In dieser Nacht fanden nicht viele den Schlaf in Ferradas, das an ein Feldlager vor dem Morgen der Schlacht erinnerte.

4

Während sie die kotigen Straßen von Tabocas durchquerten, ließen die Maultiertreiber ihre langen Peitschen auf den Boden knallen. Sie brüllten, damit ihre Tiere nicht in die Sackgassen und Seitenwege abbogen. »He! Diamante! Dianho! Vorwärts, verdammter Esel!«

An der Spitze der Karawane, mit reichverziertem Geschirr, an dem die Schellen klingelten, trabte die Eselin, die am besten den Weg kannte, als Leittier. Die Obersten wetteiferten im Schmuck dieser Leitesel, deren Geschirre ein sichtbares Zeichen ihres Reichtums und ihrer Macht waren.

Tag und Nacht erklang das Geschrei der Treiber in den Straßen von Tabocas und übertönte jeglichen anderen Lärm. »Ho, Piranha! Vorwärts, Borboleta! Der Teufel soll diesen Maulesel holen!«

Die langen Peitschen knallten in der Luft und auf der Erde, während die Eselskarawanen mit langsamem und sicherem Schritt den Kot der Straße aufwühlten.

Von einer Türschwelle rief irgendein Bekannter den ältesten Witz von Tabocas herüber: »Wie geht's, Frau eines Maultiertreibers?«

»Ich komm' bald deine Mutter besuchen.«

Mitunter kamen Viehherden aus dem Innern und blieben in Tabocas, um an die Schlachthöfe verkauft zu werden, oder zogen weiter nach Ilhéus. Die Ochsen erfüllten die Straßen mit ihrem Gemuhe, und die Rinderhirten in ihren ledernen Hosen drängten sich auf ihren wendigen Pferdchen durch das Gewühl.

Sie trafen sich mit den Maultiertreibern in den dunklen Tavernen, um Rum zu trinken, oder in den Freudenhäusern auf der Suche nach weiblichen Zärtlichkeiten. Den Revolver im Gürtel, jagten sie durch die Gassen. Die Kinder, die im Morast spielten, stoben auseinander und machten Platz. Tausendmal am Tage wurde dieser Kot aufgewühlt, immer mehr Kakao häufte sich in den riesigen Lagerhäusern.

Das war Tabocas.

Erst hatte die Stadt gar keinen Namen, sie bestand ja bloß aus vier oder fünf Häusern am Flußufer. Dann entstand die Stadt Tabocas; ein Haus nach dem anderen schoß aus dem Boden, und die Hufe der Esel, die getrockneten Kakao heranschleppten, traten ungleichmäßige Straßen aus. Eine Eisenbahnlinie verband die Stadt mit Ilhéus, und immer mehr neue Häuser entstanden. Und nicht etwa Lehmhütten ohne Bewurf und mit Brettern an Stelle von Fensterläden; keine hastig zurechtgezimmerten Häuser, die knapp Schutz boten, aber nicht Wohnungen genannt werden konnten, wie die von Ferradas, Palestina und Mutuns. In Tabocas wurden richtiggehende Backsteinbauten errichtet, ja selbst solche aus Stein und Mörtel, mit roten Ziegeldächern und Fensterscheiben. Ein Teil der Hauptstraße hatte Steinpflaster erhalten.

Es muß freilich zugegeben werden, daß die übrigen Straßen der reine Morast waren, täglich von den Eselstrupps aufgerührt, die von überallher kamen, schwer beladen mit den üblichen 60-Kilo-Säkken. Ein Lagerhaus entstand neben dem anderen, um den Kakao aufzunehmen. Einzelne Exportfirmen hatten bereits ihre Zweigstellen in Tabocas und kauften den Kakao von den Pflanzern auf. Wenn auch die Bank von Brasilien noch keine Filiale eröffnet hatte, so gab es doch einen Agenten, der den Obersten die mühselige Reise nach Ilhéus, um Geld einzuzahlen oder zu beheben, ersparte.

Inmitten einer großen Rasenfläche erhob sich die Kirche von São José, des Schutzpatrons der Stadt. Gerade gegenüber befand sich in einem der wenigen zweistöckigen Häuser von Tabocas die Freimaurerloge, der die meisten Pflanzer angehörten und die Bälle gab und eine Schule unterhielt.

Auch auf der anderen Seite des Flusses entstanden Häuser, und man sprach schon davon, eine Brücke zu bauen, die beide Stadtteile verbinden sollte. Einen großen Ehrgeiz hatten die Einwohner von Tabocas: Ihr Dorf sollte zur Stadt erhoben werden, sollte Rathaus und Gerichtsgebäude bekommen, einen Präfekten, einen Richter, einen Staatsanwalt und einen Polizeikommissar. Jemand hatte sogar schon einen eigenen Namen für das neue Gemeinwesen vorgeschlagen: Itabuna, was in der Sprache der Guaraní-Indianer soviel bedeutete wie »schwarzer Stein«, eine Anspielung auf die großen Steine, die am Ufer und im Lauf des Flusses emporragten und die den Wäscherinnen ihre tägliche Arbeit erleichterten. Da jedoch Tabocas zum Grundbesitz Horácios, des größten Gutsbesitzers im Umkreis, gehörte, schenkte die Regierung den Wünschen der Bewohner kein Gehör. Die Badaró bezeichneten dies als eine politische Machenschaft Horácios, der die ganze Gegend dadurch noch stärker beherrsche. Tabocas gehörte also weiterhin dem Gemeindebezirk von São Jorge dos Ilhéus an. Doch viele Leute datierten ihre Briefe nicht mehr von Tabocas, sondern von Itabuna. Und wenn man in Ilhéus einen von dort fragte, woher er sei, so antwortete er voll Stolz: »Ich bin aus der Stadt Itabuna.«

Es gab zwar einen Polizeikommissar in Tabocas, der die höchste Autorität darstellte, aber freilich nur dem Namen nach, denn in Wirklichkeit verkörperte Horácio die allerhöchste Autorität. Der Kommissar, ein gewesener Unteroffizier, war klein, drahtig und schneidig und behauptete seinen Posten allen Drohungen von Horácios Bravos zum Trotz.

Er verdankte das seiner Geschicklichkeit, denn er war darauf bedacht, seine Macht nicht zu mißbrauchen; er mischte sich niemals in irgendwelche Krawalle ein, es sei denn, daß es zu Blutvergießen gekommen war oder gar Tote gegeben hatte. Horácio kam gut mit ihm aus und hatte ihn sogar mehr als einmal gegen seine eigenen Leute in Schutz genommen. Jedesmal wenn Horácio nach Tabocas kam, wußte es der Korporal Esmeraldo so einzurichten, daß er ihn traf und einen kleinen Schwatz mit ihm haben konnte, in dem er immer wieder auf die Möglichkeit einer Versöhnung mit den Badaró zu sprechen kam.

Horácio lachte sein verhaltenes Lachen und klopfte dem Korporal auf die Schulter: »Du bist ein aufrichtiger Bursche, Esmeraldo. Warum du für diese Badaró arbeitest, geht mir nicht in den Kopf. Wenn du aber einmal einen Freund brauchst, dann weißt du, wo ich zu finden bin.«

Doch Esmeraldo empfand für Sinhô Badaró eine wahre Verehrung, die noch aus jenen weit zurückliegenden Tagen stammte, als sie beide gemeinsam die Wälder des Kakaogebietes durchstreift hatten. Es hieß allgemein, daß Sinhôs Leute ihm aus Freundschaft die Treue hielten, und daß einer, der ihm einmal verbunden war, ihn nie wieder verließ. Er war nicht wie Horácio, der imstande war, seine Freunde zu verraten.

In Tabocas wahrten die Freunde und politischen Anhänger Horácios immer eine feindliche Haltung gegenüber den Freunden und Parteigenossen der Badaró. Während der Wahlen gab es stets Zusammenstöße, Schießereien und Tote; Horácio gewann immer, aber er verlor auch immer, denn die Wahlen pflegten in Ilhéus verfälscht zu werden. Es wählten Lebende und Tote, und viele der Lebenden wählten unter dem Terror der Bravos.

An solchen Tagen wimmelte es in Tabocas von Bravos, die die Häuser der politischen Lokalgrößen bewachten: das des Dr. Jessé, des ewigen Kandidaten Horácios; das von Leopoldo Azevedo, dem Anführer der Regierungspartei; das des Dr. Pedro Mata und nun auch das von Dr. Virgilio, dem neuen Advokaten. Jede Partei verfügte über ihre eigene Apotheke, und kein Kranker, der seine Stimme für die Badaró abgab, ließ sich von Dr. Jessé behandeln, sondern ging zu Dr. Pedro. Die beiden Ärzte verkehrten zwar weiterhin miteinander, erzählten jedoch schauerliche Geschichten übereinander.

Dr. Pedro behauptete, Dr. Jessé Freitas kümmere sich nicht um seine Patienten, dafür um so mehr um die Politik und seine Kakaopflanzung. Dr. Jessé dagegen versicherte unter der Zustimmung der ganzen Einwohnerschaft, daß Dr. Pedro die Frauen nicht respektiere und daß kein Ehemann oder Familienvater ihm seine Frau oder seine Tochter zur Untersuchung überantworten könne. Ebenso gab es auch einen Zahnarzt für jede Parteirichtung. So war die ganze Stadt in zwei Lager gespalten, und die beiden politischen Parteien betrieben in den Zeitungen von Ilhéus eine wüste Hetzkampagne. Horácio hatte schon Setzmaschinen bestellt, um in Tabocas ein Wochenblatt erscheinen zu lassen, dessen Chefredakteur Dr. Virgilio sein sollte.

Rechtsanwälte gab es eine ganze Reihe in der Stadt, sechs oder sieben, die alle von der berüchtigten »Enteignung« lebten; dieses Verfahren war in Tabocas noch mehr in Schwang als in Ilhéus. Leute, die seit Jahren Ländereien und Pflanzungen besessen hatten, verloren sie von einem Tag auf den anderen, dank einer geschickt ausgeführten »gerichtlichen Enteignung«.

Kein Oberst ließ sich auf ein Geschäft ein, ohne zuvor einen guten Anwalt zu Rate zu ziehen, um sich vor jeder Möglichkeit einer künftigen »Enteignung« zu schützen.

Claudionor, ein Neger aus Tabocas, der von seiner Pflanzung dreihundert Zentner Kakao erntete, nahm einmal eine »Enteignung« vor, die durch ihre Besonderheit ziemliche Berühmtheit erlangte und sogar in den Blättern von Bahía erwähnt wurde. Sein Opfer war Oberst Misael, der Besitzer eines geradezu märchenhaften Vermögens. Seine Pflanzungen trugen Tausende von Zentnern, zudem war er Aktionär der Eisenbahn- und Hafenbaugesellschaft und besaß eine Bank in Ilhéus. Er stellte eine wirtschaftliche Macht dar, sein Schwiegersohn war Rechtsanwalt. Trotz alledem zog er dem Neger Claudionor gegenüber den kürzeren. In der Stille seiner Plantage hatte Claudionor diese »Enteignung« ausgekocht und mit Hilfe des Dr. Rui verwirklicht.

Eines Tages erschien er bei Oberst Misael und lieh sich von ihm siebzig Contos de Reis aus, um ein Stück Land zu kaufen. Misael gewährte ihm das erbetene Darlehen zu hohen Zinsen und kurzfristig: auf sechs Monate. Oberst Misael hatte seinen eigenen Plan; er rechnete damit, daß Claudionor nicht würde zahlen können und daß die

Pflanzung dann an ihn fiele. Claudionor war Analphabet und unterzeichnete den Schuldschein mit einem Kreuz. Auf dem Rückweg machte er in Itabuna halt und verpflichtete einen Lehrer, der mit ihm auf die Pflanzung kommen mußte, um ihm das Lesen und das Unterschreiben seines Namens beizubringen. Als die Schuld nach sechs Monaten fällig wurde, leugnete Claudionor ab, irgend etwas zu schulden. Er habe niemals Geld von Misael genommen, das Ganze sei nur eine Falle, die ihm der Oberst stellen wolle. Und der beste Beweis – führte Dr. Rui, sein Anwalt, aus – sei, daß Claudionor fließend lesen und seinen Namen schreiben könne.

So verlor Oberst Misael siebzig Contos de Reis; Claudionor vergrößerte seinen Landbesitz und spendete im selben Jahr einen Betrag für die Festlichkeiten zu Ehren des heiligen Joseph.

Es war im Grunde nicht richtig zu sagen, daß es in der Stadt nur sechs oder sieben Anwälte gab, denn das waren nur die, die auch dort wohnten. Aber die Advokaten von Ilhéus arbeiteten auch in Tabocas und die von Tabocas in Ilhéus. Es waren nur dreieinhalb Bahnstunden, und eines Tages sollten es nur fünfundvierzig Minuten sein, sobald erst die neue, besser angelegte Linie gebaut war.

So lief zwischen »Enteignung«, politischen Kämpfen und Intrigen, kirchlichen und freimaurerischen Festen das Leben in Tabocas ab, das einst namenlos gewesen war und nun den Ehrgeiz hatte, Itabuna zu heißen. Oft vermengte sich das Blut der Erschossenen mit dem Straßenkot, der von den langsam dahintrottenden Eseln aufgewühlt wurde. Manchmal konnte Dr. Jessé, wenn er mit seiner Instrumententasche erschien, kaum die Wunde finden, so dicht bedeckte der Lehm den Körper des Opfers.

Und doch verbreitete sich der Ruf von Tabocas; tief im Innern des Landes sprach man von der Stadt, und eine gewisse Zeitung in Bahía nannte sie sogar »ein Zentrum der Zivilisation und des Fortschritts«.

5

Margot hob die Hand und wies auf das Stück Straße, das durch das offene Fenster zu sehen war, als zeige sie damit die ganze Stadt Tabocas.

»Das ist wirklich der verlorenste Erdenwinkel. Ein Friedhof ist das.«

Virgilio zog sie an sich; schmollend kam sie von ihrem Stuhl herüber und setzte sich auf seine Knie.

»Du bist ein verwöhntes Kätzchen.«

Ärgerlich sprang sie auf. »Das ist alles, was du zu sagen weißt. Immer habe ich die Schuld. Bevor du in diese Gegend kamst, hat man dir deutlich genug die Augen geöffnet. Ich kann mich erinnern, wie dir Juvenal sagte, du solltest nach Rio gehen, um Karriere zu machen. Ich verstehe nicht, warum du hierhergekommen bist.«

Virgilio hatte schon den Mund geöffnet, um zu sprechen, ließ es aber doch sein, denn es schien ihm vergebliche Mühe. Noch vor einem Monat hätte er seiner Freundin zweifellos umständlich erklärt, daß seine Zukunft in diesem Lande liege. Wenn die Opposition bei den Wahlen siegte – und alles wies darauf hin –, würde er als Kandidat aufgestellt werden, um diese Zone, die blühendste im ganzen Staat, in der Deputiertenkammer zu vertreten. Die Verbindung nach Rio de Janeiro – hätte er ihr gesagt – sei bedeutend einfacher über die Straßen des Kakaogebietes als zur See auf einem Ozeandampfer. In Tabocas lag das Geld auf der Straße, und in wenigen Monaten würde er mehr verdient haben als in jahrelanger Arbeit als Anwalt in der Hauptstadt.

Mehr als einmal hatte er ihr das alles schon erklärt; aber Margot verlangte es nach Festen, nach schönen Lokalen, nach den Theatern von Bahía. Bis zu einem gewissen Grad verstand er, welches Opfer ihm seine Freundin brachte. Ihr Verhältnis hatte seinen Anfang genommen, als er noch in die vierte Klasse Gymnasium gegangen war. Er hatte Margot in einem Freudenhaus kennengelernt und einige Male bei ihr geschlafen. Sie hatte sich bald in ihn verliebt, und als er nahe daran gewesen war, sein Studium aufzugeben, nachdem sein Vater gestorben war und die Familienangelegenheiten in völliger Unordnung hinterlassen hatte, hatte sie ihm alles angeboten, was sie besaß, und dazu noch ihre allnächtlichen Einkünfte. Diese Geste hatte ihn ergriffen, und als ihm der Chef der Oppositionspartei eine Anstellung im Parteisekretariat und in der Redaktion seines Blattes verschafft hatte, konnte er Margot ganz für sich allein aushalten. Er zahlte nun die Miete ihres Zimmers und verbrachte alle seine Nächte bei ihr. Er ging sogar mit ihr ins Theater. Er wohnte nur deshalb nicht mit ihr zusammen, weil er den Skandal scheute, der seiner Laufbahn schaden konnte. Mit Juvenal und anderen Kameraden traf er sich jedoch bei Margot, um sich auf seine Promotion vorzubereiten, und an ihrer Seite schrieb er seine Antrittsrede.

Als er dann auf Anraten des Chefs der Opposition die Stellung eines Parteianwalts in Tabocas angenommen hatte, hatte er stundenlang auf Margot einreden müssen, um sie zum Mitkommen zu bewegen. Sie hatte sich geweigert und nicht auf die Vergnügungen, auf das ganze bewegte Leben von Bahía verzichten wollen. Sie hatte immer geglaubt, Virgilio würde gleich nach Beendigung seiner Studien nach Rio de Janeiro gehen. Während seiner Studentenzeit hatte auch Virgilio dasselbe gedacht. Den Parteiführern war es jedoch gelungen, ihn davon zu überzeugen, daß er im Interesse seiner Karriere einige Jahre in diesem neuerschlossenen Kakaogebiet verbringen müsse.

So war er denn hingefahren, obwohl Margot erklärt hatte, daß zwischen ihnen alles zu Ende sei. Die letzte Nacht in der »Amerikanischen Pension« war herzzerbrechend gewesen. Sie hatte an seinem Hals gehangen, geweint und ihm vorgeworfen, daß er sie verlasse. Er jedoch hatte behauptet, daß gerade sie es sei, die ihn im Stich lasse, daß sie ihn nicht mehr liebe.

Doch Margot hatte einfach Angst. »Du gehst dorthin, dann heiratest du irgendein reiches Mädchen und läßt mich in diesem Urwald sitzen... Nein, ich gehe nicht.«

»Du liebst mich nicht. Wenn du mich liebtest, kämst du mit.«

In dieser Nacht, die sie für die letzte hielten, die sie gemeinsam verbrachten, hatten sie einander in wollüstigem Schmerz angehört.

Sie hatten die Wonnen der Liebe bis zur höchsten Vollendung ausgekostet, um voneinander die köstlichste Erinnerung mitzunehmen.

Er war allein abgereist, doch schon nach wenigen Wochen war sie unerwartet angekommen und hatte Ilhéus mit ihren Kleidern nach der letzten Mode, mit ihren riesigen Hüten und ihrem bemalten Gesicht skandalisiert. In der Nacht nach ihrer Ankunft waren alle Straßen von Ilhéus von Liebesseufzern erfüllt gewesen. Sie folgte ihm dann nach Tabocas und führte sich in der ersten Zeit mustergültig auf. Das glänzende, fröhliche Leben von Bahía schien sie vergessen zu haben, und sie machte geradezu den Eindruck einer braven Ehefrau. Sie kümmerte sich um seine Kleider und überwachte in der Küche die Zubereitung der Mahlzeiten. Sie lebte nur für ihn, vernachlässigte sogar ein wenig die Eleganz ihrer Erscheinung und ließ die Haare auf die Schultern herabfallen, ohne sich über den Mangel an Friseuren zu beklagen, die fähig gewesen wären, die komplizierten Frisuren zu legen, die sie früher getragen hatte.

Sie wohnten nicht zusammen. Virgilio konnte nicht die Vorurteile der Stadt verletzen. Als Anwalt einer politischen Partei hatte er immerhin eine gewisse Verantwortung. Margot bewohnte gemeinsam mit der Geliebten eines Geschäftsmannes eine hübsche kleine Villa. Dort verbrachte Virgilio einen großen Teil des Tages, manchmal empfing er dort sogar einen Klienten, der es eilig hatte. Er aß und schlief in ihrem Hause und redigierte dort die Reden, die er als Verteidiger vor dem Gericht von Ilhéus zu halten hatte.

Margot schien glücklich; ihre großartigen Kleider schliefen vergessen in den Schränken, und sie sprach fast nie mehr von Bahía.

Allmählich ging aber ihre Geduld doch zu Ende, als sie merkte, daß er viel länger in Tabocas werde bleiben müssen, als sie gedacht hatte. Dazu kam noch, daß er es gewöhnlich vermied, sie auf seinen häufigen Reisen nach Ilhéus mitzunehmen, um den boshaften Klatsch nicht herauszufordern. Und wenn sie einmal hinfuhr, so nahm sie einen anderen Zug und sah ihn kaum in der Stadt. Was aber das Ärgste war: Sie hatte ihn schon des öfteren im Gespräch mit heiratsfähigen jungen Mädchen, den Töchtern reicher Plantagenbesitzer, beobachtet. An diesen Tagen schlug sie einen Riesenkrach, daß die ganze Straße davon widerhallte; Virgilios Erklärung, das alles sei unbedingt notwendig für seine Karriere, vermochte sie nicht zu rühren. Im Streit warf sie ihm das Opfer vor, das sie ihm brachte, indem sie sich im Urwald vergrub, wenn sie doch in Bahía ein herrliches Leben führen könnte; dort hätte sich bestimmt ein reicher

Kaufmann oder ein arrivierter Politiker gefunden, der ihr mit Vergnügen eine Wohnung gehalten hätte. Man hatte ihr schon genügend Anträge gemacht, aber sie hatte alle ausgeschlagen, um ihm nachzufahren wie eine Närrin. »Cleo hatte ganz recht, wenn sie mir abriet herzukommen. Sie wußte, daß das dein Dank sein würde.«

Derartige Streitigkeiten endeten immer mit einer Flasche Champagner und zahllosen Küssen in einer tollen Liebesnacht. Doch von Mal zu Mal wuchs in Margot die Sehnsucht nach dem fröhlichen Leben von Bahía und die Gewißheit, daß Virgilio diese Gegend nie mehr verlassen würde. Sie zankten sich jetzt immer öfter, alle paar Tage gab es aus irgendeinem Grund Streit. Sie beklagte sich über den Mangel an Schneiderinnen, über alle möglichen Dinge: daß ihre Haare ausfielen, daß sie zunehme, daß sie bald verlernt haben würde zu tanzen, so lange sei es her, seit sie zum letzten Mal getanzt habe.

Doch an diesem Nachmittag war die Sache schon ernster. Als Virgilio ihr mitteilte, daß er nach Ilhéus fahren müsse, wo er vierzehn Tage oder noch länger bleiben müsse, zeigte sich Margot äußerst befriedigt. Ilhéus war immerhin eine richtige Stadt, man konnte in Nhôzinhos Bar tanzen gehen, und es gab auch einige Frauen, die imstande waren, eine Konversation zu führen; nicht wie diese widerlichen Weiber in Tabocas, die fast alle von den Pflanzungen kamen, wo sie von den Obersten oder den Aufsehern entjungfert worden waren, bevor sie in der Stadt auftauchten.

Selbst das Mädchen, mit dem sie gemeinsam wohnte, die Geliebte des Kaufmannes, war nichts anderes als eine Mulattin, die nicht lesen konnte und nur eine hübsche Figur und ein albernes Lächeln hatte; der Sohn eines Pflanzers hatte sie verführt, und der Kaufmann hatte sie sich aus der Rua do Poço, der Straße, in der die leichtfertigen Frauen wohnten, geholt. In Ilhéus gab es doch Frauen, die in Bahía oder Recife gewesen waren, ja sogar welche aus Rio de Janeiro, mit denen man sich über Kleider und Frisuren unterhalten konnte.

Margot konnte sich nicht fassen vor Entzücken, als Virgilio ihr von der Reise nach Ilhéus sprach, wo er sich so lange aufhalten mußte. Sie lief auf ihn zu, schlang ihre Arme um seinen Hals und küßte immer wieder seinen Mund: »Wie schön! Wie schön!«

Aber ihre Freude dauerte nicht lange, denn er wandte ein, daß er sie nicht mitnehmen könne.

Ohne seine Erklärungen abzuwarten, brach sie in Tränen aus und rief schluchzend: »Du schämst dich meiner! Oder du hast eine andere in Ilhéus. Das sieht dir ähnlich, dich mit irgendeiner schamlosen Person eingelassen zu haben. Aber das eine sage ich dir: Ich zerkratze ihr das Gesicht, ich mache einen solchen Skandal, daß alle Welt davon erfahren wird. Du kennst mich nicht, du hast mich noch nie in Wut gesehen.«

Virgilio ließ sie schreien. Als sie endlich innehielt, als ihre Tränen versiegten und ihr Schluchzen sich beruhigt hatte, begann er ihr mit einer Stimme, in die er so viel Zärtlichkeit wie möglich zu legen versuchte, zu erklären, warum er sie nicht mitführen konnte. Er habe sich mit wichtigen Geschäften zu befassen, und es würde ihm keine Zeit bleiben, sich um sie zu kümmern. Sie wußte doch sicher, daß sich Horácio mit den Badaró verfeindet hatte wegen des Waldes von Sequeiro Grande? Sie nickte bejahend mit dem Kopf; natürlich wußte sie es. Aber sie sah darin noch keinen Grund, sie nicht mitzunehmen. Und wenn er auch keine Zeit hatte, um sich ihr zu widmen, was machte das schon? Er würde doch nicht die ganze Nacht arbeiten müssen, er konnte sie abends ins Café begleiten, während sie in Ilhéus waren.

Virgilio suchte nach weiteren Gründen. Er fühlte wohl, daß sie recht hatte und daß das Mißtrauen begründet war, das aus ihrer Stimme, wenn sie ihre unbestimmten Anschuldigungen wegen einer anderen Frau ausstieß, und aus jedem Blick sprach, den sie ihm zuwarf, schwankend zwischen Wut und Angst. Wenn er sie nicht mitnahm, so nicht nur, weil er sich einzig und allein den Angelegenheiten Horácios widmen mußte, sondern auch, weil er in diesen Tagen über etwas Zeit verfügen wollte, um mit Ester zusammenzusein. Er konnte seine Gedanken nicht von Ester losreißen. Tag und Nacht hörte er noch diesen Hilferuf, den sie ihm zugeflüstert hatte, während ihr Mann auf der Veranda gewesen war: »Führen Sie mich fort von hier... weit fort!«

Virgilio wußte, daß Margot in Ilhéus bald ein mißgünstiger Klatsch zu Ohren kommen mußte. Sie würde ihm das Leben zur Hölle machen, ja, sie war imstande, einen Skandal heraufzubeschwören, in den dann auch Ester verwickelt werden konnte. Er vermochte sich die beiden nicht nebeneinander vorzustellen: Ester und Margot. Die eine war das Liebchen seiner wilden Studentenzeit gewesen. Die andere war die Liebe, entdeckt in den tiefen Wäldern, die Liebe, die eines Tages kommt und die stärker ist als die ganze Welt. Nein, er wollte nicht, daß Margot mitkam; er war fest entschlossen. Aber er wollte sie auch nicht verletzen, er konnte keine Frau kränken. Verzweifelt suchte er nach einem unwiderlegbaren Argument.

Er glaubte, es gefunden zu haben, als er Margot sagte, daß er sie nicht untertags in Ilhéus allein lassen wolle, weil er eifersüchtig war. Die Pension von Machadão, in der sie abzusteigen pflegte, war das Freudenhaus, das am meisten von den reichen Obersten besucht wurde. Deshalb nahm er sie nicht mit: aus Eifersucht. Bei diesen Worten legte er so viel Überzeugungskraft in seine Stimme, wie er nur konnte. Margot lächelte unter Tränen und Virgilio fühlte, daß er gewonnen hatte. Er hoffte schon, die Angelegenheit zu einem Ende geführt zu haben, als sie auf ihn zukam und sich auf seinen Schoß setzte.

»Du bist also eifersüchtig auf dein kleines Kätzchen?« sagte sie. »Warum denn? Du weißt doch, daß ich auf die Anträge, die man mir macht, gar nicht achtgebe. Wenn ich mich hier vergraben habe, so nur deinetwegen. Warum sollte ich dich dann betrügen?«

Sie küßte ihn wieder und wieder und verlegte sich nun aufs Bitten: »Nimm dein Kätzchen mit, Liebster. Ich schwöre dir, daß ich nicht ausgehe, außer mit dir ins Kaffeehaus. Ich gehe nicht aus dem Zimmer, ich rede mit keinem Mann. Wenn du keine Zeit für mich hast, sperre ich mich den ganzen Tag in mein Zimmer ein.«

Virgilio fühlte, wie er schwach wurde. Er änderte seine Taktik: »Ich weiß nicht, was du an Tabocas so entsetzlich findest, daß du nicht zehn Tage allein hier bleiben kannst. Du möchtest immer nur in Ilhéus sein.«

Sie sprang auf und zeigte auf die Straße: »Ein Friedhof ist das!«

Und von neuem betonte sie, was für einen Irrtum sie beide dadurch begingen, sich hier einzuschließen, wo er seine Zukunft opferte und sie ihr Leben. Wieder suchte Virgilio nach einer Erklärung, aber er begriff, daß es vergebens war, daß seine Beziehung zu Margot in diesem Augenblick ihr Ende gefunden hatte. Seit er Ester kannte, hatte er für keine andere Frau mehr Augen. Selbst wenn er mit Margot allein war, war er nicht mehr wie früher ein feuriger, nach ihrem Körper gierender Liebhaber. Er betrachtete ihre Reize schon mit einer gewissen Gleichgültigkeit: ihre rundlichen Schenkel, ihre zarten Brüste, alle die kleinen Kunststückchen, mit denen sie die Stunden der Liebe immer noch köstlicher zu gestalten wußte.

Ein Sehnen erfüllte seine Brust, aber ein Sehnen nach Ester, nach allem an ihr, nach ihren Gedanken wie nach ihrem Körper, nach ihrem Herzen und nach ihrem Besitz.

So verharrte er mit halboffenem Munde, wie einer, der etwas sagen wollte. Margot wartete; als er aber nicht sprach, sondern nur die Hand hob, mit einer Bewegung, die die Zwecklosigkeit jeder Anstrengung unterstreichen sollte, begann sie ihn wieder anzuklagen: »Du behandelst mich wie eine Sklavin. Du fährst einfach nach Ilhéus und läßt mich hier sitzen. Dann kommst du mit dieser Eifersuchtsgeschichte. Alles Komödie! Ich bin ja auch zu dumm. Aber jetzt ist es aus damit. Wenn mich jetzt einer herumkriegen will, damit ich mit ihm nach Ilhéus oder nach Bahía gehe, hau' ich ab.«

Virgilio begann sich zu ärgern: »Was mich angeht, meine Liebe, kannst du gleich abhauen. Glaubst du, ich werde daran sterben?«

Nun geriet sie in Wut. »Wie eine Närrin sitze ich hier. Mir laufen genug Männer nach. Juca Badaró ist ganz verrückt nach mir und schickt mir in einem fort Botschaften. Und ich bin so dumm, bei dir zu bleiben, der am liebsten nach Ilhéus verschwinden möchte, um irgendeinem reichen Mädchen nachzulaufen und es wegen seines Geldes zu heiraten.«

Mit wutsprühenden Augen erhob sich Virgilio. »Schweig!«

»Nein, ich schweige nicht. Es wird schon so sein. Du führst irgend so eine Person an der Nase herum, um ihr Geld zu bekommen.«

Virgilio holte aus und schlug ihr mit dem Handrücken auf den Mund. Das Blut sprang aus den geplatzten Lippen, Schrecken stand in ihren Augen. Sie wollte ihm eine Beleidigung ins Gesicht schleudern, aber schließlich brach sie in Tränen aus: »Du liebst mich nicht mehr. Sonst hättest du mich nie geschlagen.«

Er war vollkommen verwirrt und wunderte sich selber über seine Roheit. Ihm schien, als sei ihm die Atmosphäre dieses Landes ins Blut gedrungen und hätte ihn von Grund auf verändert. Er war nicht mehr derselbe Mensch, der vor wenigen Monaten aus Bahía gekommen war, mit untadeligen Manieren, unfähig, auch nur daran zu denken, eine Frau zu schlagen. Auch auf ihm, dem zivilisierten Wesen aus einer anderen Gegend, begann das Klima dieser Kakaozone zu lasten. Beschämt senkte er den Kopf und betrachtete traurig seine Hand. Dann ging er auf Margot zu, zog sein Taschentuch heraus und wischte ihr den Blutstropfen von den Lippen.

»Verzeih mir, mein Liebling. Ich habe den Kopf verloren; ich habe an so viel zu denken, daß ich schon ganz nervös bin. Und du sprichst noch davon, mich wegen Juca Badaró zu verlassen, mit einem anderen Mann fortzugehen... Ich wollte es wirklich nicht tun...«

Da sie noch schluchzte, fügte er hinzu: »Weine nicht mehr; ich nehme dich nach Ilhéus mit.«

Margot hob den Kopf; sie lächelte bereits wieder, denn sie dachte, er habe sie aus Eifersucht geschlagen. Mehr denn je fühlte sie sich ihm zugehörig, Virgilio war der einzige Mann für sie. Sie lehnte sich an ihn, machte sich ganz klein und kuschelte sich an seine Brust. Zitternd vor Lust zog sie ihn mit sich fort in ihr Zimmer.

6

Die Rufe der Schneider erreichten Dr. Jessé gerade noch, bevor er um die Ecke bog: »Doktor! Doktor Jessé! Kommen Sie her!«

Die vier Schneider standen unter der Tür der »Pariser Schere«, der besten Schneiderwerkstatt von Tabocas; ihr Eigentümer, Tonico Borges, hielt in diesem Augenblick in der einen Hand eine Hose und in der anderen Nadel und Zwirn. Die »Pariser Schere« war nicht nur der beste Schneidersalon von Tabocas, sondern nach allgemeiner Ansicht auch das Hauptquartier der schlimmsten Lastermäuler. Hier wurde jedes Ereignis besprochen, das geringste Vorkommnis wurde sogleich bekannt, und man wußte von jedem, was er zu Hause aß.

An diesem Morgen herrschte in der »Pariser Schere« große Aufregung über die Nachrichten, die mit Horácio und seinem Gefolge aus Ferradas eingetroffen waren. Das war der Grund, warum Tonico

Borges aus vollem Halse nach Dr. Jessé rief, der gewiß manches aufklären konnte.

Dick, klein und außer Atem kam er heran, den Hut im Genick, die Brille tief auf der Nase sitzend, mit kotbespritzten Stiefeln, um zu fragen, was man eigentlich von ihm wolle. Einer der Schneider lief nach einem Stuhl und bat ihn, Platz zu nehmen. »Machen Sie sich's bequem, Doktor.«

Der Arzt setzte sich und stellte seine Instrumententasche auf den Ziegelboden. Diese Tasche war geradezu stadtbekannt durch ihren Inhalt, der aus den verschiedenartigsten Dingen bestand: vom Operationsmesser bis zu trockenen Kakaobohnen, von Injektionsspritzen bis zu reifen Früchten, von Arzneifläschchen bis zu Quittungen über die Mieten der Häuser, die er besaß – alles fand sich darin. Tonico Borges war in den hinteren Teil des Hauses gegangen und kam nun mit einer großen reifen Abacate zurück, die er Dr. Jessé anbot: »Die habe ich für Sie aufgehoben, Doktor.«

Jessé dankte und steckte die Frucht zwischen die zahllosen Dinge, die seine Tasche anfüllten. Die Schneider bildeten einen Kreis um den Arzt. Sie hatten ihre Stühle herangezogen und setzten sich so, daß sie gleichzeitig die Straße übersehen konnten.

»Was gibt's Neues?« kam der Doktor ihrer Neugierde zuvor.

»Das könnten Sie uns erzählen«, erwiderte Tonico Borges lachend. »Sie wissen es ganz genau.«

»Was denn?«

»Es heißt, daß die Sache brenzlig wird zwischen Oberst Horácio und den Badaró«, warf einer der Schneider ein.

»Und daß Juca Badaró Leute anwirbt«, ergänzte Tonico.

»Das ist nichts Neues, das habe ich schon gewußt«, meinte der Arzt.

»Aber da gibt es noch etwas, das Sie nicht wissen. Da würde ich wetten.«

»Na, los!«

»Daß Juca Badaró schon einen Landmesser bestellt hat, um den Wald von Sequeiro Grande zu vermessen.«

»Was sagen Sie da? Woher haben Sie das?«

Tonico machte eine geheimnisvolle Geste: »Ein Vögelchen hat es mir erzählt, Doktor. Kann denn in Tabocas etwas verborgen bleiben? Und wenn es nichts zu reden gibt, wird eben etwas erfunden.«

Doch Jessé begnügte sich nicht damit: »Im Ernst – wer behauptet das?«

Tonico Borges senkte die Stimme:

»Azevedo, der Eisenhändler. Bei ihm hat Juca das Telegramm abgefaßt, um den Mann kommen zu lassen.«

»Das habe ich nicht gewußt. Noch heute werde ich Horácio eine Botschaft schicken.«

Die Schneider sahen sich an: die Sache nahm eine böse Wendung.

»Man sagt, Oberst Horácio hat Dona Ester nach Ilhéus geschickt, damit ihr auf der Pflanzung nichts geschieht«, fuhr Tonico fort. »Er soll noch diese Woche in den Wald vordringen; er scheint mit Braz, Firmo, José da Ribeira und mit Jarde einen Vertrag über die Aufteilung des Waldes abgeschlossen zu haben. Er will die Hälfte behalten und die andere Hälfte unter die verteilen, die ihm beistehen. Ist das wahr, Doktor?«

»Das erste, was ich höre«, wich der Arzt aus.

»Aber, Doktor!« Tonico Borges rollte die Augen. »Man weiß ja sogar, daß Dr. Virgilio den Kontrakt aufgesetzt hat, mit Stempel und allem, was dazugehört. Ah – und daß Maneca Dantas auch mitmacht. Das weiß schon alle Welt, Doktor, die Spatzen pfeifen es von den Dächern.«

Dr. Jessé blieb nichts anderes übrig als zuzugeben, und er gestand auch, daß ihm selber eine Waldparzelle zugedacht war.

»Da werden also auch Sie zu den Waffen greifen müssen?« witzelte Tonico. »Haben Sie sich schon einen Colt 38 gekauft? Oder wollen Sie lieber eine alte Parabellum haben? Wenn Sie wünschen, verkaufe ich Ihnen eine guterhaltene Pistole.«

Dr. Jessé stimmte in das Gelächter ein: »Ich bin schon zu alt, um den wilden Mann zu spielen.«

Alles brach in Lachen aus, denn die Feigheit Dr. Jessés war sprichwörtlich. Das Erstaunliche war, daß er trotzdem im ganzen Kakaogebiet Achtung genoß. Das einzige, was in dieser Gegend, von Ferradas bis Ilhéus, jemanden wirklich vollkommen unmöglich machen konnte, war Feigheit. Ein Mann, der in dem Ruf stand, ein Feigling zu sein, hatte in Stadt und Land für alle Zeiten ausgespielt. Wenn in dieser Zeit der Eroberung des Landes von einem Mann, der das Leben im Süden von Bahía auf sich nehmen wollte, überhaupt eine Tugend verlangt wurde, so war es die des persönlichen Mutes. Wie sollte sich einer auch unter diesen Bravos und Konquistadoren, diesen skrupellosen Advokaten und bedenkenlosen Mördern behaupten, wenn ihm nicht eine gänzliche Lebens- und Todesverachtung eigen war? Ein Mann, der sich drückte, statt auf die Beleidigung prompt zu reagieren, der jeder Rauferei auswich, der keine Husarenstückchen zu erzählen hatte – der wurde von diesen Mördern nicht ernst genommen.

Dr. Jessé war die einzige Ausnahme von dieser Regel. Arzt in Tabocas, Gemeinderat in Ilhéus, Kandidat Horácios und führender Oppositionspolitiker, war er der einzige, der trotz des Rufes eines Feiglings allgemeine Achtung genoß. Doktor Jessés Feigheit war sprichwörtlich und diente als Maßstab für die der anderen: »Der ist beinahe so ein Angsthase wie Dr. Jessé«, hieß es dann, oder »Der könnte ein Vetter von Dr. Jessé sein, so feig ist er.« Das war keineswegs, wie man glauben könnte, eine von seinen politischen Gegnern ausgestreute Verleumdung. Seine eigenen Parteifreunde wußten genau, daß sie nicht auf ihn zählen konnten, wenn es zu irgendeinem Zusammenstoß kam, und erzählten in Tavernen und Freudenhäusern selber alle die Geschichten, die über Dr. Jessés Feigheit in Umlauf waren.

Während eines erbitterten Streites, zum Beispiel, der in Tabocas zwischen den Leuten Horácios und der Badaró ausgebrochen war, hatte sich Dr. Jessé in ein Freudenhaus geflüchtet, wo er schließlich unter dem Bett eines der Mädchen gefunden worden war.

Bei einer anderen Gelegenheit hielt er im Hafen von Ilhéus auf einer improvisierten Tribüne eine Wahlrede. Es war während der letzten Wahlen zum Senat und zur Deputiertenkammer. Als Kandidat der Opposition für den Posten eines Abgeordneten dieser Zone war aus Bahía ein junger Mann gekommen, der am Anfang seiner politischen Laufbahn stand, der Sohn eines Exgouverneurs.

Voll Angst nahm er seine Aufgabe in Angriff. Man hatte ihm Schauergeschichten von dieser Gegend erzählt, und jeden Augenblick gewärtigte er eine Kugel oder einen Dolchstoß. Horácio hatte aus Ilhéus seine Leute geschickt, um die Ordnung in der Wahlversammlung aufrechtzuerhalten. Den Revolver im Gürtel, zu allem bereit, umstanden die Bravos die Tribüne. Die Männer der Badaró hatten sich unter die Menge verteilt, begierig, den jungen Mann aus Bahía zu hören, dem der Ruf eines guten Redners vorausging.

Als erster ergriff Dr. Rui das Wort, halb betrunken, wie gewöhnlich, und warf der Bundesregierung einige Herausforderungen hin. Dann sprach Dr. Jessé, dem die Aufgabe zugefallen war, den Kandidaten den Wählern vorzustellen. Und schließlich war die Reihe an dem Gast.

Als er vortrat, schwankte die kleine, aus alten Kistenbrettern notdürftig zurechtgezimmerte Tribüne unter seinem Gewicht.

Er hustete, um die Aufmerksamkeit auf sich zu lenken, und als endlich tiefe Stille eingetreten war, begann er:

»Meine Damen, meine Herren, meine Fräulein... Ich...«

Weiter kam er nicht. Da weder Damen noch Fräulein anwesend waren, rief ein Bursche: »Deine Mutter war wohl ein Fräulein.«

Die einen lachten, die anderen verlangten Ruhe. Der Redner stammelte etwas von »Ungezogenheit«, und die Leute der Badaró benützten das allgemeine Durcheinander, um eine Schießerei anzufangen, die von Horácios Männern sofort erwidert wurde. Man erzählt sich, daß der junge Kandidat nun den Augenblick für gekommen hielt, sich vor den pfeifenden Kugeln unter die Plattform zu flüchten, wo er jedoch bereits Dr. Jessé vorfand, der ihm nicht nur keinen Platz einräumte, sondern ihm auch noch Vorhaltungen machte: »Wenn Sie sich nicht völlig unmöglich machen wollen, gehen Sie wieder auf Ihren Platz. Hier habe ich das Recht, mich zu verkriechen, denn ich bin schon weit und breit als Hasenfuß bekannt.«

Doch der junge Mann wollte nichts davon wissen, und als er versuchte, sich mit Gewalt unter die Tribüne zu zwängen, kam es zwischen den beiden in ihrem Versteck zu einer Rauferei, wie behauptet wird, zu der einzigen, an der sich Doktor Jessé jemals beteiligt hatte. Diejenigen, die aus nächster Nähe zusehen konnten, beschrieben diesen Streit als das Komischste, was sie in ihrem Leben gesehen hätten. Es sei wie zwischen zwei zänkischen Weibern gewesen, die sich die Augen auskratzen wollten.

Tonico Borges schob einen Stuhl noch näher zum Arzt heran: »Wissen Sie, wer von heute auf morgen hier erwartet wird?«

»Wer denn?«

»Oberst Teodoro. Es heißt, daß er seine Leute sammelt, um mit ihnen herzukommen.«

»Teodoro?« fragte Dr. Jessé erschrocken. »Wozu kommt er denn her?«

Darüber konnte Tonico keine Auskunft geben. »Ich weiß nur, daß er mit einer Menge Männern kommt. Was er vorhat, weiß ich nicht. Aber Mut hat er, was, Doktor?«

»Das will ich meinen«, warf ein anderer Schneider ein. »Nach Tabocas kommen, das von den Leuten des Obersten Horácio wimmelt... Und die Antwort, die er gegeben hat... wie war sie nur, Tonico?«

Tonico wußte sie auswendig: »Er hat Oberst Maneca geantwortet: Sag Horácio, daß ich mit Leuten von seinem Schlag nichts zu tun haben will! Mit Maultiertreibern verkehre ich nicht.«

Das war die Antwort, die Teodoro Maneca Dantas gegeben hatte, als dieser ihn in Horácios Namen aufgefordert hatte, sich mit ihm zur Eroberung des Waldes von Sequeiro Grande zusammenzutun.

»Ihr wißt aber auch alles«, wunderte sich Dr. Jessé. »Hier setzt ein jeder das Leben aufs Spiel, da entkommt keiner.«

Einer der Schneider begann zu lachen: »Das ist ja das Hauptvergnügen in diesem Land, Doktor.«

Tonico wollte wissen, ob Horácio irgendeinen Befehl erteilt habe, für den Fall, daß Teodoro nach Tabocas käme.

»Ich weiß nicht. Ich habe keine Ahnung.« Der Arzt griff nach seiner Tasche und stand plötzlich auf, als entsinne er sich eines dringenden Falles.

Bevor er fortging, erzählte ihm Tonico Borges noch den neuesten Klatsch: »Es heißt, daß Dr. Virgilio Dona Ester nicht von der Falte weicht.«

Jessé setzte eine ernste Miene auf und antwortete, einen Fuß auf der Schwelle: »Wenn Sie den Rat eines Mannes haben wollen, der bald zwanzig Jahre in dieser Gegend lebt, so passen Sie gut auf: Lästern Sie über wen Sie wollen, über alle Frauen, über alle Welt, ja, sogar über Horácio – aber sprechen Sie nie schlecht von seiner Frau. Denn wenn er davon erfährt, gebe ich keinen roten Heller für Ihr Leben. Das ist ein Freundesrat...«

Damit ließ er Tonico Borges stehen, der vor Angst totenblaß geworden war.

»Glaubt ihr, daß er es dem Oberst Horácio wiedererzählt?« fragte er die anderen.

Und obwohl sie die Ansicht vertraten, daß Dr. Jessé viel zu anständig sei, um etwas Derartiges zu tun, fand Tonico doch keine Ruhe, bevor er nicht in die Sprechstunde des Arztes gegangen war und ihn gebeten hatte, dem Oberst nichts zu erzählen, da diese Geschichte von der Frau herrühren würde, die mit Margot zusammenwohne und die einen Streit zwischen Virgilio und seiner Freundin wegen eines anderen Mädchens belauscht habe, von der sie gedacht habe, es sei Ester.

»Das ist eine gräßliche Gegend, Doktor«, schloß er. »Über einen jeden wird geschwätzt, dem entgeht keiner. Aber ich will mir von nun an ein Vorhängeschloß an den Mund machen. Keinen Ton soll man mehr von mir hören. Ich habe es auch nur Ihnen allein gesagt, Doktor.«

»Machen Sie sich keine Sorgen, Tonico«, beruhigte ihn Dr. Jessé. »Von mir wird Horácio nichts erfahren. Aber Sie tun am besten, wenn Sie schweigen, außer Sie tragen sich mit Selbstmordgedanken.«

Er öffnete die Tür, Tonico ging hinaus, und eine Frau trat ein. Nur mit Mühe fand Dr. Jessé in dem Durcheinander seiner Tasche das Hörrohr, um die Brust der Patientin abzuhorchen.

Im Wartezimmer plauderten Männer und Frauen. Eine Frau, die ein Kind an der Hand hielt, erhob sich von ihrem Stuhl, sobald sie Tonico Borges erblickte und kam auf ihn zu: »Wie geht's, Tonico?« fragte sie lächelnd.

»Ganz gut, Dona Zefinha, und Ihnen?«

Sie antwortete gar nicht erst, so eilig hatte sie es, ihre Neuigkeiten loszuwerden: »Haben Sie schon von dem Skandal gehört?«

»Von was für einem Skandal?«

»Oberst Totonho vom Riacho Doce hat seine Familie sitzenlassen, um einem Mädel nachzulaufen, irgend so einem koketten Geschöpf aus Bahía. Vor aller Augen ist er mit ihr in den Zug gestiegen.«

Tonico machte eine verächtliche Bewegung. »Das ist eine uralte

Geschichte, Dona Zefinha. Aber ich wette, daß Sie das Neueste noch nicht wissen.«

Die Frau platzte vor Neugierde und zitterte am ganzen Körper.

»Was denn, Tonico?«

Tonico zögerte einen Augenblick. Dona Zefinha konnte es kaum mehr erwarten. »So erzählen Sie doch!«

Er blickte sich nach allen Seiten um, zog die Frau weiter in den Gang hinaus und senkte die Stimme. »Es heißt hier, daß Dr. Virgilio...« Den Rest flüsterte er der Alten ins Ohr.

»Ist denn das möglich?« rief sie ganz erstaunt aus. »Wer hätte das gedacht, was?«

»Ich habe nichts gesagt, verstehen Sie«, schärfte ihr Tonico ein. »Ich habe es nur Ihnen allein erzählt.«

»Ich schweige wie ein Grab, das wissen Sie doch, Tonico. Aber wer hätte das geglaubt! Sie hat immer so einen anständigen Eindruck gemacht...«

Tonico Borges verschwand durch die Tür. Dona Zefinha kehrte in das Wartezimmer zurück und schätzte mit den Augen die wartenden Patienten ab. Sie fand keinen, der die Mühe wert war. So beschloß sie, die Injektion für ihr Enkelkind auf den nächsten Tag zu verschieben. Sie verabschiedete sich von den übrigen mit der Bemerkung, sie könne nicht länger warten, sie sei zum Zahnarzt bestellt. Das Kind nachschleppend, ging sie fort. Der neueste Klatsch brannte ihr auf der Zunge; sie war so vergnügt, als habe sie in der Lotterie gewonnen.

In höchster Eile begab sich Zefinha zu den Aventinos, drei alten Jungfern, die an der Kirche von São José wohnten.

7

Dr. Jessé untersuchte den Mann vor sich, klopfte ihm mechanisch Brust und Rücken ab, behorchte ihn, ließ ihn »dreiunddreißig« sagen. In Wirklichkeit war er weit fort und hing mit seinen Gedanken ganz anderen Dingen nach. An diesem Tag war seine Ordination übervoll. Es war immer so: Wenn er es eilig hatte, füllte sich der Warteraum mit Leuten, denen nichts fehlte, die nur gekommen waren, seine Zeit zu vergeuden. Er hieß den Mann sich ankleiden und kritzelte ein Rezept.

»Lassen Sie das in der Apotheke São José machen! Dort ist es billiger.« Das entsprach zwar nicht der Wahrheit, aber die Apotheke São José gehörte einem seiner Gesinnungsgenossen, während die »Primavera« Eigentum eines Anhängers der Badaró war.

»Nichts Ernstes, Herr Doktor?«

»Nichts. Eine Erkältung von dem Urwaldregen. Nehmen Sie diese Medizin, und es wird Ihnen gleich bessergehen. Kommen Sie in vierzehn Tagen wieder.«

»Das wird nicht gehen, Herr Doktor. Das kostet immer Geld, von der Pflanzung hierher zu laufen, verstehen Sie? Ich arbeite weit fort von hier.«

Dr. Jessé wollte das Gespräch beenden. »Gut, kommen Sie, wann Sie können. Es ist nichts Ernstes.«

Der Mann zahlte, und der Arzt schob ihn zur Tür. Dann nahm er den nächsten vor, einen alten, barfüßigen Arbeiter in grobem Hemd, der eine Arznei für seine Frau haben wollte, die »ein Fieber hat, das kommt und geht und sie jeden Monat aufs Bett wirft«. Während der Mann seine endlose Geschichte erzählte, dachte Dr. Jessé an das, was er in der Schneiderwerkstatt gehört hatte.

Zwei unangenehme Nachrichten. Erstens die bevorstehende Ankunft Teodoros in Tabocas. Was, zum Teufel, wollte er hier? Er mußte doch wissen, daß er in Tabocas seines Lebens nicht sicher war. Aber Teodoro war ein tapferer Bursche und liebte es geradezu, einen Streit heraufzubeschwören. Wenn er nach Tabocas kam, so gewiß nur, um irgend etwas Böses anzustellen. Dr. Jessé mußte unbedingt Horácio verständigen, der in Ilhéus war. Zu ärgerlich, daß der Zug schon abgefahren war, so konnte er erst am nächsten Tag eine Nachricht schicken. Auf jeden Fall wollte er noch heute Dr. Virgilio sprechen.

Da kam ihm die zweite Nachricht in den Sinn: In der Stadt erzählte man sich überall, daß Dr. Virgilio ständig um Ester herumstrich. Sie und Horácio waren die Taufpaten eines der Kinder von Dr. Jessé gewesen; neun waren es jetzt, richtige Orgelpfeifen, immer eines um ein Jahr älter als das nächste.

Dr. Jessé überlegte: Jetzt erinnerte er sich. Ester hatte vier Tage in

Tabocas verbracht, während sie darauf wartete, daß Horácio seine Angelegenheiten ordnete, um sie wieder nach Ilhéus begleiten zu können. In diesen vier Tagen war Virgilio häufig im Hause des Arztes erschienen, in dem der Oberst abgestiegen war. Er war endlos im Wohnzimmer geblieben und hatte mit Ester geplaudert und gelacht.

Jessé selber hatte die Dienstboten dabei erwischt, wie sie darüber geklatscht hatten. Das Ärgste war aber jenes Fest bei Resenda gewesen, einem Kaufmann, dessen Frau gerade ihren Geburtstag gefeiert hatte. Es waren Erfrischungen gereicht worden, und da ein Klavier und junge Mädchen, die darauf zu spielen wußten, im Hause gewesen waren, war eine kleine Tanzerei improvisiert worden. In Tabocas schickte es sich nicht, daß eine verheiratete Frau tanzte. Und selbst in Ilhéus – wenn eine schon moderner war, so tanzte sie doch nur mit ihrem Mann. So hatte es allgemeines Ärgernis erregen müssen, als Ester mit Virgilio zu tanzen begonnen hatte.

Dr. Jessé entsann sich, daß Virgilio Horácio um seine Erlaubnis gebeten und sie auch erhalten hatte, denn der Oberst war stolz darauf gewesen, seine Frau glänzen zu sehen. Aber davon wußte niemand, und es wurde viel darüber gesprochen. – Das war eine böse Geschichte. Ebenso häßlich oder noch mehr als die Ankunft Teodoros. Dr. Jessé schüttelte den Kopf. Wenn Horácio diesen Klatsch erführe! Das würde was geben!

Der Patient war endlich mit der Aufzählung aller Krankheitssymptome seiner Frau zu Ende gekommen und erwartete schweigend die Diagnose des Arztes. »Glauben Sie nicht auch, daß es Wechselfieber ist, Herr Doktor?«

Dr. Jessé sah verwundert auf. Er hatte die Gegenwart des Mannes vollkommen vergessen. Er ließ ihn noch einige Einzelheiten wiederholen und stimmte ihm dann zu: »Ja, das ist Sumpffieber.«

Er verschrieb Chinin und empfahl die Apotheke São José; seine Gedanken aber kehrten sogleich wieder zu den Schwierigkeiten des Lebens in Tabocas zurück. Die bösen Zungen – und wer hatte keine böse Zunge in Tabocas? – befaßten sich also mit Esters Lebenswandel. Böse Sache. Für diese Leute gab es keine verheiratete Frau, die anständig sein konnte.

Und nichts genoß Tabocas so sehr wie einen Skandal oder eine Liebestragödie. Zu alledem kam nun noch die Nachricht von

Teodoros bevorstehender Ankunft. Was, zum Teufel, wollte er hier?

Dr. Jessé zog seinen Überrock an und ging zwei oder drei Krankenbesuche machen. Überall wurde zwangsläufig von dem Zusammenstoß gesprochen, der sich wegen der Besitzergreifung des Waldes von Sequeiro Grande ankündigte. Alle wollten Neuigkeiten darüber erfahren, und da der Arzt ein vertrauter Freund Horácios war, mußte er wohl Bescheid wissen.

Dann ging er zur Schule hinüber. Er war der Vorsitzende des Kuratoriums, noch seit der vorigen Regierung, als seine Partei obenauf gewesen war. Sein Rücktritt war nie gefordert worden, der Skandal wäre zu groß gewesen, denn er hatte das neue Schulgebäude aufführen lassen, und die Lehrerinnen waren alle auf seiner Seite. Er überquerte den Hof und betrat einen Saal.

Ester und Teodoro waren jetzt vergessen, und auch der Urwald von Sequeiro Grande beschäftigte ihn nicht mehr. Seine Gedanken kreisten nur um die Feier, welche die Schule für den »Tag des Baumes« vorbereitete, der in zwei Tagen anstand. Die Kinder, die im Hof umherliefen, umfaßten die kurzen Beine des Arztes. Er schnappte zwei oder drei und schickte sie nach der Leiterin und der Portugiesischlehrerin. Dann ging er durch ein anderes Klassenzimmer, wo sich die Kinder bei seinem Erscheinen von den Bänken erhoben. Er machte ihnen Zeichen, sich zu setzen, und ging in das nächste Zimmer. Dort erwarteten ihn bereits die Schulleiterin und einige Lehrerinnen.

Der Doktor nahm Platz, legte Hut und Tasche auf einen Tisch und zog sein Taschentuch hervor, um den Schweiß zu trocknen, der von seinem fetten Gesicht tropfte.

»Das Programm ist schon fertig«, berichtete die Direktorin.

»Lassen Sie sehen!«

»Zuerst die Versammlung hier, dann die Festrede... Dr. Virgilio wird nicht sprechen können, er muß morgen im Auftrag von Oberst Horácio nach Ilhéus. Es wird also Estanislau die Rede halten.«

Estanislau war ein Privatlehrer, der unweigerlich bei allen Festlichkeiten in Ferradas als Redner auftrat. Was auch immer der Anlaß sein mochte, er wiederholte in jeder Rede dieselben Redewendungen und dieselben Vergleiche. So mancher kannte in Ferradas die »Ansprache Estanislaus« schon auswendig.

»Wie schade«, sagte eine magere Lehrerin, die zu den Bewunderern Virgilios gehörte. »Er spricht so gut und ist so ein schöner Mann.«

Die anderen lachten. Dr. Jessé wischte sich noch immer den Schweiß vom Gesicht. »Was kann ich für Sie tun?«

Die Schulleiterin setzte ihren Bericht fort: »Also gut: erst Festversammlung in der Schule. Rede des Professors Estanislau (sie verbesserte den Namen im Lesen). Dann Vorträge der Schüler. Schließlich werden alle im Chor die ›Hymne auf den Baum‹ singen. Gleich darauf Antreten und Abmarsch nach dem Kirchplatz. Dort wird ein Kakaobaum gepflanzt, Dr. Freitas wird eine Rede halten und Frau Professor Irene ein Gedicht sprechen.«

Der Arzt rieb sich die Hände. »Sehr gut, sehr gut.«

Er öffnete seine Tasche und holte einige Bogen Papier heraus, die der Länge nach gefaltet waren: seine Rede. Er begann sie den Lehrerinnen vorzulesen und geriet bald selber in Begeisterung. Er stand auf, um seine starke, wohlklingende Stimme mit den entsprechenden Gesten begleiten zu können. Die Kinder drängten sich an der Tür des Zimmers und konnten trotz des wiederholten »Pst« der Direktorin nicht stillhalten. Dr. Jessé störte das wenig. Er berauschte sich an seiner eigenen Rede und las mit Salbung:

> »Der Baum ist ein Geschenk Gottes an die Menschen. Er ist unser Bruder unter den Pflanzen, er gewährt uns seinen kühlen Schatten, seine schmackhafte Frucht, sein Holz, das uns so nützlich ist zur Herstellung von Möbeln und anderen Gebrauchsgegenständen. Aus Baumstämmen wurden die Karavellen gebaut, die unser angebetetes Brasilien entdeckt haben. Die Kinder sollen den Bäumen Liebe und Achtung entgegenbringen.«

»Sehr hübsch, sehr hübsch!« Die Direktorin applaudierte.

»Prachtvoll«, betonten die Lehrerinnen. »Sie werden großen Erfolg haben.«

Dr. Jessé schwitzte aus allen Poren. Er fuhr sich mit dem Taschentuch über das Gesicht und brüllte plötzlich die Kinder an, die noch an der Tür standen und nun schnell das Weite suchten.

»Ganz gut, was?« fragte er, während er sich niedersetzte. »Ich habe das so schnell hingeworfen, gestern abend. In den letzten Tagen hatte ich keine Zeit; die Paten eines meiner Kinder waren zu Besuch, und da mußte ich mich um sie kümmern.«

»Um Dona Ester doch wohl kaum«, meinte eine der Lehrerinnen. »Das besorgt ohnehin Dr. Virgilio den ganzen Tag.«

»Hier wird auch über alles geklatscht«, entrüstete sich die magere Lehrerin. »Eine zurückgebliebene Gegend...«

Sie war aus Bahía und konnte sich nicht an Tabocas gewöhnen.

Eine andere Lehrerin, die aus Tabocas war, fühlte sich beleidigt. »Wer Schamlosigkeit für Fortschritt hält, wird uns sicher zurückgeblieben nennen. Wenn es schon Fortschritt bedeutet, bis um zehn Uhr abends junge Leute im Haustor zu umarmen, dann ist Tabocas – Gott sei gelobt! – noch sehr zurückgeblieben.«

Das war eine Anspielung auf eine Liebelei zwischen der Lehrerin und einem jungen Angestellten einer Exportfirma, der auch aus Bahía war. Ganz Tabocas regte sich über diese Liebschaft auf.

Die kleine Lehrerin nahm die Herausforderung sofort an: »Geht das auf mich? Nun gut, dann sage ich Ihnen, daß ich tue und lasse, was ich will. Ich mische mich auch nicht in fremde Angelegenheiten. Mein Leben gehört mir. Was kümmert es die anderen? Ich unterhalte mich, solange es mir paßt. Das ist mir lieber, als eine alte Jungfer zu werden, wie Sie. Dazu bin ich nicht geboren.«

»Ruhe, nur Ruhe«, vermittelte Dr. Jessé. »Es gibt Dinge, über die mit Recht gesprochen wird, aber auch andere, die grundlos übertrieben werden. Wenn ein junger Mann eine verheiratete Frau besucht und ihr ein paar Bücher leiht – ist das schon eine Ursache, um einen Skandal heraufzubeschwören? Das nenne ich allerdings zurückgeblieben.«

Darin stimmten alle überein. Im übrigen wurde auch gar nichts anderes behauptet, wie die Direktorin feststellte. Man hatte nur beobachtet, mit welcher Ausdauer der Anwalt fast den ganzen Tag im Hause des Arztes verbracht hatte, wo er sich im Wohnzimmer mit Dona Ester unterhalten hatte.

Die Lehrerin, die gegen die Bemerkung der anderen über die Zurückgebliebenheit Tabocas' protestiert hatte, fügte noch hinzu, daß dieser Dr. Virgilio nicht einmal die Gesellschaft von Tabocas respektiere. Er habe ein zweifelhaftes Mädchen in einem anständigen Viertel untergebracht, und es sei skandalös, zu sehen, auf welche Weise sie sich immer verabschiedeten. Vor aller Welt küßten sie sich an der Haustür und könnten nicht genug bekommen.

Die Lehrerinnen brachen in aufgeregtes Kichern aus. Doktor Jessé wollte noch mehr Einzelheiten erfahren.

Die Lehrerin, die sich so sittlich entrüstet hatte und die in Margots Nähe wohnte, wurde ausführlicher: »Eine Schamlosigkeit ist es. Man sündigt ja selber dabei, ohne zu wollen, wie ich schon Pater Tomé gesagt habe, mit Augen und Ohren. Denn diese Frau kommt an die Tür in einem Schlafrock, der vorne halb offen steht, fast nackt und hängt sich dem Doktor Virgilio an den Hals. Dann küssen sie sich und schlecken sich ab, ärger als zwei junge Hunde, und haben sich noch alles mögliche zu sagen.«

»Was sagen sie denn?« wollte die Lehrerin aus Bahía wissen. Ihr schlanker Körper zitterte, ihre Augen waren beim Anhören dieser Beschreibung aufgerissen. »Was sagen sie denn?«

Die andere rächte sich nun: »Wäre es nicht rückständig, das zu erzählen?«

»Seien Sie nicht dumm! Was sagen sie sich?«

»Das geht ›Mein Hündchen‹ hin und ›Mein Kätzchen‹ her, ›Mein süßes Schweinchen‹ und« – sie senkte die Stimme und legte, aus Scham vor dem Arzt, die Hände vors Antlitz – »›Meine wilde, kleine Stute‹.«

»Was?« fragte die Schulleiterin, die heftig errötet war.

»Was ich Ihnen sage. Einfach schamlos.«

»Und noch dazu in einer anständigen Straße«, entrüstete sich eine andere.

»So ist es. Zu Mittag kommen sogar Leute aus anderen Straßen, um sich das anzusehen. Es ist gerade ein Theater«, sagte sie abschließend.

Dr. Jessé schlug sich mit der Hand an die Stirn; ihm war etwas eingefallen.

»Theater! Heute ist Probe, und ich hätte es beinahe vergessen. Ich muß früher essen, sonst verspätet sich das Ganze.«

Fast laufend verließ er die Schule, die nun verlassen dalag. In Höfen und Klassenzimmern herrschte Stille. Nur die Stimmen der Lehrerinnen, die noch immer den Lebenswandel Dr. Virgilios besprachen, folgten ihm bis auf die Straße. »...geradezu unanständig.«

Dr. Jessé nahm hastig seine Mahlzeit ein, beantwortete die Fragen seiner Frau wegen der Gesundheit Ribeirinhos, eines befreundeten Patienten, zog einen seiner Sprößlinge an den Ohren und machte sich sogleich wieder auf den Weg zu Lauros Haus, wo er die Probe der »Liebhaberbühne von Tabocas« zu leiten hatte, die in Kürze eine Vorstellung geben sollte.

In der Stadt und sogar in Ferradas waren schon Ankündigungen in Umlauf:

Liebhaberbühne von Tabocas
Samstag, 10. Juni
THEATER SAO JOSE
Das großartige Stück in 4 Akten:

VAMPIRE DER GESELLSCHAFT

Beachten Sie das Programm!
Großer Erfolg!

Politik, Familie, Praxis, Pflanzungen, Miethäuser, die Schule – das alles hätte schon genügt, Doktor Jessé Freitas auszufüllen; aber seine wahre Leidenschaft war die »Liebhaberbühne von Tabocas«. Jahrelang hatte er den Plan zu ihrer Gründung gehegt, stets waren neue Schwierigkeiten aufgetaucht.

Zuerst kostete es ihn einen erbitterten Kampf, um den Widerstand der jungen Mädchen des Ortes zu brechen, die sich weigerten, an Theateraufführungen teilzunehmen. Wenn er ihn schließlich besiegte, so nur dank der Tochter eines reichen Kaufmanns, die aus Rio, wo sie zur Schule gegangen war, wieder nach Tabocas zurückkehrte. Sie war es, die die anderen überredete, »die Dummheiten seinzulassen« und der Liebhaberbühne beizutreten. Aber auch dann noch mußte Dr. Jessé die Einwilligung der Eltern erwirken, und das war keine leichte Sache.

Wenn es ihm einmal gelang, bekam er am Ende immer dieselbe mütterliche Bemerkung zu hören: »Ich erlaube es nur, weil Sie sich dafür einsetzen, Doktor.«

Andere weigerten sich ganz entschieden: »Diese Geschichte mit dem Theater ist nichts für ein Mädchen aus gutem Hause.«

Endlich wurde die Gesellschaft doch gegründet und brachte ihr erstes Stück heraus, ein Drama von Professor Estanislau: »Der Fall der Bastille«. Es war ein Riesenerfolg. Die Mütter der Künstlerinnen waren stolzgeschwellt, und es kam sogar zu Streitigkeiten zwischen ihnen, als es darum ging, festzustellen, wessen Tochter am besten gespielt habe. Dr. Jessé begann sogleich ein anderes Stück einzustudieren, diesmal ein eigenes über einen Stoff aus der vaterländischen Geschichte: »Pedro II.« Es wurde als Benefizvorstellung zugunsten des Baues der Pfarrkirche gegeben, die damals erst im Entstehen war. Trotz eines bedauerlichen Zwischenfalles zwischen zwei Künstlern auf offener Szene, wurde es wieder ein Erfolg, der endgültig den Ruf der »Liebhaberbühne von Tabocas« begründete. Die Gesellschaft war nun der Stolz der Stadt, und jedesmal, wenn ein Bürger von Tabocas nach Ilhéus fuhr, versäumte er nicht, von der »Liebhaberbühne« zu sprechen, um die Leute von Ilhéus zu ärgern, die zwar über einen schönen Theaterbau verfügten, aber keine Schauspielertruppe hatten. Dr. Jessé träumte neuerdings davon, mit seiner Bühne in Ilhéus eine Vorstellung zu geben. Er baute auf den Erfolg der »Vampire der Gesellschaft«, die auch aus seiner Feder stammten, um die Mütter zu bewegen, ihre Töchter in die Nachbarschaft fahren und dort auftreten zu lassen.

Stundenlang hielt er Proben ab. Er ließ die jungen Leute immer wieder dieselben ausladenden Gesten wiederholen und mit bebender Stimme und affektiertem Ton ihre Rollen deklamieren. Dem einen spendete er Beifall, den anderen wies er zurecht, sein Gesicht war in Schweiß gebadet und er strahlte vor Glück.

Erst als er von der Probe heimging, kamen ihm wieder der Wald von Sequeiro Grande, Teodoro, Ester und Dr. Virgilio in den Sinn.

Er nahm seine Tasche, in der das Manuskript seines Stückes zwischen Arzneien lag, und eilte zum Haus des Anwalts. Doch dieser war bei Margot, und so ging Dr. Jessé dorthin.

Vom Kirchturm schlug es neun Uhr, und die Straßen lagen verödet da. Die »Schauspieler« gingen heim, die jungen Mädchen in Begleitung ihrer Mütter. An einem Eck führte ein Betrunkener Selbstgespräche. In einer Kneipe diskutierten einige Männer über

Politik. Das Licht des Mondes erhellte die Straßen stärker als die trüben Lampen.

Dr. Virgilio war im Pyjama, und aus dem Nebenzimmer kam Margots Stimme, die wissen wollte, wer da war. Dr. Jessé legte seine Instrumententasche auf einen Stuhl im Wartezimmer.

»Es ist ganz sicher, daß Oberst Teodoro herkommt«, verkündete er. »Schicken Sie Oberst Horácio Nachricht. Niemand weiß, was er eigentlich will.«

»Herumschnüffeln wahrscheinlich.«

»Aber da ist noch etwas Ernsteres.«

»Was denn?«

»Es heißt, daß Juca Badaró einen Landmesser hat kommen lassen, um den Wald von Sequeiro Grande zu vermessen und sich eine Eigentumsurkunde ausstellen zu lassen.«

Virgilio lachte selbstgefällig: »Wozu glauben Sie wohl, daß ich Anwalt bin, Doktor? Der Wald ist schon mit allen Plänen im Kataster bei Venancio als Eigentum von Oberst Horácio, von Braz, Maneca Dantas, der Witwe Merenda, von Firmo, Jarde und« – hier erhob er die Stimme – »von Dr. Jessé Freitas eingetragen. Morgen müssen Sie hingehen, unterschreiben.«

Während er die »gerichtliche Enteignung« auseinandersetzte, erstrahlte das Antlitz des Arztes in einem breiten Lächeln: »Gratuliere, Doktor. Das ist ein Meisterstück!«

Virgilio lächelte bescheiden.

»Es hat zwei Contos de Reis gekostet, den Schreiber auf dem Grundbuchamt zu überzeugen. Alles übrige war einfach. Jetzt werden wir sehen, was die anderen machen. Sie werden wohl das Nachsehen haben.«

Dr. Jessé Freitas schwieg einen Augenblick: Ein glänzender Handstreich war das. Horácio war den Badaró zuvorgekommen, er war jetzt der rechtmäßige Eigentümer des Waldes. Er und seine Freunde, darunter er selbst, Doktor Jessé.

Er rieb bedächtig seine fetten Hände. »Das war ganze Arbeit! Hier gibt es keinen anderen Advokaten als Sie. Auf das hin gehe ich aber jetzt, ich lasse Sie beide« – er wies nach dem Nebenzimmer, wo Margot wartete – »allein. Es ist jetzt nicht die Zeit zu schwätzen. Gute Nacht, Doktor.«

Bei seinem Kommen hatte er noch die Absicht gehabt, Virgilio auf den Klatsch aufmerksam zu machen, der über ihn und Ester umlief. Er gedachte sogar, ihm den Rat zu geben, sich, wenn er nach Ilhéus kam, nicht zu oft in Horácios Haus sehen zu lassen. In der Stadt waren die bösen Zungen ebenso scharf wie im Dorf. Nun sagte er aber doch nichts, aus Furcht, den Anwalt zu kränken.

Um nichts auf der Welt hätte er Virgilio verletzen wollen, gerade an dem Tage, da er den Badaró einen so schweren Schlag versetzt hatte.

Virgilio geleitete ihn bis zur Tür. Dr. Jessé ging die Straße hinunter, aber auf seinem ganzen Wege fand er niemand Vertrauenswürdigen, dem er die Neuigkeit hätte mitteilen wollen. Vor dem Gesetz waren die Badaró erledigt. Was konnten sie jetzt noch tun?

Als er an einer Taverne vorbeikam, warf er einen Blick hinein.

»Suchen Sie jemanden, Herr Doktor«, fragte ihn einer der Männer, die dort zechten.

Auch da war keiner, der es verdient hätte, eine derartige Nachricht zu erfahren. Er antwortete daher mit einer Gegenfrage: »Wißt ihr, wo Tonico Borges steckt?«

»Er ist schon schlafen gegangen«, sagte einer. »Ich bin ihm eben erst begegnet, er war auf dem Weg zu den kleinen Mädchen.«

Dr. Jessé zeigte eine ungehaltene Miene. Er würde also die große Neuigkeit bis zum nächsten Tag für sich behalten müssen. Mit den kurzen Schritten der Beleibten setzte er seinen Weg fort. Doch bevor er heimging, blieb er noch einen Augenblick stehen, um festzustellen, wem der Kakao gehöre, den eine Karawane von fünfzehn Eseln in den Ort brachte. Ihre Schellen klingelten fröhlich, und die Rufe des Treibers weckten die Nachbarschaft aus dem Schlaf: »He, verdammter Esel! Vorwärts, Canivete!«

8

Der Mann kam gänzlich außer Atem im Eisenwarenladen an: »Azevedo! Azevedo!«

»Azevedo ist im Hinterzimmer, Ignacio«, sagte der Verkäufer.

Der Mann ging in das Hinterzimmer, wo Azevedo über seinen Rechnungen saß und in einem großen Buch blätterte.

Er wandte sich um: »Was gibt's, Ignacio?«

»Wissen Sie denn noch nicht?...«

»So reden Sie doch schon, Mensch. Was Ernstes?«

Ignacio mußte Atem holen, so schnell war er gegangen. »Ich hab's gerade erst erfahren. Sie machen sich keine Vorstellung – fallen Sie nicht um!«

Azevedo legte Bleistift, Papier und Kassenbuch hin und wartete voll Ungeduld.

»Das ist die größte ›Enteignung‹, von der man je gehört hat. Doktor Virgilio hat Venancio geschmiert und den Wald von Sequeiro Grande ins Grundbuch auf den Namen von Oberst Horácio und noch fünf oder sechs anderen eintragen lassen: Braz, Dr. Jessé, Oberst Maneca und, was weiß ich, von wem noch.«

Azevedo erhob sich von seinem Stuhl: »Und die Vermessung? Wer hat die vorgenommen? Die Eintragung ist ungültig.«

»Es ist alles rechtsgültig, mein lieber Azevedo. Vollkommen legal, da fehlt kein I-Punkt. Dieser junge Mann ist ein phantastischer Rechtsanwalt, er hat alles vorgesehen. Es hat schon von früher her einen Plan gegeben, den der verstorbene Mundinho de Almeida hat aufnehmen lassen, als er auf dieser Seite zu roden anfing. Er ist nur nie registriert worden, weil der Oberst Mundinho vorher ins Gras gebissen hat. Aber die Dokumente lagen noch bei Venancio.«

»Das wußte ich gar nicht.«

»Können Sie sich nicht erinnern, wie der Oberst Mundinho einen Landmesser aus Bahía hat kommen lassen, damit er den Plan aufnahm, einen mit einem Bart, der den Rum literweise gesoffen hat?«

»Ah, ja, jetzt weiß ich's!«

»Also! Dr. Virgilio hat diesen Plan ausgegraben und alles übrige war ganz einfach: die Namen ändern, und das Ganze ins Grundbuch eintragen. Man sagt, Venancio hat zehn Contos für seine Mühe bekommen.«

Azevedo war sich über die Bedeutung dieser Auskunft im klaren. »Ignacio, ich danke Ihnen, diesen Dienst werde ich Ihnen nicht vergessen. Sie sind ein wahrer Freund. Jetzt gleich werde ich Sinhô Badaró davon verständigen. Er zeigt sich für so etwas immer erkenntlich, das wissen Sie...«

Ignacio lächelte. »Sagen Sie Oberst Sinhô, daß ich immer zu seiner Verfügung stehe. Für mich gibt es keinen anderen Herrn in der ganzen Gegend. Sobald ich von der Geschichte erfahren habe, bin ich auch gleich hierher gekommen.«

Er verabschiedete sich, und Azevedo blieb einen Augenblick in Gedanken versunken. Dann griff er zur Feder, bückte sich über den Tisch und schrieb mit ungelenken Buchstaben einen Brief an Sinhô Badaró. Als er fertig war, schickte er den Angestellten, einen Mann zu holen.

Nach wenigen Minuten kam ein dunkelhäutiger Mulatte, mit Sporen an den bloßen Füßen und einem Revolver, der unter dem zerrissenen Mantel hervorsah. »Zu Diensten, Herr Azevedo.«

»Militão, du nimmst mein Pferd, reitest so schnell du kannst zur Pflanzung der Badaró und gibst Sinhô diesen Brief. Sag, daß du von mir kommst und daß es sehr dringend ist.«

»Soll ich über Ferradas reiten, Herr Azevedo?«

»Es ist viel näher...«

»Es heißt, der Oberst Horácio hat Befehl gegeben, keinen von Badarós Leuten dort durchzulassen...«

»Geschwätz! Oder hast du Angst?«

»Haben Sie mich schon einmal ängstlich gesehen? Ich wollt' nur wissen.«

»Nun also! Sinhô wird dich reichlich belohnen, denn es ist eine wichtige Nachricht.«

Der Mann nahm den Brief an sich. »Keine Antwort?« fragte er, bevor er das Pferd holen ging.

»Nein.«

»Dann, auf Wiedersehen, Herr Azevedo.«

»Alles Gute, Militão.«

An der Tür wandte sich der Mann noch einmal um: »Herr Azevedo!«

»Was denn?«

»Wenn ich auf der Straße nach Ferradas gefunden werde, wollen Sie sich um meine Frau und meine Kinder kümmern?«

9

Don' Ana Badaró stand auf der Veranda und sprach mit dem Mann, der soeben vom Pferd gestiegen war: »Er ist nach Ilhéus, Militão. Er kommt erst in drei Tagen zurück.«

»Und Juca?«

»Der ist auch nicht hier. Ist es was Dringendes?«

»Ich glaub' schon, Fräulein. Herr Azevedo hat mir gesagt, ich soll ohne Aufenthalt herreiten und den Weg über Ferradas nehmen, weil er kürzer ist. Und Ferradas ist im Kriegszustand!«

»Wie hast du das gemacht?«

»Ich hab' die Abkürzung hinter dem Lazarett genommen, niemand hat mich gesehen.«

Don' Ana drehte den Brief zwischen den Fingern. »Eine dringende Sache, meinst du?« fragte sie noch einmal.

»Bestimmt, Don' Ana. Herr Azevedo hat mir gesagt, daß es sehr wichtig ist und sehr eilig. Er hat mich sogar auf seinem Pferd hergeschickt.«

Don' Ana öffnete kurz entschlossen den Brief und versuchte Azevedos Gekritzel zu entziffern. Ihr Antlitz verfinsterte sich. »Dieser Gauner!«

Mit dem Brief in der Hand ging sie ins Haus, entsann sich jedoch plötzlich des Boten. »Setze dich hier auf die Veranda, Militão. Ich schicke dir gleich etwas zu trinken.«

Laut rief sie: »Raimunda! Raimunda!«

»Was gibt's, Patin?«

»Bring Militão Rum auf die Veranda hinaus.«

Sie ging in das Wohnzimmer und begann dort hin und her zu gehen. Sie glich einem der Brüder Badaró, wenn sie etwas überlegten oder gemeinsam berieten. Schließlich setzte sie sich in Sinhôs hohen

Lehnsessel, das Gesicht angespannt vor Sorge über die eingetroffene Nachricht. Ihr Vater und ihr Onkel waren in Ilhéus, und diese Sache vertrug keinen Aufschub. Was war da zu tun? Ihrem Vater den Brief schicken? Er würde erst am nächsten Tag in Ilhéus ankommen, und alles würde dadurch aufgehalten. Plötzlich fiel ihr etwas ein; sie sprang auf und ging wieder auf die Veranda hinaus, wo Militão seinen Rum trank.

»Bist du sehr müde, Militão?«

»Nein, Fräulein. Das war ja nur ein Spazierritt: knappe acht Meilen.«

»Dann reite doch noch einmal los und mache einen Sprung zu den Baraúnas, um Oberst Teodoro eine Botschaft von mir zu bringen. Sag ihm, er soll sofort zu mir herüberkommen, ich habe mit ihm zu reden. Und komm mit ihm zurück!«

»Sehr wohl, Don' Ana.«

»Er soll sobald wie möglich kommen, es ist was Wichtiges.«

Militão stieg wieder auf und tätschelte sein Pferd.

»Auf Wiedersehen, Fräulein«, sagte er.

Sie blieb auf der Veranda stehen und folgte ihm mit den Augen. Sie hatte eine schwere Verantwortung auf sich geladen. Was würde Sinhô sagen, wenn er davon erfuhr? Sie überlas nochmals Azevedos Brief und kam zu der Überzeugung, daß sie recht getan hatte, Teodoro rufen zu lassen.

»Gauner!« murmelte sie wieder. »Und dieser verdammte kleine Advokat! Eine Kugel verdient er.«

Die Katze kam herbeigelaufen und strich um ihre Beine. Don' Ana streichelte sie sanft mit der Hand. Ihr Antlitz hatte alle Härte verloren, ihre tiefen, dunklen Augen, ihr sinnlicher Mund schienen nur von leichter Trauer überschattet. Wer Don' Ana Badaró so auf der Veranda sah, der konnte sie für ein schüchternes, kleines Bauernmädchen halten.

In der Schule ging alles ganz vortrefflich. Dr. Jessé hatte erreicht, daß einige Kaufleute ihre Läden schlossen, um den »Tag des Baumes« zu feiern. Im Schulgebäude selbst, wo Professor Estanislau seine Ansprache verlas und einige Kinder Verse aufsagten, gab es, abgesehen von den Lehrerinnen und den Schülern, wenige Zuhörer; der Kirchplatz dagegen war gesteckt voll. Dr. Jessé präsidierte der Festversammlung in der Schule, und die Kinder überreichten ihm einen Blumenstrauß.

Dann marschierten sie zum Platz, auf dem bereits in Reih und Glied die Zöglinge der beiden Privatschulen des Ortes warteten, die von Estanislau und von Dona Guilhermina geleitet wurden, einer Lehrerin, die für die rüde Behandlung ihrer Schüler berüchtigt war. An der Spitze der Schule marschierte Dr. Jessé mit dem Blumenstrauß in der Hand.

Der Platz war gedrängt voll Menschen. Frauen in Feiertagskleidern, junge Mädchen, die nach ihren Verehrern auslugten, einige Kaufleute und Angestellte der Geschäfte, die diesem Tag zu Ehren geschlossen hatten. Alle wollten die unverhoffte Zerstreuung genießen, die den trübseligen Rhythmus des Lebens in Tabocas angenehm unterbrach. Die Schule nahm vor den Privatschulen Aufstellung. Professor Estanislau, der schon seit langer Zeit mit Dona Guilhermina verfeindet war, trat vor die Front seiner Schüler, um ihnen Ruhe zu gebieten. Er wollte, daß sie sich zumindest ebenso musterhaft betrugen wie die seiner Rivalin, die unter dem grimmigen Blick ihrer Lehrerin still und stumm dastanden. Neben einem frisch gegrabenen Erdloch in der Mitte des Platzes stand ein junger, kaum einjähriger Kakaobaum, der im Verlauf dieser Feier gepflanzt werden sollte. Die Badaró waren in Ilhéus und hatten auch den Polizeikommissar dorthin kommen lassen; deshalb trat die Polizeimacht – acht Mann hoch – gar nicht erst in Erscheinung. Die Musikkapelle »Euterpe vom 3. Mai«, die von Horácios Geld unterhalten wurde, war dafür vollzählig erschienen. Ihr fiel die Aufgabe zu, den feierlichen Akt mit der Nationalhymne einzuleiten. Die Männer zogen den Hut und alles verstummte, sobald die Kinder aus den drei Schulen den Text dazu sangen. Die Sonne brannte unbarmherzig herab und immer mehr Sonnenschirme wurden aufgespannt.

Als die Musik zu Ende war, trat Dr. Jessé in die Mitte des Platzes und begann seine Rede. Von allen Seiten wurde Schweigen geboten; die Lehrerinnen liefen zwischen ihren Schülern umher, um sie zu Ordnung und Ruhe anzuhalten, doch ohne einen nennenswerten Erfolg zu erzielen. Stille herrschte nur in den Reihen der Schüler von Dona Guilhermina, die steif, mit gekreuzten Armen, in einem gestärkten weißen Kleid dastand.

Fast niemandem gelang es, etwas von Dr. Jessés Worten aufzufangen, und nur ganz wenige konnten ihn sehen, da es keine Estrade gab, von der aus er hätte sprechen können. Doch auch so erntete er reichen Beifall, als er geendet hatte. Einige Reiter näherten sich, ihn zu beglückwünschen. Bewegt drückte er die Hände, die sich ihm entgegenstreckten. Dann bat er als erster um Ruhe, damit man das Gedicht von Irene, der Lehrerin, hören könne.

Mit dünner Stimme begann sie die Verse zu sprechen: »Gesegnet sei der Samen, der die Erde befruchtet...«

Die Kinder riefen laut die Verkäufer von Süßigkeiten herbei. Sie lachten, schwätzten, zankten und bedachten einander mit Fußtritten, während ihnen die Lehrerinnen allerlei Strafen für den nächsten Tag in Aussicht stellten.

Irene erhob einen Arm, ließ ihn wieder sinken und erhob den anderen: »Gesegneter Baum, der uns Schatten und Früchte spendet...«

Die Reiter hatten Zuzug erhalten, und plötzlich brach der ganze Trupp in den Kirchplatz ein. Es war Oberst Teodoro das Baraúnas an der Spitze eines Dutzends bewaffneter Männer.

Sie gaben einige Schüsse in die Luft ab, und ihre Pferde zertrampelten den Rasen. Teodoro ritt quer durch die Schulkinder heran, die davonstoben; ja, selbst die Frauen und Männer liefen auseinander.

Hart vor der Gruppe, die sich um das Bäumchen gebildet hatte, zügelte er sein Pferd.

Irene verschluckte den nächsten Vers, ihr Arm war noch hoch erhoben.

»Was ist denn das für ein Unsinn?« fragte Teodoro, den Revolver in der Hand. »Legt ihr hier mitten auf dem Platz eine Pflanzung an?«

Mit zitternder Stimme erklärte Jessé den Sinn der Feier. Teodoro lachte; er schien mitmachen zu wollen: »Na, dann pflanzt nur. Ich will zusehen.«

Er legte den Revolver auf die kleine Schar an, seine Leute kamen näher und entsicherten ihre Karabiner. Unterstützt von zwei Männern, pflanzte Jessé den Kakaobaum. Die Zeremonie hatte freilich nicht mehr die geringste Ähnlichkeit mit der Vorstellung, die sich Dr. Jessé von ihr gemacht hatte. Jede Weihe war ihr genommen, in aller Eile wurde das Bäumchen in das Erdloch gesteckt, das mit der Erde ausgefüllt wurde, die daneben aufgehäuft lag. Es befanden sich nur noch wenige Menschen auf dem Platz, die meisten hatten die Flucht ergriffen.

»Fertig?« fragte Teodoro.

»Ja...«

»So, jetzt will ich ihn begießen«, lachte Teodoro.

Und nachdem er die Hose aufgeknöpft hatte, pißte er vom Sattel aus auf den Kakaobaum. Er zielte nicht sehr genau und bespritzte sämtliche Umstehenden. Irene, die Lehrerin, bedeckte das Gesicht mit den Händen. Bevor er zu Ende war, machte Teodoro eine Bewegung und begoß noch Dr. Jessé. Dann rief er seine Leute zusammen, und im Galopp entfernten sie sich durch die Hauptstraße. Die Anwesenden, die nicht mehr hatten fliehen können, blieben wie erstarrt stehen und sahen sich wortlos an. Eine Lehrerin wischte sich ein paar Urintropfen vom Gesicht.

»Hat man schon so was gesehen?« sagte eine andere, gänzlich verblüfft.

Immer noch in die Luft schießend, ritt Teodoro die Straße hinunter. Ihrem Ende zu, an der Kreuzung mit einem Gäßchen, lag Venancios Büro. Dort hielten sie an und sprangen von den Pferden.

Venancio und seinen Angestellten blieb eben noch Zeit, durch das Hinterhaus zu entkommen. Teodoro rief einen seiner Männer heran, ließ sich von ihm eine Flasche reichen und begann den Fußboden und die mit Papieren vollgestopften Regale mit Petroleum zu besprengen. Als er damit zu Ende war, warf er die Flasche nach.

»Anzünden!« befahl Teodoro.

Der Mann strich ein Zündholz an; die Flamme lief über den Boden, züngelte an einem Regal hoch, fand Nahrung an einigen Blättern und breitete sich über die gesamten Dokumente aus, die im Archiv des Büros aufgestapelt lagen. Teodoro lief mit dem Mann hinaus zu den anderen, die an der Straßenecke hielten und warteten, bis das Feuer richtig gepackt hatte. Teodoro trug einen weißen Rock über der Khakihose, an seinem kleinen Finger glänzte ein riesiger Solitär.

Das Feuer hatte bereits das ganze Haus ergriffen, auf der Straße liefen die Menschen zusammen. Teodoro ließ seine Leute wieder aufsitzen, und mit den Hufen ihrer Pferde zerstreuten sie die Neugierigen, die sich zu nahe herangewagt hatten.

In diesem Augenblick tauchte am anderen Ende der Straße ein bewaffneter Trupp von Horácios Leuten auf. Teodoro bog mit den Seinen um die Ecke und schlug die Straße nach Mutuns ein. Die Straße war schon voller Menschen, auch Venancio erschien und raufte sich die Haare. Die Männer Horácios waren schon nahe und eröffneten von der Ecke aus das Feuer, das von Teodoros Bravos erwidert wurde. Mühsam mußten sie sich den Weg durch die Menge bahnen, die von allen Seiten herbeilief, um den Brand zu sehen. Noch bevor Teodoro das Ende der Straße gewonnen hatte, fiel einer seiner Leute getroffen vom Pferd, das herrenlos mit den anderen weiterlief. Die Männer Horácios stürzten auf den Gefallenen zu und erledigten ihn mit ein paar Messerstichen.

VIERTER TEIL

DAS MEER

I

Der Mann im blauen Sweater gab keine Antwort. Ganz klein und mickrig sah er aus in dem riesenhaften blauen Sweater, der über die braune schmutzstarrende Rohleinenhose herabhing.

Es war eine stimmungsvolle Nacht draußen. Sogar bis in die schmierige Taverne drang die Poesie der Nacht: ein Stückchen Mondschein, das auf das Straßenpflaster fiel, ein paar Sterne, die vor den offenen Türen standen, und der ferne Klang einer Geige zum Gesang einer klagenden Frauenstimme, die ein trauriges Lied über eine verlorene Liebe in längstvergangener Jugendzeit sang. Mehr noch vielleicht als Mond und Sterne, als der sündige Duft des Jasmins, der aus dem nahen Garten herüberdrang, als die Lichter des Schiffes draußen – vielleicht noch mehr als das alles bewegte die traurige Frauenstimme, die in die Nacht hinaussang, die müden Herzen dieser Männer, die auf den Kisten oder an die Bar gelehnt vor sich hindösten.

Der Mann mit dem falschen Ring wiederholte seine Frage, die der Kleine im blauen Sweater nicht beantwortet hatte: »Und du, du komische Schnecke, hast du nie eine Frau gehabt?«

Statt seiner sprach der Blonde: »Frauen... Dutzende von Frauen gibt's in jedem Hafen. An Frauen fehlt's einem Seemann nie. Was mich angeht, zu Dutzenden hab' ich sie gehabt.«

Er machte eine Handbewegung, öffnete und schloß die Finger.

Die Prostituierte spuckte durch ihre schadhaften Zähne und betrachtete voll Interesse den blonden Matrosen.

»Ein Seemannsherz ist wie die Meereswogen«, sagte sie. »Das

kommt und geht. Einen hab' ich gut gekannt: José de Santa. Eines Tages war er fort, auf einem Schiff, das nicht einmal ihm gehörte...«

»Ja«, fuhr der Matrose fort, »ein Seemann kann nirgends Anker werfen, nicht einmal bei einer Frau. Eines schönen Tages fährt er weg, das Dock bleibt leer, dann kommt ein anderer und legt an. Eine Frau, meine Liebe, ist trügerischer als ein aufziehender Sturm.«

Ein Mondstrahl hatte sich jetzt den Weg durch die Tür gebahnt und beschien den Fußboden aus groben Brettern. Der mit dem falschen Ring fuchtelte mit seinem langen Messer vor dem blauen Sweater herum.

»So red schon, du Schnecke! Sieht er nicht ganz wie eine Schnecke aus? Habt ihr schon jemanden gesehen, der so sehr einer Schnecke ähnlich sieht? Also: hast du schon mal eine Frau gehabt?«

Die Prostituierte lachte aus vollem Herzen. Sie legte dem blonden Matrosen den Arm um den Hals, dann lachten sie beide zusammen. Der Mann im blauen Sweater trank sein Glas Rum aus und wischte sich den Mund mit dem Ärmel seiner Jacke ab.

»Ihr wißt ja nicht, wo das war«, begann er zu erzählen. »Weit fort von hier war's, in einem anderen Hafen, in einem Land, viel größer als dieses hier. In einer Schenke war's; ich weiß noch den Namen: ›Die Neue Welt‹.«

Der Mann mit dem falschen Ring schlug auf den Tisch, um noch Rum zu bestellen.

»Ihre Freundin hab' ich schon gekannt, zu zweit waren sie, und ein Bursche war auch noch dabei. Ich saß gerade mit einem Kameraden beim Glas, wir unterhielten uns über das schlechte Leben. Man sagt, es gibt keine Liebe auf den ersten Blick, aber das ist nicht wahr...«

Die Prostituierte lehnte ihren Kopf an den Matrosen und preßte seinen sehnigen Arm. Die trübselige Atmosphäre der Taverne wurde plötzlich vom Gesang der Frauenstimme erfüllt:

»So ist er fortgezogen, kehrt nimmermehr zurück.«

Alles lauschte. Der mit dem Ring schlürfte den Rum in kleinen Schlucken, als wäre es ein teurer Likör; begierig wartete er, daß der Mann im blauen Sweater seine Erzählung fortsetzen möchte.

»Das ist ja auch gleich«, meinte dieser und wischte sich den Mund mit dem Jackenärmel ab.

»Wie groß und schön der Mond ist. Ich habe ihn schon lange nicht so gesehen«, flüsterte die Prostituierte und schmiegte sich enger an den Blonden.

»Weiter! Erzähl uns das übrige!« verlangte der Mann mit dem falschen Ring.

»Ja, so war's. Wie gesagt, ich bin da gesessen und hab' mit einem Freund ein Glas getrunken. Er hat über sein Leben geklagt, mit seiner Alten war's ein Elend, und Draht hat er auch keinen gehabt, aber schon gar keinen. Einen richtigen Kater hatte er, und ich war auch schon ganz traurig, als sie hereinkam. Mit einer anderen kam sie, hab' ich das schon gesagt?«

»Ja, das hast du uns schon gesagt«, bestätigte der blonde Matrose, der sich für die Geschichte zu interessieren begann. Auch der Wirt, ein Spanier, lehnte sich über den Schanktisch, um zuzuhören. Aus der geheimnisvollen Tiefe der Nacht drang gedämpft der Gesang der Frau herüber. Der im blauen Sweater nickte dem blonden Matrosen dankbar zu und fuhr fort: »Also gut. Mit einer anderen ist sie gekommen, und mit einem Burschen. Die andere hab' ich gekannt, schon von früher her. Aber Kinder, ich hab' sie gar nicht recht gesehen, nur die andere.«

»War sie schwarz?« fragte der Mann mit dem falschen Ring, der eine Schwäche für die Dunklen hatte.

»Schwarz? Nein. Schwarz war sie nicht, aber auch nicht blond. Aber komisch – wie eine Fremde schien sie, ein Mensch aus einem anderen Land.«

»Ich kenn' das«, sagte der Blonde, der auf einem Frachtschiff viel unterwegs war. Der mit dem blauen Sweater machte wieder eine dankbare Geste. Die Prostituierte kuschelte sich an ihren Matrosen.

»Du weißt alles«, murmelte sie lächelnd. »Schau nur den Mond an, so groß, so groß, und so gelb.«

»Es ist so, wie dieser junge Mann sagt.« Der im blauen Sweater zeigte mit einer Bewegung seines Kinns auf den Matrosen. »Als wär' sie einem Schiff entstiegen, das von weither kam. Ich weiß gar nicht, wie ich in ihre Nähe kam, mein Freund muß wohl mit der anderen ein Gespräch angefangen haben. Die hat dann gesagt, wer wir sind, und so haben wir begonnen uns zu unterhalten. Was ich geredet habe, das weiß ich nicht mehr. Ich hab' sie nur angesehen – sie hat gar nichts gesprochen, nur gelacht mit ihren weißen Zähnen, so weiß, weißer noch als der Sand am Strand... Mein Freund hat die ganze Zeit geredet, hat seinen Kummer ausgekramt. Die andere hat auch gesprochen; ich glaub', sie hat ihn getröstet. Genau weiß ich's nicht. Die Fremde und der Bursche schwiegen, aber sie hat gelacht«, – er lächelte bei dieser Erinnerung und sprach lächelnd weiter – »ganz hell hat sie gelacht, so hellauf, wie ich nie jemanden lachen gehört habe. Und ihre Augen«, – er hielt inne, um sich ihr Aussehen zu vergegenwärtigen – »ich weiß eigentlich nicht, wie ihre Augen waren.« Er machte eine zögernde Handbewegung. »Sie sah so aus, wie die Frau in der Geschichte, die der Neger Asterio an Bord des schwedischen Schiffes erzählte, das dann am Coqueiros-Riff gescheitert ist...«

Der Mann mit dem falschen Ring hielt seinen Fuß in den Mondstrahl und spuckte aus. »Und der Kerl, der mit ihr war?« fragte er. »War das der Herr von diesem hübschen kleinen Kahn?«

»Weiß ich's? Ausgesehen hat er nicht danach. Eher ein Freund, weiß nicht... Ich weiß nur, daß sie gelacht hat, gelacht mit ihren weißen Zähnen, diesem weißen Gesicht, diesen Augen...«

Er steckte nun die Finger in die Taschen seines blauen Sweaters, er wußte nichts mit seinen Händen anzufangen, bis er sich entschloß, das Glas Rum hinunterzugießen.

»Und dann?« wollte der mit dem Ring wissen.

»Sie haben gezahlt und sind fortgegangen, alle drei. Ich bin auch fort; noch oft bin ich in diese Taverne gekommen... Einmal hab' ich sie wiedergesehen. Von weither ist sie gekommen, sicher, von sehr weit, von hier war sie nicht...«

»So schön ist der Mond«, sagte die Dirne, und der Matrose bemerkte, daß sie traurige Augen hatte. Sie hatte etwas anderes sagen wollen und konnte die rechten Worte nicht finden.

»Von weither. Wer weiß, vielleicht vom anderen Ende des Meeres? Ich weiß nur, daß sie da war und wieder fort ist. Das ist alles, was ich weiß. Sie hat mich nicht einmal bemerkt. Aber noch heute erinnere ich mich an ihre Art zu lachen, an ihre Zähne, an ihre weiße Haut. Und das Kleid« – er schrie fast auf vor Freude, als er sich dieser neuen Einzelheit entsann – »dieses Kleid mit den offenen Ärmeln!«

Er goß sein Glas hinunter und verzog den Mund; seine ganze Freude war vergangen.

Schmachtend erklang die Frauenstimme, deren Lied den Zauber der Nacht erfüllte:

»So ist er fortgezogen, kehrt nimmermehr zurück...«

»Und dann?« wiederholte der Mann mit dem falschen Ring seine Frage.

Der im blauen Sweater gab keine Antwort und die Prostituierte wußte nicht, ob er nach dem Mond sah oder nach etwas, das sie nicht sehen konnte, das jenseits dieser stillen Nacht lag. Sie wußte auch nicht, warum sie plötzlich solche Lust hatte, zu weinen. Doch bevor ihr noch die Tränen kamen, ging sie mit dem blonden Matrosen fort, um die Mondnacht so recht zu genießen.

Der Spanier beugte sich über den Schanktisch, um den Abenteuern des Mannes mit dem falschen Ring zu lauschen; der im blauen Sweater war in seine Gleichgültigkeit zurückverfallen und blickte zum Mond empor, der gelb am Himmel stand. Der mit dem Ring unterbrach sich selber in der Erzählung einer Weibergeschichte, die er mit großen Gesten begleitete. Er wandte sich dem Wirt zu und wies auf den Schweigenden: »Sieht er nicht wirklich ganz wie eine Schnecke aus?«

2

Während abends an den Kais noch lange geschwätzt wurde, schlief die Stadt Ilhéus ihren unruhigen Schlaf, ständig unterbrochen von den Gerüchten, die aus Ferradas, aus Tabocas und vom Sequeiro Grande herüberdrangen. Der Kampf zwischen Horácio und den Badaró hatte begonnen. Die beiden Wochenzeitungen, die in der Stadt erschienen, wetteiferten in heftigen Angriffen; jede spendete ihren Parteiführern Lob und zerrte die gegnerischen Anführer in den Schmutz. Wer die ärgsten Beleidigungen auszustoßen wußte, war der beste Journalist. Vor nichts wurde haltgemacht, weder vor den Angehörigen noch vor dem Privatleben der Betroffenen.

Manuel Oliveira, der Redakteur des »O Comercio«, der Zeitung der Badaró, saß hinter Juca und kiebitzte bei einer Partie Poker. Die anderen Spieler waren Oberst Ferreirinha, Teodoro das Baraúnas und Hauptmann João Magalhães. Ferreirinha hatte diesen auf der gemeinsamen Fahrt von Bahía nach Ilhéus kennengelernt und ihn Juca vorgestellt.

»Ein gebildeter Mensch«, hatte er gesagt, »sehr reich, reist nur zu seinem Vergnügen. Er ist ein pensionierter Pionierhauptmann.«

Juca Badaró war wegen der Angelegenheit des Waldes von Sequeiro Grande in die Stadt gekommen. Doktor Roberto, der Landmesser, war aber nicht in Ilhéus, sondern gerade nach Bahía verreist, und Juca hatte es eilig, den Wald vermessen und im Grundbuchamt eintragen zu lassen. Als er von der Anwesenheit eines Militäringenieurs in der Stadt hörte, hielt er das Problem für gelöst.

Ferreirinha übernahm die Vorstellung, und Juca rückte mit seinem Vorschlag heraus: »Es freut mich sehr, Sie kennenzulernen, Herr Hauptmann. Ich hätte ein Geschäft für Sie, bei dem Sie viel Geld verdienen könnten...«

In João Magalhães regte sich das Interesse. Vielleicht war dies gerade die langersehnte Gelegenheit. Er war nach Ilhéus gekommen, um Geld zu machen, aber einen ordentlichen Haufen Geld, nicht nur, was ein paar Pokerpartien abwerfen. Er zeigte sich Juca gegenüber so höflich als nur möglich: »Das Vergnügen ist ganz meinerseits. Ich glaube Sie übrigens schon vom Sehen zu kennen. Wir sind auf demselben Schiff von Bahía gekommen; nur hatten wir keine Gelegenheit, uns kennenzulernen.«

»Stimmt«, bemerkte Ferreirinha, »du warst auch auf dem Schiff, Juca. Nur warst du zu sehr mit einer Dame beschäftigt, die an Bord war.«

Er stieß ihn in den Bauch und lachte.

Juca gab seinem Bedauern Ausdruck, daß sie sich nicht früher kennengelernt hatten, und ging ohne Umschweife auf die Sache los, die ihm am Herzen lag: »Sehen Sie, die Geschichte liegt folgendermaßen: Unser Besitz grenzt an einen Urwald, der niemandem gehört, auf den wir aber noch das größte Anrecht haben, denn wir waren die ersten, die in ihn vorgedrungen sind. Es handelt sich um den Wald von Sequeiro Grande. Jetzt wollen wir ihn roden, um Kakao zu pflanzen. Aber hier gibt es so einen Bandenführer, einen gewissen Horácio da Silveira, der ihn sich selber aneignen will; er hat einen alten Plan ausgegraben und den Wald als sein Eigentum und das von einigen seiner Freunde eintragen lassen. Das hat freilich nichts zu sagen, denn wir haben diese ›Enteignung‹ im Handumdrehen unschädlich gemacht.«

»Ich habe davon reden hören. Ein Brand im Katasteramt, nicht? Tüchtige Arbeit, sehr gut ausgeführt...« Hauptmann João Magalhães begleitete seine Worte mit lebhaften Gesten. »Das war Ihr Werk? Wenn es so ist, kann ich Ihnen nur gratulieren. Mir gefallen Männer, die wissen, was sie wollen.«

»Nein, es war mein Freund Teodoro, der Besitzer der Baraúnas-Farm. Ein ganzer Kerl, der vor nichts zurückschreckt.«

»Das merkt man.«

»Jetzt suchen wir also einen Landmesser, der den Wald vermessen kann. Unglücklicherweise ist Doktor Roberto verreist, und er ist der einzige hier, der es machen könnte. Die anderen zwei sind Feiglinge, die sich nicht hineinmischen wollen. Da habe ich nun gehört, daß Sie Ingenieur sind, und bin gekommen, Sie zu fragen, ob Sie wohl die Vermessung übernehmen wollten. Wir zahlen ordentlich... Und was die Rache Horácios angeht, da brauchen Sie keine Angst zu haben; Sie stehen unter unserem Schutz.«

Hauptmann João Magalhães hatte nur ein überlegenes Lächeln dafür.

»Um Gottes willen! Mir wollen Sie von Angst sprechen? Wissen Sie, an wie vielen Revolutionen ich schon teilgenommen habe, Oberst? An mehr als einem Dutzend! Ich weiß nur nicht, ob ich vor dem Gesetz« – er zögerte ein wenig – »die Vermessung vornehmen darf. Ich bin kein Vermessungsingenieur, ich bin Offizier bei den Pionieren. Ich weiß nicht, ob das Gültigkeit hätte...«

»Bevor ich hergekommen bin, mit Ihnen darüber zu sprechen, habe ich meinen Anwalt gefragt; er sagt, Sie können es, die Pionieroffiziere sind berechtigt, Vermessungen auszuführen...«

»Ich bin nicht so ganz sicher. Übrigens... ich bin nicht in Bahía eingetragen, sondern nur in Rio. Das Grundbuchamt wird meine Vermessung nicht anerkennen.«

»Das spielt keine Rolle. Wir regeln das schon mit dem Beamten. Deswegen machen Sie sich keine Sorgen.«

João Magalhães zeigte immer noch Zweifel. Er war weder Offizier noch Ingenieur. Er beherrschte zwar jedes Kartenspiel, er verstand mit den Karten umzugehen und das Vertrauen anderer zu gewinnen. Aber er suchte eine einmalige Gelegenheit, er wollte viel Geld gewinnen und nicht ewig vom Spieltisch abhängen, einen Tag Geld scheffeln und dann wieder ohne einen Groschen dasitzen. Schließlich und endlich – was riskierte er schon? Die Badaró hatten Oberwasser in der Politik, alle Chancen, den Kampf zu gewinnen, waren auf ihrer Seite, und sobald sie einmal gesiegt hatten, konnte ihnen niemand mehr den Besitztitel auf den Wald von Sequeiro Grande streitig machen. Und selbst wenn man darauf kommen sollte, daß die Vermessung ungültig war, weil sie von einem Scharlatan vorgenommen worden war, so war er dann längst weit fort und genoß das erhaltene Geld in einem anderen Teil des Landes. Es lohnte sich, diese Sache zu riskieren. Während er überlegte, betrachtete er Juca Badaró, der vor ihm saß und voll Ungeduld seine Stiefel mit der Reitpeitsche bearbeitete.

»Die Sache ist die – ich bin hier ein Fremder und möchte mich nicht in die hiesigen Streitigkeiten mischen. Anderseits habe ich viel Sympathie für Sie und Ihren Bruder. Besonders nach dem Brand im Grundbuchamt. Solche Husarenstücke machen mir immer großen Eindruck. Kurz...«

»Wir zahlen gut, Herr Hauptmann. Sie werden es nicht zu bereuen haben.«

»Ich rede nicht von Geld. Wenn ich es tue, dann aus reiner Freundschaft.«

»Nein, nein, wir wollen das in Ordnung bringen. Geschäft ist Geschäft, ganz abgesehen davon, daß wir für Ihre Gefälligkeit immer in Ihrer Schuld stehen werden.«

»Das ist schon richtig...«

»Was verlangen Sie für diese Arbeit? Sie werden acht Tage auf der Pflanzung verbringen müssen.«

»Und die Instrumente?« fragte Magalhães, um Zeit zu gewinnen und seine Forderung ausrechnen zu können. »Die meinen sind in Rio.«

»Das macht nichts. Ich bekomme die Dr. Robertos von seiner Frau.«

»Wenn es so ist...« Er überlegte. »Ich bin allerdings nicht hierhergekommen, um zu arbeiten, nur zur Erholung. Lassen Sie mal sehen: acht Tage auf der Pflanzung – ich werde also das Mittwoch-Schiff verpassen. Am Mittwoch wollte ich nach Bahía«, murmelte er, indem er sich direkt an Juca wandte. »Ich werde wahrscheinlich dieses Holzgeschäft in Rio nicht mehr rechtzeitig abschließen können. Dadurch wird alles umgeworfen – na, immerhin...« Er sprach nun ausdrücklich zu Juca, der ungeduldig auf seine Antwort wartete und pausenlos mit der Reitgerte an seine Stiefel schlug. »Zwanzig Contos – ich glaube nicht, daß das viel ist.«

»Das ist viel Geld«, meinte Juca Badaró. »In acht Tagen ist Dr. Roberto wieder zurück, der macht es für drei Contos.«

João Magalhães verzog sein Gesicht zu einer Grimasse, die vollkommene Gleichgültigkeit ausdrückte, als wollte er sagen, dann solle Juca eben warten.

»Viel Geld«, wiederholte Juca Badaró.

»Sehen Sie: drei Contos verlangt der Landmesser. Aber er ist in Bahía eingetragen, er lebt davon, und kommt erst in acht Tagen wieder her – wenn überhaupt. Ich dagegen riskiere meine Laufbahn, man kann mir sogar einen Prozeß anhängen, und dann verliere ich meine Lizenz und womöglich noch mein Diplom. Außerdem bin ich nur zu meinem Vergnügen hier, ich versäume mein Schiff und höchstwahrscheinlich ein Geschäft, das in die Hunderte von Contos geht. Wenn ich hier bleibe, dann tue ich es aus Freundschaft und nicht wegen des Geldes.«

»Das sehe ich ein, Herr Hauptmann. Aber es ist immerhin viel Geld. Wenn Sie mit zehn Contos einverstanden sind, ist das Geschäft abgeschlossen und wir fahren gleich morgen.«

João Magalhães schlug einen Ausgleich vor:

»Fünfzehn Contos.«

»Herr Hauptmann, ich bin weder ein Syrer noch ein Hausierer. Ich gebe Ihnen zehn Contos, weil die Sache eilt. Wenn Sie wollen, können Sie noch heute das Geld haben, und morgen fahren wir.«

João merkte, daß ein weiteres Verhandeln zu nichts führen würde: »Nun gut. Wenn ich Ihnen schon eine Gefälligkeit erweise, dann auch ganz. Einverstanden.«

»Wir werden Ihnen unser ganzes Leben dankbar sein, Herr Hauptmann, ich und mein Bruder. Sie können immer auf uns zählen. Möchten Sie es jetzt gleich haben?« fragte er, bevor er sich verabschiedete. »Wenn Sie wollen, gehen wir noch zu mir.«

»Nein, nein, für wen halten Sie mich? Wann es Ihnen paßt. Es eilt nicht.«

»Dann können wir uns heute abend treffen.«

»Spielen Sie Poker?«

Ferreirinha griff die Anregung begeistert auf: »Famose Idee. Wir machen ein Spielchen im Café.«

»Sehr gut«, meinte Juca. »Ich bringe Ihnen das Geld und dann gewinne ich es Ihnen wieder ab, so bekomme ich die Vermessung gratis.«

Magalhães ging auf den Scherz ein: »Oder ich gewinne noch zehn Contos dazu und komme auf diese Art zu den zwanzig, die ich haben wollte. Kommen Sie nur mit vollen Taschen, Herr Badaró.«

»Es fehlt noch ein Vierter«, machte sie Ferreirinha aufmerksam.

Doch Juca wußte einen Ausweg: »Ich bringe Teodoro mit.«

Da saßen sie nun im Hinterzimmer von Nhôzinhos Kaffeehaus und spielten Poker. Der Hauptmann gefiel Juca Badaró immer besser. Er hatte für diesen Typ etwas übrig: guter Gesellschafter, Erfahrung mit Frauen, blendender Erzähler gepfefferter Anekdoten. Sie teilten sich im Gewinn. Teodoro und Ferreirinha verloren, Teodoro sogar sehr viel. Juca gewann ein wenig. João Magalhães bedeutend mehr. Der Einsatz war so hoch, daß Manuel Oliveira in den Tanzsaal hinüberging, Astrogildo, einen Pflanzer, zu rufen, damit er zusehen komme. Die beiden beteiligten sich als Kiebitze.

»Ihre 160 und noch 320«, sagte Teodoro.

»Er hat schon mehr als zwei Contos verloren«, flüsterte Manuel de Oliveira Astrogildo zu. »So ein Pech habe ich noch nie gesehen.«

Juca spielte aus. Teodoro hatte neun in der Hand, Juca jedoch zehn. »Kein Glück, mein Lieber«, meinte er und sammelte die Chips ein.

Nhôzinho kam herbei, begrüßte alle überschwenglich und gab seine Witze zum besten. Er trug ein Tablett mit Whisky, und Manuel de Oliveira nahm sogleich ein Glas. Er kiebitzte stets um dieser kleinen Vorteile willen: einen Whisky, ein Abendessen, ein Chip, der beim Bakkarat oder Roulette vom Tisch fiel.

»Gut, der Whisky«, lobte er.

Hauptmann João Magalhães kostete und schnalzte mit der Zunge:

»Sogar besser als der, den man mir in Rio als Schmuggelware verkauft. Der reine Nektar.«

Teodoro bat um Ruhe. Es war allgemein bekannt, daß Teodoro ein schlechter Verlierer war; das war ein Jammer, denn er spielte viel und alle Arten von Spielen. Es hieß auch, er könne steinreich sein, wenn er dieses Laster nicht hätte. Wenn er gewann, zahlte er allen Anwesenden eine Runde, überschüttete die Weiber mit Geld und gab im Café Champagnersoupers. Doch wenn er verlor, wurde er unausstehlich und hatte in einem fort etwas auszusetzen.

»Beim Pokern spricht man nicht«, protestierte er.

Ferreirinha gab, und alle gingen mit. Manuel de Oliveira saß hinter Juca Badarós Stuhl und schlürfte genießerisch seinen Whisky. Er achtete nicht einmal auf das Spiel, seine ganze Aufmerksamkeit gehörte seinem Glas. Oberst Astrogildo stand hinter Teodoro und verfolgte das Spiel. An dem Mißfallen, das sich in seinen Zügen ausdrückte, konnte João Magalhães Teodoros Chancen ablesen. Eben verlangte dieser zwei Karten, und Astrogildo machte ein unzufriedenes Gesicht. Daraufhin nahm Magalhães keine mehr, obwohl er nur ein schlechtes Paar hatte.

Teodoro warf die Karten auf den Tisch: »Jedesmal, wenn ich bluffen will, gewinnt ein anderer!«

Auch die anderen legten ihre Karten ab, und João sammelte die Chips ein.

Nhôzinho kam wieder und erkundigte sich nach den weiteren Wünschen seiner Gäste. Teodoro warf ihn hinaus: »Scher dich zum Henker!«

Er ging immer mit und verlor ständig. Als er schließlich eines von zwei Assen abwarf, um eine Karte für einen Flush zu kaufen, konnte sich Astrogildo nicht mehr zurückhalten: »Wenn du so spielst, mußt du ja verlieren«, bemerkte er. »Das heißt nicht mehr Poker spielen, sondern das Geld beim Fenster hinauswerfen. Sich ein solches Blatt verderben...«

Teodoro sprang von seinem Stuhl auf und begann zu brüllen: »Und was geht das dich an, du Hurensohn? Ist es mein Geld oder deines? Warum kümmerst du dich nicht um deine Angelegenheiten?«

»Selber Hurensohn, du Scheißkerl!« antwortete Astrogildo, der schon seinen Revolver gezogen und schußfertig gemacht hatte.

Juca Badaró und Ferreirinha trennten sie. João Magalhães versuchte ruhig zu erscheinen und sich seine Angst nicht anmerken zu lassen. Manuel de Oliveira rührte sich nicht von seinem Stuhl und schlürfte mit gleichgültiger Miene seinen Whisky. Er benützte die Verwirrung, um sein Glas aus dem Ferreirinhas nachzufüllen, das noch unberührt war.

Nachdem sie Astrogildo und Teodoro die Revolver entwunden hatten, verlangte Juca Ruhe: »So etwas... Zwei Freunde... das ist doch blödsinnig. Spart euch eure Kugeln für Horácio und seine Leute auf.«

Teodoro setzte sich wieder und brummte etwas über die »Kiebitze«, diese Pechvögel. Auch Astrogildo, noch etwas blaß, setzte sich, diesmal neben João Magalhães. Nachdem sie noch einige Partien gespielt hatten, schlug Ferreirinha vor, in den großen Saal hinüberzugehen und noch ein wenig zu tanzen. Die Zählung der Chips ergab, daß João Magalhães fast drei Contos gewonnen hatte und Juca Badaró etwas über ein Conto.

Bevor sie das Spielzimmer verließen, bemühte sich Juca erneut, zwischen Teodoro und Astrogildo zu vermitteln: »Machen wir endlich Schluß mit der Geschichte... Das Spiel bringt das eben mit sich... Man kriegt einen heißen Kopf...«

»Er hat mich beleidigt«, sagte Astrogildo.

Teodoro streckte ihm die Hand entgegen, und der andere drückte sie. Sie gingen in den vorderen Saal, aber Teodoro blieb nicht lange; er schützte Kopfschmerzen vor und ging bald nach Hause.

»Der wird noch einmal wegen so einer Dummheit ums Leben kommen«, bemerkte Ferreirinha. »Ohne zu wissen, warum, bekommt er eine Kugel in den Leib.«

Juca entschuldigte ihn: »Er ist eben aufbrausend, aber sonst ist er ein guter Kerl.«

Im Saal ging es lebhaft zu. Ein alter Neger plagte sich auf einem noch älteren Klavier, während ein Jüngling mit blonder Mähne auf einer Violine sein Bestes tat.

»Scheußliche Kapelle«, sagte Ferreirinha.

»Miserabel«, bestätigte Manuel de Oliveira.

Eng umschlungene Paare tanzten einen Walzer. Frauen aller Altersklassen saßen an den Tischen verstreut. Im allgemeinen wurde Bier getrunken, doch an vereinzelten Tischen sah man Whisky und Gin. Nhôzinho übernahm selbst die Bedienung. Juca Badaró hatte eine Abneigung gegen die beiden Kellner, weil sie homosexuell waren; so wurde er stets vom Besitzer bedient. Und da er eine große Zeche zu machen pflegte, zeigte sich Nhôzinho überaus geschäftig und dienstbeflissen. Ferreirinha ging mit einem ganz jungen Mädchen tanzen, die kaum mehr als fünfzehn Jahre alt sein konnte. Sie war erst seit kurzem Prostituierte, und Ferreirinha war ganz verrückt nach diesen »zarten, frischen« Dingern, wie er sie João Magalhães gegenüber bezeichnete. Eine verblühte Frau kam an den Tisch und setzte sich neben Manuel de Oliveira.

»Zahlst du mir einen, Manú?« fragte sie und wies auf den Whisky.

Manuel warf Juca Badaró einen fragenden Blick zu, und als dieser nickte, rief er Nhôzinho herbei: »Bring einen Whisky für die Dame, aber ein bißchen schnell!« befahl er in herrischem Ton.

Das Orchester machte eine Pause, und Ferreirinha begann eine Geschichte zu erzählen, die er vor längerer Zeit erlebt hatte: »Hier muß man von allem etwas verstehen, Herr Hauptmann. Sie sind Pionieroffizier und müssen jetzt den Landmesser spielen. Ich bin ein unwissender Landwirt und mußte schon einmal als Chirurg auftreten.«

»Als Chirurg?«

»Ja, ja. Ein Arbeiter von meiner Pflanzung hatte einen Coatiknochen verschluckt; der ist ihm im Magen steckengeblieben, und er wär' fast daran gestorben. Er hat seine Notdurft nicht mehr verrichten können, und ihn in die Stadt zu bringen, war auch keine Zeit mehr. Da ist mir nichts anderes übriggeblieben, als ihn selber zu operieren.«

»Aber wie denn?«

»Ich habe einen langen, starken Draht genommen, ein Ende wie einen Angelhaken umgebogen und ihn in Alkohol getaucht. Dann habe ich den Mann auf den Bauch gelegt und den Draht in den Hintern des armen Teufels eingeführt. Das hat Mühe gekostet, es ist auch eine Menge Blut herausgekommen, aber schließlich auch der Knochen, und der Kerl lebt heute noch.«

»Phantastisch, was?«

»Dieser Ferreirinha...«

»Das Ärgste war die Berühmtheit, die mir das eingetragen hat. Von weither haben mich die Leute aufgesucht, um sich von mir behandeln zu lassen. Wenn ich eine Praxis eröffnen wollte, könnte ich so manchen guten Arzt ruinieren.«

Er lachte, und die anderen stimmten ein.

»Ja, man muß wirklich von allem eine Ahnung haben«, sagte Juca Badaró. »Hier gibt es ganz einfache Leute, von denen ein Anwalt noch etwas lernen könnte...«

João Magalhães verhehlte nicht seine Bewunderung: »Ein Land der Zukunft...«

Manuel de Oliveira machte mit der alten Dirne eine Zusammenkunft aus. Juca Badaró hatte nur Augen für Margot, die mit Doktor Virgilio an einem Nebentisch saß.

Astrogildo folgte seinem Blick und dachte, er gelte dem Rechtsanwalt. »Das ist dieser Doktor Virgilio, der die Vermessung für die ›Enteignung‹ gedreht hat.«

»Ich weiß«, erwiderte Juca. »Ich kenne ihn.«

João Magalhães sah auch hinüber und grüßte Margot mit einem Kopfnicken.

»Kennen Sie sie?«

»Das will ich meinen. Sie war viel mit einer Kleinen zusammen, die ich in Bahía hatte, Violeta hieß sie. Sie geht schon zwei Jahre mit Doktor Virgilio.«

»Sie ist hübsch«, meinte Juca.

João begriff sofort, daß er sich für sie interessierte. Er sah es an seinem Blick, an dem Ton seiner Stimme, als er sagte, daß er sie hübsch fand. Er überlegte, was er dabei für sich herausschlagen könnte. »Ein Prachtweib. Ich bin sehr befreundet mit ihr.«

Juca wandte sich ihm zu, und João warf in gleichgültigem Ton hin: »Sie wohnt im Haus von Machadão. Morgen, sobald sie allein ist, gehe ich sie besuchen. Ich mag nicht hingehen, solange der Advokat hier ist, denn er ist schrecklich eifersüchtig. Sie ist sehr nett, ein lieber Kerl.«

»Morgen werden Sie nicht gehen können, Herr Hauptmann. Sie müssen schon in aller Frühe mit dem Acht-Uhr-Zug nach der Pflanzung aufbrechen.«

»Das ist wahr. Dann eben nach meiner Rückkehr.«

»Eine herrliche Frau!« bemerkte Astrogildo.

Margot und Virgilio unterhielten sich äußerst lebhaft am Nebentisch.

Sie war sehr aufgeregt und begleitete ihre Worte mit ausladenden Bewegungen.

»Sie streiten sich«, sagte Juca.

»Die tun nichts anderes«, behauptete die Alte, die Manuel de Oliveira bei sich hatte.

»Woher weißt du das?«

»Machadão hat es mir erzählt. Dort gibt es dauernd Krach.«

Sie bestellten noch einmal Whisky. Die Kapelle begann wieder zu spielen, Margot und Virgilio erhoben sich, um zu tanzen, aber selbst während des Tanzens stritten sie weiter. Mitten im Stück ließ sie seinen Arm los und ging wieder auf ihren Platz. Der Anwalt wußte einen Augenblick nicht, was er anfangen sollte, dann rief er den Kellner heran, zahlte, nahm seinen Hut und ging.

»Die haben sich gezankt«, sagte Juca Badaró.

»Diesmal scheint es ernst zu sein«, meinte die Frau.

Margot blickte über den Saal hin und versuchte, gleichgültig zu erscheinen.

Juca beugte sich vor und flüsterte João Magalhães zu: »Wollen Sie mir einen Gefallen tun, Herr Hauptmann?«

»Sie haben nur zu befehlen.«

»Stellen Sie mich ihr vor...«

João Magalhães betrachtete den Pflanzer voll Interesse. Sein Plan war fertig: dieses Kakaoland wollte er nur als reicher Mann verlassen.

3

Im Zauber der Mondnacht schritt Virgilio die Bahnstraße entlang. Sein Herz schlug zum Zerspringen, an die heftige Auseinandersetzung mit Margot im Kaffeehaus dachte er jedoch nicht mehr. Wenn er sich auch einen Augenblick lang ihrer erinnerte, so nur mit einem gleichgültigen Achselzucken. Es war besser, wenn das ein für allemal zu Ende war. Er hatte eine geschäftliche Verabredung vorgeschützt, die ihn bis spät in die Nacht aufhalten würde, und hatte sie deshalb nach Hause bringen wollen. Doch Margots Mißtrauen war geweckt gewesen – jemand hatte ihr einen Floh ins Ohr gesetzt – und sie hatte keine Ausrede gelten lassen: Entweder begleite er sie heim oder sie bleibe im Café und alles sei zwischen ihnen zu Ende. Ohne selber recht zu wissen, warum, hatte er getrachtet, sie von der Existenz dieses wichtigen Geschäftes zu überzeugen und sie zu überreden, allein schlafen zu gehen. Sie hatte sich geweigert, schließlich hatten sie sich zerstritten, und er war fortgegangen, ohne sich von ihr zu verabschieden. Vielleicht saß sie jetzt an Juca Badarós Tisch, in der Gesellschaft dessen, mit dem sie ihm immer gedroht hatte: »Was macht mir das schon, wenn du mich sitzenläßt? An Männern wird es mir nicht fehlen. Man braucht nur zu sehen, was mir Juca Badaró für Augen macht!«

Das konnte ihn nicht mehr stören. Es war sogar besser, wenn sie mit einem anderen fortging, es konnte gar keine günstigere Lösung geben. Er lächelte bei diesem Gedanken. Wie sich doch alles änderte mit der Zeit! Wenn er sich vor einem Jahr Margot mit einem anderen Mann vorgestellt hätte, wäre er imstande gewesen, den Kopf zu verlieren und irgendeine Dummheit zu begehen. Einmal hatte er in der »Pension America« in Bahía Krach geschlagen und war nach einer Rauferei bei der Polizei gelandet, nur weil irgendein junger Mann Margot eine Frechheit gesagt hatte. Jetzt fühlte er sich sogar erleichtert bei dem Gedanken, daß sich Juca Badaró für sie interessiere und nach dem Körper seiner Geliebten lechze. Er mußte wieder lächeln: Juca Badaró hatte allen Grund ihn zu hassen, war er doch der Anwalt Horácios. Und doch leistete er ihm, ohne es zu wissen, einen großen Gefallen.

Wie er so die Bahnstrecke entlangging, bemüht, seine Schritte dem Abstand zwischen den Schwellen anzupassen, dachte er schon nicht mehr an Margot. Seine Augen tranken an diesem Abend die Schönheit der Welt. Der Vollmond überflutete die Erde mit seinem Schein, über der Stadt stand ein sternheller Himmel, ringsum im Gestrüpp zirpten die Grillen. In der Ferne pfiff ein Lastzug, und Virgilio verließ den Schienenstrang. Er ging hinter den Häusern weiter, an großen schweigenden Gärten entlang. In einem Haustor hielt sich ein Pärchen eng umschlungen. Virgilio machte einen Umweg, um nicht erkannt zu werden. Ein wenig weiter erwartete ihn Ester unter einem anderen Haustor.

Das Haus, das sich Horácio in Ilhéus hatte bauen lassen, das »Palais«, wie es allgemein genannt wurde, stand im neuen Stadtteil, wo überall Gebäude auf dem Terrain einer früheren Kokospflanzung entstanden. Die Rückseiten aller dieser Häuser lagen an der Bahnstrecke. Es hatte sich damals eine Gesellschaft gebildet, die die mit Kokospalmen bepflanzten Gründe aufkaufte, sie dann parzellierte und wieder abstieß. Hier hatte Horácio nach seiner Heirat sein Stadthaus gebaut, eines der schönsten von Ilhéus. Die Ziegel waren eigens in der Ziegelei seines Besitzers hergestellt worden, Vorhänge und Möbel waren aus Rio de Janeiro gekommen. Hinter diesem »Palais« mußte Ester auf ihn warten, zitternd vor Angst und sehnsüchtiger Erwartung.

Virgilio beschleunigte den Schritt. Er hatte sich bereits verspätet, durch den Streit mit Margot war er nicht rechtzeitig fortgekommen. Ein Güterzug rollte vorüber und beleuchtete alles mit seinen mächtigen Scheinwerfern. Virgilio blieb stehen, bis er vorbei war, und ging wieder auf der Strecke weiter.

Es hatte Mühe gekostet, Ester zu überreden, ihn am Haustor zu erwarten, damit sie endlich einmal in Ruhe sprechen konnten. Sie hatte Angst vor den Dienstboten, vor den bösen Zungen von Ilhéus, und vor allem, daß Horácio eines Tages davon erfahren könnte. Bis dahin war ihre Liebelei nicht über ein Anhimmeln von ferne hinausgegangen, über flüchtig gewechselte Worte, einen langen, glühenden Brief von seiner Seite und Esters Antwortbillett, das nur einige Worte enthielt: »Ich liebe Dich, aber es ist unmöglich«; einen verstohlenen Händedruck zwischen Tür und Angel, Blicke, in denen sich das Verlangen spiegelte. Es war so wenig, daß sie dachten, niemand habe etwas bemerkt; es kam ihnen gar nicht in den Sinn, daß ganz Ilhéus über sie sprach, sie längst für ein Liebespaar hielt und über Horácio lachte.

Nach dem Briefwechsel war Horácio auf die Pflanzung zurückgekehrt und Virgilio hatte Ester einen Besuch abgestattet.

Es war ein heller Wahnsinn, die Macht des Stadtklatsches derart herauszufordern. Ester hatte es ihm gesagt und ihn gebeten, sie zu verlassen. Um ihn dazu zu bewegen, hatte sie ihm versprochen, ihn am nächsten Abend unter dem Haustor zu treffen. Als er sie küssen wollte, war sie ihm entwischt.

Virgilios Herz schlug so heftig wie das eines verliebten Knaben, und er empfand die Schönheit der Nacht wie noch nie. Schon war er bei dem hinteren Eingang zu Horácios Haus angelangt. Bebend vor Erregung kam er näher. Das Tor war halb angelehnt, er stieß es auf und trat ein. Unter einem Baum, in einen Umhang gehüllt, erwartete ihn Ester, in Mondschein gebadet.

Er lief auf sie zu und ergriff ihre Hände: »Liebste!«

Sie zitterte am ganzen Körper, als sie sich umarmten; Worte sind überflüssig in solch einer Mondnacht.

»Ich will dich fortbringen, weit fort von hier, von allen. Laß uns ein neues Leben aufbauen.«

Das Haupt an seine Brust gelehnt, weinte sie leise vor sich hin. Der Duft ihres Haares verband sich mit der Schönheit und dem Geheimnis der Nacht.

Der Wind trug das Meeresrauschen herüber, das mit ihrem Weinen verschmolz.

»Liebste!«

»Es ist unmöglich, Virgilio. Mein Kind? Wir dürfen das nicht tun...«

»Wir nehmen es mit uns. Wir gehen weit fort, in ein anderes Land, wo niemand uns kennt.«

»Horácio wird uns verfolgen bis ans Ende der Welt.«

Doch mehr als Worte wissen die tollen Liebesküsse zu überzeugen. Der Mond der Liebenden sah auf sie herab. Auf dem Himmel über Ilhéus zogen die ersten Sterne auf. Ester dachte an Schwester Angelica: nun schienen wieder die Zeiten gekommen, als man noch träumen konnte; die Träume waren Wirklichkeit geworden. Sie schloß die Augen, als sie Virgilios Hände an ihrem Körper fühlte, der ihm nackt unter dem Umhang entgegenblühte.

Ein Lager aus Mondschein, ein Leintuch, aus Sternenlicht gewoben, Seufzen und Stöhnen, wie sie dem Tod und der Liebe gemeinsam sind.

»Ich gehe mit dir, Liebster, wohin immer du willst...«

Sie fühlte sich in seinen Armen vergehen:

»...bis in den Tod...«

4

Hauptmann João Magalhães lächelte vom Nebentisch herüber, und Margot erwiderte sein Lächeln. Er stand auf und ging, sie zu begrüßen: »So allein?«

»Nun ja...«

»Zerstritten?«

»Es ist alles aus.«

»Wirklich? Oder so wie sonst?«

»Nein, diesmal ist es zu Ende. Ich bin nicht die Frau, die sich so behandeln läßt.«

João Magalhães setzte eine Verschwörermiene auf: »Ich will dir etwas sagen, Margot, in aller Freundschaft: das ist eine einmalige Gelegenheit für dich. Ich kenne hier jemanden, der einen Haufen Geld hat und bis über die Ohren in dich verliebt ist. Jetzt gleich...«

»Juca Badaró«, unterbrach sie ihn.

Er nickte ihr zustimmend: »Ganz verrückt ist er nach dir.«

Margot wußte es nur zu gut. »Das weiß ich längst. Schon auf dem Schiff war er immer hinter mir her. Ich bin nur nicht darauf eingegangen; ich hatte nur Virgilio im Kopf.«

»Und jetzt?«

Margot lachte: »Jetzt ist es etwas anderes. Wer weiß?«

Der Hauptmann spielte sich als väterlicher Freund auf, der gute Ratschläge erteilt: »Sei endlich vernünftig, mein liebes Kind, und trachte soviel Geld als möglich in deinen Strumpf zu stecken, solange du jung bist. Ein armer Liebhaber ist nur etwas für verheiratete Frauen mit reichen Männern.«

Sie ließ sich überzeugen. »Ich war dumm, das ist wahr. In Bahía waren genug reiche Männer hinter mir her, nur so...«, sie rieb die Finger aneinander. »Du weißt es ja selber.«

Der Hauptmann nickte bestätigend, und sie fuhr fort, sich zu beklagen: »Und ich, wie eine Närrin, immer nur bei Virgilio. Ich habe mich in diesem Urwald vergraben, in Tabocas Strümpfe gestopft... nein, das ist jetzt aus.«

»Soll ich dich Juca Badaró vorstellen?«

»Hat er dich darum gebeten?«

»Er ist ganz närrisch nach dir.«

Magalhães wandte sich um und winkte mit dem Finger. Juca erhob sich, knöpfte seinen Rock zu und kam lächelnd auf sie zu. Als er seinen Tisch verließ, raunte Astrogildo Manuel de Oliveira und Ferreirinha zu: »Wenn das nicht mit einer Schlägerei endet...«

»In Ilhéus endet alles mit einer Schlägerei«, antwortete der Journalist.

Als Juca an Margots Tisch trat, wollte João Magalhães die Vorstellung übernehmen, aber Margot kam ihm zuvor: »Wir kennen uns schon. Der Oberst hat mich einmal so gezwickt, daß ich einen blauen Fleck bekam.«

»Und Sie sind mir entkommen«, lachte Juca, »ich habe Sie nie mehr wiedergesehen. Ich wußte nur, daß Sie in Tabocas sind; ich war auch dort, aber ich konnte Sie nicht finden. Es hieß, Sie seien verheiratet, und das habe ich natürlich respektiert...«

»Sie hat sich scheiden lassen...«, verkündete João Magalhães.

»Zerstritten?«

Margot wollte keine langen Erklärungen abgeben: »Er hat mich wegen einer geschäftlichen Unterredung sitzenlassen, und ich bin nicht die Frau, die man wegen eines Geschäfts versetzt.«

Wieder lachte Juca: »Ganz Ilhéus weiß, was das für ein Geschäft ist.«

»Was meinen Sie?« fragte Margot mit einem Stirnrunzeln.

Juca Badaró nahm sich kein Blatt vor den Mund: »Die Frau von Horácio, Dona Ester... Dieser kleine Advokat hat was mit ihr.«

Margot biß sich auf die Lippen. João Magalhães benutzte das entstandene Schweigen, um sich zurückzuziehen und wieder an seinen Tisch zu gehen.

»Ist das wahr?«

»Ich bin nicht der Mann, der lügt.«

Sie lachte lange und fragte dann in gekünsteltem Ton: »Bieten Sie mir gar nichts zu trinken an?«

Juca rief Nhôzinho herbei: »Champagner!«

»Damals, auf dem Schiff, habe ich Ihnen einen Vorschlag gemacht«, sagte er, während ihre Gläser gefüllt wurden. »Erinnern Sie sich noch?«

»Ja, ich entsinne mich.«

»Gut; ich erneuere ihn. Ich richte Ihnen ein Haus ein, ich gebe Ihnen alles, was Sie brauchen. Nur – eine Frau, die mir gehört, gehört nur mir allein und sonst keinem.«

Sie betrachtete den Ring an seinem Finger, nahm seine Hand und gab ihrer Bewunderung Ausdruck: »Schön«.

Juca Badaró zog den Ring ab und streifte ihn über Margots Finger: »Er gehört Ihnen.«

Um zwei Uhr früh gingen sie ziemlich beschwipst heim, begleitet von Manuel de Oliveira, der gleich an ihren Tisch gekommen war, als die Champagnerflaschen entkorkt wurden, und mehr getrunken hatte, als beide zusammen. Auf den Kais von Ilhéus herrschte morgendliche Kühle. Margot sang, und der Journalist fiel ein. Juca Badaró drängte zur Eile, denn er mußte den Acht-Uhr-Zug nehmen. Die Fischer kamen schon von ihrem Fischzug auf hoher See zurück.

5

Eine Gemeindeverordnung verbot den mit Kakao beladenen Eselskarawanen den Zutritt zum Stadtzentrum. Die Hauptstraßen von Ilhéus waren sämtlich gepflastert, zwei sogar mit sechseckigen Ziegeln – ein Zeichen des Fortschritts, das die Einwohner mit Stolz erfüllte. Die Karawanen machten also in den Gassen am Bahnhof halt, und der Kakao wurde auf Pferdekarren in die Stadt gebracht, wo er in großen Speichern in der Nähe des Hafens eingelagert wurde. Der Großteil des für die Verschiffung bestimmten Kakaos kam übrigens nicht auf Eselsrücken nach Ilhéus, sondern mit der Eisenbahn oder auf Kähnen, die von Banco da Vitoria aus den Cachoeira-Fluß hinunterfuhren, der hier ins Meer mündet.

Der Hafen war die größte Sorge der Einwohner von Ilhéus. Es gab damals nur einen Pier, an dem die Schiffe anlegen konnten. Wenn am selben Tage mehrere Schiffe einliefen, mußte die Ladung mit Hilfe von Leichtern gelöscht werden. Es hatte sich jedoch schon eine Aktiengesellschaft gebildet, um den Hafen zu verbessern und auszuweiten, man sprach davon, mehr Anlegepiers und große Docks zu bauen und vor allem die Einfahrt ausbaggern zu lassen, die durch ihre Untiefen eine Gefahr bildete.

Ilhéus war auf mehreren Inseln entstanden, der Stadtkern befand sich auf einer Landzunge zwischen zwei Hügeln – Uniãco und Conquista – und breitete sich schon über die Nachbarinseln aus; auf einer von ihnen erhob sich der Bezirk Pontal, in dem die Reichen ihre Sommerhäuser hatten. Seit der Ausbreitung des Kakaobaues hatte die Bevölkerung in erschreckendem Maße zugenommen. Fast die gesamte Produktion des südlichen Teiles des Staates Bahía wurde in Ilhéus nach der Provinzhauptstadt verschifft. Es gab nur noch einen anderen Hafen, Barra do Rio de Contas, der so klein war, daß nur Segelschiffe dort vor Anker gehen konnten. Die Bürger von Ilhéus träumten davon, den Kakao eines Tages direkt ausführen zu können, ohne ihn nach Bahía verfrachten zu müssen. Dies war ein Thema, das ständig die Spalten der Zeitungen füllte: die Ausbaggerung der Einfahrt, die kein Schiff mit größerem Tiefgang durchließ. Das Oppositionsblatt benützte es, die Regierung anzugreifen, und das Regierungsblatt kam von Zeit zu Zeit darauf zu sprechen, indem es verkündete, daß »der hochverehrte und überaus rührige Präfekt mit der Landes- sowie der Bundesregierung Verhandlungen eingeleitet habe, um für die Hafenanlage endlich eine zufriedenstellende Lösung zu finden«. In Wirklichkeit machte diese Angelegenheit keinerlei Fortschritte, da die Landesregierung immer neue Schwierigkeiten bereitete, um die Einkünfte des Hafens von Bahía zu sichern.

Diese Frage der Hafenbanden bildete aber auch den Kernpunkt der Programme der beiden Anwärter auf den Präfektenposten und wurde von dem Kandidaten der Regierungspartei fast mit denselben Worten behandelt wie von dem der Opposition. Einzig und allein der Stil war verschieden: das Programm des Kandidaten der Badaró war von Dr. Genaro verfaßt, während das von Horácios Kandidaten der weitaus glänzenderen Feder des Dr. Rui entstammte.

Als Maßstab für das Vermögen eines Obersts galt in Ilhéus die Anzahl der Häuser, die er besaß. Einer suchte den anderen zu übertreffen, und allmählich nahmen ihre Familien die Gewohnheit an, mehr in der Stadt als auf der Pflanzung zu leben. Aber auch so blieben diese Häuser doch einen Großteil des Jahres geschlossen und wurden nur anläßlich der kirchlichen Feste bewohnt. Es gab in der Stadt keine Zerstreuungen, nur die Männer hatten die Cafés und die Tavernen, in denen die Engländer, die mit der Eisenbahn zu tun hatten, ihre Melancholie im Whisky ersäuften und mit Würfelspiel betäubten und in denen die Einheimischen ihre Streitigkeiten mit dem Revolver austrugen. Den Frauen blieben als einzige Zerstreuung die gegenseitigen Besuche, der Klatsch über das Privatleben anderer und die Begeisterung für die Kirchenfeste. Als nun mit dem Bau der Klosterschule begonnen wurde, hatten sich einige Damen zusammengetan, um durch Basare und Wohltätigkeitsfeste Geld für einen Baufonds zu sammeln.

Die große, niedere Kirche von São Jorge, dem Landespatron, die jeder architektonischen Schönheit entbehrte, im Inneren aber reich mit Gold geschmückt war, beherrschte einen Platz, der in einen Garten verwandelt worden war. Dann war da noch die Kirche von São Sebastião, in der Nähe des Kaffeehauses, direkt am Meer. Und auf dem Conquista-Hügel, gegenüber dem Friedhof, überragte die Kapelle von Nossa Senhora da Vitória die ganze Stadt. Es gab auch eine protestantische Kirche für die Engländer von der Eisenbahn, die sogar einzelne Einwohner in ihren Bann gezogen hatte. Wenn man den Begriff Religion noch weiter ziehen wollte, bestanden noch mehrere »spiritistische Zirkel« in kleinen Seitengassen, die von Tag zu Tag zunahmen. Die Stadt Ilhéus mit den umliegenden Dörfern und Kakaopflanzungen genoß übrigens keinen guten Ruf in der Erzdiözese von Bahía. Die mangelnde Religiosität der Bevölkerung, der schlechte Besuch der Messen durch die Männer, die weitverbreitete Prostitution, das wahrhaft erschreckende Fehlen jedes religiösen Empfindens wurde dort viel besprochen; es war und blieb ein Land von Mördern. In der Stadt und dem ganzen Gemeindebezirk gab es nur wenige Priester. Und so manche davon verwandelten sich im

Lauf der Zeit in Kakaopflanzer und kümmerten sich herzlich wenig um die Seelsorge.

Man erzählte sich den Fall von Pater Paiva, der unter der Soutane einen Revolver trug und sich nicht im mindesten aufregte, wenn es in seiner Gegenwart zu einer Rauferei kam. Er war der Chef der Badaró-Partei in Mutuns und schleppte immer eine Menge Wähler zur Urne. Es hieß, daß er denen, die mit ihm wählen kamen, einen richtiggehenden Anteil am Paradies und viele Jahre himmlischen Lebens versprach. Er war Gemeinderat von Ilhéus und hatte nicht das geringste Interesse an den kirchlichen Angelegenheiten der Stadt. Der Kanonikus Freitas dagegen nahm schon mehr Anteil daran. In einer seiner Predigten, die Berühmtheit erlangte, hatte er einen Vergleich gezogen zwischen den Summen, die die Obersten im Café und mit den Dirnen ausgaben, und dem bißchen Geld, das für den Bau der Klosterschule zusammenkam. Es war eine heftige und leidenschaftliche Predigt gewesen, die jedoch keinerlei praktischen Erfolg gezeitigt hatte. Die Kirche lebte nur von den Frauen, und diese wieder lebten nur für die Kirche, die Messen, die Prozessionen und die Festlichkeiten der Karwoche. Während sie das Leben der lieben Nächsten zerpflückten, schmückten sie die Altäre und nähten neue Gewänder für die Heiligenstatuen.

Die Stadt erhob sich zwischen dem Fluß und dem Meer, dessen weit ausladender Strand mit Kokospalmen bepflanzt war. Ein Dichter, der einst nach Ilhéus gekommen war, um eine Vorlesung zu halten, hatte es »die Stadt der windgepeitschten Palmen« genannt, ein Bild, das die Lokalblätter von Zeit zu Zeit zu zitieren pflegten. In Wirklichkeit standen die Palmen nur draußen am Strand und wiegten sich im Wind. Der Baum, der einen tatsächlichen Einfluß auf Ilhéus ausübte, war dagegen der Kakaobaum, wenn auch in der ganzen Stadt keiner zu sehen war. Trotzdem stand er hinter allem, was das Leben von São Jorge dos Ilhéus bewegte: hinter jedem Geschäft, das abgeschlossen, hinter jedem Haus, das erbaut, jedem Speicher und jedem Laden, der eröffnet wurde, hinter jeder Liebesaffäre und jeder Schießerei in den Straßen. Es konnte kein Gespräch zustande kommen, in dem das Wort »Kakao« nicht eine beherrschende Rolle spielte. Von den Lagerhäusern, den Eisenbahnwaggons, den Laderäumen der Schiffe, den Karren – ja, von den Menschen selbst, kam dieser Schokoladeduft, der nichts anderes war als der Geruch getrockneten Kakaos, der über der ganzen Stadt lag.

Es gab eine Gemeindeverordnung, die das Tragen von Waffen verbot. Aber nur wenige wußten etwas von ihrer Existenz, und auch diese wenigen dachten nicht daran, sich an sie zu halten. Überall sah man Männer mit Stiefeln oder Schuhen aus festem Leder, Khakihosen und Kashmirröcken, unter denen sie den Revolver verbargen. Die Straßen waren voll von Männern, die unter den gleichgültigen Blicken der Bevölkerung ihre Repetiergewehre umgehängt trugen. Obwohl Ilhéus eine regelrechte Stadt mit stattlichen Gebäuden, Steinhäusern und gepflasterten Straßen war, so haftete ihr doch immer noch etwas von einem Feldlager an. Wenn hin und wieder die mit Auswanderern überfüllten Schiffe aus dem Innern, aus Sergipe und aus Ceará, kamen, und die Gasthäuser in der Nähe des Hafens die Menge nicht mehr faßten, wurden in aller Eile Baracken errichtet und Garküchen aufgestellt. Dorthin kamen dann die Obersten, um sich Arbeitskräfte auszuwählen.

Dr. Rui hatte einmal ein solches Lager einem Besucher aus der Hauptstadt gezeigt. »Das hier ist der Sklavenmarkt«, sagte er mit einer Mischung von Stolz und Verachtung, denn so, wie sie war, liebte er diese Stadt, die über Nacht um den Hafen herum entstanden war, sozusagen großgezogen vom Kakao und auf bestem Wege, die reichste und blühendste Stadt des Staates zu werden.

Von den Leuten, die eine gewisse Bedeutung im Leben der Stadt erlangt hatten, waren nur wenige aus Ilhéus gebürtig. Beinahe alle Pflanzer, Ärzte, Anwälte, Geometer, Politiker, Journalisten und Baumeister waren von auswärts, aus anderen Staaten, zugezogen, und doch hingen sie mit allen Fasern an diesem abenteuerlichen und reichen Land. Sie betrachteten sich alle als alteingesessen, und in Bahía erkannte man sie sofort an dem Stolz, mit dem sie von ihrer Stadt sprachen.

»Das ist einer aus Ilhéus«, hieß es dann gleich.

In den Lokalen und Geschäften der Hauptstadt stellten sie ihren Reichtum zur Schau, gaben viel Geld aus und kauften nur das Beste, das sie ohne zu feilschen bezahlten. Andererseits brachen sie auch ohne jeden Grund Streitigkeiten vom Zaun; in den Freudenhäusern waren sie geachtet, gefürchtet und doch sehnsüchtig erwartet. Auch die Exportfirmen, die mit dem Innern Handel trieben, behandelten die Kaufleute aus Ilhéus mit größter Zuvorkommenheit und räumten ihnen unbegrenzten Kredit ein.

Von ganz Nordbrasilien kamen Leute nach diesem Südteil des Staates Bahía, dessen Ruf weithin gedrungen war. Das Geld liege dort auf der Straße, hieß es, und in Ilhéus beachte niemand ein Silberstück von zwei Milreis. Die einlaufenden Schiffe waren gepfercht voll von Einwanderern, Abenteurer aller Art kamen an, und Frauen aller Altersstufen, für die Ilhéus die erste und letzte Hoffnung bedeutete.

In der Stadt vermischte sich alles. Wer heute arm war, konnte morgen reich sein; der einfache Maultiertreiber mochte eines Tages zum mächtigen Kakaopflanzer werden, und ein Arbeiter, der nicht lesen konnte, zum geachteten Politiker. Dafür gab es genug Beispiele, und in erster Linie wurde stets Horácio genannt, der als Maultiertreiber angefangen hatte und nun einer der bedeutendsten Pflanzer der ganzen Gegend war. Wer heute reich war, konnte allerdings morgen wieder arm sein, wenn einem Reicheren mit der Unterstützung eines Rechtsanwalts eine geschickte »Enteignung« gelang, so daß er sich des Grundbesitzes des anderen bemächtigen konnte. Mehr noch – wer heute lebte, konnte morgen mit einer Kugel im Leib auf der Straße aufgefunden werden. Denn über Recht und Gerechtigkeit, über Richter, Staatsanwalt und Schöffengericht stand das Gesetz der Selbsthilfe, das in Ilhéus die letzte Instanz darstellte.

Zu jener Zeit wurden in der ganzen Stadt Gärten angelegt, und die Gemeindeverwaltung hatte einen tüchtigen Gärtner aus der Hauptstadt verpflichtet. Das Oppositionsblatt kritisierte diese Maßnahme und erklärte, »die Stadt brauche Straßen weit notwendiger als Parkanlagen«. Trotzdem zeigten selbst diese grundsätzlichen Gegner den Besuchern voll Stolz die Blumen, die jetzt die Plätze zierten, auf denen früher nur Gras gewachsen war. Was nun die Straßen anging, so traten sie die Männer und Esel selber aus, wenn sie ihren Kakao zum Hafen brachten, wo er auf die wartenden Schiffe verladen wurde.

Das war São Jorge dos Ilhéus, der Hafen, der auf den neuesten Wirtschaftskarten mit einer Kakaopflanze bezeichnet war.

6

Die Zeitung der Opposition, »A Folha de Ilhéus«, erschien jeden Samstag, und ihre letzte Nummer strotzte von heftigen Angriffen. Das Blatt wurde von Filemon Andréia herausgegeben, einem früheren Schneider, der von Bahía zugezogen war und seinen Beruf an den Nagel gehängt hatte. Es war stadtbekannt, daß Filemon unfähig war, auch nur eine Zeile zu schreiben und daß sogar die von ihm gezeichneten Artikel von anderen verfaßt wurden. Er war nur ein Strohmann, aber niemand konnte sich erklären, warum gerade er Direktor des Oppositionsblattes geworden war. Er hatte Horácio politische Handlangerdienste geleistet, und als dieser eine Druckerpresse und Setzkästen für die Wochenzeitung kaufte, wurde alle Welt mit der Wahl Filemon Andréias zum Direktor überrascht.

»Aber er genießt den Ruf eines Intellektuellen«, erklärte Dr. Rui. »Das klingt gut. Es ist eine Frage der Ästhetik…« Er rundete die Lippen, um den Namen auszusprechen: »Filemon Andréia! Der Name eines großen Dichters!« schloß er.

Die Leute in Ilhéus machten im allgemeinen Dr. Rui für die Leitartikel in der »Folha de Ilhéus« verantwortlich. Als zur Zeit der Wahlen eine wahre Fehde zwischen »A Folha de Ilhéus« und »O Comercio« entstand und die wüstesten Beleidigungen ausgestoßen wurden, spaltete sich die Bevölkerung in zwei erbitterte Gruppen. Auf der einen Seite stand Dr. Rui, der einen wortreichen Stil und schwungvolle, langatmige Phrasen liebte, auf der anderen Manuel de Oliveira, der zuweilen von Dr. Genaro vertreten wurde. Manuel de Oliveira war von Beruf Buchdrucker. Er hatte für mehrere Zeitungen von Bahía gearbeitet, bis Juca Badaró ihn in einem Kaffeehaus kennengelernt und mit der Leitung des »O Comercio« betraut hatte. Er war wendiger und zielsicherer als sein Gegner und hatte fast immer einen größeren Erfolg.

Doktor Genaros Artikel strotzte von juristischen Ausdrücken; der Anwalt der Badaró wurde allgemein für den gebildetsten Mann der Stadt gehalten, und alles sprach voll Bewunderung von den Hunderten von Büchern, die er besaß. Zudem lebte er sehr zurückgezogen mit seinen zwei Kindern, ging fast nie aus und zeigte sich nie in den Tavernen und Cafés. Er war Antialkoholiker, und was die Frauen anlangte, so kam die Machadão ein- oder zweimal im Monat zu ihm ins Haus, um mit ihm zu schlafen. Sie war jetzt schon alt; aber als sie vor zwanzig Jahren in die aufstrebende Stadt gekommen war, war sie die große weibliche Attraktion gewesen. Sie besaß nun ein Bordell und arbeitete selber nicht mehr. Nur für Dr. Genaro machte sie eine Ausnahme, weil er sich – wie sie sagte – an keine andere Frau gewöhnen konnte.

Das war auch vielleicht der Grund, warum Dr. Genaro in dem Leitartikel, der an diesem Samstag fast die ganze erste Seite der »Folha de Ilhéus« einnahm, ein »heuchlerischer Jesuit« genannt wurde. Und dabei war er noch derjenige von Badarós Freunden, der an diesem Tage am wenigsten angegriffen wurde. Der fragliche Artikel war dem Brand von Venancios Büro in Tabocas gewidmet. »A Folha de Ilhéus« verurteilte in heftigen Worten diesen »Akt der Barbarei, der gegen alle Gesetze der Zivilisation verstieß und dem guten Ruf schadete, den der Gemeindebezirk von Ilhéus im ganzen Lande genoß«. Auf den Namen des Obersten Teodoro häufte das Wochenblatt in seinen Spalten eine herrliche Sammlung von Schimpfwörtern: »Bandit, Gewohnheitstrinker, Berufsspieler, sadistische Seele, unwürdig, unter gebildeten Menschen zu leben, blutdürstiger Geselle.« Aber auch für die Badaró blieb noch genug übrig. Juca wurde ein »feilschender Eroberer leichtfertiger Weiber« genannt, ein »schamloser Beschützer von Huren und Gaunern«, während gegen Sinhô immer dieselben Anwürfe erhoben wurden: »Enteignungskünstler, Anführer der Bravos, Herr über unrechtes Gut, verantwortlich für den Tod von Dutzenden, skrupelloser Politiker« – um nur einige zu nennen.

Der Artikel forderte Gerechtigkeit. Der rechtliche Besitztitel an dem Urwald von Sequeiro Grande, behauptete er, stehe außer Diskussion. Der Wald sei regelrecht vermessen und der Eigentumsanspruch im Grundbuchamt eingetragen worden. Es handle sich auch nicht um den Besitz eines einzelnen, sondern um den von mehreren. Unter ihnen befänden sich zwar auch zwei mächtige Grundbesitzer, das stimme wohl, aber die meisten – behauptete das Blatt – die meisten seien doch nur kleine Pflanzer. Die Badaró dagegen wollten sich ganz allein des Waldes bemächtigen und schädigten dadurch nicht nur die rechtmäßigen Eigentümer, sondern auch die Entwicklung der ganzen Zone, die auf eine Aufteilung des Grundbesitzes hinziele, »diese Forderung des Jahrhunderts, wie sich am Beispiel Frankreichs feststellen ließe.« Oberst Horácio – hieß es weiter – denke fortschrittlich und blicke in die Zukunft; wenn er sich entschlossen habe, den Wald von Sequeiro Grande zu roden und Kakao zu pflanzen, so habe er nicht allein sein Interesse im Auge. Ihm liege der Fortschritt des Gemeinwesens am Herzen und er lasse an seiner zivilisatorischen Tat alle kleinen Pflanzer teilhaben, deren Anwesen an den Wald grenzten. Das nenne man einen guten, nützlichen Bürger. Wer wolle ihn mit den Badaró vergleichen, diesen »skrupellosen Ehrgeizlingen«, die nur ihr ureigenstes Interesse verfolgten! »A Folha de Ilhéus« schloß ihren Artikel mit der Ankündigung, daß sich Horácio und die übrigen legitimen Eigentümer von Sequeiro Grande an die Gerichte wenden würden; wenn sich jedoch die Badaró der Rodung des Waldes und der Anlage von Pflanzungen widersetzen sollten, so müßten sie auch die Verantwortung für die Folgen tragen. Sie hätten als erste Gewalt angewandt; was auch immer geschehen möge, sei ihre Schuld. Der Artikel schloß mit einem lateinischen Zitat: »Alea iacta est.«

Der gewohnheitsmäßigen Leser von Zeitungspolemiken bemächtigte sich eine starke Erregung. Die Angriffe versprachen eine noch nie dagewesene Heftigkeit zu erreichen. Dieser letzte Artikel stammte zudem nicht von Dr. Rui, dessen Stil alle sehr genau kannten. Seine Sprache war weit blumenreicher, und seine Artikel entbehrten der Kraft, welche die Reden auszeichnete, die er vor Gericht hielt. In diesem Aufsatz jedoch kam ein weitaus energischerer Mann zu Wort, von scharfer Überlegung und beißender Ausdrucksweise. Bald wurde bekannt, daß der Verfasser dieses Artikels Dr. Virgilio war, der neue Anwalt der Partei, der zwar in Tabocas lebte, sich zu der Zeit jedoch in Ilhéus aufhielt. Dr. Rui selbst hatte denen, die ihn beglückwünschen kamen, die Persönlichkeit des Autors entdeckt. Dazu kam, daß Virgilio an der ganzen Angelegenheit unmittelbar interessiert war, hatte er doch selber den Wald von Sequeiro Grande im Katasteramt eintragen lassen, das Teodoro dann anzündete. Die bösen Zungen unterließen nicht, auf den Anteil hinzuweisen, den er an Horácios Frau nahm. Sie freuten sich schon auf die Donnerstagnummer des »O Comercio«, in der zweifellos das Privatleben des Anwalts näher beleuchtet werden würde.

Und doch rollte »O Comercio« in seiner Erwiderung – die übrigens keinesfalls sanft zu nennen war – zur allgemeinen Verwunderung die zum Stadtgespräch gewordenen Familienangelegenheiten nicht auf. Schon am Anfang des Artikels kündigte die Zeitung ihren Lesern an, sie wolle nicht »die Sprache der Gosse führen, wie jenes Schandblatt, das in so niederträchtiger Weise die Badaró und deren Anhänger angriff«. Auch beabsichtige sie nicht, »sich in das Privatleben anderer einzumengen, wie es die Gewohnheit des schmutzigen Organs der Opposition ist«. Was diese letzte Behauptung anging, so wurde sie nur zur Hälfte wahrgemacht, denn Horácios ganze Vergangenheit wurde ans Licht gezerrt, das Leben »dieses früheren Maultiertreibers, der – niemand weiß wie – zum Reichtum gelangt ist«. Öffentliche Angelegenheiten wurden in einem Atem mit dem Prozeß wegen des Todes von drei Männern genannt, in dem Horácio »der gerechten Strafe nur dank der Schliche von Advokaten entrann, die ihrem ganzen Stand Schande machten, ohne daß er jedoch der allgemeinen Verurteilung entgehen konnte«; dazu kamen noch höchst persönliche Bemerkungen über den Tod seiner ersten Frau, der »zu jenen geheimnisvollen Fällen zählt, in denen Familienangehörige plötzlich verschwinden und nächtlicherweile begraben werden«. Das Versprechen, die gemäßigte Sprache betreffend, hielt »O Comercio« ganz und gar nicht. Mörder war noch der mildeste Ausdruck, der auf Horácio angewandt wurde. Dr. Rui wurde ein »alter Gewohnheitssäufer« genannt, »ein Hund, der bellt, aber nicht beißt«, und ein »schlechter Familienvater, der sich in Tavernen herumtreibt, ohne sich um Frau und Kinder zu kümmern«.

Die heftigsten Angriffe mußte jedoch Dr. Virgilio über sich ergehen lassen. Manuel Oliveira begann den Absatz über den Anwalt mit der Feststellung, er müsse »seine Feder in Abwasser tauchen, um den Namen von Dr. Virgilio Cabral hinzuschreiben«. Mit diesen Worten leitete »O Comercio« eine »kurzgefaßte Lebensbeschreibung« des Advokaten ein, die aber alles andere als kurzgefaßt war. Sie ging bis auf seine Studentenzeit zurück, brachte sein Treiben in Bahía in Erinnerung, wo er »die bekannteste Figur in allen Freudenhäusern der Stadt« gewesen sei, seine Schwierigkeiten, das Studium abzuschließen, »genötigt, von den Brosamen zu leben, die von dem

Tisch Seabrás, dieses finsteren Gesellen, abfielen«. Selbst Margot kam aufs Tapet, wenn auch ihr Name nicht genannt wurde. Der betreffende Absatz lautete folgendermaßen:

»Es waren aber nicht nur übel beleumundete Politiker, die diesen verbummelten und verkommenen Studenten großfütterten. Eine Luxuskokotte wurde das Opfer dieses Erpressers. Nachdem er die junge Schöne betrogen hatte, lebte dieser Wüstling auf Kosten des Geldes, das sie im Bett verdiente – und so erwarb Virgilio Cabral sein juristisches Doktordiplom. Es braucht nicht erst erwähnt zu werden, daß der Undankbare nach der Promotion, als er bereits in die Dienste des Maultiertreibers Horácio getreten war, sein Opfer schnöde verließ, dieses gutherzige, schöne Mädchen, das ihm in allen Schicksalsläuften beigestanden hatte.«

Obwohl »O Comercio« bedeutend größeres Format hatte als »A Folha de Ilhéus«, nahm der Artikel doch eineinhalb Seiten ein. Die Brandstiftung in Venancios Büro wurde genau unter die Lupe genommen. Das Blatt erklärte dem Publikum, welch »namenlose Schiebung« es bedeutete, einen Besitztitel auf Grund einer alten Vermessung in das Grundbuch einzutragen, die keinerlei gesetzlichen Wert mehr hatte und in der überdies der Name Mundinho de Almeidas radiert worden war, um durch die Namen von Horácio und seinen »Gefolgsleuten« ersetzt zu werden. Der Brand im Katasteramt wurde Venancio selber zugeschrieben, diesem »ungetreuen Diener der Gerechtigkeit, der es vorgezogen hatte, sein Büro anzuzünden und damit die Beweise seiner Niedertracht aus der Welt zu schaffen, bevor er der Bitte des Obersten Teodoro stattgab, der die Urkunde einsehen wollte«. Die Badaró wurden als Heilige hingestellt, unfähig, einer Fliege etwas zuleide zu tun. Im übrigen – wurde betont – waren die »schmählichen Beleidigungen des oppositionellen Schandblattes« weit davon entfernt, den guten Ruf so hochgeschätzter Personen wie der Badaró, des Obersts Teodoro und »dieser berühmten Leuchte der Rechtswissenschaft, des Dr. Genaro Torres, des Kulturexponenten von Ilhéus«, schädigen zu können. Schließlich kam der Artikel auf die »Drohungen Horácios und seiner Bluthunde« zu sprechen. Später einmal würde sich die Leserwelt bestimmt erinnern, von wem die ersten blutrünstigen Drohungen ausgegangen waren, und würde die Verantwortlichkeit auf die Waage der menschlichen Gerechtigkeit legen. Horácio möge sich nur im klaren sein, daß seine »lächerlichen Prahlereien« niemandem einen Schrecken einjagen könnten. Die Badaró wollten mit den Waffen des Rechtes und der Gerechtigkeit kämpfen, doch wüßten sie auch jede andere Waffe zu handhaben – unterstrich »O Comercio« –, die ihre »verräterischen Gegner« wählten. Unter allen Umständen würden die Badaró diesem gewissenlosen Gelichter und diesem skrupellosen Advokaten die gerechte Strafe zuteil werden lassen. Als Antwort auf jenes »alea iacta est« schloß »O Comercio« seinen Artikel mit einem anderen lateinischen Zitat: »Quousque tandem, tropeirus, abutere patientia nostra?« Dieser Spruch mit der einigermaßen gewaltsamen Latinisierung des Wortes Maultiertreiber stellte Dr. Genaros Beitrag zu Manuel de Oliveiras Artikel dar, der an allen Straßenekken von Ilhéus schmunzelnd gelesen wurde.

7

Mit Bartstoppeln und in kotigen Stiefeln kam Hauptmann João Magalhães aus dem Urwald von Sequeiro Grande zurück – eine Beute widerstreitender Gefühle. Aus den acht Tagen, die er hatte fortbleiben wollen, waren vierzehn geworden, und er war noch auf der Farm der Badaró geblieben, als er seine Arbeit längst abgeschlossen hatte. Mit den Instrumenten des Landmessers war er so ungefähr zurechtgekommen – mit dem Theodoliten, dem Meßband, dem Winkelmesser und den Merkpfählen – lauter Dingen, die er in seinem ganzen Leben als Spieler nie zu Gesicht bekommen hatte. Die tatsächlichen Berechnungen waren weit eher den ihn begleitenden Arbeitern und Juca Badaró zu verdanken gewesen als ihm selber; er hatte sich darauf beschränkt, allem, was die anderen behaupteten, zuzustimmen und irgendwelche Quadrate und Dreiecke auszurechnen.

Zwei Tage hatten sie im Urwald selbst zugebracht. Die Neger schleppten die Instrumente, und Juca glänzte mit seiner Kenntnis des Bodens: »Ich lege meine Hand dafür ins Feuer, daß es auf der ganzen Welt keine Erde gibt, die so sehr für den Kakao geeignet ist.«

João Magalhães bückte sich und nahm etwas feuchte Erde in die

Hand. »Erstklassig, wirklich...« sagte er. »Gut gedüngt, wird sie vortrefflich sein.«

»Die braucht keinen Dünger«, erwiderte Juca. »Das ist kräftiger, jungfräulicher Boden, mein lieber Hauptmann. Hier wird eine Pflanzung mehr tragen als sonst irgendwo.«

Magalhães pflichtete ihm bei und hütete sich, tiefer in dieses Thema einzudringen, aus Furcht, eine Dummheit zu sagen. Während sie weiter in den Wald vordrangen, setzte Juca sein Loblied auf die Erde fort, auf der die Bäume wild wuchsen.

Doch mehr als die Güte des Bodens interessierte den Hauptmann die Erscheinung der dunkelhäutigen Don' Ana Badaró. Schon in Ilhéus hatte er von ihr sprechen hören; angeblich war sie es gewesen, die Teodoro den Befehl gegeben hatte, das Büro Venancios in Brand zu stecken. In der Stadt sprach man von Don' Ana als von einem seltsamen Mädchen, das nichts für Klatsch übrig hatte, keine Freundin von Kirchenfesten war (obwohl sie eine so strenggläubige Mutter gehabt hatte) und noch weniger von Bällen und Verehrern. Nur wenige Menschen konnten sich erinnern, sie jemals tanzen gesehen zu haben, und niemand hätte den Namen eines Liebhabers nennen können. Sie zog es vor, reiten und schießen zu lernen und in die Geheimnisse des Bodens und des Anbaus einzudringen. Olga beschrieb ihren Nachbarinnen die Gleichgültigkeit, die Don' Ana den Kleidern entgegenbrachte, die Sinhô aus Bahía oder Rio kommen ließ. Es waren teure Toiletten, die von berühmten Modellhäusern stammten, aber Don' Ana beachtete sie nicht; die jungen Füllen, die auf der Farm geboren wurden, waren ihr weitaus wichtiger. Von jedem Tier, das der Familie gehörte, wußte sie den Namen, sogar von den Lasteseln. Die Buchführung der Geschäfte war ihr übertragen, und wann immer Sinhô eine Auskunft benötigte, wandte er sich an sie. Jucas Frau war der Ansicht, »Don' Ana hätte als Mann auf die Welt kommen sollen«.

João Magalhães teilte diese Ansicht nicht. Als erstes mochten ihre Augen seine Aufmerksamkeit auf sich gezogen haben, diese Augen, die ihn an andere – einst so heiß geliebte – erinnerten. Während er trachtete, ihr mit ausgesuchter Höflichkeit entgegenzukommen, versank er im Anblick dieser sanften Augen, die plötzlich so lebhaft aufblitzen konnten – ganz so, wie jene anderen, die ihn in vergangenen

Tagen so verachtungsvoll angeblickt hatten. Je mehr er Don' Ana kennenlernte, desto rascher vergaß er jedoch die Augen jenes Mädchens, das in Rio de Janeiro zurückgeblieben war.

Im Hause der Badaró wurde von nichts anderem gesprochen, als vom Urwald von Sequeiro Grande und den Absichten, die Horácio und seine Leute haben könnten. Man versuchte, sie zu erraten, stellte Vermutungen an und berechnete alle Möglichkeiten. Was würde Horácio wohl tun, wenn er erfuhr, daß die Badaró den Wald vermessen ließen, um ihn eintragen zu lassen und den Besitztitel zu erwerben? Juca hegte nicht den leisesten Zweifel: Horácio würde sofort alles daransetzen, um in den Wald einzudringen, und gleichzeitig, gegründet auf die Eintragung in Venancios Grundbuchamt, vor dem Gericht von Ilhéus einen Prozeß um den Besitz des Terrains anhängig machen. Sinhô war nicht so sicher. Als Mitglied der Opposition ohne jede Unterstützung der Regierung, mußte Horácio – meinte er – vor allem seiner Situation mit Hilfe einer »Enteignung« einen gesetzlichen Rückhalt verleihen, bevor er zu Gewaltmaßnahmen schritt.

Juca hatte aus Ilhéus die letzten Neuigkeiten mitgebracht: den Skandal um Ester und Virgilio, der der ganzen Stadt Gesprächsstoff lieferte.

Sinhô wollte es nicht glauben: »Das ist Geschwätz von Leuten, die nichts zu tun haben...«

»Wenn er aber doch die Frau stehengelassen hat, mit der er zusammenlebte, Sinhô! Das ist eine Tatsache, ich bin ganz genau informiert.« Bei dem Gedanken an Margot lachte Juca Magalhães zu.

Dieser nahm an allen Besprechungen teil, als gehöre er ganz zu den Badaró, wie es auch Teodoro das Baraúnas in jener Nacht getan hatte, die er bei ihnen verbrachte. Er fühlte sich geradezu als Familienmitglied. Und immer, wenn Don' Ana ihn ansah und voll Respekt »die Meinung des Herrn Hauptmannes« erbat, stieß er wilde Verwünschungen gegen Horácio und seine Leute aus. Als er bei einer Gelegenheit etwas wie Zärtlichkeit und Interesse in ihren Augen zu erblicken vermeinte, ging er sogar so weit, den Badaró »seine militärische Erfahrung als Offizier, der an acht Revolutionen teilgenommen hat«, zur Verfügung zu stellen. Sie hätten nur zu befehlen. Wenn es zu Kämpfen kommen sollte, könnten sie auf ihn zählen, er sei zu allem bereit. Bei diesen Worten blickte er lächelnd Don' Ana an.

Sie errötete plötzlich vor Verlegenheit und lief ins Haus, während Sinhô Badaró dem Hauptmann seinen Dank aussprach. Er hoffe aber, sagte er, diese Dienste nicht in Anspruch nehmen zu müssen und daß sich alles friedlich regeln lasse und kein Blut fließen werde. Zwar sei er auf alles vorbereitet, erwarte jedoch, daß Horácio darauf verzichten werde, ihm den Besitz des Waldes streitig zu machen. Er selbst könne zwar nicht mehr zurück, als Familienoberhaupt habe er gewisse Verpflichtungen und sei auch seinen Freunden gegenüber gebunden, Männern wie Teodoro das Baraúnas, die ihm so viele Opfer brächten. Wenn Horácio zum offenen Kampf übergehe, so könne er ihn haben. Er jedoch hege immer noch Hoffnungen...

Juca zuckte mit den Achseln. Für ihn war es klar, daß Horácio versuchen würde, mit Gewalt in den Urwald einzudringen und daß noch viel Blut fließen würde, bis die Badaró in Frieden ihren Kakao auf diesem Boden pflanzen könnten.

Auf das hin stellte sich Hauptmann Magalhães neuerlich zur Verfügung: »Ich stehe ganz zu Diensten... Ich liebe es nicht, mit meiner Tapferkeit zu prahlen – aber ich bin solche Scharmützel gewohnt.«

An diesem Tag sah er Don' Ana erst zur abendlichen Bibelstunde wieder. Sie wurde von Juca, der mit den Fingern auf sie zeigte, mit schallendem Gelächter empfangen: »Was ist denn los? Ist das das Ende der Welt?«

Auch Sinhô starrte sie an. Don' Ana blieb ernst, ihr Antlitz nahm einen strengen Ausdruck an. Sie hatte sich soviel Mühe gegeben, mit Raimundas Hilfe eine Frisur zustande zu bringen, wie sie sie in Ilhéus bei einem festlichen Anlaß an Ester gesehen hatte – und nun wurde sie ausgelacht... Dazu trug sie eines ihrer Abendkleider, das sich im Wohnzimmer des Landhauses seltsam ausnahm. Juca lachte noch immer, und Sinhô konnte sich nicht erklären, was in seine Tochter gefahren war. Nur João Magalhães fühlte sich glücklich. Wenn ihm auch das Lächerliche am Auftreten Don' Anas, die geschmückt war wie zu einem Ball, nicht entging, so bewahrte er doch seinen Ernst und warf ihr einen zärtlichen Blick voll Dankbarkeit zu.

Doch sie sah keinen an und hatte nur einen Gedanken: man machte sich lustig über sie. Schließlich erhob sie die Augen, und als sie der Zärtlichkeit im Blick des Hauptmannes begegnete, fand sie die Kraft, Juca zu erwidern: »Worüber lachst du denn? Oder glaubst du, nur deine Frau weiß sich gut anzuziehen und zu frisieren?«

»Aber Kind, was sind das für Worte?« wies Sinhô sie zurecht. Mehr noch als über ihren Aufzug war er über ihre Heftigkeit verwundert.

»Das ist *mein* Kleid, du selbst hast es mir geschenkt. Ich ziehe es an, wann es mir paßt, und niemand hat das Recht, darüber zu lachen.«

»Du siehst aus wie eine Vogelscheuche«, lachte Juca.

João Magalhães entschloß sich nun einzugreifen: »Sehr elegant sehen Sie aus. Wie eine Carioca: die jungen Damen in Rio kleiden sich genauso... Juca macht nur Spaß.«

Verblüfft sah Juca Badaró den Hauptmann an. Sein erster Gedanke war, ihm eine Abfuhr zu erteilen – wollte dieser Kerl ihm vielleicht Manieren beibringen? Doch dann sagte er sich, der andere halte es wohl für seine Pflicht als Gast, zu dem jungen Mädchen liebenswürdig zu sein.

»Geschmäcker sind verschieden...«, sagte er mit einem Achselzucken.

Sinhô Badaró bereitete der Auseinandersetzung ein Ende: »Lies jetzt, mein Kind!«

Doch sie lief fort, um nicht vor den anderen in Tränen auszubrechen. Erst in den Armen Raimundas konnte sie ihrem Schluchzen freien Lauf lassen. An diesem Abend war es der Hauptmann João Magalhães, der Sinhô Badaró die Verse aus der Bibel vorlas, während dieser ihn aus dem Augenwinkel betrachtete, als wolle er ihn prüfen.

Als sich der Hauptmann am nächsten Tag gleich nach dem Aufstehen auf seinen Morgenspaziergang begab, begegnete er Don' Ana im Stall, wo sie mithalf, die Kühe zu melken, deren Milch für die Herrschaft bestimmt war. Er grüßte und ging auf sie zu. Sie ließ für einen Augenblick das Euter fahren und wandte ihm ihr Gesicht zu.

»Gestern abend habe ich mich recht lächerlich benommen«, sagte sie. »Sie müssen sich allerhand gedacht haben. So geht es, wenn ein Mädchen vom Lande die Städterin spielen will.« Sie lachte und zeigte ihre ebenmäßigen weißen Zähne.

João Magalhães setzte sich auf einen Barren. »Sie haben entzükkend ausgesehen«, meinte er. »Wenn das Ganze ein Ball in Rio gewesen wäre, hätte es keine hübschere Frau geben können – ich schwöre es Ihnen!«

Sie sah ihn fest an und fragte: »Bin ich Ihnen so nicht lieber – in meinem Alltagsaufzug?«

»Um die Wahrheit zu sagen: ja.« Er sprach wirklich die Wahrheit. »So wie Sie jetzt sind, gefallen Sie mir – auch so sind Sie schön.«

Don' Ana richtete sich auf und griff nach ihrem Milcheimer. »Sie sind aufrichtig – ich mag Menschen, die die Wahrheit sagen.« Sie blickte ihm offen in die Augen – bei ihr bedeutete das schon eine Liebeserklärung.

Vertraulich kichernd kam Raimunda herbei, nahm Don' Ana die Eimer ab und ging mit ihr hinaus.

»Mir scheint«, wandte sich João Magalhães mit leiser Stimme an die Kühe, »mir scheint, ich werde heiraten.«

Schon betrachtete er das ganze Anwesen mit Besitzermiene: das Landhaus, den Trockenplatz, die Kakaoplantagen. Doch dann kamen ihm Juca, Sinhô und die Bravos ins Gedächtnis, die sich auf der Pflanzung herumtrieben, und ein Schaudern überlief ihn.

An diesem Tage befand sich alles in ungewohnter Bewegung. Jeden Morgen ging ein Teil der Arbeiter auf die Felder, um Kakao zu pflücken, andere preßten die frischen Bohnen oder tanzten auf den zum Trocknen ausgebreiteten Früchten. Traurige Weisen begleiteten ihre Arbeit:

> Schwer ist das Leben des Negers
> Mühsam wie keines sonst...

Der Wind trug die Klagen mit sich fort, die aus den Pflanzungen aufstiegen, wo von früh bis spät gearbeitet wurde.

> Des Abends möchte ich sterben,
> Weit fort, draußen im Land...
> Möcht' dahingehn, mitten im Werben,
> Umrauscht von deinem Gewand...

Zur Arbeit sangen sie ihre schwermütigen Lieder von Knechtschaft und verschmähter Liebe.

Doch zur selben Zeit strömte ganz anderes Volk auf der Pflanzung zusammen. Äußerlich hatte es viel Ähnlichkeit mit den Arbeitern: dieselben groben Stimmen, dieselbe Ausdrucksweise und dieselbe Kleidung. Diese Männer, die einen Tag nach dem anderen in der Pflanzung auftauchten, in die Arbeitshäuser einfielen und teils in den Lagerschuppen, teils auf der Veranda des Landhauses schliefen, waren die Bravos, die Juca angeworben oder Teodoro geschickt hatte; manche kamen von Wachtmeister Esmeraldo aus Tabocas, andere hatte Azevedo aufgetrieben oder Pater Paiva aus Mutuns. Alle hatten dieselbe Aufgabe: den Besitz der Badaró zu bewachen und die kommenden Ereignisse abzuwarten. Einige wenige kamen zu Pferde, die meisten jedoch zu Fuß, mit umgehängtem Gewehr, das Messer im Gürtel. Sie gingen immer gleich auf die Veranda des Landhauses, wo sie auf Sinhô Badarós Befehle warteten, während sie bedächtig den Rum schlürften, den Don' Ana ihnen hinausschickte. Im allgemeinen waren es wortkarge Männer, von unbestimmbarem Alter, Neger oder Mulatten; ganz selten hob sich ein blonder Kopf von der Menge ab. Sinhô und Juca kannten sie alle, ja, selbst Don' Ana. Tag um Tag wiederholte sich das gleiche Schauspiel; João Magalhães schätzte die Zahl derer, die nach ihm auf die Pflanzung gekommen waren, auf dreißig. Er fragte sich, wie das noch enden sollte und welche Vorbereitungen wohl bei Horácio getroffen wurden. Sein Interesse war wachgerufen, er fühlte sich mit diesem Land verwachsen, als habe er plötzlich Wurzel geschlagen. Seine Reisepläne hatten sich verflüchtigt, er sah nicht ein, warum er Ilhéus verlassen sollte, und wußte auch gar nicht, warum er überhaupt weiterwandern mußte.

In diese Gedanken versunken, fuhr er in die Stadt. Im Zug, während Sinhô Badaró an seiner Seite die ganze Fahrt verschlief, hatte er sich alles überlegt.

Am Vorabend hatte er auf der Veranda von Don' Ana Abschied genommen: »Morgen fahre ich weg.«

»Ich weiß. Aber Sie kommen zurück, nicht wahr?«

»Wenn Sie es wünschen, komme ich wieder...«

Sie hatte ihn schnell angesehen, mit dem Kopf genickt, und war ins Haus gelaufen, ohne ihm Zeit zu einem Kuß zu lassen, nach dem es ihn so verlangt hatte.

Am nächsten Tag sah er sie nicht mehr, aber Raimunda brachte ihm eine Botschaft von ihr: »Don' Ana läßt Ihnen sagen, sie fährt zum Fest des heiligen Georg nach Ilhéus.«

Dabei gab sie ihm eine Blume, die er nun in seiner Brieftasche aufbewahrte.

Im Zug versuchte er ernstlich nachzudenken, und er kam zu dem Schluß, daß er sich tüchtig verrannt hatte. Erst diese Geschichte mit der Landvermessung, die er noch dazu mit seinem Namen unterzeichnet hatte. Er war weder Ingenieur noch Hauptmann, das Ganze konnte unangenehme Folgen haben und ihn ins Gefängnis bringen. Grund genug, um mit dem ersten Schiff das Weite zu suchen; Geld hatte er so viel verdient, daß er monatelang sorglos leben konnte. Das Schlimmste aber war diese Liebelei mit Don' Ana. Juca war bereits darauf aufmerksam geworden, machte Witze darüber, lachte und schien ganz einverstanden. Er hatte ihm zu verstehen gegeben, daß einer, der Don' Ana heiratete, sich ordentlich benehmen müsse, sonst könne er von ihr etwas erleben. Und Sinhô betrachtete ihn, als wolle er ihn ergründen; eines Abends hatte er ihn eingehend nach seiner Familie gefragt, nach seinen Bekannten in Rio und nach dem Stand seiner Geschäfte.

So hatte sich der Hauptmann João Magalhães gezwungen gesehen, eine ganze Reihe von faustdicken Lügen aufzutischen. Jetzt, im Zug, bekam er es geradezu mit der Angst, und seine Augen kehrten unwillkürlich immer wieder zu dem Revolver zurück, der unter Sinhôs Mantel hervorsah. Wenn er sich alles recht überlegte, blieb ihm nichts anderes übrig, als nach Bahía zu fahren und sich auch dort nicht lange aufzuhalten, wegen dieser Geschichte mit der Landvermessung. Nach Rio konnte er nicht zurück, aber der ganze Norden stand ihm offen: die Zuckerfabrikanten von Pernambuco, die Gummipflanzer am Amazonas. In Recife, in Belém oder Manaus würde ihm seine Geschicklichkeit im Poker zustatten kommen, und er könnte sein gewohntes Leben fortführen, ohne weitere Komplikationen als das Mißtrauen eines Partners beim Spiel oder den Ausschluß aus einem Spielkasino, höchstens eine Einvernahme bei der Polizei ohne ernstere Folgen. In der Eisenbahn faßte er schließlich den Entschluß, das erste Schiff zu nehmen. Er besaß fünfzehn oder sechzehn Contos, genug, um eine ganze Zeit lang gut zu leben.

Als jedoch Sinhô Badaró aufwachte und er in seine Augen sah, die ihn an die von Don' Ana gemahnten, wurde ihm bewußt, welche Rolle das junge Mädchen in der ganzen Sache spielte. Er hatte sich immer bemüht, diese Angelegenheit mit Zynismus zu betrachten, als ginge es nur darum, in die Familie Badaró einzuheiraten und dadurch an ihrem Reichtum teilzuhaben. Jetzt fühlte er, daß das nicht alles war. Er vermißte sie, ihre brüske Art, mit der sie zwischen Weichheit und Strenge schwankte, ihre jungfräuliche Verschlossenheit, die keine Küsse, keine Liebesträume kannte. Sie würde zum Fest des heiligen Georg nach Ilhéus kommen, hatte sie ihm sagen lassen. Sollte er das nicht abwarten, da es doch nahe bevorstand, und erst nachher einen endgültigen Beschluß fassen? Das war vollkommen ungefährlich. Die einzige Gefahr bestand darin, daß Sinhô Badaró in Rio Erkundigungen über ihn einziehen könnte. In diesem Fall würde er keinesfalls der Rache dieser in ihrem Stolz verletzten Leute entgehen. Dann konnte er froh sein, wenn er mit dem Leben davonkam.

Der Lauf des Revolvers zog wieder seinen Blick an. Aber Sinhôs Augen brachten ihm Don' Ana ganz nahe... Hauptmann Magalhães wußte nicht aus noch ein. Pfeifend fuhr der Zug in den Bahnhof von Ilhéus ein.

Abends ging er Margot besuchen, der er etwas von Juca bestellen sollte. Sie wohnte nicht mehr in der Pension von Machadão, sondern hatte ein Häuschen gemietet, wo sie für sich allein war. Ein Dienstmädchen kochte und besorgte ihr die Wirtschaft. Sie hatte ihre Sachen aus Tabocas kommen lassen und stellte nun ihre Eleganz in den Straßen von Ilhéus zur Schau, wo schon ihr Sonnenschirm aus Spitzen lebhaftes Getuschel hervorrief. Alle Welt wußte, daß sie sich mit Juca zusammengetan hatte. Über die näheren Umstände dieses Umschwunges herrschten allerdings geteilte Ansichten.

Die Anhänger der Badaró behaupteten, Juca habe sie Virgilio weggeschnappt, Horácios Leute dagegen verbürgten sich dafür, daß Virgilio sie schon vorher stehengelassen habe. Nachdem der Artikel in »O Comercio« erschienen war, nahm der Klatsch noch zu, und die Partei der Badaró zeigte auf der Straße auf sie als »die Frau, die

Dr. Virgilios Studium bezahlt hat«. Margot triumphierte. Juca hatte ihr in den Geschäften ein Konto eröffnen lassen, und die Kaufleute verneigten sich devot vor ihr.

Margot bot ihm einen Stuhl in ihrem Speisezimmer an, und der Hauptmann nahm Platz. Er trank den Kaffee, den ein Dienstmädchen brachte, und ging daran, Jucas Bestellung auszurichten: er wollte die nächste Woche kommen und erkundigte sich, ob sie etwas brauche. Margot bestürmte den Hauptmann mit Fragen über die Pflanzung, denn auch sie fühlte sich schon als Herrin auf dem Besitz der Badaró. Sie schien Virgilio vollkommen vergessen zu haben, denn sie erwähnte ihn nur ein einziges Mal, als sie João fragte, ob er den Artikel in »O Comercio« gelesen habe.

»Wenn mir einer einen Streich spielt, dem zahl' ich's heim«, betonte sie. Dann erging sie sich in Lobreden über Manuel de Oliveira: »Ein schlauer Bursche mit einem famosen Köpfchen. Und noch dazu ein Witzbold«, fügte sie hinzu, »man kann sich köstlich mit ihm unterhalten. Er kommt immer her, mir Gesellschaft zu leisten. Zu nett ist er...«

Dieses Lob machte Hauptmann Magalhães mißtrauisch. Wer weiß – vielleicht ging Margot in Jucas Abwesenheit mit dem Journalisten ins Bett. Er fühlte sich ihr irgendwie verbunden, waren sie doch beide Abenteurer in einer fremden Umgebung, deshalb glaubte er, ihr einen Rat geben zu müssen: »Sag mir ehrlich: hast du was mit diesem Oliveira?«

Sie bemühte sich kaum zu leugnen: »Wieso denn...?«

»Ich will dir einen Rat geben. Du wirst mir nichts erzählen, das ist auch ganz gleich, ich will gar nichts wissen. Aber das eine sage ich dir: Vorsicht mit den Badaró! Das sind keine Leute, die mit sich spaßen lassen. Wenn dir dein Leben lieb ist, denke nicht daran, einen von ihnen zu betrügen! Die verstehen keinen Spaß!«

Er sprach zwar zu Margot, aber er schien sich selber überzeugen zu wollen: »Lieber das Ganze aufgeben als sie reinlegen zu wollen.«

8

In einem niedrigen Gebäude in der Nähe des Hafens befand sich die Exportfirma Gebrüder Zude & Co. Im Erdgeschoß war der Speicher für den Kakao, im ersten Stock befanden sich die Büroräume. Es war dies eine der ersten drei oder vier Firmen, die sich seit einigen Jahren mit der Ausfuhr des Kakaos befaßten. Als die Ernten noch gering gewesen waren, waren sie im Lande selbst verbraucht worden. Doch sobald sich der Anbau ausdehnte, gründeten einige Geschäftsleute aus Bahía und ein paar Ausländer – Schweizer und Deutsche – eigene Exportunternehmen. Zu diesen gehörten die Gebrüder Zude, die schon Tabak und Baumwolle ausführten. Nun richteten sie eine Abteilung für Kakao ein, eröffneten in Ilhéus eine Filiale und entsandten dorthin Maximiliano Campos, einen alten, weißhaarigen Angestellten, der über reiche Erfahrungen verfügte. Zu jener Zeit wurden die Obersten noch von den Exporthäusern umworben, deren Angestellte und Direktoren sich nicht genug tun konnten an Bücklingen und Höflichkeitsbezeigungen. Wenn die Pflanzer in die Stadt kamen, gaben ihnen die Kaufherren Gastmähler und führten sie in die Kaffeehäuser und Bordelle. Die Kakaoausfuhr für sich allein war damals noch unbedeutend, im allgemeinen wurde sie nur in einer Abteilung der großen Exportfirmen getätigt, die Tabak, Kaffee, Baumwolle und Kokosnüsse verschifften.

So war es nur selbstverständlich, daß Maximiliano Campos eilig aufsprang, als Sinhô Badaró die Treppe zu den Gebrüdern Zude & Co. hinaufgestiegen war und nun die Tür zum Büro des Direktors aufstieß.

»Was für eine angenehme Überraschung, Oberst!« rief er und drückte ihm die Hand. Dann bot er ihm den besten Stuhl an – seinen eigenen – und setzte sich bescheiden auf einen Rohrstuhl. »Wie lange habe ich Sie nicht gesehen! Ich dachte, Sie sind auf Ihrer Besitzung, mitten in der Ernte.«

»Da war ich auch, immer bei der Arbeit.«

»Und wie gehen die Geschäfte, Oberst? Was halten Sie von der diesjährigen Ernte? Es scheint, daß sie die vorjährige weit hinter sich läßt, wie? Wir haben bis jetzt schon mehr Kakao gekauft als im ganzen letzten Jahr zusammengenommen. Und das, obwohl einige von den größten Pflanzern, wie Sie selber, noch gar nichts verkauft haben.«

»Deswegen bin ich gerade gekommen«, sagte Sinhô.

Maximiliano wurde noch um einen Grad zuvorkommender:

»Sie haben sich also entschlossen, kein Ansteigen der Preise abzuwarten? Ich glaube, Sie tun recht daran. Ich nehme nicht an, daß der Zentner dieses Jahr mehr als vierzehn Milreis abwirft. Und schließlich – um vierzehn Milreis ist es besser Kakao zu pflanzen als eine Messe zu singen!« Er lachte selber über seinen Witz.

»Mein lieber Maximiliano, ich glaube, er wird noch steigen. Bis zum Ende der Ernte wird er bestimmt auf mindestens fünfzehn Milreis stehen. Wer seinen Kakao zurückhalten kann, wird eine Menge Geld verdienen. Die Produktion genügt nicht für die Nachfrage. Es heißt, die Vereinigten Staaten allein...«

»Es ist schon richtig, daß man so viel Kakao placieren kann, wie man nur will. Aber die Preise diktieren, Oberst, das tun immer noch die Gringos. Unser Kakao kann noch nicht gegen den von der Goldküste aufkommen. England setzt die Preise fest. Wenn ihr Pflanzer erst das ganze Land bebaut und den ganzen Urwald gerodet habt, der noch steht, dann werden wir vielleicht den Vereinigten Staaten unsere Preise aufzwingen können.«

Sinhô Badaró erhob sich. Sein Bart fiel über Krawatte und Hemdbrust herab. »Gerade das will ich tun, Maximiliano. Ich werde den Wald von Sequeiro Grande schlagen und dann Kakao anpflanzen. In fünf Jahren verkaufe ich Ihnen die Ernte von diesem Terrain. Dann werden wir die Preise diktieren.«

Für Maximiliano war das nichts Neues. Wer in ganz Ilhéus kannte nicht die Pläne der Badaró in bezug auf den Urwald? Freilich wußten auch alle, daß Horácio dieselben Absichten hegte. Maximiliano machte eine Bemerkung darüber.

»Der Wald gehört mir«, erklärte Sinhô Badaró. »Ich habe ihn soeben im Büro von Domingo Reis auf meinen Namen eintragen lassen. Er ist mein, und wehe dem, der es wagt, ihn zu betreten...«

Er legte besonderen Nachdruck in seine Worte, und Maximiliano Campos wich vor Sinhô Badarós drohend ausgestrecktem Finger zurück. Doch dieser begann zu lachen und schlug vor, von Geschäften zu reden.

»Ich will meine Ernte verkaufen. Für den Augenblick verkaufe ich 12000 Zentner. Heute steht der Zentner auf 14 Milreis 200, das macht 170 Contos de Reis. Stimmt's?«

Maximiliano rechnete. Schließlich hob er den Kopf und nahm die Brille ab. »Und die Zahlungsbedingungen?«

»Ich will jetzt kein Bargeld. Ich möchte, daß Sie mir für diesen Betrag ein Konto eröffnen. Ich werde es dann brauchen, um den Wald zu roden und die Pflanzungen anzulegen. Ich hebe jede Woche etwas ab.«

»170 Contos 400 Milreis«, verkündete Maximiliano, als er seine Berechnungen abgeschlossen hatte.

Sie besprachen noch die Einzelheiten des Geschäftes. Schon seit Jahren verkauften die Badaró ihren Kakao den Gebrüdern Zude & Co. Und keinem anderen Kunden im ganzen Süden von Bahía kam das Exporthaus so sehr entgegen wie den Brüdern Badaró.

Sinhô verabschiedete sich. Am Tag darauf wollte er wiederkommen, um den Kaufvertrag zu unterzeichnen. »Ja«, sagte er, bevor er das Kontor verließ. »Ich brauche das Geld, um den Wald zu roden und Pflanzungen anzulegen. Aber auch, um zu kämpfen, wenn es sein muß, Maximiliano!«

Er war ernst geworden und sein Blick hart, während er sich mit der Hand über den Bart strich.

Maximiliano wußte nicht, was er antworten sollte, und fragte: »Und die kleine Don' Ana, wie geht es ihr?«

Die Härte verschwand aus Sinhôs Antlitz und machte einem strahlenden Lächeln Platz. »Sie ist schon eine junge Dame... und hübsch. Es wird nicht lange dauern, bis sie heiratet.«

Maximiliano Campos begleitete den Oberst die Treppe hinunter bis zum Haustor, wo er sich mit einem langen Händedruck verabschiedete: »Alles Gute der Familie!«

Sinhô Badaró ging in der Mitte der Straße und führte immer wieder die Hand an den Hut, um die Grüße von allen Seiten zu erwidern. Einzelne Männer überquerten sogar die Straße, um ihn zu begrüßen.

9

Fröhlich läuteten die Glocken am Nachmittag des Sankt-Georg-Tages. Das Fest des Schutzpatrons war in Ilhéus immer ein bedeutendes Ereignis. Morgens, im Rathaus, hatte der Präfekt in seiner Festrede das Gedächtnis jenes Jorge de Figueiredo Correia geehrt, der als Statthalter von Ilhéus die ersten Zuckerraffinerien errichtet hatte, die bald darauf von den Indianern zerstört worden waren. Mit ihm verglich er die Männer, die später gekommen waren und die Kakaopflanze mitgebracht hatten. Auch Dr. Genaro hielt eine mit fremdsprachigen Zitaten gespickte Ansprache, von der die meisten kein Wort verstanden.

An der offiziellen Feier hatten die Anhänger Horácios nicht teilgenommen. Nachher begaben sie sich jedoch alle im schwarzen Gehrock zur Kathedrale, von der die Prozession des heiligen Georg ausgehen mußte, um ihren Weg durch die Hauptstraßen von Ilhéus zu nehmen.

Kanonikus Freitas trachtete stets, sich aus den politischen Zwistigkeiten der mächtigsten Obersten herauszuhalten. Er mengte sich in nichts ein und kam ebensogut mit den Badaró aus wie mit Horácio, mit dem Präfekten von Ilhéus oder Dr. Jessé. Wenn er eine Sammlung für die Klosterschule einleitete, schickte er immer zwei Listen herum, damit weder Sinhô Badaró noch Horácio als zweiter zeichnen mußte. So war jeder von den beiden zufrieden, wenn er ein unbeschriebenes Blatt bekam, und glaubte, als erster seine Unterschrift daraufzusetzen. Diesem Vorgehen war es zu verdanken, daß Regierung und Opposition gleicherweise zur Kirche hielten.

Im übrigen war Kanonikus Freitas großzügig und schien zu übersehen, daß die meisten unter den großen Pflanzern der Freimaurerloge angehörten. Zwar hatte er Sinhô Badaró in seinem Kampf gegen die Freimaurer unterstützt (die Horácio zu ihrem Großmeister gewählt hatten), doch immer hinter den Kulissen, ohne selber in Erscheinung zu treten. Gegen die Konfession der Engländer, die protestantische Kirche, führte er einen offenen Feldzug. In allem anderen blieb er unparteiisch. Wenn die Frau Horácios die erste Novene des heiligen Antonius leitete, so übernahmen Jucas Frau und Don' Ana die letzte. Die beiden Widersacher trachteten, sich an Aufwand von

Raketen und Böllern zu übertreffen, wenn ihre Frauen das Patronat der Novenen innehatten. Im Monat Mai übertrug er der einen die Sorge um das Hochamt, der anderen die Ausschmückung des Altars. Wann immer er konnte, nützte er diese Rivalität aus, und wenn sein Interesse es erheischte, versuchte er zu vermitteln.

In ihren hochgeknöpften Gehröcken standen die Männer auf dem Platz und sahen zu, wie sich die Frauen eiligen Schrittes in die Kirche begaben. Am Arm Horácios kam Ester in einem ihrer elegantesten Kleider, das sie an die Zeiten in der Klosterschule von Bahía erinnerte. Als Virgilio sie vorbeikommen sah, lüftete er seinen steifen Hut zum Gruß. Horácio winkte ihm mit der Hand zu, Ester neigte das Haupt. Rundum zischelten die Leute mit boshaftem Lächeln.

Dann kamen Sinhô und Juca Badaró. Sinhô führte Don' Ana am Arm, Juca geleitete seine Frau. Diesmal war es an Hauptmann João Magalhães, der im Gegensatz zu allen anderen einen äußerst vornehm aussehenden grauen Gehrock trug, seinen Zylinder zu ziehen und sich zu verbeugen. Don' Ana verbarg ihr Antlitz hinter dem Fächer, während Sinhô die Hand zum Hut hob. »'n Tag, Hauptmann!« rief Juca.

»Zwei Verliebte...«, sagte ein junges Mädchen.

Dr. Jessé kam, in Schweiß gebadet, die Straße heruntergelaufen. Einen Augenblick blieb er stehen, um mit Virgilio zu sprechen, dann eilte er weiter. Gemessenen Schrittes folgte ihm Dr. Genaro, ernst und feierlich, den Blick auf den Boden geheftet. Dann kam der Präfekt, nach ihm Maneca Dantas, Dona Auricidia und die Kinder. Teodoro das Baraúnas trug seinen Alltagsanzug, nur die Stiefel und die Khakireithose hatte er mit einer sorgfältig gestärkten weißen Hose vertauscht; an seinem Finger glänzte der riesige Solitär. Auch Margot kam, trat jedoch nicht in die Kirche, sondern blieb an einem Eck des Platzes stehen, wo sie sich mit Manuel de Oliveira unterhielt. Die Frauen beobachteten sie verstohlen und besprachen ihr Kleid und ihr Benehmen.

»Das ist die neue Freundin von Juca Badaró«, sagte eine.

»Sie soll die von Dr. Virgilio gewesen sein...«

»Der hat jetzt etwas Besseres...« Alles lachte.

Weiter abseits standen bloßfüßige Männer, abgedrängt durch die Menge, die aus der Kirche strömte, den Platz überflutete und sich in die Straßen ergoß. Kanonikus Freitas und zwei andere Priester traten aus dem Portal und begannen, den Umzug zu ordnen. Als erste erschien eine kleine Statue des Jesuskindes, von vier weißgekleideten Kindern getragen, die aus den besten Familien ausgewählt worden waren; eines davon war der Sohn von Maneca Dantas. Die Musikkapelle setzte sich an die Spitze der Prozession, die sich nach der gegenüberliegenden Straße wandte. Dann kamen die Schulkinder in ihren Uniformen, unter den Augen ihrer Lehrerinnen. Sobald der Weg frei war, tauchte eine hohe Marienstatue auf, die von jungen Mädchen getragen wurde, darunter von Don' Ana Badaró. Als sie an João Magalhães vorbeikam, sah sie ihn an und lächelte. Obwohl sie einen dunklen Teint hatte und das Standbild aus blauem Porzellan war, fand der Hauptmann doch, daß sie der Heiligen Jungfrau glich.

Die Musikkapelle und die Schulkinder nahmen ihren Weg durch das Spalier der Männer, die ihre Hüte in der Hand hielten. Der Muttergottesstatue schlossen sich die Klosterschülerinnen an, alle weiß gekleidet, mit dem blauen Band der Marienkinder um den Hals. Ihnen folgten die Damen: Jucas Frau am Arm ihres Gatten, Ester in Gesellschaft einer Freundin, die Frau Maneca Dantas', Dona Auricidia, die sich von allem entzückt zeigte. Nach einem kurzen Zwischenraum erschien die mächtige, reichgeschmückte Statue des heiligen Georg. Der riesenhafte Heilige war zu Pferd und tötete den Drachen. Die vorderen Enden der Tragstangen trugen Horácio und Sinhô Badaró, die hinteren Dr. Genaro und Dr. Jessé. Diese beiden unterhielten sich ganz freundschaftlich, doch Horácio und Sinhô würdigten einander keines Blickes; ernst, die Augen zu Boden gesenkt, gingen sie im Gleichschritt. Alle vier trugen über den schwarzen Gehröcken rote Gewänder.

Den Beschluß bildete Kanonikus Freitas, zu jeder Seite einen Priester. Ihnen folgten die Honoratioren der Stadt: der Präfekt, der Abgeordnete, der Richter, der Staatsanwalt, Anwälte und Ärzte, Agronomen, die Obersten und Kaufleute. Unter ihnen befanden sich auch Maneca Dantas und Ferreirinha, Teodoro und Dr. Rui. Dann kam die ganze Volksmenge, alte Betschwestern, einfache Frauen, Fischer und Arbeiter. Einzelne Frauen trugen ihre Schuhe in der Hand und gingen barfuß, in Erfüllung eines Gelübdes, das sie dem Heiligen gemacht hatten.

Die Musikkapelle begann zu spielen, und die Prozession setzte sich langsam und in voller Ordnung in Bewegung.

Fast im selben Augenblick traten Dr. Virgilio und Hauptmann João Magalhães von dem Gehsteig herab, um der Statue der Jungfrau Maria zu folgen. Juca Badaró und Virgilio grüßten einander zurückhaltend, der Hauptmann bot Süßigkeiten an, die er eben gekauft hatte. Als Don' Ana seine Stimme hörte, sah sie sich um und gefährdete das Gleichgewicht der Marienstatue. Ihre Genossinnen kicherten leise.

Um Margot bildete sich ein Kreis von Männern, die dem Vorbeiziehen der Prozession zusahen. Als Sankt Georg vorüberwankte, getragen von Sinhô und Horácio, die gleichen Schritt hielten, bemerkte einer: »Ist das zu glauben? Oberst Horácio und Sinhô Badaró zusammen, Seite an Seite! Und Dr. Jessé mit Dr. Genaro... Es geschehen noch Wunder.«

Manuel de Oliveira vergaß für einen Augenblick seine Eigenschaft als Redakteur des Blattes der Badaró: »Jeder bittet den Heiligen, ihm zu helfen, den andern umzubringen. Sie beten und verfluchen sich gleichzeitig.«

Margot lachte, und die anderen stimmten ein. Dann schlossen sie sich der Prozession an, die sich langsam, wie eine Riesenschlange, durch die engen Straßen von Ilhéus bewegte. Hoch über ihnen platzten die Raketen.

FÜNFTER TEIL

DER KAMPF

I

Woher kam wohl das Gitarrengeklimper in dieser mondlosen Nacht? Eine schwermütige Melodie war es, ein trauriges Lied vom Tod. Sinhô Badaró machte sich zwar niemals Gedanken über die traurigen Lieder oder über den Text der Melodien, die die Arbeiter in den Kakaopflanzungen – Neger, Mulatten und Weiße – sangen; doch als er jetzt auf seinem Rappen dahintrabte, fühlte er sich von der Musik seltsam ergriffen und erinnerte sich, ohne recht zu wissen, warum, jener Gestalten auf dem Bild, das das Wohnzimmer seines Landhauses schmückte. Die Musik schien aus einem Haus zu kommen, das tief in einer Kakaopflanzung versteckt lag. Eine Männerstimme erklang. Sinhô konnte nicht verstehen, warum die Neger die halbe Nacht mit Gitarrengeklimper vergeudeten, wenn ihnen doch so wenig Zeit zum Schlafen blieb. Die Melodie verfolgte ihn den ganzen Weg, oft leise wie ein Geflüster, dann wieder mächtig anschwellend, als sei sie ganz nahe:

Bar jeder Hoffnung ist mein Los,
Bei Tag und Nacht Arbeit bloß…

Hinter sich hörte Sinhô Badaró das Hufgeklapper der Maultiere, auf denen seine Bravos ritten: der Mulatte Viriato, Telmo, ein langer Magerer mit weibischer Stimme und sicherer Hand, und Costinha, der Oberst Jacinto umgebracht hatte. Sie unterhielten sich im Reiten, und der Abendwind trug Fetzen des Gesprächs an sein Ohr:

»Es gab ein riesiges Durcheinander, der Mann hatte schon die Türklinke in der Hand...«

»Hat er geschossen?«

»Er hatte gar keine Zeit dazu...«

»Weibergeschichten gehen immer schief aus...«

Wäre der Neger Damião hier gewesen, so hätte ihn Sinhô jetzt zu sich herangerufen, um ihm seine Pläne auseinanderzusetzen, die der Neger immer schweigend angehört und nur mit einem Nicken seines riesigen Schädels gebilligt hatte. Aber Damião hatte den Kopf verloren; lachend und weinend wie ein Kind irrte er jetzt durch die Pflanzungen. Sinhô hatte seine ganze Überredungskunst aufwenden müssen, um Juca davon abzuhalten, den Neger zu beseitigen. Einmal war dieser sogar ganz in die Nähe des Landhauses gekommen, und die ihn gesehen hatten, behaupteten, er sei nicht wiederzuerkennen gewesen: mager und dreckig, mit tiefliegenden Augen, unzusammenhängendes Zeug über tote Kinder und weiße Engelssärge vor sich hin murmelnd. Er war ein guter Kerl gewesen, und es blieb Sinhô Badaró unbegreiflich, wieso er in jener Nacht Firmo verfehlt hatte. Sollte er schon damals irrsinnig gewesen sein?

Der Gesang, der ihm bei der nächsten Wegbiegung wieder entgegenscholl, brachte ihm jenen Abend erneut in Erinnerung. Sinhô mußte an das Bild in seinem Wohnzimmer denken: das Mädchen unter den Schäfern, die auf ihren Schalmeien bliesen, die friedliche Landschaft... Das war wohl eine fröhlichere Musik, ein zärtliches Liebeslied. Vielleicht gar Tanzmusik, denn das Mädchen hatte einen Fuß erhoben, als wollte es zu tanzen beginnen. Jedenfalls war es nicht eine Melodie wie diese, die eher zu einem Begräbnis passen mochte:

Einem Sträfling gleich ist mein Leben.
Ich kam und mir wurden Fesseln gegeben,
Gekettet hat mich der Kakao, gefangen...

Sinhô versuchte das Dunkel neben der Straße zu durchdringen. Das Lied mußte aus einer Arbeiterhütte kommen. Vielleicht war es aber auch nur ein Mann, der den Pfad entlangwanderte und sich den Weg mit seinem Gesang verkürzen wollte. Länger als eine Viertelstunde begleitete sie schon dieses Lied, das von dem Leben in diesem Land erzählte, von der Arbeit und dem Tod, von dem Schicksal der Menschen, die der Kakao gefangenhielt. Sinhôs Augen waren an die Dunkelheit der Nacht gewöhnt, doch konnte er im ganzen Umkreis kein Licht entdecken. Nur die Lichter eines Käuzchens funkelten ihn an, dessen Schrei Unheil verkündete.

Der Sänger mußte unterwegs sein und sich die Zeit mit seinem Lied vertreiben; für Sinhô Badaró jedoch schien der Weg bis zu seinem Landhaus kein Ende zu nehmen. Auf allen Straßen im Urwald von Sequeiro Grande lauerte jetzt die Gefahr, man war nirgends mehr seines Lebens sicher. Damals, als er dem Neger Damião den Auftrag gegeben hatte, Firmo umzulegen, hatte er noch Hoffnung auf einen friedlichen Ausgang des Streits gehegt.

Jetzt war es zu spät, es war zum offenen Kampf gekommen. Horácio sammelte seine Leute, um in den Wald einzudringen, und machte in Ilhéus einen Prozeß um sein Besitzrecht auf den ganzen Landstrich anhängig.

Die Stimme des Mannes kam näher – er mußte den Waldpfad entlangwandern – schwoll an und klang noch trauriger als zuvor:

Wenn ich einst gestorben bin,
tragt mich in schaukelnder Matte dahin...

Bald würden auf diesen Wegen die Leichen der Erschossenen in Hängematten getragen werden. Nacht für Nacht würde diese Szene sich wiederholen und das Blut der Toten die Erde tränken. Nein, das war kein Land für friedliche Tänze jener fröhlichen Hirten in blauen Gewändern mit roten Mützen. Eine schwarze Erde war das, gut für den Kakao, die beste der Welt.

In allernächster Nähe sang nun die Stimme ihr Todeslied:

Wenn ich einst gestorben bin,
Legt mich in die Erde am Straßenrand hin...

Von namenlosen Holzkreuzen war die Straße eingefaßt. Männer lagen hier, die eine Kugel, ein Dolch oder das Fieber gefällt hatte, in Nächten voller Krankheit und Verbrechen.

Doch die Kakaobäume gediehen und trugen Früchte. Wenn erst alle Rodungen bepflanzt waren, würde man den nordamerikanischen Märkten die Preise diktieren können, hatte Maximiliano gesagt. Dann gab es hier mehr Kakao, als die Engländer besaßen, und der Name Sinhô Badaró, des Herrn der Kakaopflanzungen von São Jorge dos Ilhéus, würde bis nach New York dringen. Dann wäre er sogar reicher als Misael... Unter den namenlosen Kreuzen am Wegrand würde dann Horácio liegen, Firmo, Braz, Jarde und Zé da Ribeira. Sinhô wäre es lieber gewesen, wenn alles so hätte sein können wie auf dem Öldruck: fröhliche Tänze zu den Schalmeien der Hirten – aber die anderen hatten es ja nicht so gewollt. Die Schuld lag bei Horácio. Warum drang er auch in den Wald ein, der nicht ihm gehörte, sondern einzig und allein den Badaró, und den ihnen noch keiner streitig gemacht hatte? Horácio hatte es so gewollt. Wenn es nach ihm, Sinhô Badaró, ginge, wäre das ganze Leben ein Fest mit tanzenden Mädchen auf blumigen Wiesen... Doch eines Tages würde es auch hier so friedlich sein wie in jenen Gefilden Europas... Sinhô schmunzelte in seinen langen Bart und glaubte die Zukunft vor sich zu sehen, wie Kartenleger und Wahrsager.

An der nächsten Biegung mündete der Pfad in die Straße und der Mann mit der Gitarre wurde sichtbar.

Wenn ich einst gestorben bin,
Soll überm Grab ein Kakaobaum blühn...

Das Hufgeklapper der Kavalkade brachte ihn jäh zum Schweigen. Sinhô vermißte seinen Gesang. Das Bild des Mädchens, das in den Kakaopflanzungen tanzte, die blühenden Bäume, die von Ilhéus diktierten Preise – dies alles verschwand. Er sah nur noch den einsamen Wanderer, der mühsam dahinstampfte, die Finger auf den Saiten der Gitarre, und der nun zur Seite trat, um Sinhô und seine Bravos vorüberzulassen.

»Guten Abend, Herr.«

»'n Abend.«

Die Bravos antworteten im Chor: »Gute Reise.«

»Der Herr möge dich geleiten...«

Die Musik entfernte sich immer mehr, bald hörte man die traurige

Stimme nicht mehr, die das schwere Leben beklagte und sich nach einem Grab unter einem Kakaobaum sehnte.

Es hieß immer, der zähe Schleim der klebrigen Kakaoschalen halte die Menschen im Lande fest. Tatsächlich wußte Sinhô Badaró von keinem, der es wieder verlassen hatte. Er kannte viele, die sich wie dieser Neger Tag und Nacht beklagten, in ihren Häusern, in den Läden, den Büros und Kaffeehäusern über dieses verfluchte Land schimpften; das Ende der Welt nannten sie es, ohne Freuden und ohne Zerstreuungen, wo die Menschen um ein Nichts getötet wurden, wo man heute reich und morgen ärmer als Hiob sein konnte. Oft und oft hatte Sinhô solche Gespräche gehört, hatte Männer gekannt, die ihre Pflanzungen verkauft und geschworen hatten, nie wieder zurückzukehren. Mit dem Erlös ihrer Besitzungen gingen sie dann nach Ilhéus und warteten auf das erste Schiff, das sie nach Bahía bringen sollte. In der großen Stadt konnten sie alles haben, was sie sich nur wünschten: Luxusgeschäfte, bequeme Wohnungen, Theater und Pferdebahn. Dort konnte ein Mann mit Geld in der Tasche sein Leben genießen. Doch bevor noch das Schiff auslief, kehrten sie wieder um – die Kakaoschalen klebten zu fest an ihren Fußsohlen. Und wieder legten sie ihr ganzes Geld in einem Stück Erde an, auf dem sie Kakao pflanzten... Andere gingen auch wirklich fort, schifften sich ein und fuhren weit übers Meer; doch wohin sie auch kamen, sprachen sie von nichts anderem als von diesem Land um Ilhéus. Und so gewiß er Sinhô Badaró hieß, kamen sie nach sechs Monaten oder einem Jahr zurück und begannen ohne einen Groschen wieder Kakao zu pflanzen. Man sagte, die klebrigen Kakaoschalen ließen sie nicht los und bänden sie an diese Erde.

Davon sprachen auch alle Lieder, die abends in den Pflanzungen gesungen wurden.

Sinhô und seine Leute ritten jetzt zwischen den Kakaobäumen, die zur Pflanzung der Witwe Merenda gehörten. Es hieß, sie habe mit Horácio ein Abkommen getroffen. Doch das konnte Sinhô nicht abschrecken, den kürzeren Weg zu wählen, durch den er fast eine halbe Meile sparte. Wenn sie auf Horácios Seite stand, um so schlimmer für sie und ihre beiden Söhne. Dann würde eben auch ihre Pflanzung zu denen gehören, die die Badaró im Urwald von Sequeiro Grande zu schlagen gedachten. In fünf Jahren würde er,

Sinhô Badaró, in das Kontor der »Gebrüder Zude & Co.« gehen und ihnen Kakao von den neuen Pflanzungen anbieten. Das hatte er versprochen, und das würde er auch halten. Er war ein Mann, der zu seinem Wort stand. Und wenn das Mädchen auf dem Bild in seinem Wohnzimmer auch aufhören mußte zu tanzen! Später konnte sie immer noch auf den goldenen Kakaofeldern tanzen, die weit schöner sein würden als ihre heimatlichen Triften. Viel, viel schöner...

Auf den ersten Schuß folgte eine ganze Salve. Sinhô Badaró blieb gerade noch Zeit, sein Pferd aufzurichten, das, von einer Kugel in die Brust getroffen, zu Boden stürzte. Seine Bravos waren abgesprungen und verschanzten sich hinter ihren liegenden Maultieren. Sinhô versuchte sein Bein zu befreien, das unter dem sterbenden Pferd lag. Seine Augen durchbohrten die Dunkelheit, und im Liegen entdeckte er die Leute Horácios, die hinter einem Brotbaum im Hinterhalt lagen.

»Dort hinter dem Brotbaum sind sie«, rief er.

Nach den ersten Schüssen trat völlige Stille ein. Als es Sinhô endlich gelang, sein Bein freizubekommen, richtete er sich zu seiner vollen Höhe auf. Eine Kugel durchbohrte seinen Hut, doch er erwiderte das Feuer und rief seinen Männern zu: »Machen wir Schluß mit ihnen!«

Hinter dem Brotbaum wurde der Kopf eines Mannes sichtbar, der sorgfältig zielte.

Neben Sinhô Badaró flüsterte Telmo mit seiner weibischen Stimme: »Der gehört mir.«

Er hob das Repetiergewehr an die Schulter, und der Kopf des Mannes fiel wie eine reife Frucht zu Boden. Sinhô ging ständig feuernd vorwärts. Er und seine Leute waren jetzt durch die Kakaobäume geschützt und konnten die anderen sehen. Mit dem Toten waren es im ganzen fünf: die beiden Söhne der Witwe Merenda und noch drei andere Bravos Horácios.

Während Sinhô durchlud, schoß Viriato weiter. Sie schlichen durch die Kakaobäume, denn Sinhô hatte den Plan gefaßt, den Hinterhalt der anderen zu umgehen. Doch diese durchschauten das Manöver des Obersts und eröffneten erneut das Feuer. Als sie dabei hinter dem Brotbaum hervortreten mußten, fiel einer Sinhôs Kugel zum Opfer. Im Stürzen griff der Mann mit den Händen in die Luft, bis

Viriato ihm den Fangschuß gab. »Willst du stillhalten, du Hurensohn! Jetzt ist nicht Zeit zum Tanzen!«

Inmitten des Tumults mußte Sinhô an das Mädchen auf dem Bild denken, wie es mit erhobenem Fuß zum Tanz ansetzte. Viriato hatte recht: Jetzt war nicht Zeit zum Tanzen. Sie drangen weiter vor, und eine Kugel traf Costinha in die Schulter. Das Blut spritzte bis auf die Hose von Sinhô Badaró.

»Es ist nichts...«, sagte Costinha, der nicht aufgehört hatte zu schießen, »nur eine Schramme.«

Die restlichen drei Gegner sahen, daß sie der Umzingelung nicht entgehen konnten, und zogen sich tiefer in die Pflanzung zurück. Sinhô verschoß seinen Revolver in Richtung der Fliehenden und kehrte zu seinem Rappen zurück. Als er ihm mit der Hand über den Hals strich, spürte er, daß das Tier noch warm war. Das Blut strömte aus der Brust des Pferdes und bildete auf dem Boden eine Pfütze. Telmo trat heran und begann dem toten Tier den Sattel abzunehmen. Viriato fing sein Maultier ein, das vor der Schießerei geflüchtet war, und bot es Sinhô Badaró an. Das Geschirr des Pferdes lud Telmo auf sein Reittier. Auf der Kruppe seines Maultieres führte Viriato Costinha mit sich, der seine Hand auf die Wunde preßte.

Als sie die Straße erreichten, ritten sie im Schritt. Sinhô hielt noch immer den Revolver in der Hand und durchforschte mit traurigem Blick die Dunkelheit, die sie umgab. Kein Lied war mehr zu hören, keine Stimme, die das Unheil dieses Landes besang. Kein Mondlicht fiel auf die Leichen, die unter den Kakaobäumen hingestreckt lagen.

Hinter der Gruppe ritt Telmo her, der sich mit seiner hohen Frauenstimme seiner Heldentaten rühmte: »Mitten in den Kopf hab' ich den Schuft getroffen...«

Das Flackern einer Kerze, die fromme Hände am Straßenrand angezündet hatten, beleuchtete ein frisches Kreuz. Wenn alle Kreuze, die von nun an errichtet werden mußten, ebenso beleuchtet werden sollten – dachte Sinhô Badaró –, würden die Wege im Lande des Kakaos heller erstrahlen als die Straßen von Ilhéus. Eine tiefe Traurigkeit überkam ihn. »Jetzt ist nicht Zeit zum Tanzen, aber ich bin nicht Schuld daran, ich nicht.«

2

Die Kämpfe, die in dieser Nacht ihren Anfang genommen hatten, setzten nicht mehr aus, bis der ganze Urwald von Sequeiro Grande in eine einzige Kakaopflanzung verwandelt war.

Die Bewohner dieser Gegend, von Palestina bis Ilhéus, ja selbst die Leute aus Itapira, richteten später ihre Zeitrechnung nach diesem Kampf: »Das geschah vor dem Streit von Sequeiro Grande...«

»Das war zwei Jahre, nachdem der Kampf um Sequeiro Grande beendet war...«

Es war tatsächlich der letzte große Kampf um die Eroberung des Landes, heftiger als alle vorangegangenen. Auf Jahre hinaus blieb er lebendig in den Geschichten, die die Eltern ihren Kindern erzählten, die Alten den Jüngeren. In Dörfern und Städten besangen die blinden Musikanten auf den Jahrmärkten die Geschichte dieses Kampfes, die Schießereien, die die schwarze Erde des Kakaos mit Blut tränkten:

Des Hexenmeisters Fluch und Schrei
schuf eine Welt voll Zauberei...

Die Blinden sind die Dichter und Chronisten dieses Landes. In ihren zitternden Stimmen, im Klang ihrer Gitarren lebt die Tradition des Kakaolandes fort. Wenn die Männer von weither kommen, um Mehl, Mais, Bananen und Apfelsinen zu verkaufen und dafür das Notwendigste einzuhandeln, versammeln sie sich auf den Märkten um die blinden Sänger und lauschen den alten Geschichten vom Beginn des Kakaoanbaus, der gleichzeitig der Beginn des Jahrhunderts war. Sie werfen Nickelmünzen in die Schale des Blinden, während die Gitarre klagt und die brüchige Stimme vom Streit um den Urwald von Sequeiro Grande singt, von Mord und Totschlag:

Noch nie ertönten Schüsse in solchem Maße.
Die Toten häuften sich auf jeder Straße...

Die Männer kauern sich in fröhlicher Erwartung auf den Boden, andere stützen sich auf ihren Wanderstab und lauschen gespannt den Erzählungen der Blinden. Beim Klang der Gitarre erstehen vor ihren Augen jene Männer, die vor langer Zeit in den Urwald eindrangen, die ihn rodeten, die töteten und selber starben, damit auf diesem Boden Kakao gepflanzt werden konnte. Noch leben viele, die an diesem Kampf von Sequeiro Grande teilgenommen haben. Einige von ihnen werden sogar in den Strophen der blinden Sänger mit Namen genannt. Aber den Zuhörern wird nicht mehr bewußt, daß die reichen Pflanzer von heute die Eroberer von gestern sind. Es ist, als wären es ganz andere Wesen, so sehr haben sich die Zeiten verändert. Wo früher der Urwald stand, dehnen sich heute die Kakaopflanzungen mit ihren goldgelben Früchten aus. Die Blinden singen schauerliche Balladen:

»Ich will euch eine Geschichte erzählen,
daß euch das Blut gefriert.«

Ja, das Blut konnte einem gefrieren beim Anhören der Geschichte des Urwaldes von Sequeiro Grande.

Noch in derselben Nacht, in der die Brüder Merenda und die drei Bravos Horácios Sinhô Badaró aus dem Hinterhalt angriffen, brach Juca mit zehn Männern auf und versetzte die ganze Umgegend in Schrecken. Sie begannen damit, die beiden Brüder Merenda umzubringen, wie es hieß vor den Augen ihrer Mutter, um ein abschreckendes Beispiel zu geben. Dann begaben sie sich zu Firmos Pflanzung und legten Feuer an seine Maniokplantage. Er selbst entging dem sicheren Tod nur dadurch, daß er sich an jenem Tag in Tabocas befand.

»Zweimal ist er uns schon entwischt«, sagte Juca, »das dritte Mal wird er uns nicht mehr entkommen.«

Auch die Pflanzung von Braz wurde ein Raub der Flammen. Er und seine Leute leisteten solchen Widerstand, daß sich Juca Badaró zurückziehen und einen seiner Bravos opfern mußte, ohne herausbekommen zu haben, wie viele auf Braz' Seite gefallen waren. Nur von einem wußte er es sicher: Antônio Vítor hatte ihn erschossen, und Juca selbst sah den Mann zu Boden stürzen. Antônio Vítor behauptete, noch einen anderen erledigt zu haben, doch dies stand nicht fest.

Noch zwanzig Jahre später berichteten die blinden Sänger auf den Jahrmärkten von Pirangí und Guarací – den Städten, die auf dem Boden entstanden, den einst der Urwald bedeckte – Einzelheiten dieses Kampfes:

Da war ein lautes Jammern, tiefer Schmerz.
So viele Menschen sterben sehen, brach das Herz.
Die Bravos von Horácio fielen alle,
und die der Badaró brachte der Kampf zu Falle.
Die Körper stürzten zu Boden schwer,
ein furchtbares Sterben war ringsumher.
Wie schmerzte das Herz solches Geschehen,
so viele Menschen sterben zu sehen...

Gute Schützen und tapfere Männer waren damals als Bravos sehr gesucht. Man erzählte sich, daß Horácio seine Werber ins Innere des Landes entsandte, um berüchtigte Bravos zu dingen, und daß die Badaró keine Ausgaben scheuten, um sich gute Scharfschützen zu verpflichten. Die Nächte waren erfüllt von Angst, Geheimnis und allerlei Überraschungen. Keine Straße war breit genug, um den Reisenden Sicherheit zu bieten. Selbst jene, die nichts mit dem Wald von Sequeiro Grande, mit Horácio oder den Badaró zu tun hatten, wagten sich nicht ohne Begleitung eines guten Schützen auf die Straßen des Kakaogebietes. Damals wurden die Eisenwarenhändler, die auch Waffen verkauften, mit einem Schlag reich.

Die einzige Ausnahme bildete Azevedo aus Tabocas, der sich mit der Lieferung von Repetiergewehren an die Badaró ruinierte; nur seiner Wendigkeit in der Politik hatte er es zu verdanken, wenn er etwas aus dem Zusammenbruch rettete. Jetzt hatte er eine Kneipe in Ilhéus und erzählte den jungen Studenten die Geschichte jener Zeit:

Sichel und Axt, sie freu'n ihn nicht mehr,
er legt sie beiseite und greift zum Gewehr...
Die Waffenhändler wundern sich,
alles kauft Waffen; fürchterlich,
eine Million fast wurde verkauft...

Noch nach zwanzig Jahren besangen die Blinden die Heldentaten von Sinhô und Juca Badaró:

Ein ganzer Kerl war Sinhô,
der größte Führer der Badaró...
Fünf Männer erledigte er einst allein,
kein Kampf schien für ihn zu schwer zu sein.
Jucas Arm verschonte keinen,
es fehlte ihm nicht an Mut und Glück.
Jucas Arm verschonte keinen,
weder die Großen noch die Kleinen.

Doch auch den Mut von Horácios Leuten priesen sie, von Männern wie Braz, dem tapfersten von allen, der, aus drei Wunden blutend, noch zwei Männer getötet hatte:

Braz, Brasilino ward er genannt;
als José dos Santos auch war er bekannt.
Mit ihm war nicht gut anzubinden;
selbst verwundet nicht zu überwinden,
erschoß er, am Boden liegend, die andern...

Sie beschrieben, wie Horácio von seinem Landhaus aus seine Leute nach den Straßen um den Urwald ausgeschickt hatte:

Horácio war Gebieter und echter Herr;
er befahl seinen Leuten ringsumher;
in die Straßen schickt er sie überall aus,
und man zittert vor Schrecken in jedem Haus.

Doch nicht nur Gestalten und Ereignisse wurden in diesen Romanzen über den Kampf um Sequeiro Grande geschildert, auch die Sorgen der Frauen kamen zu Wort:

Verheiratete Frauen hat's nicht mehr gegeben;
nur in Bahía blieben Männer am Leben.
Will eine heiraten – hört man hier überall –,

muß sie gefaßt sein auf jeden Fall
– und würde sie auch in hohem Alter stehn –,
sich am nächsten Tag schon als Witwe zu sehn.

Die Männer, die dies zwanzig Jahre später in den Städten, die sich auf dem Boden von Sequeiro Grande erhoben, zu hören bekamen, staunten über die alten Geschichten. Anderthalb Jahre zähen Kampfes erstanden aus der Stimme der Blinden. Wenn sie dann mit den Worten schlossen:

Ich will euch eine Geschichte erzählen,
daß euch das Blut gefriert,

dann warfen die Männer noch ein paar Münzen in die Schalen der Bänkelsänger und wiederholten kopfschüttelnd:

Hexerei scheint es und Zauberwerk.

Der Fluch des Negers Jeremias war in dieser Zeit der Kämpfe Wirklichkeit geworden. Auf allen Straßen, von Pflanzung zu Pflanzung war er zu hören, gesungen von der Stimme des irrsinnigen Damiãos, der mager und zerlumpt umherwanderte.

3

Noch wurde allgemein von dem Überfall auf Sinhô Badaró und die Brüder Merenda gesprochen, als der Streit zwischen Virgilio und Juca Badaró in einem Kaffeehaus der Stadt ganz Ilhéus in Aufregung versetzte.

In diesen anderthalb Jahren folgte ein Ereignis dem anderen so schnell, daß Donja Iaiá Moura, eine alte Jungfer, die einen Altar in der Kirche von São Sebastião schmückte, zu ihrer Freundin Dona Lenita Silva, die für den benachbarten Altar sorgte, bemerkte: »Es geschieht so viel, Lenita, daß man nicht einmal Zeit hat, alles richtig zu besprechen. Es geht alles so furchtbar schnell...«

Und wirklich hatten sowohl Horácio wie die Badaró große Eile.

Der eine wie der andere wünschte nichts sehnlicher, als den Urwald so rasch wie möglich zu roden, um Kakao pflanzen zu können. Der Kampf verschlang Unsummen, die Lohnlisten erreichten am Wochenende einen nie gesehenen Umfang; die Bravos mußten täglich bezahlt werden, und die Waffenpreise stiegen beständig. Deshalb hatten es Horácio und die Badaró so eilig, daß die Betschwestern kaum Zeit hatten, die Ereignisse dieser Monate ausführlich zu besprechen. Sie hielten noch bei der letzten Neuigkeit, wenn schon eine andere ihre Aufmerksamkeit erforderte.

Dasselbe war auch an den beiden Zeitungen zu beobachten. Mitunter schrieb Manuel de Oliveira noch an einem Artikel, in dem er Horácio wegen irgendeiner Schurkerei seiner Bravos heruntermachte, als schon die Nachricht von einer neuen, weit größeren ihn erreichte. Die Heftigkeit der Angriffe von »O Comercio« und »A Folha de Ilhéus« kannte keine Grenzen. Es gab keine Beleidigungen, die nicht bereits völlig abgenützt waren. Der Tag, an dem Dr. Genaro ein großes portugiesisches Wörterbuch mittelalterlicher Terminologie aus Rio kommen ließ – in den Buchhandlungen von Bahía gab es kein solches zu kaufen –, wurde in der Redaktion von »O Comercio« wie ein Fest gefeiert. Von da an belegte die Zeitung zum größten Gaudium ihrer Leser Horácio und seine Freunde mit Kraftausdrücken aus jener Zeit wie »ein gewisser Jemand«, »Laffe«, »Lümmel« oder »Flibustier«. »A Folha de Ilhéus« antwortete mit derben Schimpfworten, in deren Gebrauch Dr. Rui ein Meister war.

Das Verfahren, welches Horácio in Ilhéus vor Gericht anhängig gemacht hatte, war noch immer nicht abgeschlossen. »Anhängiges Verfahren« war übrigens kaum die richtige juristische Bezeichnung für einen Prozeß von Leuten der Opposition gegen die Regierungsanhänger, wie es hier der Fall war. Der Richter mußte notgedrungen die Interessen der Badaró verteidigen. Wenn ihm dies nicht gelang, konnte er froh sein, wenn ihn der Gouverneur nur in ein Städtchen im Landesinnern versetzte, wo er dann jahrelang in einem verlorenen und vergessenen Winkel dahinvegetieren konnte. Das Gericht in Ilhéus dagegen war die Vorstufe zum Obersten Gerichtshof, wo man zum Oberlandesgerichtsrat aufrücken konnte, einer Stellung, die bedeutender und auch weit besser bezahlt war als die eines einfachen Richters. Die Bemühungen Dr. Virgilios und Dr. Ruis, vom

Richter einen Lokalaugenschein zu erreichen, blieben ohne jeden Erfolg. Der Prozeß ging nach Horácios Worten im »Schneckentempo« voran, so daß er seiner eigenen Kraft mehr vertraute als dem Gesetz, um in den Besitz des Waldes zu gelangen. Er tat deshalb alles, um die Ereignisse – im Gegensatz zu dem Prozeß – zu beschleunigen.

Seine Interessen trafen sich in diesem Punkte mit denen der Badaró. Im nächsten Jahr sollten nämlich die Wahlen abgehalten werden, und nach allgemeiner Ansicht war ein Bruch zwischen der Landesregierung und der Bundesregierung in der Frage der Präsidentschaftsnachfolge unvermeidlich. Wenn die Landesregierung stürzte, mußten die Badaró in die Opposition gehen und konnten nicht mehr auf die Unterstützung durch den Richter rechnen; dann erst würde der Prozeß Horácios ins Rollen kommen.

Alle diese Fragen wurden überall, in den Läden, an den Straßenecken und in den Häusern von Ilhéus lebhaft erörtert, und sooft ein Schiff in den Hafen einlief, kam es zwischen den Hafenarbeitern und den Seeleuten zu lebhaften Unterhaltungen hierüber. Selbst in weitentfernten Städten wie Aracajú, Vitoria, Maceió und Recife wurden die Zwistigkeiten von Ilhéus besprochen.

Virgilio war nach Bahía gefahren und hatte von einem Oberappellationsrat, der der Opposition angehörte, ein Horácio günstiges Gutachten über den Besitztitel des Waldes von Sequeiro Grande erlangt. Als er dieses Gutachten den Prozeßakten hinzufügte, zerbrach sich Dr. Genaro lange den Kopf über seinen Gesetzesbüchern. Der Richter war von dieser Einmischung eines Oberappellationsrates in einen Prozeß, der sich noch in erster Instanz befand, entsetzt; aber Genaro versprach ihm, das Gutachten zu »zerschmettern«.

Die Angriffe Juca Badarós gegen Dr. Virgilio hatten jedoch zweifellos weniger in der Angelegenheit des Gutachtens ihre Ursache als in der Artikelserie, die der Anwalt im Oppositionsblatt von Bahía über die Streitigkeiten in Ilhéus schrieb. Die Artikel im »Folha de Ilhéus« störten die Badaró nicht im mindesten. Doch die Veröffentlichungen in einer Tageszeitung von Bahía drangen bis über die Landesgrenzen hinaus, und wenn die Regierungsblätter Sinhô Badaró auch verteidigten, so hatte ihn der Gouverneur doch wissen lassen, daß es besser wäre, wenn »solche Angelegenheiten« nicht an die

Öffentlichkeit kämen, ganz besonders zu einem Zeitpunkt, an dem sich die Landesregierung nicht gerade im besten Einvernehmen mit der Bundesregierung befand. Horácio war dies zu Ohren gekommen, und Virgilio stolzierte mit Siegermiene durch die Straßen von Ilhéus.

Eines Abends ging er ins Tanzcafé. Er war schon lange nicht dort gewesen, denn seine Nächte verbrachte er in Esters Armen – wilde Nächte voll Liebe und Leidenschaft, mit der Frau, deren Sinnlichkeit er mit den Liebesspielen weckte, die Margot ihn gelehrt hatte. Doch Horácio befand sich in Ilhéus, und so wußte Virgilio nicht Besseres anzufangen. Er hatte sich schon daran gewöhnt, die Nächte außer Haus zu verbringen, ging ins Café, um einen Whisky zu trinken, und forderte Maneca Dantas, der mit Horácio gekommen war, auf, ihn zu begleiten: »Machen wir einen Sprung ins Tanzcafé?«

Der Oberst lachte. »Wollen Sie einen braven Familienvater auf Abwege führen, Doktor?« scherzte er. »Ich habe Frau und Kinder. Ich besuche solche Lokale nicht.«

Lachend stiegen beide die Treppe hinauf. Im Hinterzimmer spielte Juca Badaró mit João Magalhães und anderen Freunden Poker, »mit so hohen Einsätzen, wie er sie noch nie erlebt hatte«, flüsterte Nhôzinho den beiden Ankömmlingen zu. Virgilio und Maneca begaben sich in den Tanzsaal, wo die Kapelle Schlager spielte. Sie setzten sich an einen Tisch und bestellten Whisky. Virgilio erblickte Margot, die mit Manuel de Oliveira und anderen Freunden der Badaró an einem Nebentisch saß. Der Journalist grüßte zu Virgilio herüber. Er bemühte sich, mit allen gut auszukommen und betonte stets, daß seine Zeitungsartikel nur die Meinung der Badaró wiedergaben und nichts mit seiner eigenen zu tun hätten. Der Anwalt erwiderte seinen Gruß. Margot lächelte ihm zu, und in Erinnerung an vergangene Nächte fand sie wieder Gefallen an ihm. Voll Verlangen preßte sie ihre Lippen aufeinander.

Nhôzinho brachte die Whiskyflasche. »Der ist vom guten«, sagte er, »schottischer ... den bekommen nur ganz besondere Kunden, der ist nicht für einen jeden ...«

»Und wie hoch ist der Prozentsatz an Wasser?« spöttelte Maneca Dantas. Nhôzinho schwor, er sei unfähig, Whisky zu verwässern, ganz besonders diesen, einen echten Whisky ... Er führte Daumen und Zeigefinger an die Lippen und drückte einen schnalzenden Kuß darauf, wodurch er die besondere Güte des Whiskys zum Ausdruck bringen wollte. Dann fragte er, warum Herr Dr. Virgilio sich so lange Zeit nicht habe sehen lassen. Er habe ihn wirklich vermißt. Virgilio faßte die Gründe seines Fortbleibens in dem einen Wort zusammen: »Pflichten, Nhôzinho, Pflichten.«

Nhôzinho zog sich zurück. Manuel de Oliveira, der die Whiskyflasche erspäht hatte, trat heran und fragte Virgilio nach einem gemeinsamen Freund, einem Journalisten, der in Bahía für das Oppositionsblatt arbeitete. »Haben Sie Andrade gesehen, Doktor?« erkundigte er sich, nachdem er Virgilio und Maneca Dantas die Hand gedrückt hatte.

»Wir haben einmal zusammen gegessen.«

»Wie geht es ihm denn?«

»Ach, wie immer. Er trinkt vom Aufwachen bis zum Schlafengehen. Er hat immer noch dieselben Gewohnheiten. Ein famoser Kerl!«

»Schreibt er seine Artikel auch noch immer im Suff?« fragte Oliveira.

»Stockbesoffen...«

Maneca Dantas ließ noch ein Glas kommen und schenkte dem Journalisten ein. Manuel de Oliveira nahm dankend an. »Das ist ein Kollege von uns, Oberst«, erklärte er, »die beste Feder von Bahía. Ein fabelhafter Journalist. Aber er trinkt entsetzlich. Wenn er aufwacht, noch vor dem Zähneputzen, kippt er – oder ›genehmigt‹ er sich, wie er das nennt – ein Glas Schnaps. Und so geht das weiter. In der Redaktion hat noch niemand Andrade gerade gehen sehen. Aber sein Kopf, Oberst, der ist schon in Ordnung. Einfälle hat er... wunderbar...« Oliveira leerte sein Glas und wechselte das Gesprächsthema. »Guter Whisky...«

Er nahm noch ein zweites Glas und verabschiedete sich dann, um an seinen Tisch zurückzukehren. Doch vorher wandte er sich noch an Virgilio: »An unserem Tisch sitzt eine Bekannte von Ihnen, die sich nach alten Zeiten zurücksehnt.« Sie sahen alle zu Margot hinüber. »Sie sagt, sie möchte gern einen Walzer mit Ihnen tanzen... Alte Liebe rostet eben nicht...«, sagte er im Fortgehen und zwinkerte mit den Augen.

Virgilio mußte über diese Bemerkung lachen. Im Grunde interessierte ihn das Mädchen gar nicht. Er war ins Café gekommen, um etwas zu trinken und zu plaudern, und nicht wegen irgendeiner Frau, am allerwenigsten wegen einer, die jetzt die Geliebte von Juca Badaró war und sich von ihm aushalten ließ. Auch fürchtete er, Margot, die er seit jener Nacht in diesem gleichen Café nicht wieder gesprochen hatte, könne ihm mit Vorwürfen kommen. Nein, sie interessierte ihn nicht, warum sollte er mit ihr tanzen? Er zuckte die Achseln und trank seinen Whisky.

Doch Maneca Dantas verfolgte eine bestimmte Absicht. Er wollte, daß die Leute Virgilio und Margot zusammen tanzen sehen sollten. Sie sollten wissen, daß sie ganz verrückt nach dem Anwalt war und nur bei Juca blieb, weil Virgilio es zuließ. Dann konnte keiner mehr sagen, Juca habe sie dem anderen weggenommen. »Das Mädel wendet ja kein Auge von Ihnen, Doktor«, bemerkte er.

Virgilio sah hinüber, und Margot lächelte ihm zu, fest den Blick auf ihn gerichtet.

»Warum tanzen Sie nicht einmal mit ihr?« fragte Maneca Dantas.

Virgilio überlegte immer noch. Es hatte keinen Sinn. Unruhig rückte er auf seinem Stuhl umher. Doch am anderen Tisch glaubte Margot, er wolle aufstehen und sie zum Tanz auffordern, und sie erhob sich. Nun war er gezwungen, sich zu entscheiden. Es blieb ihm nichts anderes übrig als zu tanzen. Man spielte gerade einen schmachtenden Walzer, als sie zur Tanzfläche gingen. Alle sahen ihnen zu, und die Freudenmädchen machten ihre Bemerkungen. An Margots Tisch wollte ein Mann aufspringen, und zwischen diesem und Manuel de Oliveira kam es zu einer kurzen Auseinandersetzung. Es schien dem Journalisten zu gelingen, den Mann von irgend etwas zu überzeugen, als dieser sich plötzlich von Oliveira losmachte und ins Spielzimmer hinüberging.

Mühsam schleppend ertönte der Walzer auf dem alten Klavier. Virgilio und Margot tanzten wortlos, sie hielt die Augen geschlossen und preßte die Lippen fest aufeinander.

Aus dem Spielzimmer trat Juca Badaró. Hinter ihm erschienen João Magalhães, der Mann, der ihn holen gegangen war, und noch andere Pokerspieler. Die Hände in den Taschen vergraben, blieb Juca mit blitzenden Augen in der Zwischentür stehen. Als die Musik zu Ende war, klatschten die Tänzer in die Hände, damit die Musik weiterspiele. In diesem Augenblick durchquerte Juca Badaró den Saal, packte Margot am Arm und schob sie zu ihrem Tisch. Sie sträubte sich ein wenig, doch als Virgilio hinzutrat, hinderte sie ihn am Sprechen: »Mischen Sie sich nicht ein, bitte…«

Virgilio zögerte einen Augenblick und sah Juca an, der abwartend dastand. Dann fiel ihm plötzlich Ester ein – was ging ihn denn schon Margot an? – und er verbeugte sich lächelnd vor seiner einstigen Geliebten: »Vielen Dank, Margot.«

Dann ging er an seinen Tisch zurück, wo Maneca Dantas in Erwartung eines Zusammenstoßes schon die Hand am Revolver hatte.

Juca Badaró schleppte Margot an den Tisch, wo sie beide laut zu streiten begannen, so daß alle Welt es hören konnte. Manuel de Oliveira versuchte zu vermitteln, aber Juca warf ihm einen solchen Blick zu, daß der Journalist es vorzog, zu schweigen. Der Streit zwischen Juca und Margot wurde immer heftiger; sie wollte schon aufspringen, aber er drückte sie wieder auf ihren Stuhl nieder. An den übrigen Tischen war völlige Stille eingetreten, selbst der Klavierspieler äugte herüber.

Juca wandte sich nach ihm um: »Warum, zum Teufel, spielt dieses Scheißpiano nicht?« brüllte er, und der Alte stürzte sich erschreckt wieder auf sein Klavier, bis die Paare erneut zu tanzen begannen. Juca nahm Margot bei der Hand und zerrte sie aus dem Saal. Als sie an Virgilios und Manecas Tisch vorüberkamen, sagte Juca zu dem Mädchen, das sich willenlos schleifen ließ: »Ich werd' dir schon zeigen, vor einem ganzen Kerl Respekt zu haben, du verdammte Hure. Du hast wohl noch nie mit einem richtigen Mann zu tun gehabt!«

Dies sollte Virgilio hören – und wirklich, der Anwalt verlor den Kopf und wollte aufspringen. Maneca Dantas hielt ihn jedoch zurück, denn er wußte, daß die kleinste Bewegung ihn das Leben kosten würde. Juca und Margot gingen nun ins Treppenhaus, und die Ohrfeigen, die er seiner Freundin gab, waren bis in den Saal hinein zu hören. Virgilio wurde blaß, aber Maneca Dantas beruhigte ihn.

Der Zwischenfall blieb ohne Folgen, und am nächsten Tag schon hatte Virgilio ihn völlig vergessen. Er dachte nicht mehr an die Angelegenheit und hatte jedes Interesse an Margot verloren. Seinerzeit hatte er die Absicht gehabt, sie nach Bahía zu schicken und ihr Geld für einige Monate zu geben. Sie aber hatte es vorgezogen, noch am Abend ihres Zerwürfnisses zu Juca zu ziehen und seine Geliebte zu werden. Sie war es auch, die der Zeitung der Badaró Einzelheiten über Virgilios Studentenzeit geliefert hatte. Wenn Juca sie jetzt schlug und nicht mit anderen tanzen ließ, so hatte sie sich das selber zuzuschreiben, ihn ging das nichts an. In gewisser Hinsicht gab er Juca sogar recht. Wenn Margot noch seine, Virgilios, Freundin gewesen wäre, würde es ihm auch nicht gefallen haben, sie mit dem Mann tanzen zu sehen, dem sie früher gehört hatte. Vor einigen Jahren hatte Virgilio in einem Café in Bahía wegen eines weitaus geringfügigeren Anlasses Krach geschlagen. Er fand sogar die beleidigenden Worte Jucas beim Fortgehen entschuldbar. Der Oberst war eben eifersüchtig und hatte den Kopf verloren. Virgilio war Maneca Dantas dankbar, daß er ihn davon abgehalten hatte, sich wegen Margot in eine Rauferei einzulassen. Er dachte nicht einmal daran, Jucas Gruß nicht zu erwidern, wenn er ihn auf der Straße treffen sollte. Nicht einmal ärgern konnte er sich über ihn, so gut verstand er, was in dem andern vorgegangen war; im übrigen hatte er nicht das geringste Interesse, sich wegen Margot mit irgend jemand zu überwerfen.

Doch der Klatsch bemächtigte sich des Vorfalls und wucherte üppig. Die einen behaupteten, Juca habe Margot Dr. Virgilio aus den Armen gerissen und vor seinen Augen geprügelt. Die anderen vertraten eine dramatischere Version, wonach Juca die beiden beim Küssen überrascht und nach dem Revolver gegriffen habe. Virgilio hatte ihm jedoch keine Zeit zum Schießen gelassen, sondern sich auf ihn gestürzt und mit ihm um den Besitz des Mädchens gerungen. Diese Version wurde allgemein geglaubt. Selbst jene, die dabei gewesen waren, verwickelten sich bei ihren Erzählungen in Widersprüche. So hieß es, Juca habe das Café verlassen, um zu vermeiden, daß Dr. Virgilio Margot neuerlich zum Tanz auffordere, und sich sogar beim Anwalt entschuldigt. Die Mehrheit behauptete allerdings das Gegenteil: Juca habe Virgilio herausgefordert, und dieser habe sich feige gedrückt.

Obwohl Virgilio wußte, wie sehr die bedeutungslosesten Dinge in Ilhéus aufgebauscht wurden, wunderte er sich doch, daß Horácio den Vorfall so ernst nahm. Am nächsten Tag lud ihn der Oberst zum Mittagessen ein. Erfreut nahm Virgilio an, denn er suchte selber nach einem Vorwand, um auch nur wenige Augenblicke in Esters Nähe sein zu können und ihre geliebte Stimme zu hören.

Er kam etwas vor der festgesetzten Zeit und traf an der Tür Maneca Dantas, der ebenfalls eingeladen war. Sie umarmten einander, und auch Horácio schloß ihn in seine Arme, als er eintrat. Virgilio fand beide außergewöhnlich ernst und vermutete, daß sich in Sequeiro Grande etwas Neues ereignet haben mußte. Schon wollte er danach fragen, als das Mädchen eintrat und meldete, daß angerichtet sei. Mit einem Schlag vergaß Virgilio alles – denn jetzt sollte er Ester sehen! Aber die Begrüßung ihrerseits war kalt, und er konnte ihren Augen ansehen, daß sie eben geweint hatte. Sein erster Gedanke war, Horácio könne entdeckt haben, wie sie zueinander standen, und die Einladung sei nichts anderes als eine Falle. Er beobachtete Ester und bemerkte, daß sie nicht nur traurig war, sondern auch gekränkt und zurückhaltend. Oberst Horácio dagegen war sehr freundlich, freundlicher denn je. Nein, das Ganze hatte bestimmt nichts mit Ester und mit ihm zu tun. Aber was, zum Teufel, war es dann?

Die Unterhaltung bei Tisch wurde fast ausschließlich von Horácio und Maneca bestritten. Virgilio mußte an jene erste Einladung im Landhaus denken, als er Ester kennengelernt hatte. Nur wenige Monate waren seither vergangen, und schon gehörte sie ihm. Er kannte jedes Geheimnis ihres geliebten Körpers; durch ihn erst hatte sie erfahren, wie süß die Liebe sein konnte. Er betrachtete sie als seine Frau und dachte an nichts anderes, als sie aus dieser Gegend, in der es nichts als Mord und Totschlag gab, fortzubringen. Weit fort, nach Rio de Janeiro, wo sie ihr eigenes Leben leben konnten. Und dies war keineswegs nur ein Luftschloß; er wartete nur darauf, noch etwas mehr Geld zu verdienen und die Antwort eines Freundes aus Rio zu erhalten, der ihm eine Stellung in einer Anwaltskanzlei oder einen guten Posten im Staatsdienst verschaffen sollte. Nur er und Ester kannten diesen geheimen Plan, den sie in allen Einzelheiten zwischen Küssen und Umarmungen auf dem breiten Bett, das fast das ganze Schlafzimmer ausfüllte, entworfen hatten. Oft malten sie sich jenen Tag aus, an dem sie einander ganz gehören würden, ohne daß ihre Liebe unter der ständigen Angst zu leiden hatte, wie in diesen Nächten, da sie stets fürchten mußten, von den Dienstboten überrascht zu werden. Sie träumten von dem Tag, an dem sie ohne Furcht neben ihm durch die Straßen gehen konnten, Hand in Hand, für immer vereint. Und während sich Maneca Dantas und Horácio über die Ernte, den Kakaopreis, die Regenfälle und die Verluste durch das Faulen der Früchte unterhielten, erstanden vor Virgilios Augen all die zärtlichen Stunden, in denen sie ihre Flucht bis ins kleinste durchdacht hatten, bis alles in langen, glücklichen Küssen unterging, die sie in Liebe erglühen ließen – bis der Morgen kam und Virgilio auf leisen Sohlen Horácios Haus verlassen mußte.

Jäh wurde er aus seinen Gedanken gerissen, als Ester eine Gesprächspause zwischen Horácio und Maneca Dantas benutzte, um sich an ihn zu wenden: »Sie sollen ja gestern den fahrenden Ritter gespielt haben, Dr. Virgilio?« Sie lächelte, aber ihr Antlitz blieb traurig.

»Ich?« fragte Virgilio, mit erhobener Gabel im Essen innehaltend.

»Ester meint den Krach gestern im Tanzcafé«, sagte Horácio, »ich habe auch davon gehört.«

»Aber es hat doch gar keinen Krach gegeben«, behauptete Virgilio.

Er erklärte den Vorfall: Er habe sich gestern abend so einsam gefühlt, voll Sehnsucht, er wisse selbst nicht recht, wonach – er warf Ester einen Blick zu –, und als er Oberst Maneca getroffen habe, habe dieser ihn aufgefordert, mit ihm ins Café zu gehen...

»Sie haben mich hingeschleppt, Doktor«, unterbrach Maneca ihn lachend, »erzählen Sie die Geschichte nur so, wie sie war.«

Im Café hatten sie dann ein harmloses Gläschen Whisky getrunken, als Manuel de Oliveira zu ihnen herüberkam. An seinem Tisch saß eine Frau, die Virgilio während seiner Studentenzeit in Bahía gekannt hatte. Sie tanzten einen Walzer zusammen und verlangten gerade, daß die Kapelle weiterspiele, als Juca Badaró erschien und der Frau Vorwürfe machte. Er, Virgilio, hatte keinerlei Interesse an der Frau und würde sich nicht eingemischt haben, wenn Juca nicht im Vorübergehen gepöbelt hätte. Aber Maneca Dantas hatte ihn zurückgehalten, und er, Virgilio, wäre ihm noch jetzt dankbar, daß er ihn daran gehindert hatte, wegen einer Person, die ihm völlig gleichgültig war, eine Dummheit zu begehen. Das war alles, Maneca Dantas sei sein Zeuge.

Ester schien diese Erklärung nicht zu berühren. »Und was ist schon dabei«, fragte sie mit gezierter Stimme, »Tanzcafés sind ja für Junggesellen da, die auf keine Familie Rücksicht zu nehmen haben. Sie haben ganz recht, wenn Sie sich unterhalten, Sie verletzen ja niemanden dadurch. Freilich, Maneca dürfte so etwas nicht tun«, sie drohte ihm mit dem Finger, »er hat ja Frau und Kinder. Soll ich es seiner Frau erzählen? Wie?« Und sie lächelte ihr trauriges Lächeln.

Maneca Dantas lachte schallend und bat sie, Dona Auricidia nichts davon wissen zu lassen. »Sie ist so schrecklich eifersüchtig.«

Horácio wollte das Thema beenden und sagte: »Laß es gut sein, Frau. Jeder hat das Recht, sich hin und wieder zu unterhalten, um seinen Kummer zu vergessen.«

Virgilio war beruhigt. Er wußte endlich, warum Ester gekränkt war, und konnte ihre gekünstelte Gleichgültigkeit und die Tränenspuren in ihrem Gesicht richtig deuten. Wie hätte sie es auch nicht von all den alten Klatschbasen erfahren sollen, von diesen Betschwestern, die nichts Besseres zu tun hatten, als das Leben anderer durchzuhecheln? Er verspürte den jähen Wunsch, sie in die Arme zu nehmen und ihr unter tausend Liebkosungen zu erklären, daß Margot ihm nichts bedeutete, daß er nur aus reinem Zufall mit ihr getanzt hatte. Eine unendliche Zärtlichkeit erfüllte ihn, nicht ganz ohne eine gewisse Eitelkeit, sie aus Eifersucht so traurig zu sehen.

Das Mädchen brachte den Kaffee. Horácio bat Virgilio in sein Arbeitszimmer, und Maneca Dantas folgte ihnen. Über ihre Häkelarbeit gebeugt blieb Ester zurück.

Das Arbeitszimmer war ein kleiner Raum, der von einem großen eisernen Geldschrank beherrscht wurde. Virgilio setzte sich, und Maneca Dantas zog sich einen breiten Lehnsessel heran. »Der paßt gerade für meinen Umfang«, meinte er.

Horácio blieb stehen und drehte sich eine Zigarette. Virgilio wartete, in der Meinung, man wolle ihn um seine Ansicht über irgendeine juristische Einzelheit des Prozesses befragen. Der Oberst nahm sich Zeit mit seiner Zigarette, bedächtig rollte er den Tabak in seiner schwieligen Hand und beschnitt das Maisstroh mit seinem Taschenmesser.

»Es hat mir gefallen, wie Sie Ester diese Geschichte dargestellt haben«, begann er schließlich. »Es hätte sie sonst zu sehr gekränkt, denn sie schätzt Sie sehr, Doktor. Die Arme hat hier niemanden, mit dem sie sprechen könnte. Sie hat eben eine ganz andere Erziehung genossen als die übrigen Frauen hier... Mit Ihnen unterhält sie sich gern, Sie sprechen beide dieselbe Sprache...«

Virgilio senkte den Kopf und Horácio fuhr fort, nachdem er die fertig gedrehte Zigarette in Brand gesetzt hatte: »Aber ganz unter uns, Doktor – die Geschichte von gestern abend hat auch eine häßliche Seite. Wissen Sie, was Juca Badaró herumerzählt?«

»Nein, ich weiß es nicht. Und um die Wahrheit zu sagen, Oberst, es interessiert mich auch nicht. Die Badaró können mich höchstwahrscheinlich nicht leiden, und ich muß zugeben, daß sie damit recht haben. Ich bin Ihr Anwalt und noch dazu der Anwalt der Partei. Es ist ganz begreiflich, daß sie schlecht von mir sprechen.«

Horácio setzte einen Fuß auf einen Stuhl und drehte dabei Virgilio fast den Rücken zu. »Das ist Ihre Sache, Doktor, ich mische mich nicht gern in fremde Angelegenheiten, auch nicht, wenn es sich um einen guten Freund handelt...«

»Was ist denn nun eigentlich los?« wollte Virgilio wissen.

»Sie sind sich wahrscheinlich klargeworden, Doktor, daß Sie in dieser Sache etwas unternehmen müssen, sonst – entschuldigen Sie, wenn ich das so sage – wird Sie hier niemand mehr ernst nehmen...«

»Warum denn?«

»Juca Badaró erzählt Gott und der Welt, daß er eine Frau aus Ihren Armen gerissen hat, daß er Sie beleidigt hat und Sie alles ruhig eingesteckt haben. Er sagt, daß Sie – entschuldigen Sie, wenn ich es wiederhole – ein Scheißer sind.«

Virgilio wurde blaß, hatte sich jedoch schnell wieder in der Gewalt. »Wer bei dem Vorfall zugegen war, weiß, daß davon nicht die Rede sein kann. Ich hatte schon zu tanzen aufgehört und wartete nur, daß die Musik weiterspiele. Trotzdem versuchte ich einzugreifen, als er Margot am Arm packte, aber sie selber bat mich, mich nicht einzumischen. Als er dann irgendeinen Blödsinn sagte, war es Oberst Maneca, der mich zurückhielt...«

Maneca Dantas beteiligte sich nun auch an dem Gespräch: »Das ist doch klar, Doktor. Wenn ich zugelassen hätte, daß Sie die Hand erheben, dann kämen wir jetzt alle von Ihrem Begräbnis zurück; Juca hatte ja schon die Hand am Revolver. Und von uns wünscht doch keiner Ihren Tod...«

»Mein lieber Doktor«, sagte Horácio, »ich bin schon als Kind hierhergekommen; das ist lange Jahre her, und ich kann wohl sagen, daß niemand Ilhéus besser kennt als ich. Niemand wünscht Ihren Tod, wie Maneca ganz richtig sagte, am allerwenigsten ich; ich mag Sie gut leiden und ich brauche Sie auch. Aber ich möchte auch nicht, daß Sie hier schief angesehen werden und als Feigling gelten. Deswegen habe ich es Ihnen geradeheraus gesagt.«

Er hielt inne, als habe er eine lange Rede gehalten. Er zündete ein neues Streichholz an und behielt es solange in der Hand, bis er sich die Fingerspitzen verbrannte. Forschend sah er den Anwalt an und erwartete dessen Antwort.

»Was meinen Sie also, was ich tun soll?« fragte Virgilio.

Horácio warf das Streichholz zu Boden, zwischen seinen dicken Lippen steckte noch die kalte Zigarette. »Ich habe einen Bravo«, begann er wieder, »dem ich voll vertrauen kann. Ich weiß, daß Juca Badaró am Donnerstag auf sein Landgut reitet. Mit fünfzig Milreis können Sie die Sache in Ordnung bringen.«

Virgilio begriff noch nicht. »Wie denn?« fragte er.

Maneca Dantas übernahm jetzt die Erklärung: »Für fünfzig Milreis macht der Mann die Arbeit. Am Donnerstag lauert er Juca an der Straße auf, und kein Heiliger kann ihn dann mehr retten. Und Sie werden Ihre Ruhe haben...«

Horácio wurde lebhaft. »Es ist gar keine Gefahr dabei«, behauptete er, »denn die Badaró werden sagen, ich stecke dahinter. Wenn es dann zu einem Prozeß kommt, werde bestimmt ich angeklagt... Aber das lassen Sie nur meine Sorge sein.«

Virgilio erhob sich. »Aber das ist doch kein Beweis von Mut, Oberst«, sagte er, »einen Kerl ausschicken, um kaltblütig einen Mann zu töten. Das ist doch keine Heldentat. Wenn ich Juca auf der Straße begegnete und ihm eine Ohrfeige gäbe, das wäre etwas anderes. Aber einen Bravo beauftragen, ihn zu erschießen? Dazu gehört doch wirklich kein Mut.«

»Hier ist es nun einmal so, Doktor. Und wenn Sie hier weiterkommen wollen, dann lassen Sie mich einen Bravo rufen. Sonst ist alles zwecklos. Sie können der beste Anwalt der Welt sein, kein Mensch wird sich mehr an Sie wenden.«

»Und selbst wenn Sie zur Partei gehören«, warf Maneca Dantas ein.

Virgilio nahm wieder Platz und überlegte. Ihm wäre derlei nicht in den Sinn gekommen, aber er sah ein, daß Horácio recht hatte. Einen Menschen töten zu lassen, war in diesem Land ein Zeichen von Mut und verschaffte einem Achtung. Er wußte auch, daß er selbst keinerlei Gefahr lief. Wenn es zu einer Gerichtsverhandlung kam, würde alles Horácio die Schuld geben. Doch trotz alledem fand er keinen ausreichenden Grund, Juca Badaró umbringen zu lassen.

»Ich will Ihnen etwas sagen«, fuhr Horácio fort, »in aller Freundschaft. Ich werde auf jeden Fall Juca Badaró erledigen lassen. Ich war schon vorher dazu entschlossen, denn er hat vier meiner Leute getötet, aber das kommt hier auf dasselbe hinaus. Er hat Firmos Pflanzung in Brand gesteckt und das Haus von Braz überfallen. Er hat schon so viel Unheil angerichtet, daß wir endlich einmal Schluß mit ihm machen müssen. Nächste Woche fangen wir an, den Urwald zu roden, aber Juca wird nicht mehr zuschauen können.«

Er schwieg und zündete sich wieder seine Zigarette an. Er sah Virgilio an, und jedes seiner Worte war wie ein Faustschlag: »Ich tue Ihnen damit nur einen Gefallen. Sie geben dem Bravo den Befehl, und alle Welt wird erfahren – auch wenn im Grunde ich dafür einstehe –, daß Sie es waren, der Juca Badaró umbringen ließ. Dann wird Sie niemand mehr belästigen, weder Sie noch Ihre Freundinnen. Nur so können Sie sich Respekt verschaffen.«

Maneca Dantas schlug Virgilio auf die Schulter. Für ihn war das Ganze die einfachste Sache der Welt: »Sie brauchen nur ein Wort zu sagen...«

»Ich habe Sie gern, Doktor«, schloß Horácio, »Sie sind ein kluger Mann. Aber hier bei uns kommen Sie mit der Klugheit allein nicht weiter.«

Virgilio senkte den Kopf. Der Oberst wollte Juca töten lassen, aber der Befehl an den Bravo sollte von ihm ausgehen: auf diese Art würde er in Ilhéus in den Ruf eines tapferen Mannes gelangen. Er dachte an Ester, die im Nebenzimmer über ihrer Handarbeit saß, von Eifersucht gequält. Er träumte davon, mit ihr in ein anderes

Land zu entfliehen, in ein zivilisiertes Land, weg von diesem Urwald, diesen Dörfern, dieser barbarischen Stadt, fort von diesem Zimmer, wo die beiden Obersten ihm zu seinem Besten – ja, zu seinem Besten – den Rat gaben, einen Menschen umbringen zu lassen. Fliehen mit Ester! Wie schön könnte das Leben sein: unbeschwerte Tage und trauliche Abende, nicht Todesklagen würden die Nächte erfüllen, nur leise glückliche Seufzer der Liebe. Fern, fern von hier...!

Kalt klang Horácios Stimme durch den Raum. »Nun, Doktor, haben Sie sich entschlossen?« fragte er.

4

Endlos rauschte der Winterregen hernieder, das Wasser sang auf den Dächern und lief über die Fensterscheiben. Der Seewind schüttelte die Obstbäume und fegte die Blätter und die grünen Früchte zu Boden. Ester schloß die Augen und sah vor sich die Blätter wild durch die Luft wirbeln, dicht bedeckt mit Regentropfen, die sie schwer zur Erde sinken ließen. Diese Vorstellung ließ sie erschauern und erfüllte sie mit Müdigkeit. Enger noch preßte sie sich an ihren Geliebten, umschlang seine Beine mit den ihren und legte den Kopf auf seine breite Brust. Virgilio küßte ihr herrliches Haar und drückte seine Lippen sanft auf ihre geschlossenen Lider. Sie streckte ihren bloßen Arm aus und legte ihn um seine Mitte. Allmählich überwältigte der Schlaf ihren Körper, der von der Heftigkeit ihrer Umarmungen ermattet war. Virgilio versuchte das Gespräch in Gang zu halten und redete mit hastiger, nervöser Stimme. Sie sollte nicht einschlafen, sondern ihm Gesellschaft leisten. Es war schon Mitternacht, und der Regen wurde immer heftiger. Sein gleichmäßiges Rauschen schläferte Ester ein, während Virgilio immer weiterredete und ihr Geschichten aus seinem Studentenleben erzählte. Er sprach sogar von anderen Frauen, die in seinem Leben eine Rolle gespielt hatten, um zu sehen, ob er sie dadurch wachhalten könne. Esters Antworten wurden jedoch immer einsilbiger, und schließlich drehte sie sich um und verbarg ihr Gesicht in den Kissen.

»Erzähle weiter, Liebling«, murmelte sie.

Als er sah, daß sie eingeschlafen war, kam ihm die Leere seiner Worte, seiner Erzählungen vom Leben auf der Universität, erst recht zum Bewußtsein. Leer schienen sie ihm, ohne Sinn und Inhalt. Die Regentropfen liefen über die Fensterscheiben, und Virgilio erschienen sie wie Tränen. Wie gut mußte es sein, weinen zu können, den Schmerz den Augen entströmen lassen ... So wie Ester es tat. Als sie erfahren hatte, daß er im Café mit Margot getanzt hatte, hatte sie die Tränen über ihr Gesicht rinnen lassen, und dann war es ihr viel leichter gefallen, seine Erklärungen anzuhören und ihnen Glauben zu schenken. Vielen Menschen ging es so.

Aber Virgilio konnte nicht weinen. Nicht einmal damals, als man ihm auf offener Straße die Nachricht gebracht hatte, daß sein Vater plötzlich gestorben war. Dabei hatte er seinen Vater heiß geliebt, er wußte, welches Opfer es den Alten gekostet hatte, ihn studieren zu lassen, und wie stolz er auf ihn gewesen war. Und doch hatte er nicht einmal an jenem Tage geweint. Wie mit zugeschnürter Kehle war er stehengeblieben, als ihm ein Bekannter auf der Straße den Brief seiner Tante mit der Todesnachricht überreicht hatte. Die Kehle war ihm wie zugeschnürt gewesen – aber seine Augen waren trocken geblieben, so trocken, daß sie gebrannt hatten. Er konnte keine Tränen finden.

Über die Fensterscheiben liefen die Regentropfen wie Tränen, einer nach dem anderen. Virgilio stellte sich vor, daß die Nacht die Toten dieses Landes beweinte. Es waren so viele, daß ein schwerer Gewitterregen kaum genügte, alle die zu beweinen, die eines gewaltsamen Todes gestorben waren. Was tat er nur in diesem Land? Wozu war er hierhergekommen? Jetzt war es zu spät, darüber nachzudenken; jetzt kannte er Ester, und nur mit ihr wollte er von hier fortgehen.

Als er hierhergekommen war, hatte ihn noch Ehrgeiz erfüllt; er sah Ströme von Geld vor sich, einen Sitz im Parlament, eine Zukunft als Politiker, der dieses ganze fruchtbare Gebiet des Kakaos beherrschen würde. In der ersten Zeit dachte er an nichts anderes, und alles gelang ihm, wie er es sich wünschte: er verdiente Geld, die Obersten schenkten ihm ihr Vertrauen, er hatte Erfolg als Anwalt, und auch in der Politik entwickelte sich alles zum Besten. Die Landesregierung machte sich immer mehr von der Bundesregierung los, und jedem, der etwas Weitblick besaß, mußte es klar werden, daß sie sich in den kommenden Wahlen nicht behaupten konnte. Vielleicht fiel sie sogar noch früher. In Bahía wurde schon von einer Intervention des Bundes in die Angelegenheiten des Landes gesprochen. Seine Parteiführer unterhandelten gerade in Rio und waren sogar vom Präsidenten der Republik empfangen worden. Die Lage klärte sich immer mehr, und er konnte mit größter Wahrscheinlichkeit damit rechnen, bei den nächsten Wahlen als Kandidat aufgestellt zu werden; wenn dann ein Wechsel in der Regierung eintrat, konnte über seine Wahl kein Zweifel mehr bestehen.

Aber dann war Ester gekommen, und all dies verlor plötzlich an Bedeutung. Nur sie war ihm wichtig, ihr Körper, ihre Augen, ihre Stimme, ihre Wünsche und ihre Zärtlichkeit. Schließlich konnte er auch in Rio Karriere machen; das war sogar seine ursprüngliche Absicht gewesen, als er noch studierte. Wenn es ihm gelang, in einer gutgehenden Anwaltskanzlei eine Stellung zu finden, würde er bald vorwärtskommen, denn die in Tabocas und Ilhéus verbrachte Zeit war ihm von großem Nutzen gewesen. In einem Jahr und acht Monaten hatte er hier mehr gelernt als in fünf Jahren auf der Universität. Wer in Ilhéus Anwalt gewesen war – hieß es allgemein –, konnte an jedem beliebigen Ort der Welt seine Praxis ausüben. Und das war auch richtig, denn hier mußte man alle Feinheiten des Berufes beherrschen, die Gesetze bis ins kleinste kennen und die richtige Art, sie zu umgehen. Zweifellos standen Virgilio überall die besten Möglichkeiten offen; nicht umsonst wurde er in Ilhéus schon als einer der tüchtigsten Gerichtsadvokaten bezeichnet. Freilich würde er nicht so leicht und rasch weiterkommen wie hier, wo er bereits einen Namen hatte und am Anfang seiner politischen Laufbahn stand.

Rasch und leicht... Virgilios Gedanken blieben an diesen zwei Worten haften. Rasch – vielleicht, aber leicht gewiß nicht. Oder war es etwa leicht, Menschen umbringen lassen zu müssen, um sich Achtung zu verschaffen? Um im Ansehen der Leute zu steigen und eine Karriere als Politiker zu machen? Nein, leicht war das bestimmt nicht... Zumindest für ihn nicht, der in einer anderen Gegend, unter anderen Sitten, mit anderen Anschauungen aufgewachsen war. Für diese Obersten hier oder die Anwälte, die in dieser Gegend alt geworden waren, mochte es leicht sein, für Horácio, die Badaró, für

Maneca Dantas oder Dr. Genaro mit seiner Redegewandtheit und der ganzen Würde eines Mannes, der niemals ein Freudenhaus besuchte. Sie alle ließen Menschen umbringen, mit der gleichen Selbstverständlichkeit, mit der sie ein Stück Wald roden ließen oder ein Geburtszeugnis beim Standesamt beantragten. Ja, für sie alle war es leicht, und Virgilio war bisher nie der Gedanke gekommen, sich über diese seltsame Tatsache den Kopf zu zerbrechen. Erst jetzt betrachtete er die rüden Farmer und diese findigen Provinzadvokaten mit anderen Augen, sie, die in aller Ruhe Bravos ausschickten, damit sie ihren Feinden auflauerten.

Anfangs war sein Ehrgeiz, später seine Liebe zu Ester und der Wunsch, mit ihr zu fliehen, daran schuld gewesen, daß er niemals über die entsetzlichen Dramen nachdachte, die in dieser Gegend an der Tagesordnung waren. Er mußte erst dazu gezwungen werden, einen Menschen töten zu lassen, um zu empfinden, wie grauenhaft das alles war und wie sehr es auf den Menschen lastete. An den Füßen der Plantagenarbeiter setzte sich der zähe Schleim des weichen Kakaos fest, bis er eine dicke Schicht bildete, die durch nichts mehr abgewaschen werden konnte. Ihnen allen, Arbeitern, Bravos, Obersten, Anwälten, Ärzten, Kaufleuten und Exporteuren legte sich diese klebrige Kakaoschicht um die Seele, umschloß ihr Herz wie ein Panzer. Weder Erziehung noch Bildung noch Gefühl konnten ihn sprengen. Kakao bedeutete Geld und Macht; er war nicht nur eine Pflanze, die auf dieser schwarzen fruchtbaren Erde gedieh – er beherrschte ihr ganzes Leben. Im Innern eines jeden einzelnen wuchs er, warf einen bösen Schatten über jedes Herz und erstickte alle guten Gefühle. Virgilio haßte weder Horácio noch Maneca Dantas und am allerwenigsten jenen Neger, der nur gelächelt hatte, als er ihm befohlen hatte, Juca Badaró zu erschießen in dieser Nacht, die kein Ende zu nehmen schien. Was er haßte, war der Kakao...

Er lehnte sich gegen das Gefühl der Ohnmacht auf, der Unfähigkeit, dem Vorschlag zu widerstehen, daß Horácio allein für Jucas Tod verantwortlich sein sollte. Er begriff selber nicht, wie dieses Land mit seinen Sitten und allem, was mit dem Kakao zusammenhing, so sehr Gewalt über ihn hatte erlangen können. In Tabocas hatte er einmal Margot geohrfeigt; damals war ihm plötzlich zum Bewußtsein gekommen, daß es noch einen anderen Virgilio gab, den er bisher nicht gekannt hatte. Das war nicht mehr der wohlerzogene und liebenswürdige Student, der bei allem Ehrgeiz noch Anstand bewahrte, der für fremdes Leid stets Mitgefühl zeigte. Heute war auch er ein Rohling, der sich in nichts von Horácio unterschied. Er war ihm vollkommen gleich, beherrscht von denselben Gefühlen. Als er Ester kennengelernt hatte, hatte er gedacht, sie von einem Ungeheuer, von einem gemeinen und widerwärtigen Wesen befreien zu müssen. Aber bestand jetzt noch ein Unterschied zwischen ihnen? Beide waren sie Mörder oder Anstifter von Morden, beide lebten sie nur für die goldenen Früchte der Kakaobäume.

Um diese Stunde – dachte Virgilio – hatte Juca bereits den tödlichen Schuß empfangen und war er nur noch eine Leiche mehr am Rande der Straße. Er würde nicht wie die anderen unter einem Baum begraben werden, unter einem rohen Holzkreuz, das an dieses Geschehnis gemahnen sollte. Juca, den bedeutenden Grundbesitzer, würde man nach Ilhéus bringen und mit großem Gefolge zu Grabe tragen. Dr. Genaro würde auf dem Friedhof eine Rede halten und den Toten mit historischen Gestalten vergleichen. Vielleicht ging sogar Virgilio selber zum Begräbnis, es war in dieser Gegend nichts Seltenes, daß der Mörder den Sarg seines Opfers begleitete. Von manchen erzählte man sich sogar, daß sie mit trauriger Miene, in tiefschwarzer Kleidung den Sarg des auf ihren Befehl Ermordeten auf den Schultern trugen. Nein, er wollte nicht zu Jucas Begräbnis gehen – wie sollte er Dona Olga in die Augen sehen? Juca war zwar kein guter Ehemann, er trieb sich immer mit Weibern herum und spielte nächtelang in den Cafés; und doch würde Dona Olga um ihn weinen und leiden. Wie konnte er, Virgilio, ihr dann beim Begräbnis gegenübertreten? Nein, er mußte fortreisen, weit fort, irgendwohin, wo ihn nichts an Ilhéus, den Kakao und die Mordtat erinnerte. Wo ihn nichts an jenen Abend in Esters Haus erinnerte, an dem er im Arbeitszimmer des Obersts beschlossen hatte, den Bravo zu rufen. Er fühlte sich so unrettbar diesem Lande verbunden, daß ihm der Wunsch, Ester mit sich fortzunehmen, nur noch wie ein Traum erschien, der immer ferner rückte. So sehr war er schon mit diesem Lande verbunden, daß er selber hoffte, einmal Kakao pflanzen zu können.

Im Grunde erwartete er, daß Horácio in dem Zwist um den Wald von Sequeiro Grande ums Leben kam und er dann selber Ester heiraten konnte. Erst jetzt legte er sich darüber Rechenschaft ab, daß er diesen Wunsch schon immer gehabt hatte und Tag für Tag auf die Nachricht vom Tode des Obersts wartete, der durch eine Kugel der Badaró fallen sollte. Während er Pläne für eine neue Stellung in Rio schmiedete und immer mehr Geld verdienen wollte, um mit Ester fliehen zu können, und gleichzeitig nach Vorwänden suchte, diese Flucht aufzuschieben, wartete er doch nur auf das eine, Unausbleibliche: daß die Badaró Horácio töteten und damit das ganze Problem lösten. Als ihm zum ersten Mal dieser Gedanke kam, versuchte er ihn gleich wieder von sich zu weisen. Wenn Horácio starb, gedachte er Ester zu raten, sich mit den Badaró über eine Teilung des Waldes von Sequeiro Grande zu einigen und dadurch dem Kampf ein Ende zu bereiten. Er betrog sich dabei selbst, indem er sich einredete, als Anwalt der Familie mit einer solchen Möglichkeit rechnen zu müssen. Doch als er jetzt vom Bett aus die Regentropfen an der Fensterscheibe herabrinnen sah, mußte er sich selber eingestehen, daß er in diesen ganzen Monaten nichts anderes getan hatte, als auf die Nachricht vom Tode Horácios zu warten, und immer dasselbe Bild vor sich gesehen hatte: der andere mit einer Kugel in der Brust, der Mörder, der das Weite sucht...

Ja, es blieb ihm kein anderer Ausweg. Er konnte diesem Land nicht mehr entfliehen, an das er nun endgültig durch einen Toten gekettet war, durch Juca Badaró, den er hatte ermorden lassen. Jetzt mußte er auf den Tag warten, an dem Horácio das Schicksal ereilen würde. Dann wäre Ester sein mit den ganzen Besitzungen, mit dem Wald von Sequeiro Grande. Er würde reich und geachtet sein, konnte Parteiführer werden, Abgeordneter, Senator, was immer er wollte. Hinter seinem Rücken würde man zwar schlecht von ihm sprechen, aber vor ihm würde sich doch ganz Ilhéus geflissentlich verneigen. Das mußte eben hingenommen werden. Es hatte keinen Zweck, an Flucht zu denken, an den Beginn eines neuen Lebens. Wo immer er hinginge, würde er die Vision von Juca Badaró mit sich tragen müssen, wie er vom Pferde fiel und seine Hand auf die Wunde preßte, eine Vision, die Virgilio ganz deutlich von der regenüberströmten Fensterscheibe entgegenstarrte. Seine Augen, die gebannt auf das Fenster blickten, brannten, und es brannte sein Herz.

Der Gedanke an Flucht war sinnlos. Seine Füße klebten längst am zähen Schleim des Kakaos, in den sich jetzt schon Blut mengte. Nie mehr würde er von einem anderen Leben träumen dürfen. Für alle Zeiten war er nun an Ilhéus gekettet. »Der Traum ist zu Ende, Ester.«

Seine Augen brannten, seine Hände zitterten, und das Herz preßte sich ihm zusammen. Ester erschauerte in der kühlen Regennacht. In dieser Nacht schoß ein Mann auf der Straße nach Ferradas Juca Badaró von seinem Pferd. Virgilio klammerte sich an die Frau an seiner Seite.

Im Halbschlaf lächelte Ester: »Jetzt nicht, mein Liebling.«

Immer stärker packte ihn die Angst, in größter Eile kleidete er sich an, besessen von dem Wunsch, den Regen auf seiner glühenden Stirn zu fühlen, seine blutbefleckten Hände, sein schuldbeladenes Herz reinwaschen zu lassen. Er vergaß die Vorsicht, mit leisen Schritten das Haus zu verlassen, um die Dienstboten nicht zu wekken. Während er durch den Garten zum Bahndamm ging, riß er den Hut vom Kopf und ließ den Regen über sein Antlitz rinnen, als wären es die Tränen, die er selber nicht weinen konnte.

5

Doch Virgilios Angst war verfrüht, und auch Dr. Jessé suchte vergebens nach einem Lächeln der Befriedigung auf den Zügen Horácios, der diese Nacht bei ihm in Tabocas verbrachte. Seit der Kampf um den Wald von Sequeiro Grande begonnen hatte, mied der Oberst, nachts unterwegs zu sein, selbst in Begleitung seiner Männer. Geschäfte hatten ihn in Tabocas zurückgehalten, und da es darüber Abend geworden war, verschob er die Abreise nach seinem Landgut auf den nächsten Morgen. Den Rest des Tages unterhielt er sich damit, Dr. Jessé bei der Behandlung seiner Kranken zuzusehen. Da sie fast alle Bekannte von ihm waren und seiner Partei angehörten, war die Zeit nicht vergeudet. Für jeden fand er ein paar freundliche Worte und fragte nach ihren Geschäften, ihrem Leben und ihrer Familie. Wenn er wollte, konnte er sehr liebenswürdig sein, und an diesem Tag fühlte er sich ganz besonders froh.

Je später es wurde, desto höher stieg seine gute Laune. Durch das Fenster des Ordinationszimmers sah er jetzt Juca Badaró, der gestiefelt und gespornt aus Azevedos Eisenhandlung auf die Straße trat. Während er die kräftige Gestalt seines Feindes betrachtete, schmunzelte er zufrieden. Um diese Zeit mußte sein Bravo schon zu dem Hinterhalt auf der Straße nach Ferradas unterwegs sein. Es hatte Mühe gekostet, Dr. Virgilio zu überzeugen... Horácio schätzte den Anwalt und war überzeugt, ihm einen großen Gefallen zu erweisen, wenn er ihm durch die Beseitigung Juca Badarós auf gefahrlose Art Ansehen verschaffte.

Er verließ das Fenster, um die Frau von Silvio Maozinha, die Besitzerin einer kleinen Pflanzung bei Palestina, zu begrüßen, die zu seinen Vertrauensleuten in jener Gegend zählte. Sie begleitete ihren Mann, der vom Fieber geschüttelt wurde. Sie hatten in einem Häuschen, das sie am anderen Ufer des Flusses besaßen, Aufenthalt genommen. Die Frau war äußerst besorgt über den Zustand ihres Mannes, den man in einer Hängematte tragen mußte, da er nicht mehr imstande war, ein Pferd zu besteigen.

Horácio stand Dr. Jessé bei und half ihm, den Kranken auf das Bett zu legen, wo ihn der Arzt untersuchte. Er bot der Frau seine Hilfe an und fragte, ob sie nicht Geld brauche. Dr. Jessé wußte, daß Horácio immer freundlich zu seinen Wählern war; doch an diesem Tage fand er seine Liebenswürdigkeit übertrieben. Der Oberst wich nicht von der Seite des Kranken und half seiner Frau sogar, die Leibschüssel zu halten, ihm die schweißnasse Wäsche zu wechseln und die Arzneien zu verabreichen, die aus der Apotheke geholt worden waren.

Als sie hinausgingen, stieß Dr. Jessé den Oberst an und flüsterte ihm zu: »Ein aussichtsloser Fall.«

»Was Sie nicht sagen!«

Der Arzt hatte keine Hoffnung mehr. »Wenn das Fieber nicht fällt, ist er verloren; er wird den heutigen Tag nicht überleben. Sie müssen mit mir kommen, um zu baden und sich die Hände mit Alkohol zu waschen. Mit diesem Fieber ist nicht zu spaßen, man kann sich sofort anstecken.«

Aber Horácio lachte nur, blieb bis zur Stunde des Abendessens bei Silvio und versprach, nachher wiederzukommen. Erst bevor er sich zu Tisch setzte, wusch er sich die Hände. Er machte sich über die Besorgnis Dr. Jessés lustig und behauptete, daß sich das Fieber nicht an ihn wagen würde. Herr Dr. Jessé erging sich darauf in weitschweifigen wissenschaftlichen Erklärungen; denn dieses unbekannte Fieber bereitete ihm schwere Sorgen. Es trotzte allen Heilmitteln und führte nach wenigen Tagen zum Tode.

Aber Horácios gute Laune war an diesem Abend durch nichts zu besiegen. Er fühlte sich so froh, daß er nach dem Essen wieder zu Silvio hinüberging, um nach dem Kranken zu sehen. Er war es auch, der Dr. Jessé verständigte, als der Todeskampf begann. Unterwegs benachrichtigte er noch den Geistlichen. Doch als sie gemeinsam zurückgingen, war Silvio bereits tot. Seine Frau weinte zum Steinerweichen. Horácio kam der Gedanke, daß um diese Stunde auch Juca Badaró tot sein mochte, hingestreckt auf der Straße, die weit offenen Augen starr wie die Silvios. Er bot der Witwe an, die Kosten für das Begräbnis zu tragen und half ihr, den Toten umzukleiden.

Doch Horácio hatte sich umsonst gefreut und Virgilio umsonst gelitten. Der Urheber dieser Freude und dieses Leidens, Juca Badaró, befand sich unterwegs nach seinem Landgut, während auf der Straße die Leiche des Mannes zurückblieb, der ihm aufgelauert hatte. Viriato führte das Maultier, auf dem der verwundete Vítor saß, am Zügel. Zum zweiten Mal, diesmal zufällig, hatte er das Leben seines Herrn gerettet.

Als der Bravo die Schritte der herannahenden Kavalkade gehört und in dem ersten Reiter Juca Badaró erkannt hatte, hatte er das Gewehr an die Schulter gehoben und bedächtig gezielt. Im selben Augenblick vernahm Antônio Vítor ein leises Geräusch am Rande der Straße und lenkte, die Hand am Revolver, sein Maultier in das Unterholz, mit der Absicht, das Kaninchen oder Gürteltier oder was es sein mochte, zu erlegen und Don' Ana mitzubringen. Da sah er den Bravo, der eben die Waffe erhob, schoß augenblicklich, verfehlte jedoch sein Ziel. Der Mann wandte sich sofort gegen ihn und schoß ihn ins Bein; die Kugel traf ihn nur deshalb nicht in die Brust, weil er im selben Augenblick von seinem Reittier gesprungen war. Angelockt durch die Schüsse, kamen Juca und Viriato herbei und ließen dem Bravo keine Zeit zur Flucht.

Juca hielt sich nicht erst lange damit auf, Antônio Vítor beizustehen, sondern bestürmte den Mann mit Fragen, bevor er ihn tötete: »Sag mir, wer dich geschickt hat, und ich laß dich laufen.«

»Dr. Virgilio war es und Oberst Horácio«, gestand der Mann.

Als Juca sich entfernte, nahm ihm Viriato das Gewehr ab; das Aufblitzen eines Schusses erhellte die Nacht, und der Mann fiel vornüber.

Juca, der gerade Antônio Vítors Bein mit einem Lappen verband, den er sich aus seinem eigenen Seidenhemd gerissen hatte, sprang auf, als er den Schuß hörte. »Hab' ich nicht gesagt, daß ich ihn laufen lassen will!« rief er wütend.

Viriato entschuldigte sich: »Einer weniger, Herr.«

»Ich werde dich lehren, mir zu gehorchen. Wenn ich etwas sage, so geschieht es auch. Wenn Juca Badaró etwas sagt, so bleibt es auch dabei.«

Viriato senkte den Kopf, ohne zu antworten. Sie gingen zu dem Mann, der bereits tot war. Juca verzog angeekelt das Gesicht. »Komm, hilf mir«, sagte er zu Viriato.

Sie setzten Antônio Vítor auf sein Maultier, Viriato nahm die Zügel in die Hand, und im Schritt ging es heim. Als sie zum Landhaus kamen, zeigten die brennenden Petroleumlampen, daß Sinhô noch auf war und voll Sorge auf seinen Bruder wartete, der schon viel früher hätte zurückkommen sollen. Alle, Bravos und Arbeiter, liefen auf den Vorplatz hinaus, um Antônio Vítor vom Maultier zu helfen. Sie drängten sich, um dem Verwundeten beizustehen, und überschütteten ihn mit Fragen. Sinhô Badaró selbst griff Antônio Vítor unter den Arm und brachte ihn ins Haus, wo er auf eine Bank gelegt wurde.

Don' Ana rief nach Raimunda, die Alkohol und Verbandzeug bringen sollte. Als er den Namen der Mulattin hörte, wandte Antônio Vítor den Kopf. Und nur er und Don' Ana bemerkten, wie Raimundas Hände zitterten, als sie ihrer Herrin das Gewünschte übergab. Sie half Don' Ana beim Verbinden der Wunde, die nur leicht war, denn die Kugel war durch das Fleisch gedrungen, ohne einen Knochen zu verletzten. Raimundas harte, schwielige Hände wurden dabei leicht und sanft – waren doch auch sie die Hände einer Frau. Antônio Vítor schienen sie weit zarter und sanfter als die leichten und feinen Hände Don' Ana Badarós.

6

Am nächsten Morgen schien die Sonne hell und freundlich, als die Mulattin Raimunda das Arbeiterhaus betrat. Sie brachte eine Flasche Milch und Brot, das ihr Don' Ana für Antônio Vítor mitgegeben hatte. Das Haus war leer, denn die Arbeiter waren schon alle in den Pflanzungen, um Kakao zu pflücken. Antônio Vítor wälzte sich im Fieberschlaf. Raimunda blieb neben dem Bett stehen und betrachtete den Schlafenden. Unter der schäbigen Decke ragten das verbundene Bein und ein riesiger Fuß hervor, der mit einer dicken Kakaokruste bedeckt war.

An diesem Abend konnte er sie nicht am Flußufer erwarten, um ihr zu helfen, den Wassereimer auf den Kopf zu heben. Angst befiel Raimunda. Ob er wohl sterben mußte? Sinhô Badaró meinte, die Wunde sei ungefährlich und Antônio Vítor könne in drei oder vier Tagen wieder gehen. Trotzdem hatte Raimunda Angst, und wenn der Neger Jeremias noch am Leben gewesen wäre, hätte sie es sogar gewagt, durch den dichten Wald zu dem Zauberer zu gehen und ihn um ein Heilmittel zu bitten. Zu der Arznei aus der Apotheke, die neben dem Bett des Kranken stand und die sie ihm jetzt geben sollte, hatte Raimunda kein Vertrauen. Sie kannte einen Spruch gegen Fieber und Schlangenbiß, den sie von ihrer Mutter in der Küche des Landhauses gelernt hatte.

Bevor sie Antônio Vítor weckte, um ihm die Arznei zu geben, kniete sie auf dem Boden nieder und begann zu beten: »Verfluchtes Fieber, dreimal vergrabe ich dich in die tiefe Erde. Das erste Mal im Namen des Vaters, das zweite Mal im Namen des Sohnes, das dritte Mal im Namen des Heiligen Geistes, durch die Gnade der Jungfrau Maria und aller Heiligen. Ich beschwöre dich, verfluchtes Fieber, und befehle dir, in die Tiefe der Erde zurückzukehren, so daß mein...«

Raimunda zögerte einen Augenblick. Nach den Anweisungen der alten Negerin Risoleta mußte an dieser Stelle der Verwandtschaftsgrad des Kranken zum Betenden eingesetzt werden: mein Bruder, mein Mann, mein Vater oder mein Herr. Wenn er nicht so schwer krank gewesen wäre und nicht so fest geschlafen hätte, hätte Raimunda vielleicht nicht gewagt, in ihrem Gebet fortzufahren:

»...so daß mein Liebster von allen Übeln geheilt werde. Amen.«

Da erwachte Antônio Vítor. Raimundas Gesicht nahm sofort wieder seinen mürrischen Ausdruck an. »Es ist Zeit für die Medizin«, brummte sie unfreundlich.

Sie stützte seinen Kopf auf ihren rundlichen Arm. Antônio schluckte seinen Löffel Medizin und sah Raimunda aus fiebrigen Augen an. Die Mulattin wandte sich zu der primitiven Feuerstelle, die aus drei Steinen bestand, zwischen denen Asche und halb verkohltes Holz lag. Auf diesem Herd stand ein Blechgefäß mit Wasser. Sie schüttete das Wasser fort, goß die Milch hinein und zündete das Feuer an. Antônio Vítor folgte ihr mit seinem Blick und wußte nicht, wie er beginnen sollte.

Raimunda kauerte sich neben das Feuer und wartete, bis die Milch kochte.

Endlich faßte Antônio Vítor einen Entschluß und rief: »Raimunda!«

Sie wandte den Kopf nach ihm und sah ihn an.

»Komm her!«

Zögernd, fast widerwillig näherte sie sich ihm.

»Setz dich her!« bat er und rückte zur Seite.

»Nein.«

Antônio Vítor blickte die Mulattin an und nahm alle Kraft zusammen. »Willst du mich heiraten?« fragte er.

Sie schien mürrischer denn je. Mit verschlossenem Gesicht sah sie auf den gestampften Lehmboden nieder und drehte den Rocksaum in ihren Fingern. Plötzlich lief sie zum Herd, wo die Milch zu kochen begann. »Fast wäre sie übergelaufen«, sagte sie statt einer Antwort.

Von der Anstrengung ermattet, streckte sich Antônio Vítor auf dem Bett aus. Sie setzte Wasser für den Kaffee auf, den sie dann in einen Topf goß, und tauchte Brotstücke hinein, um ihm die Mühe des Beißens zu ersparen. Dann scheuerte sie den Topf und löschte das Feuer.

»Zum Mittagessen komm' ich wieder.«

Antônio Vítor sagte nichts, er sah sie nur an.

Bevor sie fortging, blieb sie stehen und senkte die Augen wieder zu Boden. Eifrig mit ihrem Rocksaum beschäftigt, sagte sie mit mürrischer Stimme und unfreundlicher Miene: »Wenn der Pate Sinhô es erlaubt, möchte ich schon, ja...« Dann verschwand sie durch die Tür, und Antônio Vítor fühlte das Fieber steigen.

7

Juca Badaró besprach mit Sinhô die letzten Einzelheiten der Rodung des Urwaldes. Am Montag wollten sie beginnen. Sie hatten schon die Männer ausgesucht, die die Bäume schlagen und das Unterholz niederbrennen sollten, sowie jene, deren Aufgabe es war, die Arbeit der anderen mit ihren Gewehren zu schützen.

»Am Montag breche ich auf...« begann Juca.

Sinhô saß in seinem hohen Rohrsessel und wartete auf das, was Juca sagen wollte.

»Ein guter Kerl ist dieser Antônio Vítor«, fuhr Juca fort.

»Ja, ein braver Bursche«, bestätigte Sinhô.

»Komisch sind die Leute«, lachte Juca. »Ich hab' mich mit ihm unterhalten. Es ist schon das zweite Mal, daß er mir das Leben rettet. Das erste Mal war es in Tabocas, weißt du noch?«

»Ja, ich kann mich erinnern.«

»Und gestern wieder. Ich hab' ihn gefragt, was er gern haben möchte. Ich wollte ihm das Stück Land schenken, das von der Rodung im vorigen Jahr übriggeblieben und noch nicht bebaut ist. Guter Boden, aus dem eine großartige Pflanzung werden kann. Weißt du, was er gesagt hat?«

»Was denn?«

Juca mußte wieder lachen.

»Er will nur eines, hat er gesagt. Daß du ihm erlaubst, Raimunda zu heiraten. Hat man schon so was gesehen. Eine Idee ist das. Da will ich dem Kerl Grund und Boden schenken, und er zieht diese schauerliche Hexe vor. Ich hab' ihm versprochen, deine Einwilligung zu erreichen.«

Sinhô Badaró hatte nichts einzuwenden.

»Wenn er heiraten will, kann er den Boden noch dazu bekommen. Wenn du nach Ilhéus gehst, gib Genaro den Auftrag, die Eintragung im Grundbuch vorzunehmen. Er ist ein braver Mulatte. Auch Raimunda bin ich es schuldig, ich hab' ihrem Vater versprochen, für sie zu sorgen, wenn sie einmal heiratet. Ich bin also einverstanden.«

Er wollte schon Raimunda und Don' Ana herbeirufen, um ihnen die Neuigkeit mitzuteilen, als ihn Juca mit einer Handbewegung davon zurückhielt. »Ich soll dich noch um eine andere Heiratserlaubnis bitten.«

»Noch eine? Du bist wohl zum Schutzheiligen der Arbeiter geworden?«

»Diesmal handelt es sich nicht um einen Arbeiter, nein...«

»Um wen denn?«

Juca wußte nicht recht, wie er die Sache anpacken sollte: »Komisch – Raimunda und Don' Ana sind gleich alt. Beide sind sie von der Negerin Risoleta gesäugt worden. Dann sind sie gemeinsam aufgewachsen...«

»Don' Ana?« Sinhô Badaró riß die Augen auf und fuhr sich mit der Hand über den Bart.

»Es handelt sich um den Hauptmann João Magalhães. Er hat erst neulich in Ilhéus mit mir darüber gesprochen. Scheint ein anständiger Kerl zu sein...«

Sinhô Badaró schloß die Augen. Als er sie wieder öffnete, sagte er: »Ich hab' es kommen sehen. Schon lange hab' ich gemerkt, daß Don' Ana für den Hauptmann was übrig hat. Hier im Haus und auch damals bei der Prozession...«

»Wirklich?«

Sinhô überlegte.

»Eigentlich kennt ihn kein Mensch. Er erzählt alles Mögliche, was er in Rio gemacht haben will; aber keiner weiß, ob es stimmt. Was weißt du denn eigentlich?«

»Ich weiß auch nicht mehr als du, aber ich finde, das spielt keine Rolle. Du weißt sehr gut, Sinhô, daß hier jeder von vorn anfangen muß. Die Menschen werden nur danach beurteilt, was sie erreichen. Nach dem Vergangenen fragt niemand, nur was einer leistet, zählt. Der Hauptmann scheint mir ein Mann zu sein, der sich durchzusetzen weiß.«

»Mag sein...«

»Er hat den Wald vermessen, ohne im Grunde etwas davon zu verstehen, und ich weiß, daß er es nur ums Geld getan hat und nicht aus Freundschaft. Don' Ana aber hat er wirklich gern, da geht es ihm nicht um Geld. Ich kenn' die Menschen genausogut wie den Boden. Er heiratet vielleicht ohne einen Groschen; aber er hat den Willen, etwas anzupacken. Besser als ein anderer, der sich nur auf die faule Haut legt.«

Sinhô überlegte mit halbgeschlossenen Augen und fuhr sich immer wieder über den schwarzen Bart.

»Und dann noch etwas, Sinhô«, fuhr Juca fort. »Du hast nur diese eine Tochter, und ich habe überhaupt keine Kinder, wenn man nicht die mitzählen will, die auf der Straße herumlaufen, ohne meinen Namen zu tragen. Olga kann keine Kinder bekommen, das hat der Arzt schon festgestellt. Eines Tages werd' ich umgebracht – du weißt sehr gut, daß es so kommen wird. Feinde hab' ich genug. Das Ende dieses Kampfes werd' ich bestimmt nicht erleben. Und wenn du einmal alt bist, wer wird dann der Badaró sein, der Kakao erntet und den Bürgermeister von Ilhéus wählt? Wer?«

Sinhô gab keine Antwort, und Juca sprach weiter: »Er paßt auch gut zu uns. Wer weiß, ob er nicht ein Spieler ist – vielleicht ist er einer, man hat mir schon so was erzählt. Das ganze ist ja ein Spiel, ein Spiel, das mit einer Rauferei endet. Da brauchen wir gerade so einen... Einen, der meinen Platz einnehmen kann, wenn man mich umbringt.«

Er ging im Zimmer umher, griff nach der Reitpeitsche, die auf einer Bank lag, und schlug sich damit an die Stiefel. »Du könntest sie ja mit irgendeinem Doktor verheiraten, aber was hättest du schon davon. Der würde nur den Ertrag des Kakaos auffressen und selber weder roden noch pflanzen. Er würde nur das Leben genießen wollen, was er bisher nicht konnte. Der Hauptmann aber hat das schon alles hinter sich, der will jetzt Pflanzungen anlegen. Deswegen bin ich dafür...«

Raimunda kam ins Zimmer, um den Boden zu fegen, aber eine Handbewegung Sinhôs trieb sie wieder hinaus. Juca ließ sich nicht unterbrechen: »Ich hab' ihm gesagt: ›Eines müssen Sie sich merken, Hauptmann, wer Don' Ana heiratet, muß ihren Namen führen. Bei uns ist es umgekehrt wie bei anderen Leuten, wo der Mann der Frau den Namen gibt. Wer Don' Ana heiratet, muß ein Badaró werden.‹«

»Und was hat er dazu gesagt?«

»Zuerst hat es ihm natürlich nicht gefallen. Er sagte, daß die Magalhães auch jemand seien. Aber wie er dann gesehen hat, daß nichts zu machen ist, hat er nachgegeben.«

Sinhô Badaró rief mit lauter Stimme: »Don' Ana! Raimunda! Kommt her!«

Beide kamen herbei. Don' Ana schien die Unterredung ihres Vaters mit ihrem Onkel verdächtig. Raimunda kam mit Besen und Schaufel und dachte, man habe sie gerufen, um das Zimmer aufzuräumen.

An sie wandte sich Sinhô zuerst: »Antônio Vítor will dich heiraten. Ich bin einverstanden. Als Mitgift sollst du das Land hinter der Rodung haben. Willst du?«

Raimunda wußte nicht, wohin sie blicken sollte. »Wenn es dem Paten recht ist...«

»Dann bereite alles für die Hochzeit vor. Sie wird bald sein, wir wollen keine Zeit verlieren. Du kannst jetzt gehen.«

Raimunda verließ das Zimmer. Sinhô rief Don' Ana zu sich heran. »Man hat auch um deine Hand angehalten, mein Kind. Juca ist einverstanden; ich selbst weiß nicht recht, was ich sagen soll. Es ist dieser Hauptmann. Was meinst du?«

Don' Ana benahm sich genauso wie Raimunda, als sie bei Antônio Vítor war: die Augen zu Boden gesenkt, spielte sie mit ihrem Rocksaum und wußte nichts Rechtes zu sagen. »Der Hauptmann João Magalhães?« fragte sie.

»Ja. Magst du ihn?«

»Ja, Vater, ich mag ihn.«

Langsam strich sich Sinhô Badaró über den Bart. »Hol die Bibel, wir wollen sehen, was sie sagt.«

Da hob Don' Ana ihren Blick vom Boden und ließ den Rocksaum fahren; ihre Stimme war fest und entschlossen: »Was sie auch immer sagen mag, Vater, ich heirate nur einen einzigen Mann auf dieser Welt: den Hauptmann. Und wenn es ohne deinen Segen sein müßte.« Sie warf sich ihrem Vater zu Füßen und umschlang seine Knie.

8

Dr. Jessé verließ den Theatersaal mitten in der Vorstellung; und so blieben die Darsteller der Liebhaberbühne von Tabocas ohne ihren Direktor zurück, der gleichzeitig ihr Souffleur war. Die Aufführung litt etwas darunter, denn einige Künstler beherrschten ihre Rollen noch nicht und spielten nur mit Hilfe des Souffleurs. Das hatte jedoch weiter keine Bedeutung, denn die Einwohner von Tabocas kümmerten sich kaum mehr um die Aufführung der »Vampire der Gesellschaft«. Ihr ganzes Interesse gehörte der aufregenden Nachricht, die der Mann, der Dr. Jessé holte, gebracht hatte: Horácio war krank, das Fieber hatte ihn niedergeworfen. Dr. Jessé hatte die Vorstellung hastig verlassen, verschiedene Arzneien in seine Tasche geworfen und war schnell zu Pferd gestiegen, begleitet von einem Bravo. Die Nachricht lief durch die Zuschauerreihen, von Mund zu Mund.

Als Ester am nächsten Tag mit dem Elfuhrzug ankam und, ohne erst etwas zu sich zu nehmen, gleich am Bahnhof das wartende Pferd bestieg, um, von Bravos begleitet, nach Hause zu reiten, wußte schon ganz Tabocas, daß sich Horácio bei der Pflege Silvios, der vor drei Tagen dem Fieber erlegen war, angesteckt hatte. Silvios Witwe begann eine Novene, um für Horácios Genesung zu beten, »diesen seelenguten Menschen«, wie sie sagte.

Virgilio hatte Ester nach Tabocas begleitet, ohne auf den Klatsch Rücksicht zu nehmen; er begab sich an diesem Tag jedoch nicht mehr auf Horácios Landgut. Er wollte den Oberst erst aufsuchen, wenn sich sein Zustand verschlechterte. Seit er erfahren hatte, daß der Überfall auf Juca Badaró mißglückt war, trug auch er ständig einen Revolver bei sich.

Jeder Bote, der vom Landgut nach Tabocas kam, um Arzneien zu holen, wurde mit Fragen bestürmt. Die Sprechstunde von Dr. Jessé war geschlossen, und seine Frau teilte den Patienten mit, daß der Doktor erst wiederkommen werde, wenn der Fall des Oberst Horácio geklärt sei. Diese Auskunft wurde so aufgefaßt, als ob Dr. Jessé nur in der Begleitung von Horácios Leiche zurückkommen würde; denn bisher hatte noch keiner das Fieber überstanden. Unzählige Fälle von Arbeitern und Obersten, Anwälten und Kaufleuten bewiesen dies. Unter den Betschwestern verbreitete sich wieder einmal die alte Geschichte vom Teufel, der in einer Flasche gefangen sei, aus der er eines Tages entweichen und Horácios Seele holen werde. Es hieß sogar, daß Pater Bento schon von Ferradas nach dem Landgut unterwegs sei, Horácio die letzte Ölung zu erteilen, ihm die Beichte abzunehmen und ihn von seinen Sünden loszusprechen.

Doch Horácio starb nicht. Nach sieben Tagen begann das Fieber zu fallen und verschwand dann völlig. Mehr als Doktor Jessés Arzneien hatte ihn sein kräftiger, von keinem Laster und keiner Krankheit geschwächter Körper gerettet. Kaum vom Fieber befreit, begann er schon seinen Leuten den Befehl zur Rodung des Waldes von Sequeiro Grande zu erteilen. Virgilio wurde in das Landhaus berufen, um dem Oberst Auskunft über einige juristische Fragen zu erteilen. Er war während der Krankheit schon einmal da gewesen, doch der Oberst war damals nicht bei Bewußtsein und sprach im Fieber vom Kakao, von der Rodung des Waldes und den Pflanzungen, die er anlegen wollte. Mit lauter Stimme gab er Befehle, pflanzte und pflückte Kakao in seinem Delirium.

Ester wich nicht vom Bett des Kranken und sorgte aufopfernd für ihn, wobei sie zusehends abmagerte. Als Virgilio das erste Mal kam, fragte sie ihn nur nach ihrem Sohn, der in Ilhéus geblieben war. Es gelang ihm kaum, sie allein zu sehen, und nur ein einziges Mal, als sie eine Schüssel mit heißem Wasser aus der Küche holte, konnte er sie küssen. Sie wechselten nur wenige Worte miteinander, und Virgilio hatte das schmerzliche Gefühl, betrogen zu werden. Eine Unruhe quälte ihn, als träfe ihn die Schuld an Horácios Krankheit und an seinem Tod, den er für unvermeidlich hielt. Er verstand, daß Ester ebenso fühlte wie er, und doch schmerzte ihn ihr Verhalten wie ein Verrat.

Als Horácio bereits außer Gefahr war und Virgilio holen ließ, versuchte dieser bei Ester, die selber müde und niedergeschlagen war, durch eine traurige Miene ihr Mitleid zu erregen.

Der Oberst lag in seinem langen Nachthemd auf dem weißen Leinen, und Ester, die neben ihm saß, hielt seine Hand in der ihren. Horácio hatte sich nie so glücklich gefühlt wie nach dieser Krankheit, die ihm einen neuen Beweis der Hingabe seiner Frau gebracht hatte. Er wurde übermütig und gab nicht nur den Arbeitern Befehle, sondern sogar Maneca Dantas und Braz, die gerade auf Besuch gekommen waren. Virgilio trat ein, beugte sich über den Oberst und drückte Ester kühl die Hand.

Dann umarmte er Maneca Dantas und beglückwünschte Jessé »zu dem vollbrachten Wunder«.

Horácio begann zu lachen: »Außer Gott hat mich nur diese hier gerettet, lieber Doktor«, sagte er und deutete auf Ester an seiner Seite.

Doch gleich darauf entschuldigte er sich bei Dr. Jessé: »Sie haben gewiß alles getan, Arzneien, Behandlung und weiß der Teufel was noch alles; aber wenn sie nicht gewesen wäre, die diese ganze Zeit nicht geschlafen hat, dann weiß ich wirklich nicht...«

Ester erhob sich und verließ das Zimmer. Ohne es zu bemerken, nahm Virgilio ihren Platz am Bett ein. Er fühlte noch die Wärme des geliebten Körpers, und eine jähe Wut gegen Horácio packte ihn. Er war also nicht gestorben... Virgilio überließ sich einen Augenblick lang den geheimsten und tiefsten Regungen seines Herzens: er war nicht gestorben... Ach, wenn er ihn doch nur umbringen lassen könnte...

So sehr war er in seine Gedanken versunken, daß er minutenlang dem Gespräch nicht gefolgt war. Erst eine Frage Maneca Dantas' brachte ihn wieder in die Wirklichkeit zurück: »Was meinen Sie, Doktor?«

Viel später erst traf er sich mit Ester im Schatten des Vorplatzes. Schluchzend fiel sie ihm um den Hals: »Findest du nicht auch, daß ich so handeln mußte? Ich konnte doch gar nichts anderes tun.«

Gerührt streichelte er sie und fühlte ihren geliebten Körper durch die Kleider. Er küßte ihre Augen, ihr Gesicht und unterbrach sich beunruhigt: »Du hast ja Fieber!«

Sie verneinte und schob es auf die Ermüdung. Immer wieder küßte sie ihn und bat ihn, über Nacht im Hause zu bleiben. Sie wollte es irgendwie möglich machen, bei ihren Gängen für den Kranken in sein Zimmer zu kommen. Von Sehnsucht nach ihren Zärtlichkeiten erfaßt, versprach er es ihr, und erst, als eine Gruppe von Arbeitern auf der Straße auftauchte, trennten sie sich.

Beim Mittagessen litt es Ester nicht mehr auf ihrem Platz, sie klagte über Schüttelfrost und ging rasch hinaus, um zu erbrechen.

Totenblaß wandte sich Virgilio an Dr. Jessé: »Das Fieber hat sie erwischt.«

Der Arzt erhob sich, um Ester nachzugehen; sie jedoch hatte sich eingeschlossen. Ohne darauf zu achten, was Maneca Dantas und Braz denken würden, sprang auch Virgilio auf. Er wartete neben dem Arzt auf dem Gang, bis Ester die Tür öffnete. Ihre Augen glühten.

Virgilio ergriff sie am Arm: »Ist Ihnen irgend etwas?«

Sie lächelte schwach und drückte heimlich seine Hand. »Nein, es ist nichts. Ich kann nur nicht mehr aufbleiben und will mich ein wenig hinlegen. Dann komme ich wieder zurück.«

Sie gab Felicia noch einen Auftrag und ging dann in das Zimmer, in dem Virgilio in jener Nacht seines ersten Besuches geschlafen hatte. Vom Gang aus sah er noch, wie sie sich auf das Bett legte. Auch Dr. Jessé kam und ging zu ihr ins Zimmer. Horácio wollte vom Nebenzimmer aus wissen, was der Lärm bedeute.

Virgilio ging zu ihm und verkündete mit stockender Stimme: »Jetzt hat auch sie das Fieber erwischt.« Er wollte noch etwas hinzufügen, aber es gelang ihm nicht, und wortlos starrte er auf Horácio. Der Oberst riß die Augen auf, auch er wollte mit halb offenem Mund etwas sagen und konnte nichts herausbringen. Er war wie ein Mensch, der hilflos in der Luft schwebt und nirgends einen Halt findet. Virgilio hätte ihn am liebsten umarmt, sein Leid mit ihm geteilt und mit ihm geweint in gemeinsamem Kummer.

9

In Ilhéus herrschte nur eine Meinung: Im Kampf um den Besitz von Sequeiro Grande befanden sich die Badaró offensichtlich im Vorteil. Nicht nur die alten Betschwestern in den Sakristeien der Kirchen behaupteten es. Von den Stammtischpolitikern bis zu den Gerichtsadvokaten waren sich alle darüber einig, daß die Brüder Badaró die Partie beinahe schon gewonnen hatten. Wozu Horácios Krankheit nicht wenig beigetragen hatte. Infolge der von Dr. Genaro vorgebrachten und vom Richter angenommenen Gegenklagen machte der Prozeß keine Fortschritte. Inzwischen war Juca Badaró in den Urwald eingedrungen und hatte – im Anschluß an die Pflanzung Sant' Ana – mit dem Roden und Abbrennen begonnen.

Die Schießereien nahmen allerdings ihren Fortgang. Oberst Maneca Dantas auf der einen Seite, Jarde, Braz, Firmo, Zé da Ribeira und die übrigen kleinen Pflanzer der Nachbarschaft auf der anderen Seite taten ihr Möglichstes, den Leuten der Badaró ihre Arbeit zu erschweren. Maneca Dantas legte einen Hinterhalt an, um die Arbeiter, die einen Teil des Waldes zu roden hatten, zu überfallen und zu töten. Es kam zu einem großen Feuergefecht, und in einer Nacht, als Juca abwesend war, überfiel Braz mit einigen seiner Männer das Lager am Waldrand. Doch trotz alledem nahmen die Arbeiten ihren Fortgang, und allmählich bemächtigten sich die Badaró des Waldes.

Die Angriffe von Horácios Leuten wurden heftig erwidert. Während Juca die Arbeiter zu ihrem Schutz begleitete, ging Teodoro das Baraúnas zum Angriff über. Eines Nachts erschien er auf der Pflanzung von José da Ribeira, zündete den trockenen Kakao an, wodurch achtzig Zentner schon verkaufte Ware vernichtet wurden, brannte das Landhaus nieder, tötete einen Arbeiter, der Alarm geschlagen hatte, und legte Feuer an die Maniokpflanzungen, die Zé da Ribeira später nur mühsam löschen konnte.

In Ilhéus sagte man schon, daß Teodoro das Baraúnas nach der Brandstiftung von Venancios Büro eine Leidenschaft für derlei Verbrechen gefaßt habe. In der »Folha de Ilhéus« wurde er nie mehr anders als der »Brandstifter« genannt. Dr. Rui schrieb einen berühmten Artikel, in dem er Teodoro mit Nero verglich, der während des Brandes von Rom gesungen hatte. José da Ribeira und seine Arbeiter wurden mit den ersten Christen verglichen und als Opfer des verbrecherischen und blutrünstigen Wahnsinns des neuen Nero hingestellt, der »noch ungeheuerlicher sei als der verderbte römische Kaiser«. Von allen Artikeln, die während des Kampfes um Sequeiro Grande erschienen, hatte dieser den größten Erfolg und wurde sogar vom Oppositionsblatt in Bahía unter dem Titel »Die Verbrechen der Regierungsanhänger von Ilhéus« abgedruckt. Im Anschluß daran wurde gegen Teodoro ein Verfahren eingeleitet.

Was jedoch die öffentliche Meinung am meisten zugunsten der Badaró beeinflußte, war die Tatsache, daß es Horácio auch nach seiner Genesung nicht gelang, den Teil des Waldes zu roden, der an seine Pflanzung grenzte. Diese mangelnde Tatkraft Horácios wurde von einigen auf die Krankheit Esters zurückgeführt. Was auch immer der Grund sein mochte, es konnte nicht geleugnet werden, daß die vom Oberst ausgesandten Arbeiter und Bravos schon zweimal aus dem Wald zurückgekehrt waren, ohne daß es ihnen gelungen war, auch nur mit den Rodungen zu beginnen. Diesmal hatte Sinhô Badaró selbst die Männer angeführt, die zwei Nächte hintereinander das Lager Jardes überfielen. Schließlich gaben die Arbeiter Horácios das Unternehmen auf. Einzig und allein Braz schlug mit seinen Leuten eine kleine Lichtung in den Wald, die sich aber nicht im entferntesten mit den ausgedehnten Rodungen vergleichen lassen konnte, welche die Badaró bereits durchgeführt hatten.

Trotzdem gab es immer noch einige, die auf Horácio setzten. Sie beriefen sich dabei hauptsächlich auf das größere Vermögen des Obersts, der viel Geld auf der Bank liegen hatte und in der Lage war, einen langwierigen Kampf durchzustehen.

Nicht nur das Roden und Pflanzen verschlang sehr viel Geld, mehr noch als alles andere kosteten die bewaffneten Bravos. Es durfte auch nicht vergessen werden, daß Sinhô Badaró Anstalten traf, seine Tochter mit größtem Aufwand zu verheiraten, und eine Unzahl Dinge aus Rio de Janeiro kommen ließ. Er renovierte sein Haus in Ilhéus vollständig und baute einen Flügel an, in dem das junge Paar wohnen sollte. Auch das Landhaus auf der Pflanzung wurde ganz neu gestrichen. Die Näherinnen und Spitzenklöpplerinnen bekamen zu tun, denn die Hochzeit der Tochter eines Obersts war ein Ereignis.

Die Braut sollte natürlich Wäsche für viele Jahre mitbekommen, Bettwäsche, die noch den Kindern und Kindeskindern dienen mußte. Bettdecken, Leintücher, Kissenüberzüge und Tischtücher, alles wurde reich bestickt. Boten wurden ins Landesinnere geschickt, um feine Spitzen zu kaufen. Geld spielte keine Rolle, ob es sich darum handelte, gedungene Mörder zu zahlen oder Schneiderinnen und Schuster, die die Braut ausstatteten. In Ilhéus wurde von dieser Hochzeit ebensoviel gesprochen wie von dem Kampf um Sequeiro Grande. João Magalhães zog von der Stadt auf das Landgut, um Juca bei der Rodung des Urwaldes zu helfen; nur ab und zu kam er nach Ilhéus, wo er beim Poker im Café Geld gewann. Auf der

Pflanzung hatte er keine Ausgaben, im Gegenteil, er sparte noch etwas.

Trotzdem wußten so manche, daß Sinhô Badaró den Ertrag der diesjährigen Ernte schon fast verbraucht hatte. Maximiliano erzählte seinen Freunden, daß ihm der Oberst sogar vorgeschlagen hatte, die Ernte des nächsten Jahres zu besonders herabgesetztem Preis im voraus zu verkaufen. Horácio dagegen besaß noch mehr als die Hälfte des Kakaos, den er in diesem Jahr schon geerntet hatte. Dessenungeachtet setzten nur wenige auf Horácio. Die meisten waren für die Badaró, die ihrer Ansicht nach nicht mehr verlieren konnten. Deshalb ließen sie sich auch neue Kleider machen, um der Hochzeit Don' Anas beizuwohnen. An den Abenden kamen die Betschwestern und verheirateten Frauen im Haus Juca Badarós zusammen, wo Olga die aus Rio de Janeiro eingetroffenen Schätze vorführte: Unterröcke aus besticktem Batist und traumhafte Nachthemden. Sie zeigte hochelegante Korsetts und feine Spitzen aus Ceará, bis den Besucherinnen der Mund vor Bewunderung offen blieb. Es gab Dinge, die man in Ilhéus noch nie gesehen hatte, und die Macht der Familie Badaró fand erneut ihre Bestätigung.

Wenn Sinhô Badaró mit seinem melancholischen, von dem schwarzen Bart umrahmten Gesicht durch die engen Straßen der Stadt ging, verneigten sich die Kaufleute und zeigten ihn den Handlungsreisenden aus Bahía oder Rio de Janeiro. »Das ist der reichste Mann der Gegend«, sagten sie, »Sinhô Badaró.«

10

An einem sonnigen Morgen, als die Glocken die Bewohner der Stadt zur Messe riefen, starb Ester. Die Krankheit hatte ihre Schönheit zerstört, das Haar war ihr ausgegangen, und sie schien nur noch ein Schatten der schönen Frau, die sie einst gewesen. In ihren Augen, die aus dem mageren Gesicht hervortraten, spiegelten sich die Gewißheit des Todes und der Wunsch zu leben. Auf der Pflanzung hatte sie in den ersten Tagen gräßliche Fieberdelirien; schweißgebadet stieß sie unzusammenhängende Worte aus, einmal klammerte sie sich sogar an Horácio und schrie, eine Schlange ringle sich um ihren Hals und suche sie zu erwürgen. Maneca Dantas, der während seines Aufenthalts im Landhaus den Verdacht geschöpft hatte, daß Virgilio und Ester ein Verhältnis miteinander hätten, zitterte vor Angst, sie könne in diesen Fiebernächten auch den Namen des Anwalts aussprechen. Sie aber schien nichts anderes zu sehen als die Schlangen, die lautlos und tückisch im Urwaldsumpf lauerten, um sich plötzlich auf einen harmlosen Frosch zu stürzen. Sie schrie und litt und brachte ihre ganze Umgebung in Verzweiflung. Leise weinte Felicia, die Mulattin.

Als Dr. Jessé merkte, daß das Fieber nicht nachlassen wollte, riet er, Ester nach Ilhéus zu bringen. Es war ein trauriger Anblick, als die Arbeiter sie in einer Hängematte aus dem Haus trugen.

»Das sieht schon wie ein Begräbnis aus«, flüsterte Dr. Jessé Virgilio zu, als er zu Pferd stieg. »Arme Frau...«

Horácio begleitete seine Frau, schweigend ritten sie zu dritt. Virgilio war seit dem Beginn von Esters Krankheit ganz verstummt. Wortlos irrte er im Landhaus umher und erfand jeden Tag einen neuen Vorwand, um nicht nach Tabocas zurückkehren zu müssen. In der allgemeinen Verwirrung achtete niemand auf ihn. Boten wurden ausgeschickt, um Arzneien herbeizuholen. Negerinnen bereiteten heißes Wasser, Horácio gab Befehle zum Vordringen in den Wald und lief jeden Augenblick an das Bett, in dem Ester phantasierte.

Als man sie in die Hängematte legte, kam sie einen Augenblick zu Bewußtsein; sie ergriff Horácios Hand, als wäre er Herr über das Schicksal, und bat ihn: »Laß mich nicht sterben!«

Verzweifelt lief Virgilio auf den Vorplatz. Ihr Blick hatte ihm gegolten, dieser flehende Blick, in dem ein wahnsinniges Verlangen nach dem Leben lag. In diesem Blick spiegelte sich ihm in einer Sekunde ihr gemeinsamer Traum von einem neuen Leben in einem fernen Land, wo sie frei und unbekümmert nur ihrer Liebe leben konnten. Er haßte jetzt niemanden mehr, nur dieses Land, das sie tötete und das sie ihm für immer entriß. Es war mehr Angst als Haß, was er empfand. Niemand konnte sich von diesem Land freimachen, es fesselte jeden an sich, der ihm entfliehen wollte. Ester hielt es mit den Ketten des Todes. Auch er war für immer gefangen... Er ging tiefer in die Pflanzung hinein, bis er seinen Namen rufen hörte: Es war Zeit zum Aufbruch.

Den Anfang des Zuges machte das mit einem Leintuch bedeckte Tragnetz, dann folgten die anderen. Die Reise schien entsetzlich lang. Als sie in Ferradas haltmachten, war das Fieber gestiegen und Ester schrie, daß sie nicht sterben wolle.

Bei Anbruch der Nacht langten sie in Tabocas an, und sogleich füllte sich Dr. Jessés Haus mit Besuchern. Virgilio machte in dieser Nacht kein Auge zu und wälzte sich in seinem Bett. Er dachte an die Nächte mit Ester, an die endlosen Liebkosungen, an ihren Körper, der in Liebe erschauerte, an Nächte voll Leidenschaft im Stadthaus von Ilhéus.

Am nächsten Tag sah er sie abfahren, auf einem improvisierten Lager in einem eigens für sie gemieteten Waggon, Horácio an einer Seite, an der anderen Dr. Jessé, der sich kaum wachhalten konnte. Der Arzt sah müde und zerschlagen aus, seine Augen lagen tief in dem schwammigen Gesicht.

Ester sah Virgilio an, und er fühlte, daß dies der Abschied war. Neugierige füllten den Bahnhof, und als er den Waggon verließ, wurde ihm bereitwillig Platz gemacht. Doch gleich hinter seinem Rücken begann das Getuschel.

Am Tag darauf konnte er seine Unruhe nicht mehr meistern und fuhr nach Ilhéus. Nach dem Besuch in Horácios Haus, den er so lange wie möglich hinausgedehnt hatte, ging er in die Tavernen und trank. Er konnte seine Gedanken nicht beisammenhalten, um den Prozessen zu folgen, die er bei Gericht laufen hatte. Übermüdet und gereizt irrte er umher und fühlte sich einsam wie noch nie, ohne einen Freund. Er vermißte Maneca Dantas, der ihn sonst immer begleitet hatte. Virgilio lechzte danach, mit jemandem sprechen zu können, sein Herz auszuschütten, alles zu erzählen, was geschehen war und was sie sich noch an Schönem erträumt hatten: ein Leben in einem anderen Land, sie beide ihrer Liebe hingegeben – und auch das andere, Schändliche: den Wunsch, daß eine Kugel sie von Horácio befreien sollte. Mitunter nahm er sich vor abzureisen, aber er wußte genau, daß er sich niemals entschließen würde, daß er für immer an dieses Land gefesselt war.

Das einzige, das imstande war, ihn aus seinen Träumereien zu reißen, waren Gespräche über den Kampf um Sequeiro Grande. Diese Gespräche schienen ihn noch enger mit Ester zu verbinden, denn der

Urwald war einst der Anlaß gewesen, daß sie sich kennengelernt und ineinander verliebt hatten.

Horácio vernachlässigte nicht einen Augenblick seine Geschäfte, sosehr er auch wegen der Krankheit seiner Frau leiden mochte. Er erteilte Befehle und ließ seine Arbeiter und Aufseher nach Ilhéus kommen, um sich mit ihnen zu beraten. Auch Maneca Dantas kam und brachte Dona Auricidia mit, die im Hause helfen und sich um das Kind kümmern wollte. Virgilio führte mit dem Oberst sehr lange Gespräche über die politischen Aussichten, über das vor Gericht anhängige Verfahren und die Artikel im »A Folha de Ilhéus«. Horácio hatte ihm schon versprochen, seine Kandidatur als Abgeordneter zu stützen. Und während der Krankheit Esters begann der Anwalt ihn zu schätzen, er fühlte sich ihm verbunden und war gerührt zu sehen, wie der Oberst, der jeden Schmerzes und jeden Gefühls unfähig schien, nun ebenso litt wie er und alles unternahm, um Ester zu retten: ärztliche Konsilien, fromme Gelübde und Messen für die Genesung seiner Frau.

Ein einziges Mal gelang es Virgilio, Ester allein zu sprechen. Sie schien nur darauf gewartet zu haben, um sterben zu können. Es war am Vorabend ihres Todes, als er ihr Zimmer betrat, um Dr. Jessé abzulösen, der sich vor Müdigkeit nicht mehr aufrechthalten konnte. Virgilio hatte abgewartet, bis Horácio abwesend war und Dona Auricidia ihr Schläfchen hielt. Ester schlief, ihr Antlitz in Schweiß gebadet. Sie glühte vor Fieber, als ihr Virgilio die Hand auf die Stirn legte. Er zog das Leintuch herab, um ihr den Schweiß zu trocknen. Sie regte sich, wimmerte vor sich hin und erwachte schließlich. Sie brauchte einige Zeit, bis sie ihn erkannte und erfaßte, daß sie beide allein waren. Als sie es begriffen hatte, schob sie die abgemagerte Hand unter dem Leintuch hervor, ergriff die seine und legte sie auf ihre Brust. Mühsam lächelnd flüsterte sie: »Wie traurig, daß ich sterben muß...«

Er nahm alle Kraft zusammen. »Du wirst nicht sterben, nein...«

Sie lächelte wieder, und ihm schien es das traurigste Lächeln der Welt: »Laß mich dich ansehen.«

Virgilio kniete neben dem Bett nieder, legte seinen Kopf an den ihren und küßte ihr Antlitz, ihre Augen, ihren fieberglühenden Mund. Ungehindert ließ er die Tränen fließen, die ihre Hände benetzten. Minuten stummen Leides vergingen, in denen ihre fiebrige Hand auf seinem Haar lag und sein schmerzverzerrter Mund ihr vom Fieber entstelltes Gesicht küßte.

Dona Auricidia, die sich im Nebenzimmer bewegte, zwang ihn, sich zu erheben. Doch vorher küßte Ester ihn noch einmal zum Abschied. Er ging hinaus und weinte, dort, wo niemand ihn sehen konnte. Als Dona Auricidia ins Zimmer trat, fand sie Ester bedeutend wohler.

»Die Gesundheit ist noch einmal zu ihr auf Besuch gekommen«, sagte sie, als Ester am nächsten Tag starb. Doch es war die Liebe, die Abschied genommen hatte; nur Virgilio allein wußte es.

Zum Begräbnis erschien eine Unzahl Menschen. Aus Tabocas kam ein Sonderzug, es kamen Leute aus Ferradas, Maneca Dantas, Arbeiter von Sequeiro Grande, Freunde aus Banco da Vitoria, und ganz Ilhéus war anwesend. In dem schwarzen Sarg gewann das Antlitz der Toten wieder etwas von seiner früheren Schönheit zurück, und Virgilio sah sie wie am Abend zuvor, lächelnd, im Glück zu lieben und geliebt zu werden.

Esters Vater weinte, während Horácio in schwarzer Kleidung die Beileidskundgebungen entgegennahm und Dona Auricidia die Totenwache hielt. Der Sarg wurde gegen Abend aus dem Haus getragen, die Dämmerung überraschte den Leichenzug auf dem Weg zum Friedhof. Dr. Jessé sprach einige Worte, Kanonikus Freitas nahm die Einsegnung vor, und die Trauergäste spähten nach Anzeichen des Schmerzes auf Virgilios blassem Gesicht.

Virgilio lud Maneca Dantas ein, mit ihm gemeinsam zu Abend zu essen, doch dieser entschuldigte sich damit, daß er Horácio in dieser ersten einsamen Nacht Gesellschaft leisten müsse. Der Anwalt irrte verlassen durch die Straßen, kehrte in eine Taverne ein, aus der ihn die Neugier der Umstehenden aber wieder vertrieb, lief hinunter zum Hafen, wo er dem Löschen eines Schiffes zusah und einige Worte mit einem Betrunkenen in einem blauen Sweater wechselte – er zerbrach sich den Kopf, wohin er gehen, mit wem er sprechen könne, an wessen Brust er all den Kummer ausweinen könne, der ihm das Herz bedrückte. Schließlich klopfte er bei Margot an die Tür. Sie hatte schon geschlafen und öffnete ihm erstaunt. Als sie ihn so traurig und unglücklich sah, wurde ihr Herz weich, und sie zog ihn an ihre Brust, mit derselben mütterlichen Zärtlichkeit, die sie in jener anderen Nacht in Bahía für ihn gefunden hatte, als er vom Tod seines Vaters erfahren hatte...

11

Die Regenzeit war vorbei, es kamen die heißen Sommertage. Die Äste und Zweige der Kakaobäume begannen sich mit Blüten zu bedecken. Ganze Arbeitermassen, die um diese Jahreszeit weder Kakao zu pflücken noch zu trocknen hatten, wurden von den Badaró und von Horácio zur Rodung des Urwaldes von Sequeiro Grande eingesetzt. Nach Esters Tod widmete sich Horácio ausschließlich dem Kampf um den Besitz des Waldes. Nun drang auch er in das Innere vor, wies die Angriffe der Bravos der Badaró zurück, ließ Lichtungen schlagen und das Unterholz niederbrennen. Von beiden Seiten begann der Wettlauf, als erster ans Ziel zu kommen. Die Zusammenstöße waren nicht mehr so häufig, aber die Sachverständigen sagten ihre Wiederkehr für den Augenblick voraus, in dem sich Horácio und die Badaró an den Ufern des Flusses, der den Wald durchschnitt, treffen würden.

Horácio besaß an Virgilio den denkbar tüchtigsten Mitarbeiter. Der Prozeß nahm, wenn auch langsam, seinen Fortgang, angetrieben von der Lawine von Eingaben, mit der der Anwalt den Richter täglich bedrängte, und der Klageschrift, einem juristischen Meisterwerk, das er als Rechtsvertreter von Zé da Ribeira gegen Teodoro das Baraúnas verfaßt hatte. Außerdem untersuchte Virgilio die von Sinhô Badaró im Grundbuch vorgenommene Eintragung des Waldes und entdeckte bedeutende gesetzliche Mängel. Die Vermessung zum Beispiel war unvollständig und so ungenau, daß sie nicht einmal die wahren Begrenzungen enthielt. Virgilio verfaßte darüber eine ausführliche Denkschrift an den Richter, der sie den Prozeßakten hinzufügte.

Auch die heißen Sommertage nahmen ein Ende, und wieder kam die lange Regenzeit, in der die Kakaofrüchte reiften, die mit ihrem goldenen Schimmer das dunkle Laub der Pflanzungen belebten. Nach den Monaten unfreiwilliger Muße machten sich die Handlungsreisenden wieder auf den Weg nach Tabocas, Ferradas, Palestina und Mutuns oder fuhren zu Schiff nach Ilhéus. Endlose Scharen von Einwanderern fluteten aus der dritten Klasse der überfüllten Schiffe ins Land, und die hausierenden Syrier zogen mit ihren Köfferchen ins Innere. Auf den Rodungen des Sequeiro Grande bedeckten sich selbst die verkohlten Stämme mit frischen Trieben. Neue Straßen waren angelegt worden, und um die Kreuze an ihrem Rand ließ der Regen Blumen sprießen. In diesem Jahr büßte der Urwald fast die Hälfte seines Umfanges ein. Durchsetzt von Lichtungen und Rodungen erlebte er seinen letzten Winter. Wenn die Männer an regnerischen Tagen mit geschulterten Hacken zur Arbeit gingen, verlor sich ihr schwermütiger Gesang im Dunkel des Waldes:

»Nun kommen die Erntetage,
mit ihnen Mühsal und Plage...«

12

Zu Beginn des Winters heiratete Don' Ana den Hauptmann João Magalhães. Juca und Olga waren die Trauzeugen des Bräutigams, Dr. Genaro und die Frau von Dr. Pedro Mata die der Braut. Kanonikus Freitas gab gleichzeitig mit dem jungen Paar auch Antônio Vítor und Raimunda zusammen, »bis daß der Tod sie scheide«. Antônio Vítor trug schwarze Stiefel, die ihn fürchterlich drückten, und Raimundas Gesicht war mürrisch wie immer. Und obwohl ihnen Don' Ana erklärt hatte, daß sie an diesem Tage nicht arbeiten sollten, blieb Raimunda in der Küche und Vítor bediente die Gäste mit Getränken, wobei er infolge der neuen Stiefel ein wenig hinkte.

Die Hochzeit erregte großes Aufsehen in Ilhéus. Don' Ana war wunderhübsch in ihrem weißen Kleid mit dem langen Schleier, den Orangenblüten und dem breiten goldenen Ehering. João Magalhães erregte in seinem eleganten Frack die Bewunderung aller heiratsfähigen Mädchen. Mit traurigem Blick verfolgte Sinhô Badaró seine Tochter, die hin und her ging, um die Gäste zu versorgen.

Im Brautzimmer drängte man sich vor den aufgestellten Geschenken: vor Teeservices, Nippsachen, Tafelsilber, Wäsche und einem

Revolver, Colt 38, mit einem langen Lauf aus verchromtem Stahl und einem Elfenbeingriff, dem Geschenk Teodoros an João Magalhães. Teodoro trank Sekt und scherzte mit dem Hauptmann über die Federung der Matratze. Entzückt von dem Gesehenen, gingen die Gäste in den Ballsaal hinüber, wo eine prächtig uniformierte Musikkapelle Walzer und Polkas und ab und zu einen Maxixe spielte.

Als sich die Neuvermählten am frühen Morgen zurückzogen, hielt Juca die beiden fest und empfahl ihnen lachend: »Ich will einen Jungen, he! Vergeßt das nicht! Einen richtigen Badaró!«

Die Flitterwochen, die sie auf der Pflanzung verbrachten, wurden jäh durch die Nachricht unterbrochen, daß Juca in Ilhéus ermordet worden sei. Nach der Hochzeit hatte er das junge Paar auf das Landgut begleitet und war dann mit einer Gruppe von Männern in den Urwald vorgedrungen. Doch dann hatte er Sehnsucht nach Margot bekommen und war über das Wochenende in die Stadt zurückgekehrt.

Am Sonntag hatte er mit einem neu zugezogenen Arzt in Ilhéus gefrühstückt, der ein Empfehlungsschreiben von einem Freund aus Bahía mitgebracht hatte. Der Arzt wohnte im Zentrum, in der Pension eines Syriers. Das frühere Besuchszimmer war in ein Speisezimmer umgewandelt, und Juca und der Arzt saßen am ersten Tisch neben der Eingangstür. Juca Badaró wandte dabei den Rücken zur Straße. Der Mörder zielte von der Tür aus und gab nur einen einzigen Schuß ab. Juca fiel langsam über den Tisch; doch noch bevor ihn der Arzt in seinen Armen auffangen konnte, sprang Juca auf, hielt sich mit einer Hand an der Tür fest und griff mit der anderen zum Revolver. Der Bravo lief die Straße entlang, aber Jucas Schüsse erreichten ihn noch, und von drei Kugeln getroffen, sank er um wie ein Sack. Juca glitt an der Tür zu Boden, und der Revolver entfiel seiner Hand. Dies alles hatte sich in wenigen Minuten abgespielt, und während die Pensionsgäste auf Juca zustürzten, sammelten sich auf der Straße schon die Leute um den gefallenen Bravo.

Drei Tage später starb Juca Badaró – umgeben von seiner Familie –, nachdem er gelassen den Versuch des Arztes, die Kugel zu entfernen, über sich hatte ergehen lassen. Für einen derartigen Eingriff fehlte es in Ilhéus an jeglichen Hilfsmitteln, es gab nicht einmal Chloroform. Juca lächelte während der Operation.

Der neue Arzt unternahm alles, um ihn zu retten, denn Sinhô hatte ihm gesagt: »Wenn Sie meinen Bruder retten, können Sie von mir verlangen, was Sie wollen.« Aber er erreichte ebensowenig wie die übrigen Ärzte von Ilhéus; nicht einmal Dr. Pegro, der aus Tabocas kam, konnte etwas ausrichten.

Bevor er starb, rief Juca Sinhô zu sich und bat ihn, Margot eine Summe auszusetzen. Als das Zimmer schon voller Besucher war, wandte er sich noch einmal an den Hauptmann und Don' Ana: »Ich will einen Jungen, he! Vergeßt das nicht! Einen Badaró! Gebt ihm meinen Namen«, bat er, Don' Anas Hand streichelnd.

Olga heulte laut und unbeherrscht, doch Juca achtete nicht auf sie, er starb ruhig und friedlich. Mit seinen letzten Worten bedauerte er nur, daß er auf dem Boden von Sequeiro Grande keinen Kakao mehr wachsen sehen könne.

Abgesehen von Esters Begräbnis, hatte in Ilhéus noch keines solche Beteiligung aufzuweisen gehabt wie das Jucas. Auch diesmal kamen die Trauergäste in einem Sonderzug aus Tabocas, und Antônio Vítor, der wieder einmal die knarrenden Stiefel trug, weinte wie ein Kind. Manuel Oliveira schrieb einen blumenreichen Nachruf in »O Comercio«, und Doktor Genaro hielt eine Grabrede, die eine einzige heftige Anklage gegen Horácio war. Teodoro das Baraúnas schwor Rache. Als der Sarg ins Grab gesenkt wurde, warf ihm Don' Ana einen Blumenstrauß nach, bevor Sinhô die erste Schaufel Erde darauf streute.

Abends ging Sinhô ruhelos in dem totenstillen Haus umher. Er zerbrach sich den Kopf, wie er sich rächen könnte. Denn er wußte, daß es keinen Zweck hatte, die Bravos oder Arbeiter Horácios umzubringen. Die einzige Lösung war, Horácio selbst erledigen zu lassen. Denn nur Horácios Leben konnte der Preis für den Mord an Juca sein. So beschloß er schließlich, ihn, wie auch immer, töten zu lassen. Er beriet sich mit Teodoro und dem Hauptmann und zog auch Don' Ana hinzu. Dr. Genaro war der Ansicht, daß eine Klage gegen Horácio erhoben werden sollte. Der Bravo, der Juca getötet hatte, stand in Horácios Diensten; alle Welt wußte, daß er auf seiner Pflanzung gearbeitet hatte. Aber Sinhô wehrte heftig ab: Das war keine Angelegenheit, die durch einen Prozeß erledigt werden konnte.

Nicht nur, daß es schwierig war, Horácios Schuld nachzuweisen, nachdem der Bravo gestorben war; Sinhô Badaró hätte es auch nicht als hinreichende Genugtuung empfunden, Horácio auf der Anklagebank zu sehen. Don' Ana war derselben Ansicht, und auch der Hauptmann stimmte darin mit ihm überein. Er war etwas verwirrt und wußte nicht, wie das alles enden sollte. Teodoro das Baraúnas wollte am nächsten Tag die ganze Angelegenheit in die Hand nehmen.

Horácio zu töten, war jedoch keine leichte Aufgabe. Der Oberst wußte, daß ihm sowohl auf der Landstraße als auch in Ilhéus selbst jederzeit Gefahr drohte. Deshalb verließ er fast nie die Pflanzung. Wenn er nach Ferradas oder Tabocas ritt, war er immer von einem ganzen Gefolge von Scharfschützen umgeben, und Braz wich nicht von seiner Seite. Monatelang kam er nicht nach Ilhéus, Virgilio mußte zu ihm auf das Landgut kommen, um ihn über den Gang des Prozesses auf dem laufenden zu halten.

Denn mit der Zeit war es Dr. Genaro gelungen, Sinhô von der Notwendigkeit zu überzeugen, Horácio den Prozeß zu machen. Schließlich erklärte sich Sinhô einverstanden, denn er hatte nun seine eigenen Gründe dafür. Der Anwalt leitete die Untersuchung ein und begab sich nach Tabocas, wo er eine Reihe von Zeugen fand, die ihm bestätigten, daß der Mann, der Juca ermordet hatte, ein Arbeiter von der Pflanzung Horácios war. Ein Lastträger vom Hafen, der einen unechten Ring am Finger trug, hatte keine Bedenken, dem Anwalt ein Gespräch wiederzugeben, das er am Vorabend des Verbrechens in der Kneipe eines Spaniers mit dem Mörder gehabt hatte. Dieser hatte tüchtig getrunken, als der mit dem unechten Ring begann, ihn auszuhorchen. Der Mann hatte eine Menge Geld besessen und eine Banknote von hundert Milreis sehen lassen, wobei er geheimnisvoll erzählt hatte, »er müsse im Auftrag des Obersts Horácio eine wichtige Arbeit erledigen«.

Diese Aussage belastete Horácio am schwersten. Der Staatsanwalt nahm die Klage an, und Sinhô Badaró übte einen heftigen Druck auf den Richter aus. Alles, was Virgilio erreichen konnte, war, daß Horácio nicht in Untersuchungshaft kam. Der Richter entschuldigte sich deswegen bei Sinhô: Wer werde es auch wagen, Horácio auf seiner Pflanzung festzunehmen. Wenn die nötige Achtung vor der Justiz gewahrt werden solle, sei es besser, Horácio erst im Verlauf der Verhandlung zu verhaften. Virgilio habe versprochen, daß Horácio bei Gericht erscheinen werde.

Dr. Genaro setzte all seine Hoffnung darauf, daß ein entsprechend zusammengesetztes Geschworenengericht den Oberst schuldig sprechen werde. Die Badaró gehörten der Regierungspartei an, und so war es sogar möglich, die Höchststrafe zu erreichen. Sinhô jedoch hegte die Hoffnung, den Oberst noch vor der Verhandlung oder schlimmstenfalls, wie João Magalhães gesagt hatte, am Tag der Verhandlung selbst zu beseitigen. Deshalb hatte er in den Prozeß eingewilligt.

Horácio schien sich nicht eine Minute lang Sorge um den Prozeß zu machen. Das einzige, was ihn beschäftigte, war das Verfahren, das er wegen des Besitzrechtes am Wald von Sequeiro Grande gegen Sinhô und Teodoro laufen hatte.

Inzwischen bereicherten sich die Anwälte an diesem Prozeß, beschimpften sich gegenseitig in ihren Eingaben und bereiteten die Reden für den Verhandlungstag vor.

Trotz aller Vorsichtsmaßnahmen schwebte Horácio zweimal in Lebensgefahr. Das erste Mal gelang es einem von Teodoros Leuten, sich bis zu einem Gujavabaum dicht vor dem Landhaus des Obersts heranzupirschen. Er mußte mehrere Stunden warten, bis Horácio auf der Veranda erschien und sich auf eine Bank setzte, um für eines seiner zahmen Maultiere Futter zu zerschneiden. Die Kugel traf das Tier, und obwohl Horácio sofort aufsprang und die Verfolgung des Bravos aufnahm, konnte er ihn nicht mehr erreichen. Ein andermal stellte sich ein Alter auf dem Landgut der Badaró vor und bot Sinhô an, Horácio zu beseitigen. Er wolle keine Bezahlung dafür, das einzige, was er wolle, sei eine Waffe, denn er habe mit dem Oberst eine alte Rechnung zu begleichen. Sinhô ließ ihm ein Gewehr geben. Aber der Alte wurde selbst erschossen, als er in einer Mondnacht den Versuch unternahm, sich Horácios Landhaus zu nähern. Irgend jemand wußte sich zu erinnern, daß er der Vater jenes Joaquim sei, der früher eine Pflanzung besessen hatte, die heute Horácio gehörte.

Angesichts der wachsenden Gefährdung verstärkte Horácio die Wachen auf der Pflanzung und ritt nur noch selten aus; das hinderte seine Leute jedoch nicht, die Rodungen im Wald von Sequeiro Grande fortzusetzen. Es konnte nicht mehr lange dauern, bis sie sich mit den Männern der Badaró treffen mußten, die von der anderen Seite her vordrangen. Der Wald wurde immer lichter, und die zur Pflanzung vorgesehenen Kakaoschößlinge füllten auf beiden Seiten schon ganze Schuppen. Wenn es geschah, daß Horácios Bravos auf die der Badaró stießen, kam es zu heftigen Schießereien und Blutvergießen.

13

Als die Arbeiter im Urwald schon von jenseits des Flusses die Axtschläge ihrer Gegner hörten, wurde Ilhéus eines Tages von einer geradezu sensationellen Nachricht geweckt: Die Bundesregierung hatte beschlossen, im Staate Bahía zu intervenieren. Die Truppen besetzten die Provinzhauptstadt, der Gouverneur dankte ab, und der Führer der Opposition, der in einem Kriegsschiff aus Rio gekommen war, übernahm das Amt eines Regierungskommissars. Horácio gehörte nun der Regierungspartei an und Sinhô Badaró der Opposition. Ein Telegramm des neuen Kommissars setzte den Präfekten von Ilhéus ab und ernannte an seiner Stelle Dr. Jessé. Mit dem ersten Schiff, das aus Bahía kam, trafen der neue Richter und der neue Staatsanwalt ein und brachten die Ernennung von Braz zum Friedensrichter. Der bisherige Richter sollte in eine kleine Stadt im Inneren versetzt werden, er lehnte aber ab und trat in den Ruhestand. Man munkelte, daß er sich schon genügend bereichert habe und nicht mehr auf das Richteramt angewiesen sei. »A Folha de Ilhéus« gab eine Sondernummer mit der ersten Seite in Zweifarbendruck heraus.

Erst jetzt ließ sich Horácio in Ilhéus sehen, nachdem ihn ein Telegramm des Regierungskommissars aufgefordert hatte, sich zu einer Besprechung in Bahía einzufinden. Er nahm die Glückwünsche seiner Freunde und Wähler entgegen und wurde von einer großen Menschenmenge zum Hafen geleitet. An Bord sagte er zu Virgilio, der mit ihm fuhr: »Sie können sich als Bundesabgeordneten betrachten, Doktor.«

Auch Sinhô kam nach Ilhéus und verbrachte die ganze Nacht im Gespräch mit Dr. Genaro, dem früheren Richter, und mit Hauptmann João Magalhães. Seinen Leuten befahl er, die Rodungen zu beschleunigen. Am nächsten Tage kehrte er nach Sant' Ana zurück, wo ihn Teodoro das Baraúnas erwartete.

14

Ein Telegramm von Braz riß Horácio aus den politischen Besprechungen mit dem Regierungskommissar und aus den Armen der Freudenmädchen von Bahía; er ließ die Zechereien mit Politikern in den elegantesten Lokalen, um mit dem nächsten Schiff nach Hause zu fahren. Die Leute der Badaró hatten nicht nur Horácios Arbeiter überfallen und ein wahres Blutbad unter ihnen angerichtet, sondern auch eine Anzahl von Kakaopflanzungen angezündet. Bisher waren die Pflanzungen immer verschont geblieben, als ob die Gegner einem stillen Übereinkommen gehorchten. Das Feuer hatte Kontore, Mais- und Maniokfelder sowie Lagerhäuser mit getrocknetem Kakao vernichtet, und Menschen waren getötet worden – aber die Kakaobäume waren verschont geblieben.

Sinhô wußte jedoch, daß er die letzte Karte ausspielte. Die Veränderung der politischen Lage hatte ihn seiner besten Trümpfe beraubt. Ein Beweis dafür war die unangenehme Überraschung, die er bei den »Gebrüdern Zude & Co.« erleben mußte, als er die kommende Ernte im voraus verkaufen wollte. Die Firma zeigte keinerlei Interesse und schützte die allgemeine Geldknappheit vor, um schließlich den Vorschlag zu machen, den Kakao gegen Sicherstellung einer Hypothek zu kaufen. Sinhô wurde wütend: Eine Hypothek auf seine, Sinhô Badarós Pflanzungen zu verlangen! Maximiliano fürchtete, der Oberst werde über ihn herfallen, so sehr war er in Wut geraten. Und als Sinhô die geforderte Garantie nicht leisten wollte, lehnte er es ab, den Kakao zu kaufen. Er habe seine Anweisungen, sagte er. So mußte Sinhô seinen Kakao einem Schweizer Exporthaus zu einem elenden Preis verkaufen. Auf das hin gab er Teodoro Vollmacht, in der Angelegenheit des Waldes nach seinem Gutdünken zu verfahren. So kam es dann, daß dieser die Pflanzungen von Firmo, Jarde und sogar einige von Horácio selbst anzündete. Tagelang dauerte der Brand, den der Wind noch verbreitete; pfeifend flohen die Schlangen.

Auf der Mole von Ilhéus begrüßten die Freunde Horácio und beklagten die Gewalttaten der Badaró. Horácio sagte kein Wort. Er suchte unter den Anwesenden nach Braz und begab sich zum Amtsgericht, um alles mit ihm zu besprechen. Er hatte dem Regierungskommissar versprochen, daß alles streng legal vor sich gehen werde. Deshalb verwandelten sich die Bravos, die die Pflanzung der Badaró überfielen und das Landhaus umzingelten, in den Zeitungsberichten in »Polizeisoldaten, die den Brandstifter Teodoro das Baraúnas zu ergreifen suchten, der sich nachgewiesenermaßen auf der Pflanzung Sant' Ana verbarg«.

Die Belagerung des Landhauses der Badaró bildete das Ende des Kampfes um den Besitz des Gebietes von Sequeiro Grande. Teodoro wollte sich freiwillig stellen, um dadurch Horácio des Vorwandes der Legalität zu berauben. Doch Sinhô ließ es nicht zu und bewog ihn, sich insgeheim nach Ilhéus zu begeben, wo er von Freunden auf ein Schiff gebracht wurde, das nach Rio de Janeiro ging. Später erfuhr man, daß sich Teodoro in Vitoria do Espirito Santo niedergelassen und dort ein Handelshaus gegründet hatte. Horácio mochte Teodoros Flucht nicht entgangen sein; doch auch wenn er davon wußte, ließ er sich nichts anmerken und setzte die Belagerung des Landhauses von Sant' Ana fort, als hielte sich Teodoro weiterhin dort versteckt.

Der Urwald von Sequeiro Grande war nun vollständig gerodet und das niedergebrannte Unterholz von den eingeäscherten Pflanzungen nicht mehr zu unterscheiden. Es gab keine Jaguare und keine Affen mehr, aber auch keine Gespenster. Die Arbeiter waren auf die Gebeine von Jeremias gestoßen, hatten sie begraben und ein Kreuz darüber errichtet.

Vier Tage und vier Nächte widerstand Sinhô Badaró mit seinen Leuten. Erst als er verwundet worden war und auf Geheiß Don' Anas nach Ilhéus gebracht wurde, konnte sich Horácio dem Landhaus nähern. Sinhô wurde eines Morgens von seinen Männern in einer Hängematte fortgetragen, und der Hauptmann João Magalhães überredete Olga und Don' Ana, in der folgenden Nacht aufzubrechen. Raimunda begleitete sie, umgeben von fünf Bravos. Die erste Nacht mußten sie auf der Pflanzung Teodoros verbringen, um am nächsten Tag den Zug nach Ilhéus zu erreichen.

João Magalhães verschanzte sich mit den restlichen Leuten am Ufer des Flusses. Ihm zur Seite war Antônio Vítor, der hin und wieder das Gewehr anlegte und schoß. Der Hauptmann, dessen Augen nur an hell erleuchtete Städte gewöhnt waren, konnte im Dunkel der mondlosen Nacht nichts unterscheiden. Auf wen schoß der Mulatte nur? Doch sein Feuer wurde erwidert, was bewies, daß Antônio Vítor recht gesehen hatte; die Augen des Mulatten waren an die Finsternis der Pflanzung gewöhnt und unterschieden auch bei Nacht ganz deutlich die herannahenden Männer.

Schließlich waren sie umzingelt und mußten zur Straße zurückweichen; die meisten von ihnen fielen in die Hände von Horácios Leuten. Immer weiter mußten João Magalhães und seine Männer zurückweichen, immer weniger wurden sie, bis nur noch vier übrig waren.

Antônio Vítor schlich sich fort, und als er wiederkam, führte er ein gesatteltes Maultier am Zügel. »Steigen Sie auf, Herr Hauptmann, und fliehen Sie«, sagte er, »hier ist nichts mehr zu holen.«

Das stimmte. Die Leute Horácios rückten unter Braz' Führung schon gegen das Landhaus der Badaró vor.

»Und ihr?« fragte Magalhães.

»Wir gehen zu Fuß, um Ihren Rückzug zu decken.«

Im selben Augenblick, in dem sie abrückten, betrat Braz die Veranda des verlassenen Hauses. Es herrschte völlige Stille, der Mond schien nicht. Die Männer Horácios waren auf dem Vorplatz versammelt, bereit, in das Haus einzudringen. Einer von ihnen riß auf Befehl ein Zündholz an, um einen Span anzustecken. Ein Schuß kam aus dem Haus und streifte die Flamme; wie durch ein Wunder wurde der Mann nicht getötet. Die anderen warfen sich zu Boden und krochen zum Haus. Von innen wurde weiter geschossen, man versuchte offensichtlich, Horácio inmitten seiner Bravos zu treffen.

»Da sind noch mehr als einer«, flüsterte Braz dem Obersten zu. Mit schußbereiter Waffe und vorsichtig spähend, gingen sie in das Haus hinein. Wut erfüllte sie, und sie wollten diesen letzten Verteidigern noch mehr antun als den anderen, die am Flußufer und an der

Straße gefallen waren; denen hatten sie die Augen ausgestochen, die Lippen, Ohren und Hoden abgeschnitten. Sie durchsuchten das ganze Haus, ohne jemanden zu finden. Die Schüsse waren verstummt.

»Die Munition ist ihnen ausgegangen«, bemerkte Braz.

Er ging mit zwei Bravos voraus, und Horácio folgte ihnen auf dem Fuße. Es blieb nur noch das Dachgeschoß. Sie stiegen die schmale Treppe hinauf, und Braz öffnete die Tür mit einem Fußtritt. Don' Ana schoß – und einer der Bravos fiel. Da es ihre letzte Kugel gewesen war, warf sie den Revolver Horácio vor die Füße und sagte voller Verachtung: »Jetzt lassen Sie mich umbringen, Sie Mörder!«

Sie tat einen Schritt vorwärts. Braz blieb vor Schrecken der Mund offenstehen. Er hatte sie in Begleitung einiger Männer mit Olga und Raimunda fortreiten sehen und sie, ohne zu schießen, ziehen lassen, obwohl sie sich in Reichweite seiner Kugeln befanden. Wie, zum Teufel, war sie wiedergekommen?

Don' Ana trat noch einen Schritt vorwärts, ihre Gestalt füllte die kleine Tür des Dachbodens aus.

Horácio trat beiseite und sagte: »Geh nur, Mädchen, ich töte keine Frauen.«

Don' Ana stieg die Treppe hinunter und ging durch das Wohnzimmer. Als sie nach dem Öldruck sah, bemerkte sie, daß eine Kugel das Glas zersplittert und die Brust des tanzenden Mädchens verletzt hatte. Dann trat sie auf den Vorplatz hinaus, während die Männer sie stumm beobachteten.

»Ein Teufelsweib!« murmelte einer.

Don' Ana nahm eines der zurückgebliebenen Pferde beim Zügel, warf noch einen letzten Blick auf das Landhaus, stieg auf und gab dem Tier die Sporen, das in die stockfinstere Nacht hinauslief. Erst als ihre Gestalt auf der Straße verschwunden war, befahl Horácio, an das Haus Feuer zu legen.

15

Noch nach Jahren, als er bereits nach Bahía übergesiedelt war, um seinen Kindern eine bessere Erziehung zuteil werden zu lassen, pflegte Dr. Genaro, der ein Freund effektvoller Phrasen war, wenn die Rede auf den Streit von Sequeiro Grande kam, zu sagen: »Diese ganze Tragödie endete als Komödie.«

Er meinte damit die Verhandlung gegen Horácio vor dem Gericht von Ilhéus. Kurz vorher war vom Richter das Urteil in dem Prozeß ausgesprochen worden, den Horácio zur Verteidigung seiner Eigentumsrechte am Gebiet von Sequeiro Grande anhängig gemacht hatte. In diesem Urteil wurden die Rechte des Obersts Horácio da Silveira und seiner Freunde anerkannt, während Teodoro das Baraúnas wegen Brandstiftung an Venancios Kanzlei in Tabocas der Staatsanwaltschaft übergeben wurde.

Auch Sinhô Badaró und Hauptmann João Magalhães waren angeklagt, weil sie einen ungesetzlichen Besitztitel in das Grundbuch hatten eintragen lassen. Dieser neue Prozeß machte keine Fortschritte, weil sich Horácio auf Virgilios Rat nicht dafür einsetzte. Die Familie Badaró befand sich in wirtschaftlicher Notlage, sie schuldete den Exporteuren Geld, hatte zwei Ernten geopfert und ihre Pflanzungen waren in diesem Jahr der Kämpfe nicht weiter vermehrt worden. Ganz im Gegenteil sogar. Denn nicht nur das Landhaus, die Trockenplätze und Dörröfen waren zerstört, auch einige Pflanzungen hatten durch das Feuer schweren Schaden erlitten. Die Badaró brauchten viele Jahre, um auch nur einen Teil dessen wieder aufzubauen, was einst ihr großes Vermögen dargestellt hatte. Sie zählten nicht mehr als Gegner für Horácio.

Die ganze Verhandlung gestaltete sich zu einer Rechtfertigung des Obersts. Am Vorabend hatte er sich selber in Haft nehmen lassen. Der größte Saal der Präfektur, in dem gleichzeitig die Gerichtsverhandlungen abgehalten wurden, verwandelte sich in einen Schlafraum. Braz schickte die Polizeisoldaten fort und leistete Horácio Gesellschaft. Der Saal füllte sich mit Freunden des Obersts, der sich angeregt unterhielt; schließlich ließ er Whisky holen, und die ganze Nacht wurde durchgezecht.

Am nächsten Morgen um neun Uhr begann die Verhandlung, die

bis drei Uhr früh des nächsten Tages dauerte. Die Badaró hatten aus Bahía Dr. Fausto Auguiar, einen sehr berühmten Rechtsanwalt, kommen lassen, damit er gemeinsam mit Dr. Genaro den Staatsanwalt unterstütze. Denn alle wußten, daß der neue Staatsanwalt als politisch Gleichgesinnter nur eine lahme Anklage gegen Horácio vorbringen würde.

Begleitet vom Staatsanwalt, den Schreibern und Gerichtsdienern, betrat der Richter in seiner schwarzen Toga den Saal und nahm auf dem erhöhten Sitz Platz, über dem ein Kruzifix hing. Neben dem Richter saß der Staatsanwalt, und auch für die beiden Anwälte wurden Stühle aufgestellt. Auf der Verteidigertribüne befanden sich Virgilio und Dr. Rui. Der Richter eröffnete die Sitzung mit den vorgeschriebenen Worten. Eine Menschenmenge füllte den Saal, und selbst in den Wandelgängen drängten sich die Neugierigen.

Ein kleiner Junge, der Jahre später die Geschichte dieses Landes schreiben sollte, wurde von einem Gerichtsdiener herbeigerufen, um aus der Urne die Namen jener Bürger zu ziehen, die die Geschworenen bildeten. Er zog einen Zettel, der Richter verlas den Namen und ein Mann erhob sich, um den Saal zu durchqueren und auf einem der sieben Stühle Platz zu nehmen, die für die Geschworenen bestimmt waren. Wieder wurde ein Zettel gezogen. Der Richter las: »Maneca Dantas.«

Oberst Maneca Dantas stand auf, doch er kam nicht dazu, auch nur einen Schritt zu machen.

»Ich protestiere!« ertönte Dr. Genaros Stimme.

»Abgelehnt von der Anklagevertretung«, verkündete der Richter.

Maneca setzte sich wieder, und der Junge fuhr fort, Zettel zu ziehen. Hin und wieder wurde ein Name vom Staatsanwalt oder vom Verteidiger abgelehnt. Endlich war das Geschworenengericht gebildet. Im Publikum wurden Meinungen ausgetauscht:

»Einstimmig freigesprochen...«

»Ich weiß nicht recht. Zwei Stimmen sind noch zweifelhaft.« Und es wurden Namen geflüstert.

»Vielleicht sogar drei«, meinte ein anderer. »José Faria steht nicht unbedingt auf Horácios Seite. Er kann ebensogut gegen ihn stimmen.«

»Es kommt sicher zur Berufung.«

»Was denn, Berufung! Einstimmig, das ist doch klar!«

Über die Möglichkeit einer Berufung wurden Wetten abgeschlossen. Der Oberste Gerichtshof war noch von der früheren Provinzialregierung eingesetzt. Wenn es zu einer Berufung käme, würde Horácio vielleicht verurteilt, oder es käme zumindest zu einer Wiederaufnahme des Verfahrens. Die meisten Zuhörer waren jedoch überzeugt, daß der Oberst einstimmig freigesprochen werde, so daß es zu keiner Berufung kommen könne.

Die Geschworenen leisteten den Eid, »ein gerechtes Urteil zu fällen, getreu den Beweisen und ihrem Gewissen«. Sie nahmen Platz, und der Junge, der die Zettel aus der Urne gezogen hatte, verließ die Richtertribüne und setzte sich hinter die Verteidiger. Von diesem Platz aus verfolgte er die ganze Verhandlung und lauschte mit brennenden Augen den Debatten. Selbst in den frühen Morgenstunden, als sich manche der Zuhörer kaum mehr aufrecht halten konnten, beobachtete das Kind angespannt die Entwicklung des fesselnden Schauspiels.

Plötzlich verstummten alle Gespräche, und inmitten völligen Schweigens befahl der Richter, den Angeklagten vorzuführen. Braz ging hinaus, um in Begleitung des Obersts Horácio da Silveiro wiederzukommen, dieser flankiert von zwei Polizeisoldaten. Horácio trug einen schwarzen Rock, sein Haar war zurückgekämmt, und sein ernstes Gesicht machte einen verschlossenen Eindruck. Als er vor dem Richter stehenblieb, herrschte Totenstille im Saal.

»Ihr Name?« fragte der Richter.

»Horácio da Silveira, Oberst der Nationalgarde.«

»Beruf?«

»Landwirt.«

»Alter?«

»Zweiundfünfzig Jahre.«

»Wohnort?«

»Landgut Bom Nome in der Gemeinde Ilhéus.«

»Wissen Sie, wessen Sie angeklagt sind?«

»Ja«, antwortete der Oberst mit klarer und fester Stimme.

»Haben Sie etwas zu Ihrer Verteidigung anzuführen?«

»Meine Anwälte werden das tun.«

»Wer sind Ihre Anwälte?«

»Dr. Virgilio Cabral und Dr. Rui Fonseca.«

Der Richter deutete auf die Anklagebank: »Sie können sich setzen.«

Doch Horácio blieb stehen. Braz verstand ihn sogleich, zog die demütigende Bank weg und brachte einen Stuhl. Aber auch auf diesen setzte er sich nicht. Es war eine Sensation für den ganzen Saal. Dr. Rui bat nun den Richter, dem Angeklagten das Recht zu gewähren, der Verhandlung stehend beiwohnen zu dürfen und nicht auf der symbolischen Verbrecherbank sitzend. Der Richter willigte ein, und von allen Ecken des Saales konnte man nun die riesenhafte Gestalt des Obersts sehen, der mit gekreuzten Armen dastand, die Augen fest auf den Richter geheftet. Der Knabe stand auf, um ihn besser sehen zu können, und fand ihn so eindrucksvoll, daß er ihn nie mehr vergessen konnte.

Der Schreiber verlas die Anklageschrift, was drei endlose Stunden dauerte. Darauf gaben die Zeugen, einer nach dem anderen, ihre Aussagen ab. Hin und wieder machten sich die Anwälte Notizen. Neben Dr. Genaro lag ein Stapel von dicken Gesetzesbüchern. Als die Verlesung der Prozeßakte zu Ende war, schlug es ein Uhr, und der Richter unterbrach die Sitzung für eine einstündige Mittagspause. Die Geschworenen mußten im Saal bleiben, ohne mit jemandem in Berührung zu kommen. Das Mittagessen wurde ihnen auf Kosten der Präfektur aus dem Hotel gebracht. Nur Camilo Góis bekam es von zu Hause, da er magenleidend war und eine Diät einhalten mußte.

Auch der Knabe, der der Verhandlung beigewohnt hatte, war an der Hand seines Vaters fortgegangen. Doch als der Gerichtsdiener die große Glocke läutete, um die Anwälte und Schreiber herbeizurufen, stand er schon wieder an der Tür des Saales. Auch Horácio erschien wieder und blieb vor dem Richter stehen. Der Vertreter der Anklagebehörde erhielt das Wort. Wie zu erwarten war, fiel die Anklage nicht sehr scharf aus. Der Staatsanwalt sprach eine halbe Stunde und ließ den Verteidigern zahlreiche Möglichkeiten offen. Wie üblich, forderte er am Schluß die Höchststrafe: dreißig Jahre Gefängnis.

Nach ihm betrat Dr. Genaro die Tribüne. Er sprach zwei Stunden lang und spickte seine Rede mit französischen und italienischen Zitaten; einer genauen Untersuchung unterzog er die Zeugenaussagen, die seiner Ansicht nach eindeutig bewiesen, daß der Mörder nur ein Bravo im Solde Horácios gewesen sein konnte. Hauptsächlich stützte er sich auf die Erklärungen des Mannes mit dem unechten Ring, der am Vorabend des Verbrechens mit dem Mörder gesprochen hatte. Er rollte die Geschichte der Kämpfe um Sequeiro Grande auf und schloß mit der Behauptung, die Rechtsprechung würde in Ilhéus nur noch als tragische Farce betrachtet werden, wenn der Angeklagte nicht verurteilt werde. Dann zitierte er noch einige lateinische Sätze und nahm wieder Platz. Die Zuhörer, die in dem Durcheinander fremdsprachlicher Zitate nur wenig verstanden hatten, bewunderten die Bildung Doktor Genaros. Seine Einstellung fiel nicht ins Gewicht; sie waren stolz, einen so kultivierten Anwalt in Ilhéus zu besitzen.

Als Dr. Fausto das Wort erteilt wurde, reckten alle neugierig die Köpfe. Diesem Anwalt ging der Ruf eines großen Redners voraus, dessen Plädoyers in Bahía Berühmtheit erlangt hatten. Die Einwohner von Ilhéus hätten ihn freilich lieber eine Verteidigungs- als eine Anklagerede halten hören. Jedermann wußte, daß Sinhô Badaró ihn für fünfzehn Contos verpflichtet hatte. Dr. Fausto sprach nicht lange, er sparte seine Trümpfe für die Schlußrede auf. Mit klangvoller, mitunter vor Bewegung zitternder Stimme erinnerte er an die Frau, die ihren Mann, an den Bruder, der seinen Bruder verloren hatte, und sang das Lob Juca Badarós, »dieses fahrenden Ritters im Lande des Kakaos«. Seine Stimme schwoll an und ebbte ab, klang haßerfüllt, als er von Horácio sprach, dem »Bravo, der zum Anführer von Mördern wurde«, und fand zarte Töne, wenn er auf Olga zu sprechen kam, »die arme, untröstliche Witwe«. Schließlich appellierte er an das edle Gerechtigkeitsgefühl der Geschworenen, und als seine Rede beendet war, wurde die Sitzung unterbrochen, damit man die Abendmahlzeit einnahm.

Abends war die Zuhörerschaft weit zahlreicher, und der kleine Junge hatte Mühe, seinen Platz wieder zu besetzen. Die Leute, die infolge ihrer Arbeit morgens und nachmittags nicht hatten kommen können, saßen jetzt sogar auf den Treppen. Alles wollte den Reden der Verteidiger lauschen.

Als erster sprach Virgilio, der auf die Rede Dr. Genaros antwortete. Er fand vernichtende Worte für die Zeugen und deckte die Schwächen der Beweisführung auf. Geradezu eine Sensation erregte er mit der Verkündung, daß der Eckstein der Anklage, der Mann mit dem unechten Ring, nichts anderes war als ein Dieb namens Fernando, der erst seit wenigen Jahren in Ilhéus lebte, wo er sich zu einem Gauner entwickelt hatte, von dem niemand wußte, wovon er lebte. Dieser »Zeuge, der der Anklage so sehr am Herzen lag«, befand sich gegenwärtig wegen Vagabundierens im Gefängnis von Ilhéus. Was für einen Wert konnte schon das Wort eines solchen Mannes haben? Ein Dieb, ein Vagabund und Lügner. Virgilio verlas die Aussage des Spaniers, in dessen Taverne sich der Bravo und der Mann mit dem unechten Ring unterhalten hatten. Der Spanier stellte dem mit dem unechten Ring das Zeugnis eines Lügners aus, dem es Spaß mache, allerlei Geschichten zu erfinden; er halte es sogar für wahrscheinlich, daß dieser für das Verschwinden des Kleingeldes, das ihm schon zweimal aus dem Schanktisch gestohlen worden sei, verantwortlich gemacht werden müsse. Welcher Wert konnte vor Gericht dem Wort eines solchen Zeugen beigemessen werden? Dr. Virgilio ließ seinen Blick vom Richter über die Geschworenen bis zum Publikum schweifen.

Auch er erzählte auf seine Weise die Geschichte des Kampfes um Sequeiro Grande. Er erinnerte an jenen Prozeß um den Besitz des Bodens, den die Badaró verloren hatten, und an die Brandstiftung in Venancios Büro. Er schloß seine zweistündige Rede mit der Forderung nach Gerechtigkeit. Dann nahm er wieder Platz.

Dr. Rui entgegnete auf die Rede von Dr. Fausto. Seine mächtige, durch den Trunk etwas zittrig gewordene Stimme scholl durch den Saal. Er bebte, weinte, geriet in Erregung, klagte an, verteidigte, machte die Menschen weinen und lachen und griff Dr. Fausto heftig an, der »es gewagt hatte, gemeine Worte gegen die untadelige Persönlichkeit dieses Bayard von Ilhéus auszustoßen – den Oberst Horácio da Silveira«. Abgesehen von den Anwälten und dem Knaben wußte niemand, wer Bayard war. Doch alle fanden den Vergleich wunderschön.

Horácio, der weiterhin mit gekreuzten Armen dastand, zeigte keine Müdigkeit. Mitunter lächelte er, wenn die Spottreden Dr. Ruis gegen Dr. Fausto besonders scharf und giftig wurden.

Dann kamen die Erwiderungen. Alle ergriffen noch einmal das Wort und wiederholten, was sie bereits gesagt hatten. Dr. Genaro verlas eine neue Zeugenaussage und setzte sie der des spanischen Schankwirts entgegen, die Dr. Virgilio ins Treffen geführt hatte. Auch Dr. Genaro hatte nämlich mit einem Bekannten jenes Mannes mit dem unechten Ring gesprochen, einem Stammkunden der Taverne, der immer einen blauen Sweater trug. Seiner Aussage nach war der mit dem unechten Ring »ein braver Bursche, wenn er auch nicht so aussah«. Seine Geschichten klängen vielleicht unglaubhaft, aber tatsächlich beruhten viele von ihnen auf Wahrheit, und Dr. Genaro beschuldigte die Polizei, daß sie »in ihrer Schändlichkeit einen Unschuldigen in den Kerker warf, nur weil er in diesem Prozeß ausgesagt hat«.

Dr. Fausto hielt eine großangelegte Rede und versuchte, noch stärkeres Zittern in seine Stimme zu legen als Dr. Rui; er gab her, was er konnte, und erreichte auch wirklich, daß einige Zuhörer zu weinen begannen. Dr. Virgilio sprach allein zehn Minuten über den Mann mit dem unechten Ring. Die letzte Rede hielt Dr. Rui, der einen poetischen Vergleich zwischen der Gerechtigkeit und dem Kruzifix zog, das über dem Kopf des Richters hing. Er schloß mit einer Tirade, die er zwei Tage vorher einstudiert hatte: »Wenn Sie, meine Herren Geschworenen, den Oberst Horácio da Silveira freisprechen, werden Sie der ganzen zivilisierten Welt, deren Augen auf diesen Saal gerichtet sind, beweisen, daß es in Ilhéus nicht nur Kakao, fruchtbaren Boden und Geld gibt; Sie werden beweisen, daß in Ilhéus die Gerechtigkeit wohnt, die Mutter aller Tugenden eines Volkes!«

Trotz der übertriebenen Phrase von der ganzen Welt, die auf den Gerichtshof von Ilhéus blicke, oder vielleicht gerade wegen ihr erregte diese Tirade großen Beifall, den der Richter nur mit Hilfe des glockenschwingenden Gerichtsdieners zum Schweigen bringen konnte. Die Geschworenen zogen sich zurück, um über Schuld oder Unschuld des Angeklagten zu entscheiden. Auch Horácio wurde hinausgeführt und unterhielt sich im Gang mit seinen Anwälten. Eine Viertelstunde später kehrten die Geschworenen in den Saal zurück, und Braz kam Horácio holen. Dieser hatte soeben von Dr. Virgilio den Entscheid erfahren: »Einstimmig!«

Der Richter verlas das Urteil, wonach Oberst Horácio da Silveira einstimmig freigesprochen wurde. Die Zuhörer begannen den Saal zu verlassen. Einige umarmten Horácio und seine Anwälte. Braz gab den Befehl, Horácio auf freien Fuß zu setzen, und umringt von seinen Freunden begab sich dieser nach Hause.

Der Vater des kleinen Jungen sah, daß sein Sohn müde war, und nahm ihn auf den Arm. Die Augen des Kindes folgten Horácio bis zum Ausgang. »Was hat dir denn am besten gefallen?« fragte ihn der Vater.

»Was mir von allem, allem am besten gefallen hat«, gestand das Kind lächelnd, »war der Mann mit dem unechten Ring, der so viele Geschichten weiß...«

Dr. Rui, der gerade vorbeikam, hörte diese Worte und strich dem Knaben über den blonden Kopf. Dann lief er die Treppen hinunter, um Horácio einzuholen, der eben das Portal der Präfektur verließ und in den lichten Morgen hinaustrat, der über dem Meer und der Stadt Ilhéus anbrach.

SECHSTER TEIL

DER FORTSCHRITT

I

Monate später stieg Oberst Horácio da Silveira an einem frühen Nachmittag unerwartet vor dem Landhaus Maneca Dantas vom Pferd. Eifrig kam die fette Dona Auricidia herbeigewatschelt und wollte wissen, ob der Oberst schon zu Mittag gespeist habe. Horácio bejahte; die zusammengekniffenen Augen, die aufeinandergepreßten Lippen – dies alles gab seinem Antlitz einen Ausdruck von Verschlossenheit.

Während ein Arbeiter ausgeschickt wurde, Maneca Dantas in der Pflanzung zu suchen, bemühte sich Dona Auricidia Konversation zu machen. Tatsächlich war sie die einzige, die sprach, und nur, wenn sie innehielt, warf Horácio ein kurzes »Ja« oder »Nein« ein. Sie erzählte Geschichten von ihren Kindern und lobte die Intelligenz des Ältesten, der Rui hieß.

Endlich erschien Maneca Dantas, umarmte den Oberst und kam rasch in ein Gespräch mit ihm. Dona Auricidia zog sich zurück, um einen »Imbiß« herzurichten.

Horácio erhob sich und musterte durch das Fenster die Kakaopflanzungen. Maneca wartete. Minuten vergingen in lastendem Schweigen. Mit abwesendem Blick sah Horácio auf die Straße, die am Landhaus vorbeiführte. Plötzlich wandte er sich um: »Ich hab' ein bißchen Ordnung im Stadthaus von Ilhéus gemacht. In Esters Sachen...«

Maneca Dantas fühlte sein Herz schneller schlagen. Horácio sah ihn mit seinen dunklen Augen an, in denen kaum ein Ausdruck lag. Nur der zusammengepreßte Mund bildete einen harten Strich.

»Ich hab' ein paar Briefe gefunden...« Und mit derselben gedämpften Stimme schloß er: »Sie war die Geliebte von Dr. Virgilio.« Er hielt inne und blickte wieder durchs Fenster.

Maneca stand auf und legte dem Freund die Hand auf die Schulter: »Ich hab' es schon lange gewußt«, sagte er, »aber in solche Sachen mischt man sich am besten nicht ein. Und die Arme hat ja auch mit Zinsen gezahlt durch ihren schrecklichen Tod...«

Horácio wandte sich vom Fenster ab und setzte sich auf eine Bank. Er sah zu Boden und schien an längst Vergangenes zu denken, an Augenblicke des Glücks und des Frohsinns.

»Komisch ist das«, begann er. »Anfangs wußte ich, daß sie mich nicht mochte. Sie weinte bei jeder Gelegenheit – aus Angst vor den Schlangen, wie sie sagte. Im Bett schreckte sie zurück, wenn ich sie berühren wollte. Das machte mich wütend, aber ich sagte nichts. Denn es war ja meine eigene Schuld, wenn ich eine so junge, zarte Frau geheiratet hatte...« Er nickte mit dem Kopf und sah Maneca Dantas an.

Dieser lauschte ihm schweigend, ohne sich zu regen, den Kopf auf die Hände gestützt.

»Plötzlich änderte sie sich, wurde gut zu mir, und ich glaubte schon, daß sie mich liebgewonnen habe. Wenn ich um den Wald gekämpft und mich in diesen ganzen Streit eingelassen hatte, so geschah es bisher nur wegen des Geldes und ein wenig vielleicht wegen des Kindes. Dann aber habe ich alles nur für sie getan. Ich war sicher, daß sie mich liebte... Du kannst dir nicht vorstellen, was ich gefühlt habe, als sie starb. Ich hab' die Männer herumkommandiert wie gewöhnlich, aber die ganze Zeit dachte ich nur daran, mich umzubringen. Wenn ich mir keine Kugel durch den Kopf gejagt hab', so geschah das nur wegen des Kindes, für meinen und ihren Sohn. Er war freilich noch aus jener ersten Zeit, aber nun war ja alles vorüber und sie war zärtlich und gut zu mir gewesen. Sonst hätte ich mich getötet, als sie starb.«

Er lachte sein gewohntes verhaltenes Lachen. »Und zu denken, daß alles nur diesem anderen gehörte, dem kleinen Anwalt! Wenn sie gut und zärtlich war, so hatte ich es ihm zu verdanken. Ich bekam nur die Reste vorgesetzt, die Abfälle...«

Dona Auricidia kam herein, um die Männer zum Imbiß zu holen.

Der Tisch bog sich vor Süßigkeiten, Käse und Obst. Während des Essens mußten sie dem Geplapper Dona Auricidias zuhören, die mit ihrem ältesten Sohn prahlte; sie zwang das Kind, Fragen aus der Geschichte zu beantworten, ein Stück vorzulesen und Verse aufzusagen, damit der Pate ihn bewundere.

Dann kehrten sie in das Wohnzimmer zurück, doch Horácio verharrte in Schweigen. Er setzte sich auf einen Stuhl und lauschte aufmerksam den anderen. Maneca Dantas verkürzte die Zeit mit Berichten über die Ernte, den Kakaopreis und die neuen Pflanzungen auf dem Boden des Sequeiro Grande. Dona Auricidia war untröstlich, daß Horácio nicht zum Abendessen bleiben wollte. Sie hatte schon ein paar Hähne schlachten lassen, die sie in einer braunen Sauce zubereiten wollte, »eine Spezialität des Hauses«.

»Ich kann nicht bleiben, wirklich nicht«, entschuldigte sich der Gast.

So verging der Nachmittag. Horácio kaute an seinem erkalteten Zigarettenstummel, der vom Speichel ganz schwarz wurde. Maneca redete weiter, er wußte, daß sein Geschwätz niemanden interessierte, aber er fand nichts anderes zu sagen, sein Kopf war wie ausgehöhlt. Er wußte nur, daß Horácio nicht allein bleiben wollte. Einst – an einem längst vergangenen Tage – war es Virgilio gewesen, der Angst gehabt hatte, allein zu sein. Bei dieser Erinnerung hielt Maneca Dantas im Sprechen inne.

Die Dämmerung brach herein, schon kehrten die Arbeiter von den Pflanzungen heim. Horácio erhob sich und blickte noch einmal auf die Straße, der die Abenddämmerung ein trostloses Aussehen gab. Er ging ins Innere des Hauses, um sich von Dona Auricidia zu verabschieden und seinem Patenkind ein Geldstück zu geben. Maneca begleitete ihn auf den Vorplatz hinaus, wo sein Pferd wartete. Als er den Fuß in den Steigbügel setzte, wandte sich Horácio um und sagte: »Ich werd' ihn beseitigen lassen...«

2

Maneca Dantas hätte sich am liebsten die Haare ausgerauft: Wie konnte der Anwalt nur so eigensinnig sein! Er hatte schon alle seine Beweggründe angeführt, um Virgilio davon abzubringen, an diesem Abend nach Ferradas zu reiten, aber dieser verbiß sich in seine Idee, hartnäckig wie eine Stute, dieses starrköpfigste Tier der Welt. Dabei gab es in ganz Ilhéus nur eine einzige Meinung über Dr. Virgilio: zweifellos ein kluger Mann.

Maneca wußte selber nicht, warum er den Doktor so gern mochte. Selbst als er die Gewißheit erlangt hatte, daß er Esters Geliebter war und Horácio Hörner aufsetzte, selbst da schätzte er ihn noch, obwohl er Horácio geradezu verehrte – verdankte er diesem doch fast alles, was er besaß. Als es ihm schlecht gegangen war, war es Horácio gewesen, der ihm die Hand gereicht, ihm geholfen hatte, sich hinaufzuarbeiten. Trotzdem konnte er nicht über Virgilio empört sein, als er entdeckte, daß er bei Ester schlief. Er lebte in der ständigen Angst, Horácio könnte daraufkommen und an Ester und Virgilio fürchterliche Rache nehmen.

Als sie starb, mischte sich eine gewisse Freude in Manecas Trauer; ihr Tod war zweifellos schrecklich, aber viel, viel ärger wäre es gewesen, wenn Horácio alles aufgedeckt hätte und sie eines noch tragischeren Todes gestorben wäre. Wie – das wußte Maneca selber nicht. Doch so begrenzt seine Einbildungskraft auch war, so stellte er sich doch grauenhafte Dinge vor: Ester, eingeschlossen in einem Raum mit lauter Schlangen, wie in einer Erzählung, die einmal in der Zeitung erschienen war.

Als das Fieber sie dann hinwegraffte, ging es Maneca Dantas sehr nahe, und doch atmete er erleichtert auf: der Fall war erledigt.

Und jetzt, nach so vielen Monaten, mußte Horácio diese Liebesbriefe finden und – mit vollem Recht – beschließen, den Anwalt umzubringen! Er, Maneca, konnte auch wirklich nicht begreifen, warum, zum Teufel, solche Leute, die unter so großer Gefahr einen Ehemann betrügen, sich auch noch den Luxus erlauben, Liebesbriefchen zu schreiben. Blödsinnig!

Er selber hatte ab und zu eine Freundin, freilich niemals eine verheiratete Frau. Irgendein hübsches Mädel, das ihm in die Augen stach und dem er eine Wohnung einrichtete. Dort besuchte er es dann, schlief dort, nahm seine Mahlzeiten ein, aber Briefe schreiben – nie. Hin und wieder erhielt er einen, fast immer handelte es sich um mehr oder weniger dringende Bitten um Geld, die mit Küssen und zärtlichen Worten vermischt waren. Aber Oberst Maneca Dantas zerriß diese Briefe sofort, bevor noch der feine Geruchssinn Dona Auricidias das billige Parfüm entdecken konnte, das ihnen immer anhaftete. Bettelbriefe, weiter nichts...

An diese Briefe mußte Maneca denken, als Virgilio ins Speisezimmer hinüberging, um Likör zu holen. Hatte er wirklich alle vernichtet? Um die Wahrheit zu gestehen: Einen hatte er nicht zerrissen, er trug ihn sogar bis heute, unter anderen Papieren verborgen, in seiner Brieftasche und setzte sich dadurch der ständigen Gefahr aus, daß Dona Auricidia ihn entdeckte. Dann ging bestimmt die Welt unter! Obwohl er sich in einem geschlossenen Raum befand, blickte Maneca Dantas vorsichtig umher, vergewisserte sich, daß niemand ihn belauschte, und öffnete die Brieftasche, aus der er zwischen Kaufverträgen über Kakao einen ungelenkig gekritzelten Brief voll Verbesserungen und orthographischen Fehlern hervorzog.

Er war von Doralice, einer Kleinen, die er einmal in Bahía gehabt hatte, als er sich wegen der Behandlung seiner Augen zwei Monate in der Provinzhauptstadt aufhalten mußte. In einem Tanzcafé hatte er sie kennengelernt und monatelang mit ihr zusammengelebt; von allen Frauen, die ihm gehört hatten, war sie die einzige, die ihm einen Brief geschrieben hatte, ohne Geld zu verlangen. Deshalb bewahrte er ihn auf, obwohl Doralice nur noch eine ferne und unbestimmte, wenn auch süße Erinnerung war.

Er hörte Virgilios Schritte und steckte den Brief wieder in die Tasche. Gläser und Flaschen auf einem Tablett balancierend, trat der Anwalt ein.

Maneca Dantas trank seinen Schnaps und kam wieder auf die armselige Geschichte zurück, die das Höchste darstellte, was seine Einbildungskraft hergeben konnte: Es sei ihm zu Ohren gekommen, daß Sinhô Badaró Virgilio heute nacht auf dem Weg nach Ferradas auflauern lasse, um den Tod Jucas zu rächen.

»Aber das ist doch Unsinn, Maneca«, lachte Virgilio, »vollkommener Blödsinn. Ausgerechnet auf dem Weg nach Ferradas, einer

Straße durch das Gebiet des Obersts Horácio. Wenn ich irgendwo sicher bin, so ist es auf dem Weg nach Ferradas. Ich denke nicht daran, meinen Klienten warten zu lassen, außerdem ist er ein Wähler...«

Der Gedanke, die Leute der Badaró könnten ihm auf der Straße nach Ferradas eine Falle stellen, erschien ihm zu komisch: »Noch dazu auf dem Weg nach Ferradas, vor der Nase Horácios!«

Maneca Dantas erhob sich: »Sie wollen also unbedingt losreiten?«

»Selbstverständlich.«

»Und wenn es unser Freund selber wäre, der...?« fragte Maneca.

»Oberst Horácio?«

»Er hat alles entdeckt...«

Maneca Dantas blickte zur Seite; er wollte nicht sehen, was im Gesicht des Anwalts vorging.

»Was hat er entdeckt?«

»Ihre Geschichten mit seiner Frau. Was mußte sie auch die Briefe aufheben! Er hat ihre Sachen durchstöbert...«

Wieder sah er weg und senkte den Kopf, als wäre er an allem schuld. Er brachte nicht den Mut auf, Virgilio in die Augen zu sehen.

Doch dieser schämte sich durchaus nicht des Vorgefallenen. Er lud Maneca ein, sich zu ihm zu setzen und erzählte ihm alles.

Die Briefe? Ja, er hatte Briefe geschrieben und auch welche von ihr bekommen. Es war die einzige Möglichkeit für sie gewesen, einander nahe zu sein, an jenen Tagen, an denen sie sich nicht sehen, nicht zusammensein, nicht einander gehören konnten. Er erzählte ihren ganzen Roman, sprach von ihrem Glück, ihren Fluchtplänen und ihren Liebesnächten. Er fand leidenschaftliche Worte, als er ihren Tod erwähnte. Ja, er konnte Horácios Verzweiflung verstehen, an jenem Tage, an dem sie gestorben war. Und deshalb war er auch geblieben, um ihm Gesellschaft zu leisten, deshalb war er nicht fortgegangen – er fühlte sich ihm mehr verbunden denn je.

»Es war einfach eine Art, Ester nahe zu sein, verstehen Sie?«

Der Oberst verstand es wohl nicht recht, aber diese Liebesgeschichten waren ja immer so... Virgilio sprach unaufhaltsam weiter. Warum ging er jetzt nicht fort? Weil er bei Horácio bleiben wollte, um ihm bei seinen Geschäften zu helfen? Alles erinnerte ihn dort an Ester, ihr Tod hatte ihn für immer an dieses Land gefesselt. Die anderen hielt der Kakao fest, die Jagd nach dem Geld. Auch ihn fesselte der Kakao, doch Geld spielte dabei keine Rolle. Ihn hielt die Erinnerung an sie zurück, an ihren Körper, der auf dem Friedhof lag und der doch noch überall gegenwärtig schien, im Stadthaus von Ilhéus, im Hause Dr. Jessés, in Tabocas, auf der Pflanzung und bei Horácio, ganz besonders bei Horácio...

Dr. Virgilio besaß keinen Ehrgeiz. Alles Geld, das er verdiente, warf er zum Fenster hinaus; nie hatte er eine Kakaopflanzung kaufen wollen, er wollte immer nur eins: ihr nahe sein. Und sie lebte eben an diesen Orten und in den Pflanzungen. Jedesmal, wenn er einen Frosch im Rachen einer Schlange schreien hörte, hielt er sie wieder in seinen Armen, wie in jener ersten Nacht in ihrem Landhaus.

»Verstehen Sie das, Maneca?«

Er lächelte traurig und meinte, daß Maneca das nicht begreifen könne. Nur wer eine so leidenschaftliche und glückliche Liebe erlebt hatte, konnte verstehen, was er da sagte.

Maneca fand keine bessere Art, sein Verständnis zum Ausdruck zu bringen, als ihm Doralices Brief zu zeigen. Während Virgilio ihn las, wurden Manecas Augen feucht.

> »Mein lieber Maneca ich schätze daß diese schäbigen Zeilen dich bei bester Gesundheit antreffen werden. Maneca du warst sehr undankbar gegen mich hast deiner längst vergessenen Doralice nicht geschrieben die immer auf dich wartet. Maneca ich möcht dich fragen wann du kommst damit ich dich am Hafen erwarten kann. Maneca jede Nacht wenn ich schlafen geh träum ich von dir. Von allen unseren Spaziergängen mit Editi und der Danda wo wir den Maxixe Ich Geb Mein Herzy gesungen haben. Maneca wenn du in Ilhéus bist geh nicht in die Hurengasse sonst kommst du mager zurück. Ich möcht daß du schon kommst damit wir uns wieder haben. Mein Kleiner wann hab ich wieder das Glück deinen schönen Körper zu genießen???!!! Aber es macht nichts was dir gehört bleibt für dich. Maneca schreib mir so bald als möglich. Maneca sei nicht bös über die Fehler nimm viele Küsse von deiner

schwarzen Doralice. Das ist alles. Gib acht auf die Anschrift. Straße Rua 2 de Julho, 98. Leb wohl deine längst vergessene Doralice.«

»War sie hübsch?« fragte Virgilio, als er zu Ende gelesen hatte.

»Wie eine Puppe«, antwortete Maneca mit zitternder Stimme.

Sie wußten nichts weiter zu sagen, und Virgilio betrachtete den Oberst, der den Brief zwischen den Papieren verwahrte, die seine Brieftasche füllten. Sogar er, ein Oberst aus Ilhéus, hatte seine Liebesgeschichte… Virgilio goß Schnaps ein.

Maneca Dantas kam hartnäckig wieder auf sein Thema zurück: »Ich mag Sie gern, Doktor, deshalb bitte ich Sie, nicht hinzureiten. Nehmen Sie ein Schiff, fahren Sie nach Bahia, Sie sind ein gescheiter Mensch und können überall weiterkommen.«

Doch Virgilio gab nicht nach. Er wollte die Reise nach Ferradas heute nacht nicht aufgeben. Es machte ihm nichts aus, zu sterben. Traurig war er nur, ohne Ester leben zu müssen.

Konnte denn der Oberst das nicht begreifen? Was lag ihm schon am Leben? Er kam sich beschmutzt vor, bis zum Hals in diesem gräßlichen Kakaoschleim steckend. Als Ester noch lebte, blieb ihm wenigstens die Hoffnung, mit ihr fliehen zu können. Jetzt war alles gleichgültig.

Maneca bot ihm alles an, was er zu bieten hatte: »Wenn Sie eine Frau brauchen, gebe ich Ihnen Doralices neue Anschrift, wenn Sie wollen. Sie ist eine Schönheit, bei ihr werden Sie alles vergessen.«

»Sie sind ein guter Mensch, Maneca Dantas«, dankte ihm Virgilio, »es ist doch seltsam, wie Sie alle soviel Unglück anrichten und trotzdem gute Menschen sein können. Ich reite heute nacht nach Ferradas«, endete er mit entschlossener Miene. »Wenn meine Zeit um ist, muß ich eben sterben, wie das Gesetz dieses Landes es will, das Gesetz des Kakaos. Ist es nicht so?«

Als die Nacht anbrach, sah ihn Maneca allein nach Ferradas abreiten, mit seinem traurigen Lächeln.

»Armer Kerl, so jung«, sagte er zu sich selber.

Auf der Straße hörte Virgilio eine Stimme, die das Lied vom Kampf um Sequeiro Grande sang:

»Ich will euch eine Geschichte erzählen,
daß euch das Blut gefriert...«

Ja, das Blut konnte einem gefrieren bei der Geschichte dieses Landes, bei der Geschichte dieser Liebe. Ein Frosch schreit im Rachen einer Schlange.

Einst hatte Virgilio einen romantischen Traum gehabt:

Auf einem schwarzen Pferd wollte er nachts vor der Veranda des Landhauses erscheinen. Am Himmel würde ein riesiger gelber Mond stehen. Ängstlich und scheu erwartete ihn Ester, jedoch bei aller Angst und Scheu mutig und entschlossen.

Er hielt das Pferd nicht erst an, sondern faßte sie um die Taille und setzte sie auf die Kruppe des Pferdes. Sie jagten dahin, durch die Kakaopflanzungen, die Straßen entlang, durch Dörfer und Städte, durchquerten das Meer zwischen Ozeandampfern und Frachtern, im Galopp trug das schwarze Pferd sie nach fernen Ländern.

Die Schlange pfeift, und es schreit der sterbende Frosch.

Da sitzt Ester hinter ihm auf dem Pferd, wie ist das nur gekommen? Virgilios Händen entgleiten die Zügel, und er läßt das Pferd dahinlaufen. Der Wind schneidet ihm ins Gesicht. Ester hält sich an seinem Gürtel fest. Eine Geschichte, daß einem das Blut gefriert. Bis ans Ende der Welt wollen sie reiten, die Füße endlich frei von dem zähen Kakaoschleim, der sie auf diesem Boden festhielt. Das Pferd hat Flügel, weit fort trägt es sie, fort von den Schlangen und den sterbenden Fröschen, weit, weit fort von den Kakaopflanzungen, den Toten an der Straße, den Kreuzen, vor denen nachts die Erinnerung Kerzen anzündet. Durch die Lüfte fliegt das schwarze Pferd, über Pflanzungen und Wälder, Rodungen und Lichtungen. Ester reitet mit Virgilio, ihr Liebesschluchzen erfüllt die Mondnacht. Der Galopp des Pferdes ist nicht mehr zu halten, sie sausen durch die Lüfte... In der mondhellen Nacht erklingt von weitem ein Lied, ein Mann singt:

»Ich will euch eine Geschichte erzählen,
daß euch das Blut gefriert...«

Wie ein Hochzeitsmarsch ist das. Niemals wird man erfahren, daß der letzte Vers dieser Geschichte in dieser Nacht auf der Straße nach Ferradas geschrieben wird. Was kümmert ihn der Tod, eine Kugel in die Brust, ein Kreuz am Wege, eine Kerze, von Maneca Dantas entzündet, wenn nur Ester mit ihm auf seinem schwarzen Pferd in die Ferne reitet, wo es keinen Kakao mehr gibt! Die Melodie begleitet ihn wie ein Hochzeitsmarsch. Eine Geschichte, daß einem das Blut gefriert...

3

In der Stadt Ilhéus herrschte freudige Erregung. Auf den Straßen waren Blumen gestreut, aus allen Fenstern hingen Fahnen, und die Glocken erfüllten den Morgen mit ihrem fröhlichen Klang. Eine Menschenmenge bewegte sich zum Hafen hin und drängte sich auf die Landungsbrücke. Zuerst kamen die Schulen: die Mädchen aus dem Gymnasium Nossa Senhora da Vitoria, der Klosterschule, die erst vor kurzem fertiggestellt worden war und die Stadt von der Anhöhe aus beherrschte; die Schüler und Schülerinnen der Privatschulen und schließlich die Ärmsten aus der Gemeindeschule. Alle trugen ihre Sonntagskleidung, die Mädchen der Klosterschule dazu noch ein blaues Band über ihren weißen Kleidern, als Symbol der geistlichen Kongregation. Dann kam die Musikkapelle in ihrer prächtigen rot-schwarzen Uniform und spielte einen Marsch nach dem anderen. Braz befehligte die Polizeisoldaten, die das Gewehr geschultert trugen. Auf der Landungsbrücke waren die ersten Persönlichkeiten der Stadt versammelt, die sich zur festlichen Gelegenheit in den Frack geworfen hatten. Dr. Jessé, der nun Präfekt von Ilhéus war, schwitzte in seinem steifen Kragen und memorierte die Rede, die er in Kürze halten sollte und die er schon seit zwei Tagen auswendig lernte. Auch Sinhô Badaró war mit seiner Tochter und seinem Schwiegersohn gekommen; der Oberst hinkte ein wenig mit dem rechten Bein, an dem er bei dem Angriff auf sein Landhaus verwundet worden war. Am Hafen vermengten sich Regierungsanhänger mit Oppositionellen und gingen in der Menge der Priester und Nonnen unter. Sogar Frei Bento war von Ferradas gekommen und unterhielt sich in seinem unbeholfenen Kauderwelsch mit den Klosterfrauen. Die Läden hatten alle geschlossen, und eine riesige Menschenmenge ergoß sich nach dem Hafen.

Die Taverne des Spaniers, die nahe an der Mole lag, war voll von Menschen. Der Mann mit dem unechten Ring hatte dem Spanier großherzigerweise die Information verziehen, die er der Polizei geliefert hatte und sagte zu dem im blauen Sweater:

»Ein Bischof... Was ist schon ein Bischof, um solche Geschichten zu machen? Im Süden hab' ich einmal einen Erzbischof gesehen. Wissen Sie, wie der ausgesehen hat? Wie ein gekochter Hummer...«

Der mit dem blauen Sweater ließ sich auf keine Diskussionen ein. Es konnte ja wahr sein, warum nicht? An diesem Tag wurde der erste Bischof von Ilhéus erwartet. Ein päpstliches Dekret hatte die Pfarre von Ilhéus zur Diözese erhoben, und ein Domherr aus Paraiba war zum Bischof geweiht worden. Die Zeitungen von Bahía rühmten ihn als einen Mann von großer Tugend und großem Wissen. Für Ilhéus war er ganz einfach der Bischof, die Verkörperung des Fortschritts und der Bedeutung, die die Stadt erlangt hatte. Trotz des Mangels an Religiosität, der nach den Worten des Kanonikus Freitas die ganze Gegend kennzeichnete, war Ilhéus stolz darauf, einen Bischof zu besitzen und bereitete sich vor, ihn festlich zu empfangen.

Den Strand entlang kamen Leute gelaufen, die das Schiff schon in der Nähe des Rapa-Felsens gesichtet hatten. Eilig drängten Frauen und Männer durch die engen Straßen zum Hafen. Die Betschwestern trugen schwarze Schleier auf dem Kopf und konnten vor Aufregung nicht einmal sprechen. Die Burschen und Mädchen benützten die Gelegenheit zum Schäkern. Sogar die Freudenmädchen waren gekommen, wagten sich aber nicht nach vorn und bildeten hinter den Fischständen eine fröhliche Gruppe. Immer wieder kamen Geistliche vorbei, und die Bewohner der Stadt fragten sich, woher sie wohl alle kamen. Sie waren aus dem Inneren des Landes, und die Pfarrer von Itapira und Barra do Rio de Contas hatten sogar eine beschwerliche Reise nicht gescheut, um den Bischof begrüßen zu können.

Auf der Landungsbrücke lag ein großer Teppich, der gewöhnlich die Ehrentreppe der Präfektur bedeckte. Auf ihn sollte der Bischof seinen Fuß setzen.

Das Schiff begann im Hafen zu kreuzen, es war in vollem Flaggenschmuck und tutete unaufhörlich. Von der Insel Pontal wurden Raketen in die Luft geschossen, und die Soldaten gaben aus ihren Gewehren eine Ehrensalve ab. Die Geistlichkeit, der Präfekt, die Obersten der Nationalgarde, die Klosterfrauen und die reichen Kaufleute bewegten sich auf den Landungssteg zu. Unter Hurrageschrei und dem Knattern der Raketen, die über der Stadt explodierten, legte das Schiff an.

Die Glocken fingen zu läuten an, als der Bischof – ein kleines dikkes Männchen – an Land ging. Dr. Jessé begann seine Begrüßungsrede.

Die Menge begleitete den Bischof bis zum Haus des Kanonikus Freitas, wo sich die Spitzen der Behörden zu einem intimen Frühstück zusammenfanden. Nachmittags wurde in der Kathedrale von São Jorge ein feierlicher Segen abgehalten. Maneca Dantas nahm seine Kinder mit, und Rui, der Älteste, sagte ein paar Verse auf, um den »geistlichen Vater« zu begrüßen; der Prälat lobte später die frühreife Intelligenz des Kindes. Auch Sinhô Badaró stattete dem Bischof einen Besuch ab und erbat seinen Segen für das zu erwartende Enkelkind.

Während die Stadt Ilhéus ihrem ersten Bischof in der Präfektur ein großes Bankett gab, wurde bei Anbruch der Nacht ein Feuerwerk abgebrannt. Der neue Staatsanwalt hielt im Namen der Stadt eine Rede, und der Bischof dankte in kurzen Worten, in denen er seiner Befriedigung Ausdruck gab, nach Ilhéus gekommen zu sein. Gleich nach dem Bankett zog er sich, von der Reise ermüdet, zurück.

Doch das Fest nahm seinen Fortgang. Dr. Rui verließ es gegen zwei Uhr morgens, vollständig betrunken. Er schwankte durch die ausgestorbenen Gassen und stieß erst am Hafen auf den Mann mit dem unechten Ring, dem er in Ermangelung eines Besseren seine Theorie auseinandersetzte: »In diesem Land wachsen in den Kakaopflanzungen sogar Bischöfe. Alles gibt es hier: Eisenbahnen, Mörder, Betrug, Villen, Tanzcafés, Schulen, Theater und jetzt auch noch einen Bischof... Hier gibt es einfach alles, solange der Kakao wächst...«

Das stimmte ganz mit dem Artikel überein, den Dr. Rui an diesem Tag in »A Folha de Ilhéus« veröffentlicht hatte. Es war übrigens das erstemal, daß »A Folhas de Ilhéus« und »O Comercio« denselben Gedanken vertraten. Beide feierten sie den Fortschritt der Gemeinde und der Stadt und hoben die Bedeutung der Ankunft des Bischofs hervor; beide ergingen sich in Prophezeiungen über die glänzende Zukunft, die Ilhéus bevorstand.

»Die Erhebung zur Diözese«, schrieb Manuel de Oliveira, »ist nichts anderes als die Bestätigung des schwindelhaften Aufstiegs von Ilhéus, der jenen großen Männern zu verdanken ist, die alles für das Wohl unseres Vaterlandes geopfert haben.«

Dr. Rui vertrat in seiner Zeitung dieselbe Meinung: »Ilhéus war die Wiege vieler arbeitsamer Söhne der Stadt, vieler Männer von Geist und Charakter, die auf dieser schwarzen und wilden Erde des Kakaos die Lichtungen der Zivilisation geschaffen haben.«

Es war wirklich das erstemal, daß die beiden Zeitungen einer Meinung waren.

Mühsam um sein Gleichgewicht ringend, wiederholte Dr. Rui dem Mann mit dem unechten Ring mit schallender Stimme immer wieder dasselbe: »Alles macht der Kakao, mein Lieber. Aus einem Kakaoschößling kann sogar ein Bischof wachsen... jawohl, sogar ein Bischof...«

Dem mit dem unechten Ring schien nichts auf der Welt unmöglich: »Freilich, warum nicht?«

4

Nach den Wahlen, die Dr. Jessé Freitas als Abgeordneten der Regierungspartei in das Bundesparlament gebracht (»Was wird dieses Roß dort wohl anstellen?« fragte Dr. Rui seinen Bekannten) und den Regierungskommissar in einen Provinzgouverneur verwandelt hatten, wurde Itabuna per Dekret von Ilhéus losgelöst. Der Sitz der neuen Gemeinde war früher ein Vorort von Tabocas gewesen. Eine Brücke verband die an beiden Ufern des Flusses gelegenen Teile der jungen Stadt Itabuna.

Horácio, der an Stelle von Jessé Maneca Dantas zum Präfekten von Ilhéus gewählt hatte, machte Azevedo zum Präfekten von Itabuna, jenen selben Eisenwarenhändler, der ein Anhänger der Badaró gewesen war und sich für sie ruiniert hatte. Azevedo ertrug es nicht, in der Politik beiseite zu stehen und einigte sich mit Horácio. Seine Anhänger hatten Dr. Jessé ihre Stimmen gegeben, dafür gewann Azevedo die neue Präfektur.

Am Tag des Amtsantritts wurde auf dem Kirchplatz ein mit Blumen und Grün geschmückter Triumphbogen errichtet. In einem Sonderzug kamen aus Ilhéus Horácio, der Bischof, Maneca Dantas, der Richter, der Staatsanwalt, Pflanzer und Kaufleute, Damen und junge Mädchen – kurz alles, was in der Nachbarstadt Rang und Namen hatte. Auf dem Bahnhof drängten sich die Bewohner von Itabuna, um Horácio die Hand zu drücken.

Die Einsetzung des ersten Präfekten ging in feierlicher Weise vor sich. Nachdem Azevedo seinen Eid abgelegt hatte, schwor er in einer Rede auch dem Provinzgouverneur und Oberst Horácio da Silveira, »dem Wohltäter des ganzen Kakaogebietes«, ewige Treue. Horácio betrachtete ihn mit seinen kleinen Augen. Neben ihm murmelte jemand mit Bezug auf Azevedos politische Wankelmütigkeit: »Dich alten Gaul kann auch nur einer kaufen, der dich nicht kennt.«

»Dem werden sie schon die Zügel stramm halten«, fügte Horácio hinzu.

Nachmittags gab es auf dem Hauptplatz einen Jahrmarkt mit Tombola und Zapfenstreich und abends war großer Ball im Festsaal der Präfektur. Die jungen Leute tanzten und der Bischof hielt es für unpassend, im Tanzsaal zu bleiben, weshalb er in einen anderen Salon ging, wo das Buffet aufgestellt war.

Dort gab es köstliche Süßigkeiten, die bei den Schwestern Pereira, wahren »Künstlerinnen in ihrem Fach«, wie Maneca Dantas mit Kennermiene versicherte, bestellt worden waren, und alle Arten von Getränken, vom Sekt bis zum Schnaps. Um den Bischof bildete sich ein Kreis: Horácio, Maneca Dantas, Azevedo, der Richter, Braz und andere, die die feinsten Sektgläser mit dem besten Champagner füllten. Jemand trank auf das Wohl des Bischofs, und der Staatsanwalt von Ilhéus, der Horácio angenehm sein wollte, erhob sein Glas, um den Oberst hochleben zu lassen.

Er hielt eine kleine Rede, in der er Horácios Tugenden rühmte und schloß mit dem ahnungslosen Bedauern, daß »in dieser Stunde seines großen Triumphes als Bürger der Stadt nicht auch seine zärtlich geliebte Gattin, die unvergeßliche Dona Ester, dieses selbstlose Opfer ergebener Gattenliebe, anwesend sein kann, noch jener andere, der ebenso unvergeßliche Bürger, der so viel zum Fortschritt der neuen Gemeinde von Itabuna beigetragen hat, Dr. Virgilio Cabral, der in den Händen niederträchtiger Feinde sein Leben gelassen hat«. Der Redner versicherte, daß dies nur in jenen jüngstvergangenen und doch schon so fernen Tagen möglich gewesen sei, als die Zivilisation noch nicht den Weg in dieses Land gefunden gehabt und als Itabuna noch Tabocas geheißen habe. »Heute«, sagte er, »sind solche Taten nur noch traurige und beschämende Erinnerungen.«

Er erhob sein Glas, um mit Horácio auf das Gedächtnis Esters und Virgilios anzustoßen. Als die Gläser aneinanderklangen, entstand ein kurzer heller Ton, der in der Luft weiterschwang.

»Bakkaratglas...«, sagte Horácio zu dem Bischof, der neben ihm stand. Auf seinem Antlitz breitete sich ein sanftes Lächeln der Zufriedenheit aus.

5

Nach fünf Jahren tragen die Kakaobäume die ersten Früchte. Doch jene, die auf dem Boden des Sequeiro Grande gepflanzt worden waren, blühten schon am Ende des dritten Jahres und brachten im vierten die erste Ernte. Sogar Leute, die auf den Hochschulen Bodenkultur studiert hatten, ja, selbst die ältesten Pflanzer, die mehr vom Kakao verstanden als irgendwer, waren über die Größe der Kakaofrüchte entsetzt, die so frühzeitig auf diesen Pflanzungen geerntet wurden.

Mit riesenhaften Früchten waren die Bäume vom Stamm bis zu den höchsten Zweigen beladen, mit Früchten von einer Größe, wie man sie bisher noch nie gesehen hatte; Früchte des besten Kakaobodens der Welt, Früchte einer blutgetränkten Erde.

INHALT